야수의 연인

§ 야수의 연인 §

2013년 2월 25일 초판 1쇄 인쇄
2013년 2월 27일 초판 1쇄 발행

지은이 § 윤 주
발행인 § 곽중열
기획&편집디자인 § 신연제, 이윤아
발행처 § (주)조은세상

등록 § 2002-23호(1998년 01월 20일)
주소 § 경기도 고양시 일산동구 장항동 558번지 6호
Tel § 편집부(02)587-2977
영업부(031)906-0890
e-mail romance@comics21c.co.kr
값 9,000원

ISBN 978-89-6159-982-5

윤주 장편소설

GOOD WORLD ROMANCE NOVEL

야수의 연인

(주)조은세상

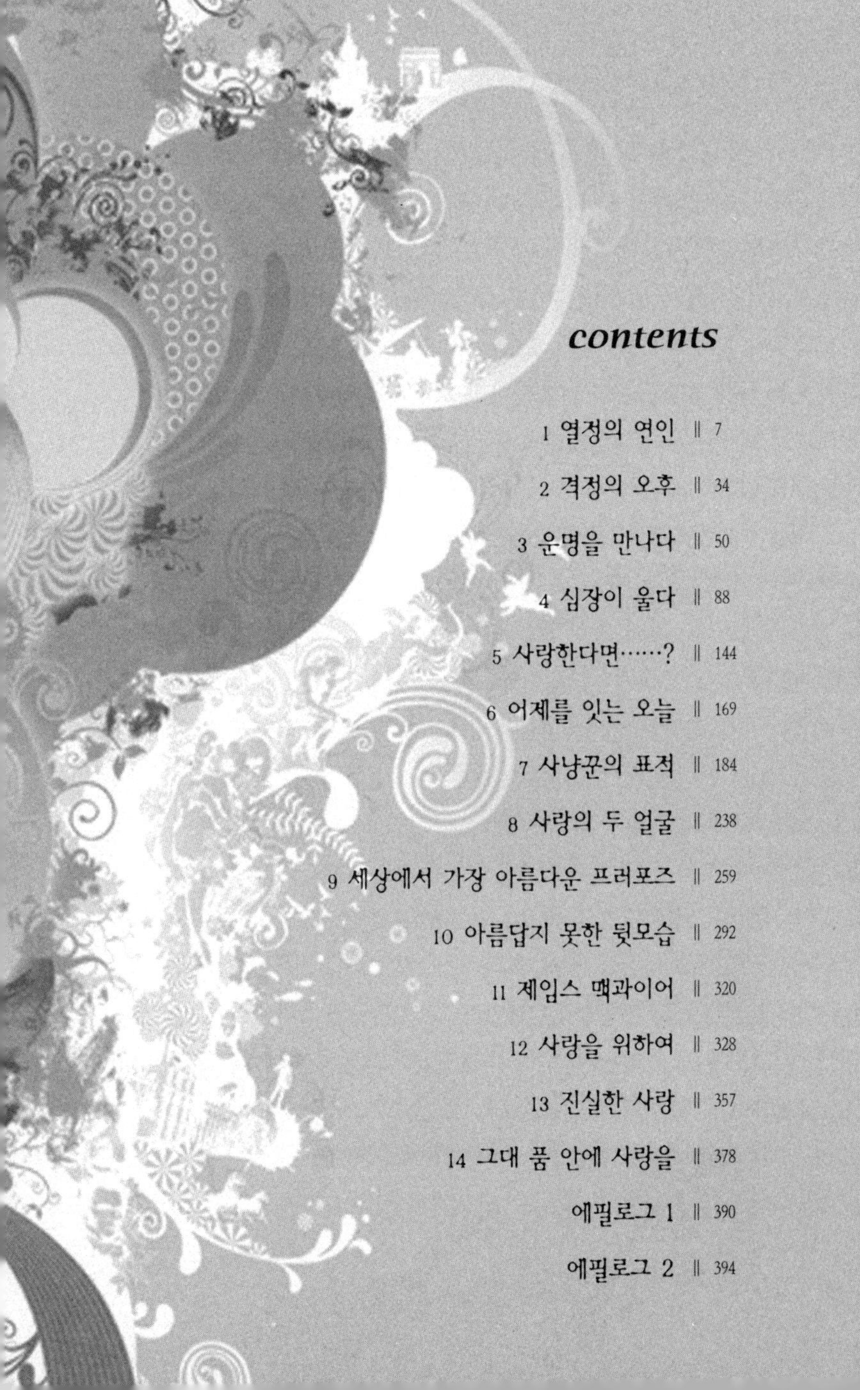

contents

1 열정의 연인

긴 머리를 타월로 감싼 채 욕실에서 나온 연수는 그제야 눈에 들어오는 광경에 살짝 눈살을 찌푸렸다. 정사의 흔적은 침실 곳곳에 남아 있었다. 옷가지들은 방문 앞에서부터 침대 아래에까지 이어져 아무렇게나 나뒹굴고 있었고 벌거벗은 채 침대를 차지하고 있는 그의 매끈한 등은 아직도 땀에 젖은 채 마침 커튼을 뚫고 들어오기 시작한 아침 햇살에 반사되어 반짝였다.

보기에도 매끈하고 탄탄해 보이는 그의 등은 실제로도 군살 하나 없이 잔 근육으로 다져졌다. 근력으로 단단하게 무장한 그의 전신이 정욕의 끝에 닿을 때면 곳곳에 숨어 있던 근육 덩어리를 적나라하게 드러내며 그녀를 숨 막히게 하곤 한다. 그의 생각에 연수는 화끈대며 볼이 불에 댄 듯 뜨거워지는 걸 느낀다. 그녀는 화끈거리는 자신의 볼을 손등으로 쓸며 침대의 반을 차지한 채 선잠이 든 것으로 보이는 그의 등을 주시했다.

그는 어젯밤 잠깐의 머뭇거림도 없이 그녀를 정욕의 세계로 끝 간데없이 몰아갔었다. 현관에서 그리 넓지 않은 거실을 가로질러 침실로 들어서기까지, 부딪친 입술은 떨어질 줄을 몰랐으며 그의 손길은 거침이 없이 그녀가 입고 있는 옷가지들을 남김없이 벗겨 냈다.

한 치의 빈틈도 없을 것처럼 맞붙은 입술과 입술 사이에서는 마치 야생짐승의 울부짖음과도 흡사한 거친 호흡이 연신 뱉어졌고 그녀가 침대 위에 놓였을 때는 이미 알몸이었다. 새삼 놀라울 것도 없이 언제나처럼 그녀는 엄청난 파워를 자랑하는 그에게 모든 것을 내줬다. 더 이상의 쾌감과 희열은 없을 것 같은 정욕, 지난밤은 달리 표현할 적당한 단어가 없이 오직 거침이 없이 뜨겁게 불사른 광란의 밤이라 할 수 있었다. 전날 밤의 기억에 볼을 붉히던 화끈거림은 어느새 전신으로 퍼져나갔다. 그녀는 화상이라도 입은 사람처럼 전신이 발갛게 달아오름을 느꼈다.

"하아……."

불쑥 입 밖으로 한숨이 뱉어졌다. 그녀는 자신이 뱉은 거친 호흡에 얼른 입술을 꾹 다물었다. 입술이 부어터진 모양인지 이내 아릿한 통증이 이어졌다. 그와 침대를 함께하고 난 다음 날이면 느끼게 되는 알싸한 통증이었다. 그럴 때마다 늘 조심해야겠다고 생각하면서도 그와 침대를 공유하게 되면 어느새 모든 것을 잊어버린다. 매번 다짐하고도 깡그리 잊어버리고 마는 자신의 부주의함이 못마땅해 그녀는 살짝 이마를 찌푸리며 부어오른 입술을 혀로 조심히 쓸었다. 그리고는 서둘러 걸음을 옮겼다. 널브러져 있는 옷가지에 시선이 닿아 이내 우뚝 걸음을 멈추고, 상체를 수그려 옷가지를 향해 손을 내밀었다.

순간 중저음의 듣기 좋은 음성이 들렸다.

"이리 와."

자다 일어났는데도 허스키한 그의 목소리는 전혀 거슬림이 없이 오히려 더 매력적으로 들렸다.

그녀는 구부렸던 상체를 일으키고는 침대 쪽으로 시선을 돌렸다. 등을 보인 채 잠이 들어 있었던 그가 어느새 상체를 비스듬히 일으키고는 그녀를 향해 시선을 보내고 있었다. 시선만으로도 사람을 태울 수 있다면 번득이는 그의 눈빛은 그녀의 온몸을 태우기에 충분했다.

"벌써 일어났어야 할 시간이야. 이미 늦었어."

그녀는 얼른 그의 시선을 피한 채 서둘러 옷가지를 향해 다시 상체를 구부렸다.

"고양이가 따로 없군, 도둑고양이 말이야."

그가 다소 언짢은 음성으로 말을 했다. 서둘러 침실을 빠져나가려는 그녀를 비아냥대는 말임이 분명했다.

"점심 약속이 있어."

새벽녘에야 선잠이나마 든 그를 구태여 깨울 생각을 하지 않았을 뿐, 그의 말처럼 도망이라도 가듯 이 자리를 벗어날 생각은 없었다. 그녀는 군더더기를 덧댄 설명 대신 다시 짧게 대꾸했다.

"집에 들렀다가 가려면 지금도 빠듯한 시간이야."

금방이라도 자신을 집어 삼켜버릴 것 같은 뜨거운 그의 시선을 등 뒤로 하고 그녀는 손에 잡힌 옷 중 그의 것은 따로 분류해 침실 한쪽에 자리한 소파에 놓았다.

"아무리 바빠도 모닝 키스는 하자구."

그녀의 몸짓을 따라 끊임없이 시선을 주며 그가 듣기 좋은 목소리로 느긋하게 말했다.

"구겨진 옷을 입고 나갈 수는 없잖아."

연수는 밤새 바닥에 나뒹굴고 있었던 소파 위의 옷가지를 턱짓으로 가리켰다. 그리고는 태연한 손짓으로 알몸을 감싸고 있는 목욕가운의 윗부분을 열어젖혔다. 더 이상 붙잡지 말라는 무언의 행동이었다.

그녀의 생각을 읽은 것인지 성큼성큼, 어느새 그가 몇 걸음 만에 그녀의 등 뒤에 섰다.

"쌀쌀맞긴."

그리고는 팔을 뻗어 등 뒤에서 그녀의 어깨를 감쌌다. 이내 그의 입술이 그녀의 목덜미에 와 닿았다. 뜨겁고 간지러운 기운이 적절하게 뒤섞인 그의 입술과 혀의 움직임이 목덜미에서 이내 쇄골로 이어지자 그녀의 전신으로 열기가 퍼져갔다. 연수는 일부러 조금 단호한 음성으로 말했다.

"중요한 약속이야."

몸을 비틀며 그의 품에서 빠져나가려는 그녀가 못마땅한지 쇄골을 핥고 있던 그의 입술이 흠칫거리며 멈추었다. 그러나 이내 움푹 팬 그곳에 따끔거리며 통증이 일었다.

"아……."

단번에 그녀의 입술에서 짧은 단말마가 튀어나왔다.

"쿡쿡……."

그녀의 반응에 이로 그녀의 쇄골을 문 그가 쿡쿡거리며 웃어댔다.

잠시 동안 기분 좋은 너털웃음을 지은 그가 깨물었던 쇄골을 혀로 핥으며 마치 그녀를 달래기라도 하듯 낮게 속삭였다.

"굿모닝, 허니."

귓전을 간질이는 허스키한 음성은 그만의 또 다른 애무였다. 허스키한 그의 음성에 순간 목덜미로 오소소 소름이 이는 것을 느꼈다.

그녀의 상체는 이미 적나라하게 모습을 드러낸 뒤라 이제 막 침대에서 벗어난 나신의 그와 마찬가지로 그녀도 알몸에 가까운 상태였다. 가운이 반쯤 흘러내려 상체를 드러낸 그녀의 어깨를 두르고 있던 그의 손이 그녀의 목덜미를 애무하다 간질이듯 천천히 쇄골로 향했다.

그의 혀가 지나간 곳을 따라 천천히 배회를 하던 그의 손은 쇄골에서 잠시 깃털처럼 부드럽게, 혹은 간담이 서늘하도록 유혹적이게 애무하다 이윽고 가운 밖으로 동그랗게 모양을 드러내고 있는 그녀의 젖무덤으로 향했다. 마치 그의 손길을 기다리고 있기라도 한 듯 그녀의 가슴은 이미 예민하게 반응을 보이며 딱딱하게 돌기를 세우고 있었다.

"오늘은 종일 함께하기로 했지 않았어?"

딱딱하게 일어선 중심을 그녀의 엉덩이에 찔러대며 허스키한 목소리로 비난하듯 나직이 말했다. 여전히 그의 손은 젖가슴을 지분거리며 딱딱하게 굳은 그녀의 돌기를 희롱해대고 있었다.

"새벽까지……너무 무리했어."

그녀는 목을 뒤로 한껏 젖히며 한숨을 토해내듯 말했다. 그의 애무에 반응하고 있던 그녀의 가늘고 긴 목은 새파랗게 실핏줄이 도드라져 있었다. 쇄골을 애무하고 있던 그의 입술이 파닥거리고 있는 그녀의 목덜미를 혀로 쓸며 도드라진 실핏줄을 따라 어느새 귓바퀴에 닿았다.

"이런 식으로 가장 취약한 곳을 공격하다니……."

그녀는 귓바퀴를 슬쩍 깨물었다가 혀로 그 자리를 쓸어대는 그의 애무에 또다시 전신이 뜨거워지는 것을 느꼈다.

"어젯밤 이곳에 오는 게 아니었어."

비난하듯 말을 하고는 지그시 두 눈을 감았다. 한껏 뒤로 젖혀진 가늘고 긴 목은 파드닥거리며 그의 혀에 아무렇게나 유린당하고 있었다.

"아……."

의지와는 상관없이 자신도 모르게 신음이 흘러나왔다. 그녀는 뜨거운 호흡을 토해내며 힘겹게 말을 꺼냈다.

"중요한 약속이란 말이야."

"얼마나 중요한 약속인지 한 번 말해봐."

목덜미를 애무하는 혀의 움직임을 놓지 않은 채 그가 어르듯 종용했다. 엉덩이를 찌르는 그의 중심은 금방이라도 그녀가 걸치고 있는 목욕가운을 뚫고 들어올 태세였다. 그녀는 젖가슴을 애무하고 있는 그의 손을 멈추게 하기 위해 그의 두 팔에 양손을 가져가 꼭 붙잡으며 고개를 가로저었다.

"듣지 않는 게 좋아."

긴장할 생각 따위 없었는데 목소리가 갈라지고 힘이 들어갔다. 그녀의 음성에서 미세한 긴장감을 캐치한 것인지 그가 얼른 그녀를 돌려세웠다. 그 바람에 그녀의 엉덩이를 찔러대며 힘을 과시해대던 그의 중심이 그녀의 배꼽 위에 자리한 채 여전한 힘을 과시해댔다.

"판단은 내가 해."

단언하듯 그가 말했다.

등 뒤에서 껴안았을 때부터 그녀의 젖가슴을 애무해대고 있었던 그의 손은 여전히 딱딱하게 반응을 보이고 있는 유두를 손가락으로 지분거리고 있는 채였다.

"말해봐."

딱딱하게 도드라진 유두를 한입 베어 물며 그가 다시 명령하듯 했다.

"아……!"

짜릿한 통증에 저절로 한숨이 뱉어졌다. 정신이 몽롱해지고 순식간에 이성이 욕망에 무너지려 했다. 더 이상 진전되었다가는 약속 시간에 늦을 게 분명했다. 짜릿한 열기의 통증으로 이성을 잃게 하는 그의 공격을 막을 방도는 하나밖에 없었다.

"하……!"

연수는 뜨거운 숨결을 뱉어내며 배꼽을 찔러대고 있는 그의 중심으로 얼른 오른손을 가져갔다. 꿈틀꿈틀 위세 있게 반응을 해대고 있던 커다랗고 딱딱한 그의 중심이 그녀의 손에 잡혔다. 그녀는 커다랗게 위용을 자랑하고 있는 그의 중심을 힘껏 한 번 잡았다가 슬쩍 아래위로 쓸었다.

"윽……!"

급작스러운 연수의 손길에 그가 거친 숨을 입 밖으로 쏟아내며 의아한 눈빛으로 그녀의 시선을 붙잡았다. 사실 이처럼 그녀 스스로 적극성을 띠는 일은 없었다. 그것도 햇살이 방 안을 뚫고 들어온 환한 아침에는 특히. 미간을 잔뜩 좁힌 채 그녀를 관찰이라도 하듯 그가 눈을 가늘게 뜬 채 그녀를 주시했다. 고양이처럼 흡족한 미소를 지으며 그녀는 얼른 그의 중심으로 얼굴을 숙였다.

연수가 무슨 시도를 하려는지 금방 눈치를 챈 중심이 더 이상 어쩌지 못할 만큼 커다랗게 부풀어 오르며 위용을 자랑해댔다.

그것을 향해 그녀는 망설임 없이 혀를 가져갔다. 지금껏 한 번도 해보지 않았던 과감한 행동이었다. 그렇지만 살짝, 혀로 핥기가 바쁘게 그녀의 손아귀에서 중심이 빠져 나갔다.

"하……."

거칠게 심호흡을 뱉어낸 그가 미간을 잔뜩 일그러트리며 그녀를 쏘아보았다. 당장에라도 그녀 안에 들어설 것처럼 기세등등하게 자리하고 있는 남성과 달리 그의 두 눈은 매섭게 변해가고 있었다.

"무슨 일이야?"

조금 전까지 철강이라도 녹일 것처럼 뜨겁게 타올랐던 눈빛은 어디로 가고 그녀의 눈을 꿰뚫을 듯 주시하고 있는 그의 두 눈은 이제 차갑고 예리하게 빛이 났다.

"무슨 일인지 말해."

"!"

조용히 지나치고자 했던 건 착각이었다. 그는 누구보다 예민하고 누구보다 이성적인 사람이 아니던가. 서투른 유혹으로 그의 이성을 흩트리려 했다니 한참 잘못 생각한 것이다. 그녀는 체념하듯 말을 했다.

"호텔에 문제가 생긴 것 같아. 자금 사정 때문에 아빠가 많이 힘들어하셔."

턱을 치켜세운 채 거만한 표정으로 그녀를 쏘아보던 그가 휙, 몸을 돌려 몇 걸음 만에 침대 쪽으로 다가갔다. 그리고는 알몸 위로 거칠게 잠옷 가운을 걸치며 명령하듯 했다.

"계속하라고."

"다행히 경호건설로부터 자금 지원을 하겠다는 연락이 왔어."

'널 동행해 달라는 조건을 제시했지만 호텔을 지킨답시고 널 힘들게 하고 싶지는 않다. 정말로 괜찮겠니?'

어렵사리 동행 의사를 확인하면서 아버진 몇 번이고 되묻는 것을 잊지 않으셨다.

"조금이라도 내가 도움이 된다면 아빠를 도와드리고 싶어."

"어떻게?"

차가운 시선으로 그가 냉정히 되물었다. 그녀는 고개를 가로저으며 자신 없는 소리로 말했다.

"아직, 내가 아빠에게 어떤 도움이 되어드릴 수 있을지는 사실 나도 몰라, 단지 아빠는 중요한 미팅자리에 내가 동행하기를 바라셨고 그러겠다고 말씀드렸어."

"누구를 만나는지, 그 자리가 어떤 자린지 상관이 없이 단지 아버님이 동행을 원해서 참석한다고?"

딱딱하게 굳은 음성은 마치 그녀를 취조라도 하듯 거칠고 비판적이었다.

"누구를 만나는지 따윈 중요치 않아. 내가 아빠에게 어떤 도움이 되는지가 중요해."

그녀의 대답을 이미 알고 있었던 사람처럼 그가 피식, 한쪽 입꼬리를 올리며 비슷하게 웃음을 지었다.

"만약 예전과 같은 일이 반복된다면?"

"무슨 말이야……?"

미팅 장소에서 누구를 만나게 될지는 이미 짐작하고 있었다. 몇 번이고 되풀이하시던 아버지의 염려만으로 이미 예견했다. 그러니 그의 물음이 무슨 뜻인지 모르지 않는다. 단지 누구와 만나는지 말하지 않은 이 상황에 까마득히 지난 일을 들추는 그가 의아할 뿐이다.

"무슨 뜻으로 한 말이냐니까?"

설명을 해보라는 재촉에도 그는 미간을 잔뜩 찌푸린 채 한참 동안 그녀를 쏘아보고 있을 뿐이었다. 이윽고 생각에 잠긴 얼굴로 고개를 한 번 까닥이고 난 그가 시니컬하게 말을 했다.

"관두지."

"이런 식으로 대화를 회피하다니, 당신답지 않다는 건 알고 있지?"

"그렇다고 해두자고."

"뭐?"

"어서 준비해서 가봐. 피치 못할 사정이 생겼다니 이해하기로 하지. 대신 늦게라도 연락해."

"오늘 또 만나자고?"

"오늘은 원래 우리 둘이 보내기로 약속했지 않았나?"

"……."

"지켜."

황당한 얼굴로 바라보는 그녀의 볼에 짧게 입을 맞추며 그가 다시 말을 이었다.

"난 샤워부터 하고 기다리는 즐거움을 알아가 보도록 하지."

그리고는 한 손을 들어 그녀를 향해 잘 다녀오라는 제스처를 한 후 그는 욕실을 향해 유유히 사라져 갔다.

연수는 흘깃 벽에 걸린 시계를 보며 서둘러 현관으로 향했다. 서두른다고 했건만 교통체증이라도 맞닥트리게 되면 큰일이었다. 현관문을 잡은 손놀림이 성급했다.

Rrrrr.

휴대전화 벨소리가 울린 건 연수가 막 오피스텔을 나서던 참이었다. 액정에 뜬 번호를 확인한 그녀는 미간을 살짝 찡그리며 사무적인 어투로 말했다.

"저예요."

—어디니?

조용하지만 다소 차갑게 느껴지는 음성이 전화기 저편에서 흘러나왔다.

—상의할 게 있다고 네 아빠가 어제 늦은 시간까지 전화했는데 연락이 닿질 않는다더구나.

"전원을 꺼두고는 깜빡 잊고 있었어요."

연수는 미간을 찌푸리며 버릇처럼 입술을 깨물었다. 간밤 서로를 탐하는 동안 몇 번씩이나 울리던 그녀의 휴대전화 벨소리에 강욱이 결국 전원을 꺼버렸었다. 집으로 돌아오고 나서야 전원을 꺼둔 휴대전화가 생각났었다.

"조금 전에야 생각이 났어요."

오랜만에 전화를 하는 모녀 사이의 대화라고 하기에 전화를 걸어 온 상대의 목소리나 연수의 목소리는 참으로 사무적이고 군더더기 없었다.

–집 전화를 두라고 몇 번을 말을 하니?

그전에도 이런 일이 있었다는 것을 상기시키려는 음성엔 비난이 묻어 있었다. 그렇지 않아도 차가운 음성에 비난까지 더해지니 전화기 저편에서 흘러나오는 음성에도 불구하고 싸한 냉기가 감지됐다.

"아빠와 점심 약속이 있어서 이제 막 나가는 중이에요."

연수는 엄마 민숙의 비난을 모른 척 무시해버리고 엘리베이터를 향해 바삐 걸음을 옮겼다.

잠시 침묵이 이어지더니 곧바로 조용하고 차가운 음성이 들렸다.

–그럴 필요 없다.

연수는 멈칫, 걸음을 멈추었다가 재빨리 움직였다.

"무슨 소리세요?"

–네 아빠와 만나기로 한 장소엔 가지 않아도 되니까 넌 지금 바로 호텔 라운지로 가.

"회사 일로 중요한 미팅이 있어요. 펑크를 낼 수는 없잖아요."

–네 아빠가 회사 일로 약속 장소에 널 동행시킨다고 했지만 그게 전부가 아니라는 건 너도 알고 있을 거야.

"그래서요?"

—개인적으로 너랑 만나면 좋겠다고 은 사장한테서 따로 연락이 왔다더라. 네 아빠 너와 상의해보겠다고 했다는데 어젯밤 내내 전화를 해도 연락이 닿지 않아 많이 걱정하셨어.

"……."

—다른 사람 동행 없이 너와 따로 만나고 싶다고 했다는구나.

연수는 우뚝, 걸음을 멈추었다. 결국에는 엄마가 전해준 새로운 약속 장소로 나가게 되겠지만 그렇다 하더라도 엄마에게 순순히 그 사실을 인정해주고 싶지가 않다. 반항심이라고 해도 좋고 나이에 어울리지 않는 치기라고 해도 좋다.

"누구보다 반가운 사람은 엄마였겠군요?"

목소리에 날이 섰다.

—…….

날선 그녀의 목소리를 감지했는지 휴대전화 너머에선 잠시 침묵이 이어졌다. 이윽고 담담해서 어찌 들으면 참으로 메마르기까지 한 목소리가 전화기 너머로 전해져 왔다.

—경호건설이 힘을 실어준다면야 자금 조달을 하는데 한결 수월해지겠지. K그룹이 버티고 있으니 경호의 뒤야 든든할 테고.

연수는 관절이 하해 지도록 휴대전화를 잡은 손에 힘을 줬다. 엄마의 속내가 보였다. 갑자기 휴대전화 너머로 들려오는 엄마의 목소리가 더 이상 참을 수 없다.

"제 미래를 담보로 말이죠."

—남의 손에 호텔이 넘어갈지도 모른다잖아. 뒷짐 지고 지켜보고만 있을 수는 없잖니?

"그만하시죠."

–연수야.

"끊어요."

–연수야!

다급하게 부르짖는 목소리를 뒤로 하고 그녀는 얼른 휴대전화의 전원을 눌렀다.

그때까지도 엄마의 목소리가 이어지고 있었다.

–네 아빠의 바람이다, 모르겠니? 네 아빠의 평생의 바람을 외면해서는 안 되잖니.

엄마 민숙이 이처럼 이성을 잃은 사람처럼 큰 소리를 내는 건 좀체 드문 일이었다. 그만큼 다급하고 절박하긴 한 모양이다. 그녀는 결국 전원을 누르던 손가락을 툭 떼어내고 휴대전화를 다시 귀로 가져갔다.

휴대전화 너머로 가쁜 숨을 몰아쉬며 엄마의 음성이 속사포처럼 이어져왔다.

–너에게 달렸다. 저쪽에서 굳이 널 만나겠다는 의도를 모른다고는 말아.

"언제나처럼 아빠 뒤에 숨는군요."

경멸 섞인 그녀의 비난이 달갑지 않은지 잠시 깊이 숨을 들이마시는 소리만 이어졌다. 이윽고 단아해서 되레 차갑게까지 보이는 외모와 똑 닮은 메마른 엄마의 음성이 담담하게 들려왔다.

–은 사장은 아직도 널 잊지 못하고 있는 모양이더라.

"내가 엄마를 얼마나 경멸하는지는 알아요?"

–무어라고 해도 상관없다.

“그렇겠죠. 누구의 희생인들 엄마에게 상관있겠어요?”

–알면 되었다. 은 사장, 기준이, 기다리지 않게 시간에 늦지 않도록 해. 그만 끊자.

끊어진 휴대전화를 멍하니 쳐다보며 그녀의 얼굴은 점점 벌겋게 굳어져 갔다.

경호와 한라의 미팅에 굳이 비서인 그녀의 동반을 요구한다는 소식을 전해 들었을 때부터 어느 정도 예상은 했다. 강욱에게 미팅 상대가 누구인지 밝히기를 꺼렸던 것도 그래서였다. 그렇지만 예상과 확신은 달랐다. 연수는 예상이 적중하자 약속 장소로 향하던 발길을 돌리고 싶어졌다. 엘리베이터를 타고 이 길로 강욱의 오피스텔로 되돌아가 다시 그의 품에 안겨 하루를 뜨거운 열정과 설렘으로 보내고 싶다는 생각이 간절하게 다가왔다.

✻

그는 창 쪽에 자리하고 있었다. 생수가 든 크리스털 잔을 물끄러미 내려다보며 살짝 이마를 찌푸리고 있는 기준의 표정은 깊은 생각에라도 빠진 얼굴이었다. 창 쪽으로 다가서며 연수는 피식, 쓴웃음을 머금었다.

5년이나 지났는데 기준의 얼굴에 나타난 표정 하나만으로 그의 습관을 단번에 기억해낸 것을 보면 그는 생각했던 것보다 훨씬 깊숙이 지나온 그녀의 세월에 침투해있었던 모양이다. 이 자리에서 다시 만나기 전까지만 해도 기준은 그저 그녀와 가장 많은 시간을 함께 했었던 지난 추억의 사람임에 불과했다.

아니, 이처럼 아무렇지도 않게 그의 습관이나 버릇들을 기억해내기 전에는 그런 줄로만 알았다. 5년이라는 세월이 흐른 것이 아니라 마치 어제도 만나 왔던 사람처럼 그의 습관이나 행동들을 아무렇지도 않게 떠올린 것을 보면 기준이 그녀에게 미친 영향력은 생각보다 만만치는 않은 것임에 분명했다. 언뜻 떠오른 생각이 마뜩잖아 연수는 버릇처럼 입술을 깨물었다. 그리고는 이내 자신이 떠올린 생각에 타당한 논리를 덧붙였다.

기준은 사물을 구별하고 말을 하던 때부터, 아니 그 이전 엄마의 뱃속에 있을 때부터 이미 끈끈한 인연으로 이어져 있었던 사람이지 않았던가. 어쩌면 인생의 절반보다 훨씬 많은 세월을 함께 보냈을지도 모르는 사람인데 그의 습관 하나쯤 단박에 기억해냈다고 무어 이상한가. 불편해할 이유도 뾰족하게 날을 세워서 신경 거슬려 할 이유 또한 없다.

마음을 다잡으며 연수는 얼른 척추에 힘을 실어 멈칫했던 걸음을 다시 옮겼다. 그와 동시에 크리스털 잔을 향해 멍하니 시선을 쏟고 있던 기준이 고개를 들었다. 입가를 벌리며 벌떡 자리에서 일어선 기준이 경직된 음성으로 말을 했다.

"어서 와."

연수는 반사작용처럼 벌떡 자리에서 일어서서 그녀를 맞이하는 기준과는 달리 당황한다거나 멈칫거리는 법 없이 탁탁, 몇 걸음에 그의 맞은편에 섰다.

"오랜만이야, 여전하구나."

기준이 맞은편에 자리한 그녀를 향해 손을 내밀며 다시 반갑게 말을 했다. 경직되어 있던 좀 전의 음성보다는 많이 안정된 목소리였다.

"오빠도 좋아 보여."

기준이 내민 손을 살짝 마주 잡았다가 놓으며 연수도 인사했다. 눈인사까지 겸하는 여유로움까지 잊지 않았다. 생각보다는 불편하지 않았다. 마치 지난 5년의 세월이 없었던 모양처럼 오히려 익숙한 편안함마저 든다. 아마도 도착하기 전 내내 마음의 준비를 했었기 때문인지도 몰랐다. 아니면 세월의 무게에 힘입어 웬만한 일에는 당황하거나 동요하지 않게 된 때문인지도.

"약속을 다시 잡았다는 연락을 조금 전에야 전해 들었어. 시간에 늦지 않으려고 서두르기는 했는데 늦어졌지?"

"갑자기 약속을 변경한 사람은 나니까."

그녀의 맞은편에 다시 자리를 하고 앉으며 기준이 이해한다는 듯 얼른 대꾸했다.

"이해해줘서 고마워. 그나저나 오 년 만이지?"

연수는 어색해하거나 불편해한다는 느낌을 드러내지 않으려고 일부러 목소리를 활기차게 했다. 사실 기준과 마주하고 있다고 해서 불편해야 할 이유는 없다. 다만 아쉽게도 그녀는 기준이 이 자리를 마련한 이유를 알고 있었고, 그 사실을 알고 있다는 불편한 진실을 숨기기 위해서는 필요 이상의 과감한 제스처가 필요했을 뿐이다.

"오빠 귀국 소식은 아빠한테서 전해 들었어."

이번에는 입꼬리까지 끌어 올리며 활짝, 미소 지었다. 그녀와는 달리 불행히도 기준은 많이 긴장한 모습을 숨기지 못하고 있었다. 미소라고 짓고 있는 그의 표정은 어설프고 입꼬리의 근육은 팽팽하게 굳어 있었다. 자신도 애써 노력하지 않았다면 딱딱하게 경직되어 있는 기준의 표정과 흡사하지 않을까 하는 생각이 들었다.

"널 만나고 싶다고도 했었는데……."

팽팽히 긴장한 얼굴로 기준이 대꾸했다.

"널 이렇게 마주하는데 그리 많은 시간과 노력이 필요할지는 예상치 못했어."

어째서 만나주지 않았느냐는 어렴풋이 약간의 비난이 섞여 있었다. 연수는 얼른 대꾸했다.

"서로 원수진 것도 아니고 다시 만나는 거야 어렵지 않은 일이었어."

사실 기준의 귀국 소식을 전해 들은 지 얼마 지나지 않았을 때부터 그로부터 만나고 싶다는 연락을 받았다. 그렇지만 기준이 어떤 의미로 그녀를 만나고 싶어 했었던, 그리고 이 자리가 어떤 의미로 만들어진 자리든 처음부터 그녀의 생각은 확고했다. 다시 예전처럼 될 수는 없다는 것이다. 연수는 부드럽지만 단호한 음성으로 말을 이었다.

"아무리 몇 년의 세월이 지났다지만 사람들의 기억엔 여전히 우리 이야기가 잠재되어 있을 거야. 언제 다시 도마 위에서 난도질을 당할지는 알 수 없는 거잖아."

그녀와 기준은 무수한 소문과 함께 한동안 사람들의 입방아에 오르내렸다. 오래전 일이라서 묻히기는 했지만 언제 또다시 수면 위로 올라올지는 알 수 없는 일이다.

"오빠와 나, 그렇게 형편없이 헤어졌던 것은 아니라고 생각했는데 사람들에겐 아니었던 모양이야. 한동안 술자리에서 안주 대신 함부로 다뤄진 것을 보면."

굳어 있기는 했지만 내내 미소를 보이고 있던 기준의 입매가 천천히 한일자로 다물어졌다. 아마도 그녀의 말 이면에 내재한 다른 의미를 충분히 느낀 모양이었다.

"그렇다고 사람들의 입방아에 오르내리는 게 두렵다거나 무서워서 오빠와의 만남을 피해왔다는 말은 아니야."

5년의 세월은 그에게서 여유로움을 앗아가버린 모양이다.

젊은 날의 기준은 충분한 유머와 적당한 위트를 지닌 호기롭고 자신만만한 사람이었다. 잘난 사람들이 흔히 가지고 있는 망상처럼 기준도 얼마쯤은 잘난 척 빼기는 자만심에 사로잡혔던 사람이다. 그렇지만 이 순간만큼의 그는 예전 자신감에 차있던 화통하던 웃음은 그 어디에서도 찾아볼 수 없었다. 그녀를 유심히 주시하는 그는 오히려 살얼음 위를 걷는 사람처럼 조심스럽고 예민해보였다.

"예전처럼 아무렇지도 않게 서로 편안한 마음으로 만날 수는 없다고 생각했어. 그래서 일부러 오빠와 사석에서의 만남을 피했던 것 같아. 상관은 없지만 그렇다고 굳이 사람들의 입방아에 오르내릴 일을 만들 필요는 없다는 생각이 들었거든."

딱딱하게 굳어 있는 기준에 비하면 연수는 생각보다 훨씬 빠르게 이 만남에 적응하고 있었다. 마치 이 자리에 들어서기 전까지의 망설임과 갈등의 순간들은 먼 나라 일이었던 것처럼 그녀는 침착하고 논리 정연했으며 적당히 여유로움까지 되찾았다. 입술을 한일자로 꾹 다문 채 그녀의 얼굴을 뚫어져라 응시하는 기준과는 반대로 연수는 정말 별일 아니라는 듯 밝은 음성으로 말을 이었다.

“이미 까마득히 지난 일이기는 하지만 오빠와 나, 사실 이미 충분히 사람들의 입방에서 놀아났었잖아. 이제 더 이상 소문의 근원지가 되고 싶지는 않아. 그러려면 사전에 미리미리 예방해야 하는데.”

잠시 말을 끊은 연수는 저만치 건너편에 앉아 그녀와 기준을 힐끔거리고 있는 곳으로 얼른 시선을 보내며 재밌다는 듯 말을 이었다.

“아, 이런. 어쩜 오빠와 나, 이미 소문의 중심지에 있을지도 모르겠어. 봐, 저쪽 자리에서 벌써부터 힐끔거리며 우리를 지켜보는 사모님들.”

그리고는 기준을 향해 씽긋, 이가 드러나도록 일부러 커다랗게 미소 지어보였다. 잔뜩 긴장하고 있는 기준에게 여유를 되찾아주고자 하는 그녀의 노력이 전해졌는지 다행히 기준이 조금 전 연수가 시선을 준 곳으로 힐끔 시선을 보냈다가 피식, 소리를 내며 미소 지었다. 입꼬리만 슬쩍 옆으로 벌린 미소기는 했지만 어쨌든 절반의 성공이랄 수 있었다.

내 말이 맞지. 하는 얼굴로 환하게 미소 지은 뒤 연수는 그제야 제법 비서다운 얼굴로 말을 했다.

“경호에서 한라호텔에 자금 지원을 해줄 의사가 있다는 말을 전해 들었어.”

비서실에서 근무한 지는 얼마 되지 않았지만 일 이야기를 하는 그녀의 표정은 제법 진지했다.

“사실 K그룹 계열사인 경호건설이 한라호텔에 도움을 줄 이유는 없어 보이는데 자금 지원을 아끼지 않겠다고 해서 조금 놀랐어."

잠시기는 했지만 그나마 입꼬리를 옆으로 벌리며 미소랍시고 지어 보였던 표정은 금방 지워버린 채 기준이 고개를 까딱이며 그녀의 말에 수긍의 뜻을 보였다.

"……."

"그러면 고양이 앞에 생선을 갖다 바치는 격인데……."

내용은 전혀 장난스러운 것이 아니었지만 연수는 일부러 장난스러운 말투를 했다. 오히려 꽤 심각하다고 할 수 있었지만 기준이 다시 딱딱한 얼굴이 되었기에 분위기를 바꿀 필요가 있었다.

"설마 오빠가 소문 속의 그 기업사냥꾼은 아니지?"

그녀의 말이 농담인지 진담인지 구분이 되지 않는 얼굴로 기준이 미간을 찌푸렸다.

"기업사냥꾼 말이야. 몇 개월 전부터 국내를 떠들썩하게 하는데도 불구하고 그 사람의 정체를 제대로 아는 사람은 아무도 없어. 그러니 오빠가 기업사냥꾼이라고 해도 우리가 그 정체를 알아차리기란 불가능하잖아?"

"뭐……?"

심각한 얼굴로 되묻는 기준을 향해 연수는 일부러 하하 소리 내어 웃었다. 그리고는 어깨를 으쓱거리며 설명을 덧붙였다.

"사실 경호건설이 한라호텔에서 어떤 이득을 취할 수 있기에 아무런 조건도 없이 자금 지원을 하겠다고 하는 것일까 의문이 일었거든. 누구보다 특히 아빠는 다른 이유가 있는 것은 아닌가 하고 크게 염려하시고 계셔."

"내가 한라를 돕겠다는 이유를……."

"잠깐만, 잠깐만, 오빠."

그녀는 얼른 기준의 말을 끊었다. 두 손까지 번쩍 치켜드는 제스처를 해가면서.

"난 한라호텔의 비서에 불과해. 궁금하기야 하지만 그런 이야기는 호텔 경영진들이 자리한 곳에서 이야기되어야 할 것 같아."

지금껏 딱딱하게 굳은 얼굴로 말을 아끼고 있던 기준이 마른침을 꿀꺽 삼키며 고집스럽게 말을 꺼냈다.

"아직 한라에 자금 지원을 하겠다고 확정 내린 것은 아니야."

연수의 노력에도 불구하고 기준은 자신이 하고 싶은 말을 참지 않았다.

"네가 어떤 대답을 하느냐에 달렸어."

"아, 어, 저……."

연수는 갑자기 말문이 탁 막혔다. 기준이 더 이상 말을 하기 전에 얼른 그의 말을 잘라야 했다.

"설사 경호가 한라에 어떤 저의가 있어 자금을 대겠다고 했다손 할지라도 일개 직원인 내가 가타부타 관여할 수는 없는 일이야."

어떡하든 이 순간의 난간을 지나가야 했다. 침착해, 침착하게 대응하라고. 연수는 애써 평정심을 되찾았다.

"근래 기업의 대부분이 그 사람의 정체를 궁금해하고 있으니까. 기업사냥꾼의 움직임이 포착된 시기와 오빠 귀국 시기가 비슷했던 것 같다는 생각에 물어본 것일 뿐 정말 오빠가 그 사람일 거라곤 생각지 않아. 그저 불편하지 않게 시간을 보내는데 어떤 대화가 좋을까 하고 생각해낸 게 근래 이슈가 되고 있는 정체불명의 기업사냥꾼 이야기면 좋겠다 싶었던 거지."

살짝 말아 쥔 주먹으로 식은땀이 느껴졌다. 결국 언젠가는 기준이 원하는 식으로 결정되겠지만 지금은 아니었다.

"잔인하고 냉정하기가 웬만한 일에는 끄떡도 않는 기업인들까지 혀를 내두르게 할 정도라면서, 그런데도 그 사람의 정체를 아는 사람은 아무도 없다는 게 놀라워서 말이야. 그 사람 손에 회사가 들어가면 갈가리 공중분해가 된다는 소문이 파다한데도 사냥꾼의 정체를 아무도 모른다는 게 정말 놀랍지 않아?"

기준이 가만히 그녀를 응시했다. 차분하지 못한 음성으로 이야기를 다른 방향으로 이끄는 그녀의 모습이 마음 쓰였는지 기준은 더 이상 속엣말은 꺼내지 않았다. 대신 식사 주문을 했다.

식사를 하고 디저트까지 먹는 동안 기준은 애써 하고 싶은 말을 참았고, 연수는 기준이 무슨 말을 하려는지 예상하고 있었지만 들을 준비를 않는 두 사람은 잠정적인 휴전상태였다. 결국 헤어지기 직전에야 기준이 애써 미뤄두었던 말을 마저 했다.

"연수야. 나는 사업가고 아무런 이익이 없는 투자는 하지 않아."

"앞서도 말했지만 오빠, 그건 경영진들과 나눌 이야기인 것 같은데"

"……네가 어떤 대답을 하느냐에 달렸다는 말은 빈말이 아니야."

연수는 벌떡 자리에서 일어섰다. 그리고는 손을 내밀며 악수를 청했다.

"식사 고마웠어, 오빠."

기준은 연수가 내민 손을 물끄러미 응시하다 천천히 고개를 가로저으며 말했다.

"나는 아직 네게 해야 할 말을 제대로 하지 못했어."

기준이 무슨 말을 하기 전에 이 자리를 떠나야 한다는 생각에 연수는 내밀었던 손을 거두고 빠르게 대꾸했다. 당황해서인지 목소리가 갈라져 나왔다.

"다음에 듣도록 하지 뭐, 그럼 먼저 갈게."

목례를 하듯 살짝 고개를 숙였다가 연수는 서둘러 움직였다.

"연수야."

발걸음을 떼기도 전에 기준이 다급한 음성으로 그녀를 불러 세웠다.

"너 아직 혼자라는 거 알아."

연수는 결국 딱딱하게 긴장한 몸짓으로 기준을 향해 몸을 돌렸다. 초조한 표정을 숨기지 않은 채 기준이 그녀를 올려다보고 있었다.

"어차피 오늘 당장에 네 대답을 들을 거라고는 생각지 않았어. 너도 생각할 시간이 필요할 테니까, 그러니 오늘은 그냥 내 말만 듣고 가."

기준의 음성은 낮고 조심스러웠다. 자칫 그녀를 염려하고 배려하는 듯 보였다. 그러나 연수는 기준이 극도로 예민한 상태라는 것을 직감했다.

"오빠."

"앉아라."

연수는 일어섰던 자리에 마지못해 다시 자리했다. 예민해진 감정을 애써 다독이고 있는 기준을 보며 그녀는 문득 자신이 알지 못했던 또 다른 기준의 모습을 떠올렸다. 5년 전 마지막으로 보았던 기준은 그녀가 평소 알고 지내던 호탕하고 유쾌하기만 하던 기준이 아니었다. 울분을 참지 못해 성난 말처럼 흥분하며 점차 이성을 잃어가던 기준의 모습은 낯설고 꽤 충격적이었다. 처음으로 대하는 기준의 낯선 모습에 그녀는 직면한 파혼보다 더 당황했으며 더 충격 받았었다. 그때처럼 극도로 예민해보이는 기준을 마주하며 연수는 당황스러울 정도로 긴장했다.

"연수야."

다시 자리한 그녀를 한참 동안 응시하던 기준이 평정심을 되찾았는지 다정한 음성으로 불렀다. 연수는 대답 대신 기준의 시선을 마주 쳐다보았다.

"나는 여전히 너를 원해."

"……."

연수의 얼굴은 어느새 밀가루 반죽을 덧입은 것처럼 딱딱하게 굳어버렸다. 그녀는 기준이 어떤 말을 한다고 해도 당황하지 말자고 스스로를 다독였다. 그럼에도 당혹스럽다. 사실 기준이 이 만남을 자처했다고 전해왔을 때부터 얼마쯤은 이미 예견하고 있었다. 다만 기준이 이처럼 빠르고 신속하게 속엣말을 뱉어낼 줄은 미처 예견하지 못했다.

"알다시피 난 책임감에 원치 않는 결혼을 했고, 책임감에서 벗어나자마자 가장 먼저 널 떠올렸어. 귀국 후, 아니 이혼하고 혼자가 되기 그 훨씬 이전부터 줄곧 너와 다시 시작할 수 있기만을 바라왔어."

"……."

연수는 갑자기 숨이 턱턱 막혔다. 숨쉬기가 곤란할 때면 그러했듯 명치끝이 답답하고 멀미라도 날 것처럼 주위가 빙빙 돌고 어지러워지기 시작했다. 어떤 상황에서도 동요하는 법 없을 거라 자신했는데 아닌 모양이다.

"연수야, 난 한시도 널 잊은 적이 없었어."

미처 어떻게 대응할 사이도 없이 기준이 단단한 쇠사슬로 그녀의 미래를 꽁꽁 묶으려 들었다. 단호하게 딱 잘라 거절해야 한다.

"우린 이미 어긋난 인연이야."

잠시 침묵이 흘렀다. 이윽고 입술을 꾹 다물었던 기준이 착 가라앉은 음성으로 말문을 열었다.

"한라는 더 이상의 자금줄이 막힌 것으로 알고 있어. 경호의 자금을 필요로 한다는 것도."

"오빠, 설마 지금 내 미래를 담보로 호텔에 필요한 자금 지원을 하겠다는 말은 아니겠지?"

"연수야……."

다정한 기준의 음성은 긍정을 의미했다. 연수는 꿀꺽 마른침을 삼켰다.

"나는 여전히 오빠를 좋아해. 앞으로도 오빠를 좋아하는 이 감정에 변함이 없기를 바라."

"내가 원하는 건 너야."

"그만해."

연수는 벌떡 자리에서 일어섰다. 갑자기 아침에 헤어졌던 강욱이 몹시도 그리워졌다. 이제 겨우 몇 시간쯤 지났을 뿐인데 까마득히 오래전에 헤어진 사람처럼 강욱이 그립다. 그의 얼굴을 만지고 그의 몸을 더듬고 몸서리치게 그를 느끼고 싶다. 간절히.

강욱과 재회를 하고 무작정 그의 품으로 뛰어들었을 때만 해도 꺼릴 것이 없었다. 강욱과 자신 사이에 이따위 위기가 찾아올 줄은 까마득히 몰랐다. 당연히 이처럼 절박하게 강욱이 그리워질 일이 일어나게 될지도 몰랐다. 보고 싶다. 멈칫거린 따위 없이 저돌적이고 강력하게 자신을 가지는 나의 남자. 현강욱, 당신 보고 싶다.

이번만은 기준이 자신을 붙들 시간 따위 없도록 망설임 없이, 순식간에 그 자리를 박차고 나섰다.

2 격정의 오후

강욱은 연수가 아파트를 나가고 난 한참 후에야 욕실에서 나왔다. 욕실로 향하던 때의 여유로워 보이던 얼굴은 온데간데없이 이제 막 모습을 드러낸 그의 모습은 단호하고 어찌 보면 차갑기까지 했다.

타월로 배꼽 근처를 가린 채 성큼성큼 침실을 가로지르는 걸음은 단호하고 물기를 완전히 제거하지 않아 그렇지 않아도 탄탄해보이는 장신은 잔 근육까지 드러내며 감춤 없이 한껏 야성미를 드러내고 있었다.

단호한 걸음으로 침실 한편을 차지하고 있는 옷장 앞에서 탁 걸음을 멈춘 강욱은 트렁크 팬티와 평소 집 안에서 즐겨 입는 브이넥의 티와 면바지를 꺼내들었다. 그리고는 남은 한 손으로 허리를 휾치고 있던 타월을 풀어 아무렇게나 집어던졌다. 정확히 소파에 안착된 젖은 타월에는 눈길 한번 주는 법 없이 그는 물기가 남은 탄탄한 허벅지 위로 재빨리 트렁크를 껴입었다.

빠른 손놀림으로 겉옷까지 입은 그는 침실에서 나와 주방으로 향했다. 한 손으로는 분주히 커피를 내리고 다른 한 손으로는 전화를 걸었다.

Rrrr.

마치 전화를 기다리고 있었던 사람처럼 짧은 신호음에 이어 상대방의 음성이 흘러나왔다.

–네, 김 실장입니다.

강욱은 주말임에도 불구하고 업무를 대하는 평소의 습관대로 다짜고짜 본론으로 들어갔다.

"지시한 일은 잘 진행되고 있어?"

–네, 차질 없이 진행하고 있습니다.

강욱의 일방통행적인 대화에 이미 익숙해 있는지 전화를 받은 범수도 곧바로 답을 했다.

"경호건설 건은?"

–다른 건에 주력하다 보니 아직은…….

강욱은 말이 늘어지는 범수의 음성에 슬쩍 미간을 좁히며 명령했다.

"보고서 준비해."

–지금 당장에 말씀이십니까?

의아한 목소리로 되묻는 범수의 음성에 강욱은 더욱 미간을 찌푸리며 퉁명스레 말했다.

"휴일 아침부터 김 실장에게 전화할 다른 이유가 있었겠어?"

–아, 네……. 보고서를 준비하려면 시간이 조금 걸리겠습니다, 만.

"집으로 가져와."

—네?

"멍청하게 자꾸 되물을 셈이야?"

그는 평소와는 달리 몇 번씩이고 되물음을 하고 있는 범수가 영 마뜩잖아 미간에 주름을 잡았다. 하기야 아무리 중요사안이라 할지라도 그동안 집으로 일을 가지고 오게 한 적은 없었으니 김 실장이 다소 의아해할 만도 했다. 그렇지만 그가 아무리 전에 없는 일을 하고 있다손 하더라도 두 번씩이나 되묻는 범수의 멍한 대답은 꽤 거슬린다.

"아니면 준비하는데 시간이 걸리나?"

—아, 아닙니다. 서류 준비해서 곧 찾아뵙겠습니다.

"그러지."

강욱은 전화를 끊으려다 말고 문득 떠오른 생각에 얼른 말을 이었다.

"김 실장."

—네.

"도착하거든 미리 연락해."

—네?

자신이 잘못 들었나 의심이라도 되는 듯 범수가 다시 물었다.

—아파트에 들르기 전에 미리 연락을 하란 말씀이십니까?

거듭 되묻는 음성엔 의아함이 묻어 있었다.

"……."

강욱은 불쑥 뱉은 자신의 말이 범수에게 얼마나 엉뚱하게 들렸을지 그제야 인식되었다. 귀에 대고 있던 휴대전화로 툭툭, 자신의 턱을 두어 번 치고는 그는 어설프게 고백했다.

"손님이 있을지도 모르겠다."

어색한 목소리로 에두르고 있었지만 그는 지금 범수에게 연수의 존재를 알리고 있는 셈이었다.

–아, 네…….

그제야 무슨 뜻인지 알아들은 모양인지 전화기 저편에서 연이은 멍한 목소리가 들렸다.

–알겠습니다.

멍하니 뇌까리고 있는 범수의 음성을 뒤로 하며 강욱은 휴대전화를 끊었다. 그리고는 누구에게도 밝히지 않았던 자신과 연수의 관계를 범수에게 알렸다는 자각을 했다. 의도치 않은 말을 뱉었다니 전혀 자신답지 않은 행동이었다.

"……엉뚱한 짓이군."

속엣말을 입 밖으로 내뱉으며 그는 커피 한 잔을 들고 서재로 사용하고 있는 작은방으로 향했다. 침실 옆에 붙은 작은방은 말이 서재지 커다란 오크책상과 의자, 맞은편의 보조용 작은 의자 하나만으로도 방이 꽉 차 사실 서재로써 제 역할을 다하기엔 다소 무리가 있었다.

그렇지만 그는 침실과 서재를 겸했던 내부를 따로 구분해 그에 맞게 인테리어를 했다. 순전히 그의 집에 드나드는 연인 연수가 불편함을 느끼지 않도록 하겠다는 게 이유였다. 덕택에 그전에는 크게 필요성을 느끼지 못했던 그리 크지 않은 주방과 거실까지도 이젠 제법 제 역할을 하고 있는 중이었다.

그 예로 지금 그의 손에 들려 있는 커다란 머그컵에서 뿜어져 나오는 원두 향이 그 증거라 할 수 있었다. 연수가 드나들기 전에는 결코

이 집 안에서 맡을 수 없었던 향이었다. 연수는 그와 나누는 섹스만큼이나 갓 뽑은 원두 향을 좋아했다.

'당신을 먹고 났을 때의 흡족함과 같아.'

격렬하고 뜨겁게 사랑을 나누고 난 뒤 연수는 갓 뽑은 커피 향을 마시며 아주 흡족하고 나른한 목소리로 원두 맛을 섹스에 비유하곤 했다.

그는 연수가 좋아하는 커피 향을 코로 깊이 들이마시며 힐끗 책상 위의 시계로 시간을 확인했다. 그와 함께 오늘 하루를 보내기로 했던 연수가 선약을 뒤로 하고 이 집을 나간 지 이제 겨우 두어 시간여의 시간이 흘렀을 뿐이었다. 시간은 어느 때보다 더디게 가고 있었다.

"젠장……."

예감이 좋지 않다. 평소의 날카롭고 예리한 느낌만으로는 설명이 부족한 개운치 않은 냄새. 그럼에도 아무런 움직임 없이 작고 꽉 막힌 서재에 하릴없이 시간을 보내고 있어야 하는 이 상황이 그는 꽤 불쾌하다.

물론 평소 그와 연수는 서로 일에 관한 이야기는 나누지 않았다. 만나면 서로를 가지기에 급급했기도 했지만 그와 마찬가지로 연수도 그와 만나고 있는 동안 일 이야기에 시간을 할애하기를 탐탁잖아 했다. 그러다가 보니 어느 사이 그러자고 서로 약속을 한 것도 아닌데 마치 불문율처럼 일에 관한 한은 서로 알려고도 간섭하려 들지도 않았다.

강욱은 갑자기 지금까지는 아무 상관도 없었던 일들이 상관이 있는 것으로 탈바꿈했다.

연수가 돌아오면 회사 미팅에 비서실장도 아니고, 일개 비서인 그녀가 굳이 참석해야 했던 이유가 무엇이었는지 제대로 물어야겠다.

그는 검지로 톡톡 관자놀이를 치며 까딱까딱 고개를 끄떡였다.

서재로 쓰이고 있는 작은방에서 원두 맛을 음미하며 가졌던 강욱의 다짐은 저돌적인 연수의 침입으로 잠시 뒤로 미뤄졌다. 연수의 인기척은 고사하고 그가 앉은 오크책상 위로 그녀가 탁 하니 엉덩이를 들이밀었을 때도 강욱은 의자에 등을 깊숙이 파묻은 채 한 손에 든 서류를 꿰뚫고 있었다.

"이게 당신이 나를 기다리며 알아가겠다던 즐거움인가보지?"

질타와 애정이 교묘히 섞인 음성에 그제야 강욱이 퍼뜩 고개를 들었다. 연수가 오크책상 위에 엉덩이를 올린 채 그를 내려다보고 있었다. 잘 손질된 웨이브 진 머리는 어깨선에 살짝 닿아 연수의 갸름한 턱을 한층 부드럽게 하고 있었고 긴 목까지 감싼 하얀 블라우스와 그레이 색상의 치마는 더 한층 그녀를 단정한 여성으로 보이게 했다. 단정하고 차분해보이는 연수의 차림은 어느 때보다 흐트러짐 없는 비즈니스 모습에 적합했다.

강욱은 연수의 애교 섞인 질타에 입꼬리를 옆으로 끌어올리며 슬쩍 미소 지었다. 단정한 차림으로 책상 위에 엉덩이를 걸치고 있는 연수의 모습은 상당히 자극적이고 도발적이었다. 남자의 야성을 이끌어내려는 어떤 의도도 없어 보이는 모습임에 분명한데 이처럼 단정한 연수의 모습이 오히려 그를 더욱 자극시키고 위험한 상상을 하게 만들었다.

"이런, 이제 오셨어?"

강욱은 힐끔 맞은편 벽시계를 쳐다보며 시간을 확인했다. 어느새 점심때가 한참 지나 있었다.

"날 기다리는 즐거움을 알아가 보겠다며, 서류 보면서 말이지? 순 뻥쟁이."

자신이 얼마나 도발적으로 보이는지 전혀 알지 못한 채 연수는 또 다시 질타의 말을 했다.

강욱은 벌떡 자리에서 일어섰다. 재잘재잘 그를 질타하며 뾰로통해진 연수의 입술이 심장을 뜨겁게 만들며 그를 유혹해댔다.

"우리 시간을 무의미하게 지나가게 한 사람은 당신이야. 이런 식으로 내게 책임을 회피하려고는 말라구."

그를 질타하는 연수의 말을 무시하며 강욱은 되레 그녀를 힐난했다. 그리고는 들고 있던 서류를 서랍 속으로 아무렇게나 밀어 넣으며 의미심장한 말을 했다.

"괜히 날 질책할 생각은 말고 당신 오기만 기다리다 지쳐 쓰러진 이 녀석이나 달래주면 어때?"

입술을 옆으로 끌어올리며 의미심장한 웃음을 지은 강욱은 말을 끝내기가 바쁘게 책상 모퉁이에 살짝 엉덩이를 올리고 있는 연수를 책상 가운데로 옮겼다. 그리고는 그녀를 자신 쪽으로 끌어당겼다. 그 바람에 책상 위에 엉덩이를 걸치고 있던 연수의 몸은 강욱의 중요 부위와 맞닿는 민망한 자세가 되고 말았다.

"아침은 물론 점심도 거른 채 종일 원두커피 한 잔으로 버티고 있다구, 당신이 허기진 내 배를 채워주면 되겠는걸."

강욱은 양손으로 끌어당기고 있던 연수의 엉덩이를 자신을 향해 더욱 바짝 끌어당겼다. 눈가엔 설핏 주름이 질 정도로 웃음이 걸렸다. 눈웃음에 가려 보이지는 않지만 연수를 마주하고 있는 강렬한 그의 눈빛만은 뜨겁게 이글거려 그 열기만으로도 그녀가 입고 있는 블라우스를 벗겨 내고도 남음이 있었다.

연수는 책상 위에 엉덩이를 걸친 채 두 다리를 벌려 허벅지 사이로 강욱을 가둔 채 그녀의 여리고 민감한 부위와 그의 가장자리가 맞닿는 민망한 자세가 되었지만 어설프게 놀란 척도 당황한 척도 하지 않았다.

물론 이럴 의도로 엉덩이를 책상 위에 올리는 행동을 한 것은 아니었다. 의도한 것은 아니었지만 이런 자세가 되고 보니 그녀는 그 어느 때보다 강욱을 가지고 싶다는 열망에 사로잡혀 있었다는 깨달음이 왔다.

허벅지 사이로 뜨거운 열기와 함께 아릿한 통증이 인다. 낯선 느낌은 아니었지만 그렇다고 익숙지도 않은 열기다.

강욱을 가질 때마다 느끼게 되는 놀라운 경험이기는 했지만 그를 가지지도 않은 이 순간에조차 걷잡을 수 없는 이런 희열에 사로잡힌 적은 결코 없었다.

"날 가져, 지금 여기서."

불쑥 말이 튀어나왔다. 기준과 헤어지고 강욱의 오피스텔로 돌아오는 내내 그를 갈망했다. 강욱이 그리워서, 이 사람을 가지고 싶어서 몸 안에서 용광로가 끓는 것 같은 열기를 느껴야 했다.

"어느 순간보다 원해."

그녀의 말이 끝나기 무섭게 강욱의 손가락이 팬티를 젖히고 그녀의 여린 곳을 파고들었다.

"흣……."

"지. 금. 여. 기. 서."

강욱은 한 손으로 연수의 블라우스를 거칠게 잡아채고는 느릿느릿, 한 음절씩 말을 끊어가며 그녀의 바람에 응답했다. 웃음기가 사라진 그의 눈빛은 진정으로 연수를 태워버릴 것처럼 활활 타올랐다. 그의 손놀림은 빠르고 성급하게 연수가 입고 있는 하얀색 블라우스를 걷어 내렸다. 어느 때보다 단정한 차림이었던 연수의 모습은 강욱의 거친 손놀림으로 인해 금방 흐트러졌다.

상체를 감싸고 있던 블라우스는 그녀의 허리에 걸린 채 책상 위로 허물어져 내리고 이내 볼륨 있고 유연한 상체가 모습을 드러냈다. 이글거리며 불타오르던 강욱의 눈빛이 순간 먹잇감을 찾아낸 굶주린 들짐승처럼 번득였다. 으르렁대듯 억눌린 신음을 뱉은 강욱이 단번에 이를 박은 것은 연수의 쇄골이었다. 그는 유난히 깊이 팬 연수의 쇄골에 특히 약했다.

'당신 쇄골이 얼마나 탐욕적인지 알아? 남자들의 마성을 단번에 이끌어 내는 치명적인 유혹의 골이라고.'

유독 그녀의 쇄골에 지나치게 흥분하는 자신을 변명하듯 강욱은 평소 농담처럼 말하고는 했다.

망설임 없이 내려온 강욱의 입술에 연수의 고개가 힘없이 뒤로 꺾였다.

"아……!"

동시에 탄식과도 같은 단말마가 새어나왔다. 비명과도 같은 연수의 단말마에도 강욱은 여전히 그녀의 쇄골을 이로 잘근잘근 물었다가 혀로 핥았다. 유달리 대담하고 적극적인 연수의 반응에 미처 의아해할 사이도 없이 그는 극도로 흥분해있었다. 연수의 수풀과 여린 속살을 애무하는 손길이 과감히 움직였다. 뜨겁게 반응을 보이며 애액을 흘리던 연수의 속살이 강욱의 손가락을 힘껏 조였다. 순간 강욱의 이가 연수의 쇄골 가장 민감한 부위를 이로 꾹 깨물었다.

"하!"

움찔 상체를 들썩이며 연수가 짧은 비명을 뱉었다.

강욱의 손길에 브래지어가 잡힌 것은 그 순간이었다. 탐욕스러운 연수의 쇄골을 잘근잘근 이로, 혀로 맛보고 있던 그는 매끄러운 연수의 살결 대신 만져진 브래지어에 눈을 번득이며 거칠게 그것을 밀쳐냈다.

그의 손길에 하얀색 브래지어가 힘없이 밀려 허리께로 내려가고 이미 딱딱하게 굳어 반듯이 돌기를 세우고 있던 연수의 젖가슴이 팽팽한 긴장감으로 애무의 손길을 기다리고 있었다. 돌기를 오뚝 세운 채 팽팽히 긴장한 모습으로 뜨겁게 그를 유혹하고 있는 연수의 가슴을 향해 강욱은 지체하지 않고 입술을 가져갔다.

"아……."

돌기를 오뚝 세운 핑크빛 유두를 한입 베어 물자 연수의 입에서 한숨과도 같은 깊은 신음이 터져 나왔다. 부풀 대로 부푼 가슴은 아릿한 통증을 유발하고 있었기에 연수의 입술에서 터져 나오는 신음소리는 야릇하고 음탕했다. 지금 당장 그를 가지지 않으면 열망의 고통으로 죽을 것만 같았다. 연수는 성급한 소리로 강욱을 재촉했다.

"내 안에 있는 당신을 느끼고 싶어, 지금."

목소리는 열에 들뜨고 전신은 화끈대는 열기로 숨마저 가빴다. 그녀의 요구가 끝남과 동시에 여린 살점을 배회하던 강욱의 손길이 불쑥 빠져나갔다.

아쉬움에, 참을 수 없는 열정에, 속수무책 연수의 입술에서 탄식의 신음이 쉼 없이 뱉어졌다.

"아아아……."

강욱은 얼른 자신의 바지를 끌어 내렸다. 책상 위에 등을 뉜 채 두 다리로 그의 허리를 끌어안고 있는 연수의 자세는 뇌쇄적이고 어느 때보다 욕망에 정직한 모습이었다. 욕망에 몸부림치며 그를 기다리는 연수의 작은 몸뚱이가 강욱의 뇌를 들끓게 했다. 지체하지 않았다. 그는 한 번의 동작으로 연수의 내벽 깊숙이까지 파고들었다.

"아……!"

연수의 입술에서 안도와도 같은 환희의 신음이 나왔다. 그녀는 자궁 깊숙이까지 들어찬 그가 이내 빠져나가기라도 하는 양 얼른 양손으로 강욱의 팔뚝을 꽉 움켜잡았다. 손톱 끝으로 단단한 그의 살점이 느껴졌다.

"흣……!

강욱이 고통과도 같은 신음을 뱉으며 성급히 움직였다. 빠르고 힘차게 피스톤 운동을 하는 그의 아래서 연수가 상체를 뒤흔들며 끊임없이 그의 움직임을 좇았다.

절박……?

그는 조용히 숨을 들이마셨다.

"말해봐. 점심을 같이한 사람이 누군데?"

연수는 마치 애무를 하듯 중저음의 부드러운 목소리로 질문하는 강욱의 물음에 답하는 대신 엉뚱한 소리를 했다.

"강욱 씨, 사랑을 나누고 나면 말이야, 꼭 일주일은 한숨도 자지 못한 사람처럼 잠이 쏟아지거든, 나른하니 꼭 수면제를 먹은 것처럼. 이상하지 않아?"

강욱이 물끄러미 그녀를 쳐다보았다. 숱 많은 한쪽 눈썹이 미세하게 움직인 것으로 보아 그의 심기는 결코 편치 않았다.

"나 아무래도 수면제 과다 복용 같은데?"

고개를 갸웃, 한쪽으로 기울인 연수는 그만 자야겠다는 듯 빙긋 웃어보였다. 평소 그녀는 섹스 후에 따르는 단잠을 수면제 복용 때문이라 일컬었다.

"대답하지 않겠다는 말이로군."

강욱이 까딱, 고개를 끄떡이며 연수를 향해 성큼성큼 침대가로 다가섰다. 그는 연수가 들고 있는 머그잔을 뺏으며 다시 명령하듯 했다.

"그만 마시고 대화에 집중해."

머그잔을 강탈하듯 연수의 손아귀에서 빼앗은 강욱이 잔을 협탁 위에 내리고는 다시 말했다.

"당신 일에 관한 한 왈가왈부한 적 없어. 관심이 없어서가 아니야. 당신 일을 존중한다는 내 식의 관대함이라고 해두지."

머그잔을 강탈해간 강욱을 비난하려다 말고 연수는 멍하니 마른침을 삼켰다. 부드러운 중저음의 음성이 사라진 강욱의 목소리는 날카롭고 예리해서 거역할 수 없는 힘이 느껴졌다.

"당신 아버지와 점심을 했다는 대답 따위 말고 진짜를 말해봐. 이를테면 당신이 미팅에 참석해야만 했던 진짜 이유 같은 거 말이야."

군더더기 없이 강욱이 직설적으로 물어왔다. 그 말은 즉 그녀도 다른 변명이나 에두르는 법 없이 핵심을 대답해야 한다는 뜻이다. 연수는 강욱의 시선을 마주했다.

"호텔 사정이 어려워. 은행에서도 더 이상의 대출은 불과하다고 통보를 해왔어."

한쪽 눈썹을 꿈틀거리는 것으로 강욱은 계속하라는 무언의 재촉을 했다.

"도움을 주겠다는 회사 쪽과 만나기로 약속이 잡혔고 일개 비서에 불과하지만 난 한라호텔 최동호 회장의 딸로서 그 자리에 참석해달라는 요구를 받았어. 도리에 어긋나는 것도, 이상할 것도 없지 않아?"

"누구라도 아는 사실을 듣자는 게 아니야."

강욱이 낮은 음성으로 지적했다. 말이 많은 그녀의 대답이 마음에 들지 않는 모양이었다.

"미팅에 참석한 진짜 이유를 말해보라며. 이게 전부야. 현강욱 씨. 난 자고 싶어. 눈꺼풀이 침대시트에 떨어져버린 기분이란 말이야. 나중에."

아닌 게 아니라 하루 종일 긴장했던 탓에 정말 피곤했다. 연수는 침대 위로 몸을 뉘며 나른한 음성으로 다시 말을 이었다.

"강욱 씨, 당신이 원하는 대답이 무엇이든 나중에 이야기해."

연수는 그가 다른 말을 하기 전에 얼른 침대보로 몸을 가렸다. 그녀의 움직임을 따라 강욱의 시선이 날카롭게 이어졌다. 하려는 말을 참는 것인지 깊이 숨을 들이마시는 소리가 들렸다.

Rrrr.

눈을 감은 채 연수가 말했다.

"당신 휴대전화 벨소리야."

아무런 움직임 없던 강욱이 그제야 협탁 위의 휴대전화로 손을 뻗었다.

연수는 잠시 후 휴대전화를 들고 침실을 나서는 강욱의 뒷모습을 눈으로 좇으며 커다랗게 한숨을 뱉었다. 그의 등 뒤로 느껴지는 단호한 고집으로 보아 아무래도 강욱의 질문을 피해갈 수는 없으리라는 생각이 들었다. 자고 일어나면 어쩌면 연인이 된 이후 처음으로 강욱과 그녀 사이에 고성이 오가게 될지도 모를 일이었다. 비난과 질타로 이어질까, 분노와 좌절감으로 서로에게 상처를 입히려 들까.

"하……!"

깊은 한숨과 함께 연수는 두 눈을 꼭 감았다. 그렇지만 무거운 눈꺼풀을 꼭 감고 아무리 잠을 청해보아도 피로감만 늘어갈 뿐 쉽사리 잠들지 못했다.

전신이 아무리 녹초가 되었다손 할지라도 머릿속이 온통 엉망인데 잠이 들 리 만무하였다.

눈을 감고 오래전의 일들을 떠올렸다. 파노라마처럼 모든 것이 떠올랐다.

3 운명을 만나다

연수는 특정 부류의 자제들만 모이는 이런 부르주아적 파티를 즐기지도 않았지만 많은 여자들의 공공의 적이 되고 보니 정말 오늘의 파티가 썩 마뜩잖다. 기준은 유학을 앞둔 친구 인철의 생일 파티에 파트너와 함께해야만 참석할 수 있다며 그녀를 끈질기게 설득했다. 기준의 끈질긴 설득이 아니었다면 연수는 정말 이 자리에 참석하지 않았을 것이다.

만인의 연인이어야 할 기준의 애정을 독점한다는 이유로 연수는 파티장에 모인 사람들 중 절반의 부러움을 받아야 했으며 새로이 입장하는 여자들과 인사를 나눌 때마다 시기와 부러움 섞인 한마디씩을 들어야 했다. 연수도 얼마쯤이야 부러움과 질시의 대상으로서 겪어야 할 마땅한 일이라고 웃으며 받아넘길 수 있었지만 시간이 지나고 그 횟수가 점점 늘어지자 슬금슬금 머리가 지끈거리기 시작했다. 시끄러운 음악소리와 인철이 생일이라고 터트린 샴페인 냄새까지 더해지자 연수는 더 이상 지끈거리는 두통을 참을 수가 없어졌다. 기준에게 잠시 바람을 쐬고 오겠다고 말한 뒤 그녀는 기준이 붙잡기 전에 얼른 테라스를 향해 걸음을 옮겼다. 떠들썩한 실내를 벗어나 테라스로 나서자 차가운 밤공기가 정신을 맑게 했다. 연수는 맨살에 닿는 서늘한 기운에 팔짱을 두르고 양손으로 맨살을 문지르며 시원한 공기를 들이마셨다. 지근거리던 머리가 한결 가벼워지는 느낌이다.

"오월이라도 아직 밤공기는 서늘하지?"

어느새 나왔는지 애리가 옆에 다가서며 물었다. 애리는 사교모임에서 유일하게 그녀와 마음을 나누는 벗이라 할 수 있었다.

"기준 오빠는 너 데려고 와선 어쩐 일로 혼자만 바쁘네?"

기준은 많은 여자들에게 호감을 받고 있었고 애리 또한 파티장에 모인 여자들 중 절반이 기준에게 호감을 가지고 있다는 사실을 잘 알고 있었다. 몇몇은 호감 그 이상의 감정을 드러내놓고 내비치기도 한다.

"만인의 연인이잖아."

연수는 평소처럼 무덤덤하게 대꾸했다.

"그런데도 넌 조금도 초조하다거나 샘나지 않아?"

"그래야 하니?"

되레 되묻는 연수를 이해할 수 없다는 눈빛으로 바라보며 애리가 볼멘 음성으로 핀잔했다.

"기준 오빠를 추종하는 여자들한테 너, 한 번쯤이라도 질투의 감정 느껴본 적 있어? 아니다. 질문을 바꿀게. 너 남자라는 이성에 관심을 가져본 적은 있기는 하니?"

"글쎄."

애리는 고개를 갸웃거리며 기억을 더듬는 연수를 눈 흘김 하며 쯧쯧 혀를 찼다.

"아무리 강심장이라고 해도 말이야, 모름지기 사람이란 어느 시기가 되면 본능적으로 이성에 호기심을 가지게 되어 있거든. 그런데 넌 호기심은 고사하고 이성에 관심조차 없었어. 최연수. 너 그거 절대로 평범한 거 아니다?"

"그렇게나 이상한 거니, 내가?"

"그럼, 어떻게 이성을 향한 감정이 그렇게나 메말랐을 수가 있어. 그건 신을 향한 모욕이라고."

"또, 또 그런다."

"뭐가 또 그런다는 거야."

애리는 애초에 말문을 막아버리려는 연수를 질책이라도 하듯 말을 늘어놓았다.

"얘는, 정말 자기가 얼마나 예쁜지를 모른다니까. 네 말대로 만인의 연인인 기준 오빠가 왜 네게만은 한결같은지 알기는 해? 하긴 자기가 얼마나 아름다운지를 인지하지 못하고 있으니 알 리가 없지. 너 그 다갈색 눈이 얼마나 네 얼굴을 신비하게 만드는지는 알아? 동양인에겐 얼마나 드문 눈빛인데, 조물주에 감사해야 한단 말이야. 그리고 누누이 말해왔지만 남자들 주먹만 한 크기의 네 얼굴은 또 얼마나 인……."

연수는 평소처럼 결국 그녀를 찬양하는 말로 새고 마는 애리의 수다를 한 귀로 흘러 들으며 천천히 기억을 더듬어 보았다.

애리가 늘 의아하게 생각하는 질문처럼 그녀는 어린 시절부터 단 한 번도 의심한 적 없었다. 기준은 모든 사람들에게 호감을 받는 유쾌하고 위트가 넘치는 사람이었고 그런 사람의 관심을 받으며 애정 어린 보살핌을 받는다는 것은 멋지고 행복한 일이다.

그러했기에 그녀는 사춘기 시절에도 딱히 이성에 호기심을 드러내기는 물론 관심조차 없었다. 멋지고 위트까지 있는 이성인 기준이 늘 가까이에 있었기에 그럴 수 있지 않았나. 가끔 그런 생각은 했다. 다른 이성에 호기심이나 관심을 둘 필요를 느끼지 못했을 만큼 기준은 그녀의 인생에 많은 시간을 함께 했으며, 언제나 유쾌하고 배려 있는 행동으로 자신이 그녀의 최고의 이성임을 자처했다. 연수는 기준과 유쾌한 시간을 보내는 것이 즐거웠고, 기준이 주위 여자들의 애절한 관심을 즐기며 여유롭고 호기롭게 대처하는 모습을 지켜보는 것이 그저 신기하고 재미있었다.

애리는 그런 그녀를 이해하지 못했지만 말이다. 기준은 주위 여자들의 관심과 적극적인 구애에도 불구하고 그녀에게만은 한결같이 진정한 모습이었고, 그랬기에 연수는 친구들이 짝사랑으로 힘들어하거나 이성에 관한 설렘으로 심장이 조인다거나, 툭툭, 가슴이 널뛰기를 하는 것처럼 사납게 뛴다고 해도 크게 공감을 하지 못했다. 왜 심장이 조이는지, 그건 또 어떤 느낌인지, 그리고 가슴이 널뛰기를 하는 것처럼 가쁘게 뛰는 이유가 무엇인지. 그건 백 미터 달리기를 하고 났을 때에나 가능한 일이 아닌가, 하고 의아하게 생각했을 뿐이다.

그렇게 스무 해가 훌쩍 지났고 그녀는 스물셋이 된 지금껏 이런 사실들을 심각하게 의심해보지 않았다. 애리는 늘 심장의 기능 하나가 애초 생산되지 않은 모양이라고 그녀를 타박하고는 했다.

애리의 말처럼 이제야 이성을 향한 감정 하나가 심각하게 기능을 상실하고 있는 것은 아닌가, 연수는 문득 의문이 일었다.

어쩌면 그럴지도 모른다. 자신 안에는 감정을 억누르는 기능이 다른 사람들보다 훨씬 크게 자리하고 있으니 대신 다른 어느 기능 하나가 파괴되었다손 하더라도 의아할 것 없다.

자각과 함께 연수는 두 눈을 꼭 감았다. 애리가 그토록 열광하는 다갈색 눈빛이 어둠 속으로 잠겼다. 그녀를 찬양하며 기나긴 열변을 토로해내던 애리의 목소리도 잠잠해지고, 잠시 정적과도 같은 고요가 이어졌다.

"왜 이리 소란스럽지?"

말 그대로 잠시 후 의아하다는 듯 투덜대는 애리의 중얼거림에 이어 바삐 움직이는 발걸음 소리가 이어졌다. 이어 애리가 호들갑스러운 목소리로 떠들었다.

"연수야, 안 들어갈래? 효경 언니가 완전 숨넘어가게 멋진 남자를 달고 왔어. 봐봐. 아우야, 진짜 스탈 죽인다."

이성에 관한 호기심을 굳이 숨기지 않는 그녀답게 한 옥타브 올라간 목소리로 애리가 연수의 팔을 이끌었다.

"너도 여기서 시시하게 시간 보내지 말고 들어가자. 어, 연수야."

테라스 난간에 상체를 기울이고 있던 연수는 고개를 가로저으며 말했다.

"난 조금 더 바람 좀 쐬고 갈게. 머리가 무거워서 그래."

"으이구, 또 두통이야? 하긴 파티장이 좀 정신없기는 하지. 알았어, 나 먼저 들어갈 테니까 곧 들어와라."

붙들었던 연수의 팔을 놓으며 애리는 마치 새로운 장난감을 만난 어린아이처럼 잔뜩 기대에 부푼 표정으로 뛰어갔다. 벌써부터 남자에 관한 기대가 완전히 충족된 듯 기꺼이 흥분한 모습으로 파티장으로 되돌아가는 애리의 뒷모습을 물끄러미 바라보며 연수는 입술을 옆으로 벌리며 미소 지었다.

절반쯤은 포장한 채 속내를 드러내지 않는 이 세계에 애리는 있는 그대로의 자신을 드러내는 몇 안 되는 사람 중 한 사람이었다.

연수는 애리가 테라스에서 완전히 사라지고 나서야 어둠 속을 향해 다시 고개를 돌렸다. 고개를 돌리다 힐끔 시선이 스쳤는데 아닌 게 아니라 파티가 한창인 실내는 무슨 재미난 일이라도 생긴 것처럼 여자들이 무리를 지으며 군데군데 모여 있었다. 애리가 말한 완전 숨 넘어가게 생겼다던 새로운 남자 때문인 모양이었다. 연수는 반짝반짝 눈빛을 빛내며 흥분을 감추지 않고 있을 애리의 얼굴을 떠올리며 작게 소리 내어 웃었다.

밤공기를 쐬고 났더니 지근거리던 관자놀이는 한결 나아졌다. 연수는 다른 사람이 테라스에 나타나기 전에 다시 파티장으로 걸음을 옮겼다. 무엇보다 더 지체했다가는 기준도 그녀를 궁금해하며 찾아 나설 것이 분명했다. 그녀는 소란스러운 실내로 다시 발을 들였다. 서늘하기는 했어도 머릿속까지 맑게 해주던 바깥의 밤공기와는 달리 실내는 후끈한 열기로 인해 저절로 미간이 찌푸려졌다.

연수는 찌푸린 얼굴로 실내를 둘러보다 기준과 시선이 마주쳤다.

그녀를 발견한 기준이 번쩍 한 손을 들어 올리며 다정한 미소를 지어 보였다. 그의 손짓에 주위에 있던 기준의 친구들이 일제히 그녀를 돌아보았다. 연수는 기준이 자리하고 있는 중앙으로 걸음을 움직였다. 굳이 기준이 자리하고 있는 곳으로 다가가서 대화에 끼고 싶은 생각은 없었지만 그녀를 기다리는 기준과 그 친구들의 시선까지 무시할 수는 없었다.

"두통은 좀 가라앉았어?"

테라스로 나가기 전에 했던 그녀의 말을 떠올렸는지 가까이 다가선 그녀를 향해 기준이 물었다.

"괜찮아. 좋아졌어."

두 사람 사이의 대화에 파티의 주체자인 인철이 툭 끼어들었다.

"이 자식 아까부터 테라스만 힐끔거리더라. 조금만 더 늦게 들어왔어도 연수 너 찾으러 나갔어."

"설마요."

그녀를 향한 기준의 과잉행동을 두고 평소에도 은근슬쩍 약 올리기를 즐기는 인철이 과장된 제스처를 써가며 말을 이었다.

"진짜라니까, 안 믿네? 어이, 은기준. 너 평소에 어떻게 행동하기에 연수가 내 말에 딴지를 거냐? 너 우리들 앞에서만 연수, 연수 하는 건 아니지?"

"시끄러워."

인철의 농이 섞인 핀잔을 한마디로 잘라버린 기준이 자신이 앉았던 자리를 가리키며 연수를 향해 말했다.

"앉아."

"자리에 앉는 것보다는 서서 조금씩이라도 움직이는 게 나을 것 같아."

관자놀이를 검지로 쿡 찌르며 대답하는 연수를 기준이 염려스러운 눈빛으로 쳐다보며 고개를 주억거렸다.

"아, 자식. 연수 쳐다보는 그 눈빛 좀 어떻게 할 수 없냐? 눈꼴시어 정말 봐줄 수가 있어야지."

인철의 야유에 친구들이 공감한다는 듯 이구동성으로 쿡쿡거렸다. 무안해진 기준이 인철의 머리를 툭, 치고는 빙 둘러 있는 친구들을 향해 말했다.

"그래서 효경이 같이 온 남자를 아는 사람은 아무도 없어?"

애리가 너무도 흥분해 마지않던 그 남자에 관한 소린 모양이었다. 연수는 때를 봐서 이 자리를 피할 심산으로 기준이 양보한 의자에 앉는 대신 그의 옆에 서서 힐끔거리며 곁눈질로 파티장을 둘러보았다. 편안하게 시간을 보내기에 적당할 장소가 있을까 하고 곁눈질을 하고 있는 사이 누군가의 목소리가 이어졌다.

"태경이야 알겠지."

연수는 오고 가는 대화를 귓전으로 흘러 들으며 이층으로 이어지는 실내 계단의 원형기둥 뒤를 적당한 장소로 눈도장을 찍었다. 그런 후에야 시선을 바로 했다.

원형 탁자 주위로 빙 둘러섰거나 앉은 기준의 친구들이 일제히 한 남자에게로 시선을 보내고 있었다. 그는 경영 문제로 집안끼리 사이가 나빠진 효경의 사촌인 박태경이다.

연수도 사람들의 시선을 따라 태경을 바라보았다. 그는 들고 있는 샴페인 잔을 응시한 채 살짝 입술을 벌리고 있었다. 미소라기보다 비웃음에 가까운 표정이었다.

"태경아, 넌 들은 소문 없냐?"

모두를 대신해 묻는 인철의 질문에 태경이 피식 웃음을 흘리며 대답했다.

"큰어머니라 일컫는 유혜정 여사의 손님."

삐딱한 말투가 상당히 거칠었다.

"효경이 어머니?"

인철이 되물었다. 효경의 어머니인 유혜정은 영화배우 시절 클럽의 밤무대에서 태양건설 사장인 박태수의 눈에 든 여자였다. 당시 박태수는 둘째 부인과 사별한 지 얼마 지나지 않았을 때라 그보다 스무 살이나 어린 유혜정과의 세 번째 결혼은 이 세계에서 제법 오랜 시간 화자 되어 세월이 지난 지금까지도 재벌가 여자들의 각종 모임이나 파티장에서 종종 이야깃거리가 되고 있었다.

그렇지 않아도 큰형인 박태수와 관계가 좋지 않았던 태경의 아버지는 딸 나이의 어린 여자와 세 번째 결혼한 형 박태수를 노망이 든 것이라 치부하며 급격히 사이가 더 나빠졌다. 부모들끼리의 적대감은 그 자식에게까지 이어져 효경과 태경은 사촌이되 남보다 못한 사이였다. 태경에게 유혜정은 큰어머니였지만 그렇게 불리는 일이 극히 드문 것이 그 예였다.

"그 여자 인맥이니 어느 집안 출신이라고 명함 내밀 위인은 아니겠지."

태경이 비아냥거리며 설명을 덧붙였다.

"출신이야 어떻든 풍기는 포스는 우리들 중 누구보다 나았다, 인마."

인철이 태경의 조롱 섞인 확신에 반박을 했다. 인철의 반박에 들고 있던 샴페인을 한 번에 들이켜고 난 태경이 피식, 웃었다. 그리고는 확신에 찬 음성으로 다시 비아냥댔다.

"큰어머니란 여자의 출신이나 뭐로 보나 너희들이 생각하는 어느 집안의 숨겨둔 사생아는 아닐 거라고 장담해."

"야, 야. 말조심해라, 효경이 온다."

누군가 태경의 거친 말투를 지적했다. 어디에 있다가 나타난 것인지 저만치에서 효경이 보무도 당당하고 발랄한 걸음으로 이쪽으로 다가왔다.

"춤은 안 추는 거야?"

일제히 쳐다보는 이들을 향해 다가선 효경은 재미없게 여기서 뭐 하냐는 표정으로 다시 물었다.

"아까부터 계속 무슨 이야기가 그렇게 길어, 파티장에서 재미없게."

그리고는 반짝, 눈빛을 빛내며 연수를 향해 아는 체를 했다.

"아, 연수, 안녕. 오랜만이다? 보이지 않기에 기준이 어쩐 일로 널 데려오지 않았나 하고 그렇잖아도 의아해했었어."

"오랜만이에요, 언니."

"그렇지? 넌 볼 때마다 더 예뻐지네, 기분 나쁘게 말이야."

진심으로 기분이 나쁘다는 얼굴로 효경이 이번엔 기준을 향해 시선을 주며 심술궂은 말을 했다.

"은기준, 연수는 여전히 남녀 간에 일어나는 불꽃같은 스파크엔 무관심한 얼굴인데 어쩌니? 너 속 꽤나 썩겠다."

아버지 박태수의 무한한 사랑에 힘입은 탓인지 효경의 말투는 거침이 없는데다 자신이 뱉은 말에 상대방이 어떤 기분에 놓이게 될지 따위엔 관심이 없었다. 안하무인이라기보다는 지나치게 자기중심적인 면이 있다는 게 옳았다.

"뭐……!"

기준은 그의 마음을 너무도 적나라하게 꼬집은 효경에 당황해 잠시 반박할 여유를 잃어버렸다. 사실이지 연수는 이성에 관한 감정 하나가 애초 생겨나지를 않은 것이 아니냐고 그 자신도 근래 들어 심각하게 고민하기 시작한 문제다.

"흠, 흠……."

효경의 거침없는 지적이 재미있어 인철은 잇새로 비집고 나오려는 웃음을 겨우 참으며 헛기침을 했다. 사실 기준을 눈앞에 세워두고 연수를 향한 그의 일편단심을 이런 식으로 대놓고 지적할 수 있는 사람이 효경 말고 누가 있을까. 기준의 가장 친한 친구라고 할 수 있는 그 자신도 농처럼 은근슬쩍 에둘러서 놀리기는 해도 효경처럼 이렇게 대놓고 말하지는 못하는 데 말이다.

"효경 언니는 늘 입 안에다 날을 갈고 있는 모양이에요."

연수는 당황한 기색이 역력한 기준의 모습이 생소하기도 하고 그녀를 기준의 애나 태우게 하는 염치없는 사람으로 단정 지어 버리는 효경에 슬쩍 감정이 상했다.

"나날이 한마디 한마디 뱉는 말들이 어찌나 날카롭고 쓸데없이 예리하든지. 한강 고수부지에 자리 깔고 관상 봅니다, 하고 특기를 살리셔도 되겠는걸요?"

나직한 목소리로 따끔하게 반격을 한 연수의 당돌함에 여기저기서 또 키득거리며 웃음소리가 새어나왔다.

"크, 크, 킄……."

이번에는 인철도 웃음을 참지 않으며 말을 했다.

"야, 야. 박효경. 최연수 세 치 혀가 얼마나 따가운지 모르지? 쟤가 모든 것에 무관심한 듯 시크한 표정이지만 말이야, 공격에는 물러서지 않고 곧장 반격한다구, 그것도 날카롭고 꽤 뼈 있게."

"그러게, 나도 오늘에야 알았어. 최연수의 재발견이라고 해야겠네."

효경이 의미심장한 말을 하며 희미하게 미소 지었다.

"박효경, 같이 온 네 파트너는 못 보던 얼굴이던데?"

기준은 중재라도 하듯 대화의 물꼬를 달리했다. 그는 효경과 함께 나타난 남자를 보는 순간 이유 없이 불편한 기분을 느꼈다. 사람을 두고 아무런 이유도 없이 불편한 기분을 느끼기도 처음이었지만 자신의 영역을 위협이라도 받은 기분 또한 당황스러울 정도로 생소했다. 그랬기에 기준은 사실 이 자리에 있는 누구보다 효경이 같이 온 남자가 궁금하다.

"한 번이라도 봤다면 절대 잊힐 사람은 아니던데, 여기에 있는 누구도 네 파트너에 관해 정보를 아는 사람이 없어. 어떤 사람이야?"

그제야 효경이 턱을 뾰족이 치켜세우며 흡족한 표정으로 대답했다.

"다듬어지지 않은 원초적인 남자 냄새가 강하다는 것 외에 나도 제대로 아는 건 없어. 엄마 손님인데 파트너가 없어서 함께 동행해달라고 부탁한 거야. 정말로 간곡히."

효경의 등장에 아까부터 코를 벌렁대며 언짢은 티를 숨기지 않고 있던 태경이 친구들을 향해 거보라는 듯 으쓱댔다. 으쓱대는 태경의 행동에 반응을 보이는 친구들과는 달리 기준은 효경의 말꼬리를 붙잡았다.

"원초적인 남자 냄새라. 픕, 표현 한 번 대단히 자극적이군."

"왜, 현강욱 씨를 소개하기에 가장 적절한 단어이지 않아?"

효경은 기준이 피식대며 웃는 얼굴을 하고 있지만 이면에는 아주 미묘하게 불쾌한 감정을 숨기고 있음을 눈치챘다.

"넌 어떻게 생각하니, 연수……. 어?"

말을 하다가 말고 효경은 의아한 얼굴로 시선을 들었다. 그 자리에 있어야 할 연수는 어느새 저만치 자리를 떠나고 있었다.

"기준아, 오늘 연수는 자주 네 옆자리를 비우는 것 같다?"

효경은 연수의 뒷모습을 눈으로 좇으며 사뭇 즐거운 일에 맞닥트린 사람처럼 하얀 치아를 드러냈다. 그리고는 만면에 웃음이 번진 얼굴로 기준에게 의미심장한 말을 했다.

"연수가 자리를 떴는데도 몰랐다니, 은기준, 어쩐 일이야?"

그제야 연수가 제 옆자리에 없다는 것을 깨달은 기준이 놀란 얼굴로 효경의 시선을 따랐다. 빠른 걸음으로 파티장 가장자리를 벗어나고 있는 연수가 그의 시선에 잡혔다.

"푸훗."

효경이 재미난 일과 맞닥트린 사람처럼 즐거운 웃음소리를 냈다.

그리고는 걸음을 옮기는 기준을 불러 세웠다.

"은기준."

주춤, 걸음을 멈춘 기준이 고개를 돌려 효경을 쳐다보았다.

"연수 쫓아가려고? 똥 마려운 강아지마냥 연수 뒤만 따라다니는 모습, 정말 보기 흉하다는 건 아니?"

"뭐?"

"사실을 전해줬을 뿐인데 잘생긴 얼굴까지 찌푸릴 필요는 없어. 그나저나 어때, 나랑 재미있는 내기 하나 하지 않을래?"

"무슨 소리야?"

힐끔, 멀어지고 있는 연수에게 시선을 돌렸다가 다시 효경을 향하며 기준이 다시 되물었다.

"내기라니?"

효경은 조급증이 느껴지는 기준의 음성에도 모르는 척 느긋하게 말을 했다.

"연수가 지금 가고 있는 쪽엔 아마도 현강욱 씨가 자리하고 있을 거야."

기준은 이마를 슬쩍 찌푸리며 못마땅함을 드러냈다. 은근히 그의 심기를 불편하게 하는 효경이 영 마뜩잖다.

"난 야수처럼 원초적인 냄새가 진득한 현강욱 씨를 연수에게 소개시키려고 해."

"무슨 쓸데없는 짓을 하려고?"

"글쎄, 쓸데없는 짓인가? 음, 네 생각은 어떠니? 만약에 현강욱 씨가 춤을 청하면 연수는 어떤 반응을 보일 것 같으니? 두 사람을 소개하면서 연수와 블루스라도 추라고 현강욱 씨를 부추길 생각이거든."

"블루스라면 질색인 연수가 설마 처음 만난 남자와 춤을? 웃기지 말지 박효경."

"글쎄, 거야 알 수 없지. 아무리 호수처럼 잔잔한 감정의 연수라고 할지라도 말이야. 현강욱 씨 같은 남자는 지금껏 한 번도 만나보지 못했잖아. 어때?"

씽긋, 한쪽 눈을 감으며 윙크를 한 효경이 의미 있는 미소를 지으며 은근하게 목소리를 낮췄다.

"아주 재미있는 제안을 할까 하는데."

"관심 없어. 별로 재미있을 것 같지도 않고."

"어떤 제안인지 내 말을 들어보지도 않고? 아니면 연수가 현강욱 씨의 마성에 사로잡히기라도 할까 자신이 없는 거야?"

"뭐?"

"현강욱 씨 같은 남자라면 어떤 여자라도 한 번의 눈빛이면 상황 종료일 것 같고, 그에 반해 연수는 어떤 이성에도 늘 한결같이 담담한 모습이었으니까 두 사람이 마주하면 어떤 일이 생길지 내기를 해도 재미있을 것 같지 않니? 물론 네가 생각하는 연수는 절대 모르는 남자와는 블루스를 출 일은 없을 라고 확신할 테구. 안 그러니?"

"그래서, 제안이 뭐야?"

효경은 고양이처럼 눈초리를 추켜올리며 흡족한 미소를 지었다. 슬쩍 기준의 자존심을 건드린 것은 아주 탁월한 방법이었다.

"현강욱 씨와 블루스를 추지 않는 연수라면, 음, 그래. 연수는 정말로 어떤 이성에도 관심이 없이 은기준, 네게만 특별한 감정이라고 인정할게. 대신 두 사람이 블루스를 춘다면 넌 내가 원하는 것을 들어줘."

"그 제안이란 게 대체 뭐야?"

약간은 신경질적인 기준의 음성에 효경이 웃음이 섞인 음성으로 낮게 속삭였다.

연수는 미처 불빛이 닿지 않는 구석진 곳으로 천천히 걸음을 옮기며 실내를 쭉 훑었다. 아까부터 찾아보았지만 애리는 어디에 있는지 보이지 않았다. 혼잡한 파티장을 피해 그녀가 지금 가려는 장소는 이층으로 향하는 실내 계단이 가로막고 있어 파티장의 소란스러움에서 벗어나고 싶은 사람에게는 안성맞춤 같았다. 실내를 환하게 밝히는 샹들리에 불빛도 원형계단의 기둥에 가로막혀 딱 필요한 만큼의 불빛만 닿고 있었는데 그래서 더욱더 적합한 공간으로 느껴졌다.

연수는 다른 사람들의 눈에 띄지 않도록 서둘러 그 자리로 향했다. 서로 어울리고 싶지 않은 사람끼리 부딪쳐 마음에도 없는 이야기를 하는 건 장소를 불문하고 썩 유쾌하지 않았다. 그러했기에 누구와도 부딪치지 않고 원형기둥이 있는 장소 뒤편으로 당도했을 때 연수는 혼잡함에서 벗어났다는 홀가분함에 진심으로 안도했다. 그제야 파티장을 두리번거리던 얼굴을 바로 하며 안도의 한숨을 쉬는 여유로움까지 지닐 수 있었다.

"휴……!"

다음 순간 연수는 헉, 하고 다시 안으로 숨을 삼키고 말았다. 누군가가 있었다. 누군가가 그녀를 꿰뚫고 있다는 강렬한 시선이 느껴졌다. 연수는 실눈을 한 채 시선이 느껴지는 곳으로 초점을 향했다. 구석진 장소인데다 바깥을 내다볼 수 있는 커다란 창을 가린 커튼 때문에 미처 사람이 있음을 눈치채지 못했었다. 아쉽게도 휴식 공간으로써 이 장소를 마음에 들어 한 사람은 그녀만이 아닌 모양이었다.

연수는 이윽고 원형기둥에 기대선 장신의 남자 실루엣을 발견했다. 기다란 그림자로 보아 장신임에 분명했다. 한 손을 바지 주머니에 찔러 넣은 채 원형기둥에 슬쩍 등을 기대고 서 있는 남자는 적어도 키가 185센티는 훨씬 넘어 보였다. 연수는 꿀꺽 숨을 삼키며 남자의 움직임을 눈여겨보았다. 등을 기대고 섰던 남자가 자세를 바로 하며 움직이는 것이 눈에 들어왔다. 불빛을 가린 원형기둥에서 완전히 모습을 드러낸 남자는 그야말로 상당한 장신이었다. 연수는 힘이 느껴지는 남자의 외형에 놀라움을 애써 감추며 시선을 들어 남자의 얼굴로 향했다. 동시에 남자의 눈빛과 실눈을 하고 있던 그녀의 눈빛이 탁, 소리를 내며 부딪쳤다.

"!"

연수는 꿰뚫을 듯 자신을 쏘아보고 있는 강렬한 남자의 눈빛 앞에서 속수무책 가둬졌다.

입술은 멍하니 벌어진 채 다물어질 줄을 모르고 충격으로 동공은 하얗게 벌어졌다. 전신은 전기에 감전이라도 된 듯 얼어붙었다. 남자의 눈빛은 먹이를 눈앞에 둔 맹수의 눈빛을 떠올리게 했다. 사냥감을 눈앞에 둔 굶주린 밀림의 수사자. 연수는 자신을 쏘아보는 남자의 눈빛이 먹이를 사냥하는 맹수의 눈빛처럼 날카롭고 강렬해서 한 발자국만 움직이면 먹히고 말 것 같은 먹잇감이 된 기분에 사로잡혔다. 서서히 숨이 차 왔다. 숨이 차오르고 툭툭 심장이 소리를 낸다.

연수는 가슴이 쉼 없이 오르내리도록 숨이 가쁜 것은 백 미터 달리기를 하고 났을 때나 가능한 일이라고 알고 있었다. 혼자만 오뚝하니 어둠과 맞닥트려 무섬증으로 두려워하고 있는 그 순간에 누군가가 불쑥 나타났을 때의 충격, 그 순간에나 뛰는 것이 심장이라고 알고 있었다. 아니었다. 심장은 한 사람의 눈빛만으로도 한순간에 모든 기능을 달리할 수도 있었다.

이 남자는 누군가, 누구기에 이토록이나 내 심장을 조이나. 숨이 차다. 숨쉬기가 불편하다. 연수는 자신을 쏘아보고 있는 남자의 번득이는 눈빛에 사로잡힌 채 잠시 멈추고 있었던 숨을 급히 내뱉었다.

"하……!"

툭툭, 소리를 내는 심장 때문에 그조차도 여의치가 않았다.

연수는 제 마음대로 움직이는 심장의 울림에도 불구하고 강렬한 남자의 눈빛을 피하지 않았다. 심장이라도 찔리고 말 것 같은 강렬하고 날카로운 남자의 시선을 멍하니 맞받았을 뿐 사실은 그 눈빛을 피할 의지조차도 없었다. 장신의 남자는 숱 많은 머리칼로 귀를 살짝 덮어 아름답지만 거칠어 보였다. 아마도 그래서 밀림의 수사자를 떠올린 모양이었다. 길들일 수도 길들여지지도 않을 것 같은 거친 야성미. 네모진 턱과 꾹 다문 입술은 남자가 강철 같은 의지의 소유자임을 알게 했다.

연수는 자신도 모르게 손을 들어 가슴을 꾹 눌렀다.

쿵쿵, 심장이 꿈틀거린다. 마치 맹렬히 치는 북소리처럼 심장이 쿵쿵쿵 소리를 낸다.

연수는 생전 처음 빠르게 요동치는 심장소리를 들었다. 심장이 움직이니 자신이 서 있는 이곳도 하얗게 변해가는 느낌이다. 머릿속은 새하얗게 변하고 꿰뚫을 듯 그녀를 응시하고 있는 남자의 눈빛만이 시야를 메웠다. 주위의 모든 사물은 사라지고 오직 눈앞의 남자만이 세상에 존재하듯 시야를 가득 메우고 있었다.

어떤 의지력도 심장의 울림 앞에서는 무용지물이었다.

운명은 그렇게 예고도 없이 한순간에 나타났다.

강욱은 품평회를 하듯 쏟아지는 사람들의 시선에 미간을 찌푸리며 파티장 중앙을 벗어났다. 젊은 남녀로 무리를 이루고 있는 파티장은 아무래도 그 주최자 역시 젊은 사람인 것이 분명해보였다.

강욱은 이 장소에 도착하고서야 이 파티가 어떤 모임인지 알게 되었다.

먹고 마시기나 하는 젊은 사람들의 놀이인 줄 진즉 알았더라면 그는 아무리 유혜정 여사의 부탁이었어도 그녀의 딸 효경과 이 자리에 참석하는 우를 범하지는 않았을 것이다.

그는 효경과 함께 파티장으로 들어섰을 때부터 사람들의 시선이 일제히 자신을 향하던 것을 놓치지 않았다. 마치 품평회라도 하듯 전신을 훑는 그들의 시선에 강욱은 파티장을 들어선 그 순간부터 이 장소가 자신과는 전혀 어울리지 않는 곳이란 결론을 내렸다.

그는 태어날 때부터 은수저를 물고 나왔을 재벌가 자제들의 놀이 장소에 끼어 그들의 눈요깃감이나 되고 싶은 맘은 없었다. 그러기에는 그는 하루 24시간이 모자라는 사람이다.

강욱은 더 이상 시간을 허비하고 있을 필요는 없다고 판단했다.

파티장소가 교외에 위치한 별장이어서 차가 없으면 움직이는데 불편하다. 자신의 차로 왔으니 효경을 집에까지 안전하게 데려다주려면 그녀가 파티장을 한 바퀴 돌 때까지는 기다려줄 수밖에 달리 도리가 없다.

강욱은 구석구석 파티장을 누비고 다니는 효경을 조금만 참아주기로 했다.

그러는 동안 강욱은 원형기둥에 기댄 채 한국에서 지낼 수 있는 시간이 앞으로 얼마나 남았는지 일정을 되살폈다. 다음 학기가 시작될 때까지는 잠시 한국에 머물러도 되겠지만 이제 할머니도 돌아가시고 안 계시는 한국에서 굳이 시간을 허비할 필요는 없었다. 며칠 머무르면서 서울의 경제 흐름이 어떻게 돌아가고 있는지 살펴보기로 했다.

강욱은 일정을 대충 헤아리고 고개를 까딱이며 시선을 돌렸다. 파티장은 여전히 혼잡스러웠고 소란스러움은 파티장과 제법 떨어져 있는 그가 자리한 이곳에까지 미치고 있었다.

효경은 이제 대충 파티장을 한 바퀴 누빈 모양인지 한 무리의 사람들과 잡담을 하느라 여념이 없어보였다. 강욱은 효경이 잡담을 나누고 있는 무리를 마지막으로 그녀를 데리고 이 파티장을 빠져나가기로 결정하고 잠시 그들을 지켜보았다.

제법 먼 거리기는 했지만 어둑한 곳에 자리한 그와는 달리 효경이 자리하고 있는 곳은 파티장의 가장자리라고 해도 무리가 없어 보일 정도로 가장 눈에 잘 띄는 장소였다. 덕택에 강욱은 효경이 함께하고 있는 주위 사람들을 눈여겨볼 수 있었고 그들의 표정까지도 충분히 관찰할 수 있었다.

처음부터 여자가 눈에 들어온 건 아니다. 지금껏 어떤 여자에게도 이성적인 관심을 가져보지 않았던 강욱에게 있어 여자는 그저 성性을 해소하는 살아 있는 생물체에 불과한 존재였다. 그러했기에 그 여자를 보았을 때도 그는 힐끗 스쳐 지나쳤다. 물론 파티장의 들뜬 분위기와는 어울리지 않는 담담한 여자의 표정이 이 장소에 있는 여느 여자들의 표정과는 달라서 힐끗 스치고 지나가던 눈길이 다른 사람을 향했을 때보다는 조금 더 머물렀다고는 할 수 있다.

어쨌든 그 여자가 자신 쪽으로 다가오기 전까지 여자는 강욱에게 있어 다른 여자들과 같이 그저 살아 있는 생물체였다.

강욱은 주위를 두리번거리며 자신 쪽을 향해 다가오는 여자를 지켜보게 되기 전까지 효경을 데리러 갈 타이밍을 찾고 있었다. 그러는 사이 효경의 주위에 있던 여자가 주위를 두리번거리며 점점 자신이 있는 곳으로 다가왔다. 마치 그가 이 장소에 있는 것을 알고 있기라도 하듯이 여자는 머뭇거림 없이 어찌 보면 성급하다 싶을 정도로 빠른 걸음으로 다가오고 있었다.

강욱은 불빛이 가려진 원형기둥에 몸을 기댄 채 자신을 향해 점점 가까이 다가오는 여자를 지켜보았다. 최초에 여자의 얼굴을 스치고 지나면서도 생각했듯이 이쪽을 향해 빠르게 다가오고 있는 여자의 얼굴은 이 파티장과는 전혀 어울리지 않는 표정이었다. 마치 그 자신처럼, 어서 이 장소에서 벗어나고 싶은 표정이 역력해보였다.

주위를 두리번거리며 가까이에 다가온 여자는 그와 몇 발자국 떨어지지 않은 자리에서 얼굴을 정면으로 향했다. 강욱은 어깨까지 들썩이며 커다랗게 숨을 뱉는 여자를 지켜보았다. 몇 발자국 떨어지지 않은 곳에 선 여자는 무슨 이유에서인지 자석처럼 그의 시선을 끌어당기고 있었다. 강욱은 미간에 세로줄이 서도록 꿰뚫을 듯 여자를 주시했다. 잠시 후 여자가 실눈을 하고는 그가 있는 쪽을 빤히 쳐다보았다. 강욱은 그 순간 원형기둥에 아무렇게나 기대고 서 있던 몸을 바로 했다. 순전히 충동적인 행동이었다.

그리고 보았다. 도톰한 입술을 벌린 채 자신을 바라보는 여자의 표정을. 충격이라도 받은 듯 동공을 커다랗게 뜬 채 움직임을 멈춘 여자를 보며 강욱은 난생처음으로 복부를 강타당한 기분을 느꼈다. 동공을 커다랗게 뜬 채 자신을 바라보고 있는 다갈색 눈빛과 살짝 벌어진 여자의 입술 모양은 남자의 본능을 일깨우는 마력과도 같았다. 움직임을 멈춘 채 자신을 바라보는 여자를 응시하며 강욱은 이미 여자를 먹어 삼키는 상상을 했다. 그의 아래에서 뇌쇄적인 반응을 보이는 여자를 상상하며 강욱은 하마터면 훅, 하고 입 밖으로 숨소리를 내뱉을 뻔했다.

그러지 않은 것은 순전히 여자의 반응 때문이었다. 아프기라도 하는 듯 지그시 가슴을 누르는 여자의 움직임을 지켜보며 강욱은 그 자리에 못 박힌 듯 서 있어야 했다. 그렇지만 이미 전신은 눈앞의 여자를 갈망하며 용광로처럼 뜨겁게 반응을 보이고 난 후였다. 불과 몇 초 전만 해도 생물체에 불과했던 여자는 어느새 강욱의 이성을 송두리째 흩트려놓고 있었다.

“어머, 두 사람 여기에 있었어?”

영겁의 시간이 지난 것만 같은데 사실은 몇 분도 지나지 않았다. 효경이 두 사람 곁으로 다가오며 마치 즐거운 일에라도 맞닥트린 사람처럼 신이 난 음성으로 말을 했다.

“그렇지 않아도 두 사람 인사시키고 싶었는데 서로 알아서들 만났네.”

그리고는 강욱과 연수를 번갈아 보며 말했다.

“현강욱 씨, 여기는 내 유일한 라이벌인 최연수예요.”

효경은 즐거운 기분으로 강욱에게 연수를 소개했다. 멍하니 충격받은 얼굴을 하고 있는 연수의 표정을 정말로 알아차리지 못한 것인지 아니면 모른 척하는 것인지는 알 수 없는 일이지만 효경은 언제나처럼 시기 어린 독설만은 빠트리지 않았다.

“만날 때마다 내 자존감에 상처를 입히는 아이죠. 저야 그런 줄도 모르고 있는 모양이지만. 물론 그래서 더 기분 나쁜 거야 당연지사죠.”

강욱은 네모진 턱을 슬쩍 들어 올리며 연수를 향해 손을 내밀었다.

“만나서 반갑습니다.”

연수는 멍하니 강욱이 내민 손을 바라보았다. 강욱이 내민 손을 마주잡으면 자신이 얼마나 떨고 있는지 몽땅 들키고 말 것 같아 머뭇거렸다.

"연수야, 이 사람은 미국에서 잠시 들른 현강욱 씨. 뭐해, 인사하지 않고."

주저하는 연수를 향해 효경이 마치 재촉이라도 하듯 말했다. 연수는 효경의 재촉에 마지못해 손을 내밀었다. 자신의 떨림을 강욱이 눈치채지 않기를 바라면서.

강욱은 마지못해 내미는 연수의 손을 낚아채기라도 하듯 꽉 맞잡았다.

"현강욱입니다."

연수는 눈을 동그랗게 뜬 채 고개를 주억거렸다. 떨릴 줄 알았는데 막상 커다란 남자의 손안에 자신의 손이 갇히고 나니 전신의 떨림은 사라지고 의외로 다른 반응이 나타났다. 지금껏 쿵쿵, 소리를 내고 있던 심장은 대신 서서히 뜨거워지기 시작했다.

현강욱, 현강욱……. 연수는 눈앞의 남자 이름을 속으로 되새겨보았다. 뜨거워진 심장이 터질 것처럼 부풀어 올랐다.

"최연숩니다."

정신을 차리고 목을 가다듬으며 자신을 소개했다. 뜨거워진 심장과는 달리 다행히 목소리는 차분하고 적당히 담담하게까지 나와 줬다. 다행이었다.

"파티장에 왔으면 즐겨야지."

아직까지 마주 잡은 손을 풀지 않은 두 사람을 향해 효경이 불쑥 끼어들었다.

"현강욱 씨, 얘 파트너 와서 채 가기 전에 연수랑 같이 춤이라도 추는 게 어때요?"

댄스타임에서 이제 막 블루스 타임으로 바뀐 플로어를 고갯짓하며 효경이 강욱에게 재촉했다.

"아마 조금 있음 얘 찾아 파트너가 움직일 텐데. 그러기 전에 파티 좀 즐기라고요."

연수는 그제야 기준을 떠올렸다. 처음 보는 남자에게 멍한 반응을 보이고 있는 그녀를 보면 기준이 무어라 할지 생각하자 마치 기준을 배반이라도 한 기분에 사로잡혔다. 연수는 아직도 현강욱의 손안에 갇혀 있는 손을 빼내려 애쓰며 말했다.

"아, 저는 그럼."

강욱은 금세 변화한 연수의 표정을 읽어냈다. 그녀는 누군가로부터 뒤로 한 발자국 물러서려 하고 있었다. 그리고 그 누군가는 바로 자신이라는 예감이 들었다. 강욱은 강철 같은 의지를 드러내듯 입술을 꾹 다문 채 빠져나가려고 꼼지락거리는 연수의 손을 꽉 말아 쥐고는 성큼성큼 플로어로 향했다.

"연수야. 기준인 내가 어떻게 해볼 테니까 걱정 말고 즐겨."

효경이 마치 재미난 일을 목격하게 되어서 즐거워 죽겠다는 듯 흥분된 음성으로 말을 했다. 그리고는 플로어로 향하는 강욱의 귀에 대고 속사포처럼 빠르게 속삭였다.

"난 이층 휴게실에 있을 거예요. 블루스가 끝나거든 휴게실에서 만나요."

"잠깐만요, 현강욱 씨."

성큼성큼 앞질러 가는 강욱의 손에 이끌리듯 뒤를 따르며 연수가 성급한 음성으로 강욱을 제지했다.

"강욱."

플로어를 향하는 걸음을 멈추지 않은 채 강욱이 말을 했다.

"강욱이라고 불러. 그리고 난 아직 당신을 놓아줄 생각이 없어."

날 한순간에 여자나 먹어치우는 멍청한 놈으로 만들어버린 당신을 말이야. 강욱은 꼼지락거리며 그를 제지하려는 연수를 무시했다. 그는 단 한 번도 이성을 놓친 적 없다. 그렇지만 효경이 연수의 파트너 어쩌고저쩌고하는 순간 이성은 저 멀리 안드로메다로 날아갔다.

"당신을 알아야겠어."

어느새 플로어 한가운데서 연수를 마주 껴안은 강욱이 말을 이었다.

"내가 아무것도 아니라고는 말라고. 당신 눈동자와 당신 입술은 진실을 말하고 있으니까."

연수는 강렬한 눈빛으로 단정 짓듯 말하는 강욱을 올려다보며 반격할 의지를 잃어버렸다. 이 남자는 자신 안에 일어난 변화를 이미 다 알아챘다. 연수는 바짝바짝 입술이 타들어가는 기분이다. 그녀는 훅, 하고 급히 숨을 들이마시고는 혀로 얼른 마른 입술을 적셨다.

"조심해."

강욱은 마치 연수를 태워버릴 것처럼 강렬한 눈빛으로 쏘아보며 허스키한 음성으로 경고했다.

"여기서 당신 입술을 훔치게 되는 불상사가 생길 수도 있어."

연수는 그제야 자신이 어떤 실수를 하고 있는지 깨달았다. 이곳은 많은 사람들이 자리한 파티장이다. 그리고 그녀는 지금 처음 만난 남자의 품에 안겨 춤을 춘다. 기준은 간청하다시피 해야만 추던 블루스를 현재 그녀는 파티장에서 처음 만난 남자와 추고 있다. 이건 배반이다. 다른 그 무엇도 아닌 기준을 향한 배반이다.

연수는 우뚝, 모든 행동을 멈췄다.

강욱은 충격이라도 받은 듯 딱딱하게 굳은 얼굴로 모든 움직임을 멈춘 연수를 자신의 팔로 힘껏 끌어당겼다. 이제 연수는 그의 가슴에 안겨 마치 처음부터 한 사람이었던 것처럼 착 껴 안겼다.

"사실을 알려주지. 당신은 어떤지 모르겠지만 내 심장은 단 한 번도 이런 식으로 뛴 적이 없었어."

연수는 훅, 하고 급히 숨을 들이마셨다. 쿵쿵쿵……. 거칠게 뛰는 심장소리가 느껴졌다. 그녀의 심장소린지 강욱의 심장소린지 알 수 없었다. 다만 이 심장소리가 누구의 것이던 거칠고 성마르게 뛰고 있다는 것만은 알 수 있었다. 마치 쾌속 질주를 하고 난 사람마냥 심장은 그렇게 거칠고 제멋대로 뛰고 있었다.

"처음이라고 해서 달라질 것은 없어요. 우린 이 파티장에서 만난지 몇 분도 지나지 않은 사람들이고 나는 처음 보는 남자와 이런 식으로 밀접하게 껴안고 있는 걸 즐기지 않아. 그만 놓아줘."

처음 만난 남자와 블루스를 추고 있는 현 상황도 그녀답지 않은 행동이건만 알지도 못하는 사람에게 반말이라니. 진정 연수답지 않은 대응이었다.

연수는 어째서 이처럼 스스럼없이 말을 놓고 있는 것인지 자신의 낯선 행동에 놀라며 스스로를 향해 반문했다. 강욱이 했던 말 때문이었다.

강욱. 강욱이라고 불러.

서로 잘 알지도 못하는 사이에 반말을 한다는 건 격식 따위 차리지 않겠다는 의미다. 그건 또 상대를 무시하는 말투이기도 하지만 그만큼 친밀해지고 싶다는 또 다른 의미이기도 했다. 어느 결에 그녀는 강욱과 친밀해지고 싶었던 것이다.

정신 차려, 최연수. 이건 기준 오빠를 배반하는 거야.

연수는 얼른 강욱의 품에서 한 걸음 물러섰다. 척추를 꽉 끌어당기고 있어 강욱의 품에서 풀려나려면 쉽지 않을 것이라 생각했는데 그녀는 의외로 쉽게 풀려났다. 다만 약간의 거리를 둔 채 강욱은 여전히 그녀의 등을 감싸고 있었다.

연수는 한시라도 빨리 강욱의 눈빛에서 벗어나고 싶어졌다. 심장이 아무리 쿵쿵거린다고 할지라도, 아무리 숨 쉬기가 벅차다고 해도 시간이 지나고 나면 아무렇지도 않을 수 있었다. 심장은 백 미터 달리기를 하고 났을 때나 뛰는 것이다. 심장은 깜짝 놀랐을 때에나 뛰는 것이다. 이 시간이 지나고 나면, 현강욱, 이 사람의 눈빛에서 벗어나면 다시 예전의 평온한 심장으로 돌아갈 수 있다.

"자리로 돌아가는 게……."

"당신이 어떤 기분인지 알아. 나도 혼란스러우니까."

강욱은 연수의 말을 중간에서 툭 잘랐다. 그는 변화무쌍한 연수의 얼굴을 꿰뚫으며 자신이 느끼고 있는 기분을 단번에 인정했다. 맨 처음 스치듯 지나쳤던 연수의 표정은 담담했다. 사물이나 사람에 특별히 감정을 내비칠 필요를 느끼지 못하는 얼굴이었다. 감정을 드러내는 일에 극히 옹색한 사람임에 분명해 보였음에도 현재 눈앞의 연수의 표정은 변화무쌍하게 탈바꿈하며 여러 가지 표정을 얼굴에 그대로 드러내고 있었다. 충격과 두려움, 자기 자신을 향한 실망스러움과 자책, 그녀의 얼굴은 여러 가지 표정으로 충분히 혼란스러워 보였다.

"당신이 얼마나 겁먹은 표정을 짓던 나는 이 감정이 무엇인지 모른 척하지 않을 작정이야."

강욱은 마치 경고라도 하듯 말했다. 그의 고집이 엿보였다. 연수는 고개를 가로저으며 스스로에게 다짐하듯 강경한 음성으로 대꾸했다.

"현강욱 씨. 당신 눈빛에 잠시 혼란을 느꼈음을 인정하죠. 그렇다고 하더라도 이 혼란이 무엇에 비롯한 것인지 나는 더 이상 알고 싶지 않아요. 그게 제 진심이에요."

목소리가 떨려서 나오지는 않기를, 숨쉬기가 힘겨워 말하는 도중에 숨을 들이켜며 초조한 모습을 들키지는 않기를, 연수는 말을 끝낼 때까지도 긴장을 늦추지 못했다.

"강욱."

명령이라도 하듯 강욱이 강압적인 음성으로 자신을 가리켰다.

"강욱이라고 불러. 당신을 최연수 씨라 부르지는 않을 테니까."

연수는 마른침을 꿀꺽 삼켰다. 강욱……강욱. 강욱. 입 안에서 맴도는 이름을 입 밖으로 뱉을 수가 없다. 그러는 순간 억지로 다잡고 있는 이성을 온전히 놓아버릴 것만 같기에.

강욱 씨, 당신을 좀 더 알아가고 싶어. 뱉어버릴 것만 같기에.

"현강욱 씨. 서로 다시는 마주치지 않았으면 좋겠어요."

연수의 말이 끝남과 동시에 잔잔하게 흐르던 블루스 음악도 끝이 나고 경쾌하고 빠른 템포의 노래와 함께 플로어는 다시 댄스타임으로 바뀌었다.

강욱은 유유히 플로어를 걸어 나가는 연수의 뒷모습을 슬쩍 눈썹을 찌푸리며 주시하다가 이윽고 몸을 돌려 단호하게 걸음을 옮겼다.

블루스를 추고 있을 때만 해도 잊고 있었는데 플로어를 벗어나고 보니 이 파티장이 참으로 지겹고 무의미한 장소라는 생각이 다시금 들었다. 그는 세로 골이 깊이 지도록 미관을 잔뜩 찌푸린 채 검지로 자신의 관자놀이를 툭툭 두어 번 치고는 빠른 걸음으로 원형계단을 밟아 이층으로 올랐다. 긴 복도로 이어진 이층은 파티장에서 들리는 아래층의 소음에서 완전히 벗어날 수 없다손 하더라도 혼자만의 시간을 보내기에는 제법 적당했다.

그는 생각에 잠긴 얼굴로 카펫이 깔린 긴 복도를 느릿느릿 걸었다. 어느 순간 거짓말처럼 심장이 불규칙하게 뛰기 시작했다. 동시에 연수를 껴안았을 때의 화학적 반응이 빛의 속도보다 빠르고 생생히 되살아났다.

탁하고 저절로 걸음이 멈춰졌다.

첫눈에 반한다?

생물체에 불과한 여자 사람에게?

저절로 숱 많은 눈썹이 꿈틀거렸다.

가능한가?

그는 높게 뻗은 자신의 코를 향해 손을 뻗었다. 그리고는 벌렁대는 코를 엄지와 검지로 꾹 맞잡았다.

연수라는 여자를 떠올리는 것만으로도 배꼽 근처가 간질거리고 중심에 열기가 몰리는 믿을 수 없는 변화가 일어났다. 더 이상의 어떤 증명이 필요한가. 강욱은 예측하지 못한 심장의 반응에 모든 움직임을 멈추었다.

"아아아……."

모든 사고를 잊은 사람처럼 움직임을 멈추고 있었던 강욱에게 끊임없이 들려오는 끈적이는 신음소리는 관심 없었다.

여자라는 매개체를 보고 한순간에 심장에 변화를 겪게 되는 일이 일어났다는 사실을 한 번도 예측해보지 않았기에 그는 연이은 끈적이는 신음소리에도 전혀 무관심했다.

귀에 익은 이름이 나오기 전까지는 말이다.

휴게실로 쓰이고 있는 방 안은 이미 끈적이는 열기로 가득하고 여자의 입술에서 나오는 흐느낌은 더 이상 조심스럽다거나 은밀하지 않았다.

"죽여줘, 어서. 어서 날 죽여달란 말이야."

"조용히 해."

남자의 음성이 꽤 거칠고 명령적이다.

"흣! 하아……하아."

거친 남자의 명령에도 불구하고 여자는 풍만한 두 개의 젖무덤을 훤히 드러낸 채 잘록한 허리춤에 아슬아슬하게 적색 원피스를 걸치고 쉼 없이 열에 고조된 신음소리를 뱉어냈다.

"좋아, 좋아 미치겠어."

"시끄러. 입 다물라고."

여자의 엉덩이를 움켜쥔 채 자신의 중심으로 바짝 끌어당긴 남자가 힘차게 피스톤 운동을 하며 꽤 신경질적인 음성으로 다시 말을 뱉었다.

"제길, 시끄러…… 윽!"

전신을 뒤흔들며 남자에게 자신을 맡겨두고 있던 여자가 갑자기 벌떡 몸을 세웠다. 그 바람에 힘차게 피스톤 운동을 하고 있던 남자의 중심이 여자의 속살에서 빠져나와 고개를 빳빳이 치켜들었다.

"뭐야?"

오르가즘에 도달하려는 찰나에 여자의 속살에서 빠져나오게 된 남자가 신경질적인 음성으로 거칠게 다그쳤다.

"뭐 하자는 거야?"

"하!"

고양이처럼 눈초리를 치켜뜬 여자가 여전히 가쁜 숨을 헐떡이며 분노 어린 목소리로 조롱했다.

"너도 원했어. 위험을 즐기고 싶어 한 사람은 나뿐만 아니라 너도 원한 거였다고. 이제 와서 날 싸구려 취급하려고?"

"까불지 말고 이리 와."

"우리가 보낸 하룻밤, 네 말대로라면 실수였어, 그래, 좋아. 네 말대로 하룻밤 실수였다 쳐. 이후에 내 제안을 받아들인 사람은 너였어. 결혼 전까지만 즐기자고 한 내 제안을 받아들인 사람은 너였다고. 그랬으면 서로 즐겨야 하는 게 맞아. 그런데 뭐? 입 다물고 조용히 네 기분만 맞춰라?"

"이것 보라고, 박효경."

숨김없이 분노를 드러내며 비난을 해대는 여자를 더 이상 참을 수 없었던지 홱 여자의 팔목을 낚아챈 남자가 남은 한 손으로 여자의 가슴을 꽉 움켜잡았다. 남자의 거친 애무에 지나치게 풍만한 여자의 가슴이 이내 딱딱하게 돌기를 곧히며 반응을 보였다.

"아래층에는 우리가 아는 많은 사람들이 파티를 즐기고 있어. 연수도 있지. 서로 조심하면서 스릴을 즐기자는데 이런 식으로 예민하게 반응을 보이면 재미없지 않아?"

여자의 가슴을 애무하며 어르듯이 다그치는 남자의 음성은 흥분으로 잔뜩 쉬어 있었다.

"하아……. 나쁜 자식."

배려 없는 남자의 거친 애무에 어느새 허물어진 여자가 자신의 가슴을 남자의 얼굴로 들이밀며 두 다리를 비꼬았다.

"킥……. 그래서 날 좋아하지 않아. 박효경?"

키득거리며 웃음이 배인 소리를 뱉은 남자가 돌기를 세운 채 그의 애무를 기다리고 있는 여자의 가슴으로 입을 가져갔다.

"하아……. 널 좋아한다고, 하아……. 누가 그래."

잔뜩 예민해져 있는 유두를 이로 잘근잘근 깨물었다가 혀로 쓸며 지분거리는 남자의 애무에 등을 활처럼 뒤로 젖히며 여자가 다시 색스런 신음소리를 뱉어냈다.

"하아……. 은기준 하아……. 이 나쁜 자식아."

"나, 은기준이."

남자가 너무도 당당하고 오만하게 되뇌었다. 그리고는 여자의 유두를 이로 꾹 깨물었다.

"앗!"

고통과 짜릿한 희열이 섞인 기묘한 신음소리를 뱉어내며 여자가 등을 활처럼 휘었다. 남자는 상체를 뒤로 젖히며 흐느적거리는 여자를 흡족한 눈빛으로 내려다보며 그녀의 허벅지 사이로 거침없이 손가락을 밀어 넣었다.

"아아아……."

반쯤 눈을 감고 입술을 벌린 채 여자가 흥분 속으로 속수무책 허물어져갔다.

"아……흐으윽……."

검지와 중지를 한꺼번에 밀어 넣고는 여자의 속살을 마음껏 배회하며 짓이기던 남자가 다소 거칠어진 음성으로 명령했다.

"엎드려."

거친 남자의 지시에 여자가 자동인형처럼 몸을 돌렸다. 그리고는 좀 전의 모습을 재현하듯 탁자 위에 가슴을 짓누른 채 남자가 피스톤 운동을 하기 쉽게 엉덩이를 치켜들었다.

"어서, 어서. 기준아."

여자의 전신은 기대감으로 잔뜩 달아 있었다. 조급한 다그침에 이어 이내 여자의 신음소리가 크게 뒤따랐다.

"흣. 하아, 하아……. 그래, 좋아, 좋아 기준아."

"빌어먹을, 윽……. 조용히 하란 말이다, 박효경."

한동안 끈적이고 위험해보이는 은밀한 정사가 이어지고 이윽고 두 사람의 입에서 희열에 찬 신음이 뒤따랐다.

어디를 가나 있음 직한 남녀 간의 정사였다. 그러려니, 지나치려던 찰나였다.

"연수를 두고 수작 부리지 마."

강욱은 완전히 닫히지 않은 문틈 사이로 흘러나온 남자의 목소리에 우뚝, 걸음을 멈췄다.

"다음에도 이런 수작이 통할 거라고 생각하면 오산이야."

"훗, 맞아. 다른 남자 품에 안겨 있는 연수를 보고 네가 어떤 반응을 보일지 빤히 다 계산에 넣었어."

"한 번은 모른 척 넘어가지만 다음에도 가볍게 넘어갈 거라고 생각한다면 오산이라고. 내 말을 우습게 넘겼다가는 큰코다칠 테니까 새겨들어, 박효경."

"현강욱 씨와 함께 있는 연수를 두고 나랑 섹스하는 쪽을 택한 사람은 너야. 이제 네 이중적인 모습을 포장하려 든다고 뭐가 달라?"

"넌 연수를 아끼고자 하는 내 마음에 부합한 대용물에 지나지 않아. 너무 아는 척 나대며 함부로 까불지 마."

"야, 은기준."

"그래, 나 은기준이야. 최연수와 곧 약혼하게 되는 은기준."

문틈 사이로 흘러나온 이어진 남자의 오만한 선전포고에 숱 많은 강욱의 눈썹이 활처럼 휘었다.

순간 토끼처럼 동그랗게 눈을 치뜨고 입술을 동그랗게 오므린 채 놀란 표정으로 자신을 바라보던 연수의 얼굴이 눈앞에 아른거렸다.

은기준이란 남자에게 분노가 솟구쳤다. 굳이 이층 휴게실을 들먹거린 박효경의 저의를 알 수 있었다. 강욱은 양손을 꽉 말아 쥐었다.

다른 날에 비해 승용차의 속력을 높인 것이 변화의 전부였을 뿐 집으로 돌아오는 내내 기준은 아무런 말이 없었다. 일반도로의 평균 속도를 훨씬 웃도는 속력으로 달리는 승용차는 운전을 하는 사람의 기분을 엿보게 하기에 적합했다.

연수는 파티장소였던 별장에서 출발한 후로 내내 침묵으로 일관하고 있는 기준이 사실은 어떤 말을 하고 싶은지 느낄 수 있었다. 꼭 어떤 말을 듣지 않아도 저절로 알아지는 것이 있었다. 지금처럼 말이다. 언제나 기분 좋은 얼굴이던 기준은 현재 웃음기라고는 찾아볼 수 없이 운전에 몰두하고 있었다. 곧은 콧날과 매끈한 선을 가진 옆모습은 좀체 보기 드물게도 꽤 심각한 표정으로 굳은 체였다.

연수는 어떤 일에서도 유쾌하고 호탕하게 받아넘기던 모습과는 달리 어찌 보면 화를 참고 있는 듯한 기준의 모습에 조심스럽기만 하다.

기준은 연수의 아파트 지하주차장에 차를 세우고도 조수석의 잠금장치를 풀 생각을 않고 있었다. 어떤 식으로든 말을 해야 할지, 말아야 할지, 갈등을 하고 있는 표정이었다. 기준이 어떤 말이라도, 설혹 그것이 비난이라고 할지라도 무슨 말이던 해주기를 기다리고 있었던 연수는 하는 수없이 오른손을 들어 수동으로 잠금장치 버튼을 눌렀다. 탁, 장금이 해제되는 소리와 동시에 내내 침묵으로 일관하고 있던 기준이 그제야 낮게 가라앉은 목소리로 말을 했다.

"나는 내가 꽤 여유 있는 제법 괜찮은 사람인 줄 알았어."

연수는 조수석 문을 열려던 손을 멈칫, 멈추고 기준을 돌아봤다.

"내게 최연수는 항상 우선순위였고 내가 아는 한 네게도 나는 어떤 이성보다 우선순위였던 걸로 알아. 아마도 그래서 여유로운 척할 수 있었어. 날 쳐다보는 네 눈빛이 다른 이성을 볼 때와 다름없는 눈빛이라고 할지라도 문제 삼지 않을 수 있었던 거야."

"오빠."

이런 모습은 처음이다. 연수는 기준의 복잡한 얼굴을 바라보며 꿀꺽, 마른침을 삼켰다.

"미안해. 사람들 앞에서 오빠 기분을 상하게 해서."

기준은 단번에 그의 말을 이해한 듯 곧장 사과의 말을 해오는 연수를 물끄러미 응시했다. 연수는 지금 그의 안에 일어난 초조함을 얼마만큼이나 알고 있을까.

효경과 함께 이층 휴게실에서 은밀한 시간을 보내고 파티장으로 들어서는 그를 향해 하나같이 이구동성으로 연수가 효경의 파트너와 블루스를 추는 놀라운 모습을 보여줬다며 떠들어대기 바빴다. 그들 중 대부분은 연수가 평소 플로어에서 춤추기를 즐기지 않았음을 알고 있었다. 그리고 무엇보다 연수는 그가 아닌 이성과 블루스를 춘 적은 이전 그 어느 때도 없었다. 춤을 즐기지 않았기에 그러하기도 했지만 연수는 이성에 관심이 없는 만큼 남자의 품에 안겨서 춤을 추는 그 자체를 숨 막혀 했다.

기준은 내내 머릿속에서 떠나지 않는 생각을 지워버릴 수가 없다. 얼굴은 점점 더 굳어지고 초조감은 한층 커졌다. 효경과 나눈 섹스에도 불구하고 불편한 기분은 전혀 도움이 되지 않았다. 그는 계속 입안에서 맴돌던 말을 불쑥 내뱉었다.

"최연수에게 나는 어떤 사람이니? 어린 시절부터 알아왔던 오빠라

든지 곧 약혼하게 될 상대 말고 이성으로서 나는 최연수에게 어떤 존재일까?"

"오빠."

자신에게 일어났던 변화를 그는 이미 눈치챘다. 그렇지 않고서야 이처럼 복잡한 얼굴 한 채 이런 식의 질문을 할 리가 없다. 연수는 기준 앞에서 생전 처음으로 당혹감을 느꼈다.

"처음 만난 사람과 춤 따위 추어서는 안 되는 건데 사람들 앞에서 미처 오빠 입장을 생각지 못했어. 사람들의 호기심을 불러일으킬 행동이었다는 걸 나중에야 깨달았어. 미안해, 오빠."

심장의 떨림 따위 무시할 수 있다. 나에겐 아무런 일도 일어나지 않았다. 연수는 강렬한 눈빛으로 자신을 사로잡던 강욱의 끈질긴 눈빛을 무시라도 하듯 힘껏 눈을 감았다가 떴다.

"오빠를 배려하지 않은 어리석은 행동이었어. 진심으로 사과할게."

그리고는 자신을 향해 다짐하듯 단호한 음성으로 말을 이었다.

"앞으로는 그런 일 없을 거야."

한결같은 마음으로 자신을 바라봐준 기준을 배반하는 어떤 행위도 해서는 안 되었다. 연수는 툭툭, 뛰던 심장소리를 애써 지웠다. 그 떨림을, 그 충격을 기억에서 지워버리기 위해 모든 의지를 동반했다.

'네게 사과나 받자고 이러는 거라고 생각하니? 진심으로 그래서 내가 이런다고 생각해?'

기준은 말하고 싶었다. 그렇지만 어떤 말도 할 수가 없었다.

4 심장이 울다

뜰 안채. 한옥으로 고풍스런 멋을 내는 이곳은 최소 이틀 전에는 예약해야만 식사를 할 수 있을 정도로 유명한 한식집이다. 연수는 뜰 안채의 긴 정원을 거닐며 몇 발자국 앞서 걷는 기준을 향해 의아한 얼굴로 물었다.

"이곳은 예약 손님이 아니면 출입이 되지 않는 걸로 알고 있는데 갑자기 저녁이나 하자더니 언제 예약을 해둔 거야?"

"내가 한 게 아니야."

"응?"

"인철이 곧 출국하잖아. 미국으로 가기 전에 마지막으로 밥이나 한 끼 하자고 효경이 친구들을 초대한 거야."

"그런 줄 알았더라면 인철 오빠 선물이라도 준비하는 건데. 미리 말을 좀 해주지 그랬어."

"엊그제 말했던 것 같은데."

앞서 걷던 기준이 걸음을 멈추며 뒤를 돌아 그녀를 빤히 쳐다보았다. 대수롭잖은 투로 말을 한 것과는 달리 표정은 제법 심각해보였다.

"어……? 그, 그랬나. 아. 맞아. 그랬지."

그제야 이틀 전 차에서 내리는 그녀를 향해 기준이 무어라고 했던 말이 떠올랐다. 정신을 다른 데 팔고 있어서 기준이 한 말을 흘러들었다. 그러고서는 또 무조건 알았다고 대답했던 것 같다.

"이런 정신머리하고는."

연수는 검지로 제 머리를 쿡 찌르고는 어색하게 웃었다. 인철의 별장에 다녀온 지 벌써 나흘, 연수는 그동안 자신에게 일어난 감정적 변화를 무시하느라 정신을 놓고 있는 상태다. 쿡쿡, 심장이 뛰기 시작하면 그녀는 어김없이 자신을 사로잡고 있던 눈빛을 떠올리고 만다. 그럴 때마다 숨이 가쁘고 미열이라도 나는 듯 전신이 답답했다. 마치 맹수에게 사로잡힌 먹잇감이 된 것처럼 어디로 도망가야 할지, 빠져 나갈 길이 있기는 한 것인지 갈팡질팡, 초조하고 예민했다. 그렇게 감정적으로 지치고 바보가 된 기분으로 여느 때처럼 학교에 다니고 기준을 만나 왔다.

어떤 정신으로 버텼는지는 모른다. 다만 주기도문처럼 자신을 향해 속삭였다.

'나에게는 어떤 일도 일어나지 않았어. 심장이 불규칙적으로 뛴다고 해서 이유가 있는 것은 아니야. 다른 이유 따윈 없어. 이유 따위 있을 리가 없잖아.'

그럼에도 불구하고 불쑥, '강욱, 강욱이라고 불러.' 환청처럼 허스키한 음성이 들리면 겨우 잠잠했던 그녀의 심장은 마치 피부를 뚫고 밖으로 튀어나올 것처럼 세차게 움직였다. 그러면 연수는 잠시 그 자리에 서서 심장을 매만지듯 천천히 쓰다듬기를 반복했다.

시간이 지나면 나아질 것이라 확신했다. 앞으로 강욱을 만날 일 또한 없을 테니까 심장을 애무하듯 낮게 울리던 허스키한 음성도 시간이 지나면 차츰 기억에서 잊힐 것이라 확신했다. 아니……. 그렇게 믿고 싶었다.

"우리가 조금 늦었어. 다들 기다리고 있을 거야."

언제 또 멍하니 걸음을 멈추고 있었는지 그녀를 향해 기준이 걸음을 재촉했다. 연수는 정신을 차리고 빠른 걸음으로 성급히 긴 정원을 가로질렀다.

뜰 안채의 VIP실은 긴 복도의 맨 끝자리에 있었다. 실내는 고가의 골동품이 원래 그 장소를 위해 만들어진 것처럼 자리하고 있어 고풍스런 멋을 풍기며 실내를 한층 멋스럽게 했다.

"이제 오는 거야? 그렇잖아도 늦어지기에 우리끼리 먼저 식사하려던 참이었는데 딱 맞춰 왔네. 어서 와."

막 들어서는 두 사람을 향해 효경이 먼저 인사를 해왔다.

"늦어서 죄송합니다."

모두를 향해 고개를 숙이며 인사하는 연수를 향해 인철이 비어 있는 자신의 옆자리를 툭툭 치며 말했다.

"연수야, 이쪽으로 와서 앉아. 미국 가면 많이 보고 싶을 텐데."

"그럴까요."

인철의 옆자리에 연수가 가 앉자 기준이 그녀의 옆자리에 자리하며 인철을 향해 면박을 했다.

"네 녀석이 뭐 때문에 연수를 보고 싶어 해. 엄한 소리나 하지 말고 미국으로 가기 전에 네 주위 여자들 정리나 좀 하지 그래."

"아, 자식. 이 타임에 그런 소리나 해야겠어?"

"인철이 미국 가고 나면 두 사람 투덜거리는 모습을 못 봐서 어쩌지. 많이 심심하겠다."

효경이 투덜거리는 것으로 서로에게 애정을 표현하는 기준과 인철을 번갈아 보며 말을 이었다.

"식사하고 술은 장소 옮겨서 마시는 걸로 해. 오늘은 내가 초대한 거니까 이차까지 내가 제대로 대접할게."

"오호, 박효경. 갑자기 왜 이러시나. 내가 미국 간다고 서운해서 이러는 건 아닐 테고 말이야. 어쨌든 이차까지 쏘겠다니 고맙게 잘 먹어주마."

인철의 호탕한 반응에 효경이 화끈하게 미소 지었다.

효경이 이차로 친구들을 초대한 곳은 클럽 바 자이언트였다. 평소에도 술자리로 자주 찾는 그들의 아지트라고 할 수 있었는데 연수에게는 이번 출입이 두 번째였다.

여느 때와는 달리 VIP실을 따로 잡아 두고 이들은 먼저 스테이지 부근의 테이블에 자리했다. 인철은 늘 분위기에 취해야 술맛도 더 난다는 주의다. 모임의 주인공이 인철이니 선뜻 내키지는 않았지만 그들은 오늘만은 다들 인철의 뜻에 따라 먼저 스테이지 쪽에서 한잔하기로 했다.

스테이지는 젊은이들의 열기로 한창 무르익어 있었다. 연수는 화려한 춤으로 스테이지를 누비는 사람들을 지켜보며 불편한 심정을 애써 짓눌렀다. 툭하면 답답하게 조여 오는 심장의 변화에 아무렇지도 않은 척 담담한 얼굴을 하고 있기가 고역이었다. 그녀는 시끄럽기는 하지만 화려한 무대로 열기를 더하고 있는 스테이지를 지켜볼 수 있어 차라리 다행이었다. 무대를 구경한다는 이유로 기준의 시선으로부터도 벗어날 수 있었기에.

그는 인철의 별장에서 돌아온 이후 줄곧 그녀를 향한 시선을 거두지 않고 있었다. 연수는 예전에는 전혀 아무렇지도 않았던 기준의 시선이 이제는 신경을 쿡쿡 건드리고 있다.

자책감에서 비롯한 반응인 것 같다. 기준은 담담하지 못한 그녀의 신경을 눈치라도 챈 듯 끊임없이 눈으로 그녀를 좇고 있었다. 마치 그녀 안에 일어난 심장의 변화를 확인하기라도 해야겠다는 듯. 연수는 무언가를 캐묻듯 끊임없이 따라붙는 기준의 시선에 숨이 턱턱 막히고 갑갑하다.

"은기준, 미국에 있더라도 네 약혼식 때는 날아오마. 그래도 명색이 가장 친한 친군데 내가 네 약혼식에 빠질 수는 없지. 자, 건배하자."

적당히 취기가 오른 인철이 잔을 들었다.

"건배."

오고 가는 술잔의 횟수도 빨라지고 인철에 의해 남자들은 스테이지로 향했다. 효경이 스테이지로 가는 남자들의 뒷모습을 눈으로 좇다가 이윽고 시선을 돌려 연수를 향해 의미심장한 말을 했다.

"넌 정말로 아무렇지도 않은 게 맞니?"

"뭐가요?"

눈을 가늘게 뜨며 효경이 관찰이라도 하듯 연수의 얼굴을 응시했다.

"이래봬도 나 남녀 간에 일어나는 스파크는 본능처럼 예민하게 낚아채거든. 분명 느꼈어. 네게 일어난 변화. 그건 기준을 향한 최연수의 의리의 감정과는 절대로 다른 의미지."

"누가 그래요, 기준 오빠를 향한 내 감정이 의리라고?"

"네 눈빛이."

"언니, 한강 고수부지에 자리 깔라고 이전에도 말했던가요? 괜한 사람 감정이나 엿볼 생각은 말고 고수부지 찾아가서 한자리 하지 그래요."

목소리에 날이 섰다. 예민하게 반응할 건 뭐람. 연수는 양손을 지그시 말아 쥐었다.

"그러기 이전에 더 재미난 일이 일어날 것 같은데?"

효경은 클럽의 출입구 쪽을 힐끗 곁눈질하며 말을 이었다.

"혹시나 했는데 정말로 발걸음을 할 줄은 몰랐네. 후훗."

그리고는 효경이 자리에서 벌떡 일어났다. 입술을 옆으로 벌리며 환하게 웃는 모습이 상당히 흥분한 모양이었다. 연수는 의아한 얼굴로 효경이 바라보고 있는 출입구 쪽으로 시선을 돌렸다.

"!"

사고는 정지하고 입술은 충격으로 벌어졌다.

쿵쿵……. 심장이 또다시 말썽이다. 겨우 잠재웠던 심장이 또다시 제멋대로 움직인다.

연수는 충격으로 벌어졌던 입술을 손등으로 꾹 눌렀다. 당황할 필요 없다. 세상은 좁고 사람들은 언제 어디서라도 다시 부딪칠 수 있다. 연수는 쿵쿵대며 뛰는 심장을 매만져 주고 싶은 것을 꾹 참았다. 대신 벌떡 자리에서 일어섰다. 겁쟁이 같지만, 정말 어리석게 바보 같은 선택이지만 강욱이 자신들이 자리하고 있는 이 자리에 당도하기 전에 피해야 했다. 겁쟁이라고 해도 하는 수 없다. 심장이 이처럼 요동을 치는데, 숨이 차서 호흡이 가쁜데. 강욱을 마주할 자신이 없다……. 도망가야 한다.

연수는 등을 돌리고 선 채 출입구 쪽을 향해 시선을 주고 있는 효경을 향해 말했다.

"난 화장실에 좀 다녀올게요."

소음에 자신의 목소리가 효경의 귀에 들리든 어쨌든 상관하지 않았다. 연수는 옆 테이블을 지나치며 출입구와 반대 방향으로 성급히 움직였다. 조급한 마음과는 달리 다리가 말을 듣지 않는다. 후다닥. 옆 테이블에 허벅지가 부딪치고서야 다리에 힘이 들어갔다. 화장실이 급했던 것도 아니고 사실 화장실이 어느 방향에 있는지도 모른다. 마땅히 어느 방향으로 가겠다는 결정을 내린 것도 아니고 그저 강욱과 다시 마주치지만 않는 곳이라면 어디든 상관이 없었다. 연수는 바쁘게 눈동자를 굴리며 비상구가 적혀 있는 방향으로 서둘러 걸었다.

다행히도 비상구라 쓰인 푯말을 따라 문을 열고 나가자 계단으로 이어진 통로였다. 연수는 비상계단으로 이어진 복도에 이르러서야 자신이 그동안 숨을 참고 있었다는 것을 깨달았다. 심장이 터질 것 같았다. 연수는 어깨를 들썩이며 가쁜 숨을 몰아쉬었다.

"하아!"

아무리 숨을 몰아쉬어도 들썩이는 가슴은 진정이 되지를 않는다. 뭐하는 짓이니, 최연수. 너 이게 뭐하는 바보짓이냐고. 스스로를 비난하는 소리가 가쁘게 내뱉는 숨소리만큼이나 숨 가쁘게 이어졌지만 달리 어떻게 할 방법은 찾지 못하겠다. 울고 싶다. 자신의 의지대로 할 수 없다는 절망감에 울고 싶은 적은 이전에는 없었다. 연수는 입술을 꾹 깨물며 이성을 부여잡으러 안간힘을 썼다.

불쑥, 강한 손아귀에 의해 팔이 붙잡혔다.

"도망치지 마."

낮은 중저음의 듣기 좋은 음성, 강욱이다. 연수는 충격으로 눈을 동그랗게 뜬 채 고개를 들었다. 그렇게도 도망가고 싶었던 눈빛이 그녀를 기다리고 있었다.

"이전에도 말했지만 당신이 어떤 기분인지 알아. 그렇더라도 내게서 도망갈 생각은 말라구."

강욱의 음성은 겁에 질린 연수의 마음을 쓰다듬는 효과를 발휘했다. 마치 애무라도 하듯 낮고 확신에 차 있는 음성은 겁먹은 채 아직도 도망치고 싶어 하는 연수의 마음을 쓰다듬어 주기에 적절한 것이었다. 연수는 그제야 충격으로 동그랗게 떴던 눈을 살짝 내리깔았다. 겁먹을 필요 없다. 이 사람이 아무리 강렬한 눈빛으로 사로잡는다 해도 그 눈빛에 심장이 타들어 가지는 않을 테니까.

"도망한 적도 도망갈 생각도 없어요."

강욱은 자신을 향해 다짐하듯 단호한 음성으로 말을 한 연수를 가만히 응시하며 고개를 주억거렸다. 연수는 자신을 내려다보는 강렬한 강욱의 눈빛을 올려다보며 마지막 남은 이성을 부여잡으려 안간힘을 썼다.

"여긴 어떻게 온 거죠?"

"당신이 이쪽으로 사라지는 걸 봤지."

연수는 이 클럽에 어떻게 온 거냐고 묻는 것이었다. 강욱은 연수가 한 질문이 무엇인지 알았지만 일부러 모른 척 다른 대답을 했다. 그는 효경이 자신을 향해 아는 체를 하기 이전부터 이미 연수를 알아보았다. 클럽에 들어서기 바쁘게 한 번의 눈짓으로 등을 보이고 있는 연수를 찾아낸 것이다. 강욱은 송곳처럼 예리한 직감을 가지기도 했지만 매보다 더 예리한 눈빛도 지녔다. 그러니 한눈에 연수를 알아보기란 한 번의 날갯짓으로 사냥감을 낚아채는 매의 비상만큼이나 쉬운 일이었다.

그는 눈앞에서 파트너와 함께 사라지는 연수를 지켜봤다. 파티장에서처럼 자신의 눈앞에서 연수가 사라지는 것을 지켜보는 건 한 번이면 충분했다.

"당신이 얼마나 혼잡한 인파 속에 있던 찾아내기란 아주 쉬워. 당신은 이미 내 눈에 각인되었으니까."

연수는 아무렇지도 않게 속마음을 뱉는 강욱 때문에 입술이 바짝바짝 타들어갔다. 억지로 다잡고 있던 이성마저도 의지와는 상관없이 스르륵 빠져나간다.

안 된다. 이 이상 내버려두면 어찌해볼 수도 없이 심장의 움직임대로 이끌리고 말 것이다. 연수는 양 주먹을 힘껏 말아 쥐었다. 그러면 흩어지는 이성이 붙잡히기라도 하는 듯.

"이미 말했지만 현강욱 씨로 인해 변화된 것이 있다손 하더라도 나는 그 어떤 것도 알고 싶지 않아요."

"강욱."

낮은 단음절에도 불구하고 거역할 수 없는 힘이 실렸다. 연수는 그만 쿵쿵대며 뛰고 있는 심장의 울림을 어쩌지 못해 쇳소리를 내고 말았다.

"그래요, 강욱. 강욱 씨!"

연수의 쇳소리에 강욱은 미간을 슬쩍 찌푸렸을 뿐 여전히 그녀의 눈빛을 꿰뚫고 있었다. 연수는 울고 싶다. 아니 강욱을 향해 소리치고 싶다. 제발 내 눈앞에서, 내 심장 앞에서 사라져달라고.

"당신이 날 먹어 치우고 싶다 하더라도, 내가 아무리 당신을 가지고 싶다 하더라도 안 돼. 나는 이미 다른 사람과 약혼하기로 약속됐고 내가 당신을 보며 어떤 기분에 사로잡힌다 한들 나는 약속을 깰 생각도 그 사람을 배반할 마음도 없어. 그러니 더 이상 날 흔들지 마. 날 그냥 내버려달란 말이야."

"아직 어떤 것도 결정 난 건 아니지."

슬쩍 미간을 찌푸리고 있던 강욱이 입술의 움직임도 없이 낮은 음성으로 지적했다. 연수는 고개를 힘껏 가로저었다.

"아니, 난 어떤 것도 변하게 할 생각이 없어. 나는 예정대로 약혼을 하게 될 거야. 아무리 내 심장을 울부짖게 한 강욱 씨, 당신이라 할지라도 난 이따위 심장의 떨림 무시해. 무시할 수 있어."

불쑥, 강욱이 한 손으로 연수의 척추를 끌어당겼다. 그는 연수를 가슴팍으로 끌어당긴 채 한 손을 들어 그녀의 턱을 붙잡고는 가만히 응시했다. 뜨거운 눈빛이 화가 난 것도 금방이라도 그녀를 불태워 버릴 것도 같다.

연수는 하하거리며 숨을 몰아쉬었다. 심장이……. 아프다. 정말 터질 것 같다.

연수의 눈빛을 사로잡은 채 강욱은 낮은 음성으로 확신했다.

"당신 눈은 다른 말을 하고 있어."

"상관없어. 내 눈빛이 무슨 말을 하든 그건 현실이 되지 않을 거니까."

"세상에 무관심한 척 담담한 얼굴이더니 사실은 겁쟁이로군."

"당신이 뭐라고 하든 상관없어. 상관하지 않을 거야. 그만 날 풀어줘. 사람들이 기다리고 있을 거야."

"당신 입술은 끊임없이 거짓을 말하는군. 나는 거짓말을 싫어해."

강욱의 얼굴이 연수의 얼굴에 닿았다. 그는 허스키한 음성으로 말을 이었다.

"당신 눈빛은 진실을 말하고 있어. 그리고 나는 당신 눈빛을 사랑하지."

동시에 강욱의 입술이 연수의 입술로 내려왔다.

"흡."

연수는 충격으로 딱딱하게 굳은 채 강욱의 품 안에서 움직임을 멈추었다. 급작스러운 입맞춤에 움직임을 멈춘 연수와는 달리 강욱의 입술은 거침이 없었다. 어느새 연수의 입 안은 강욱의 혀에 점령당했다. 그는 한 치의 머뭇거림이나 어설픔도 없이 단번에 열정이라는 긴 터널로 연수를 이끌었다. 동그랗게 눈을 뜬 채 멍하니 움직임을 멈춘 연수는 천천히 눈을 감았다. 그리고 강욱이 초대한 아득한 열정의 늪으로 빠져들었다.

강욱의 입술은 뜨겁고 때론 세심하고 때론 과격했다. 그리고…… 맛있었다.

강욱의 품에 안겨 연수는 너무도 강렬한 열정 앞에 속수무책 무너졌다. 척추를 끌어안고 있는 강욱의 팔이 아니었다면 그녀는 이 자리에서 힘없이 주저앉고 말았을 것이다.

열정의 긴 터널을 빠져 나오고 나니 절망이 눈앞에서 입을 벌린 채 비웃는다.

연수는 강욱의 손에 팔을 붙잡힌 채 이끌리듯 걸음을 옮겼다.

탁탁.

타박타박.

강욱의 힘 있는 걸음에 이어 연수의 무거운 발걸음이 이어졌다. 강욱이 이끄는 대로 따르고 보니 어느새 소음으로 가득한 클럽이었다. 연수는 시끄러운 소음으로 클럽 안이라는 것을 인지하고도 끝없이 이어진 듯한 길을 강욱의 손에 의지한 채 걷고 있었다.

"연수야!"

연수는 등 뒤에서 부르는 소리에 고개를 돌렸다. 소리 나는 쪽으로 고개를 돌리고 보니 어느새 그녀는 룸이 있는 복도에 와 있었다. 여전히 팔은 강욱의 손아귀에 붙들린 채로 가슴은 걷잡을 수 없이 요동을 치고 심장은 활화산처럼 뜨겁게 끓고 있었다.

"최연수!"

헐레벌떡, 갚은 숨을 몰아쉬며 기준이 그녀를 향해 달려왔다. 벌겋게 달아오른 얼굴을 하고서. 가까이에 다가온 기준의 얼굴이 벌게졌다. 벌게진 얼굴은 꼭 뛰어서 때문만은 아니었다. 그제야 연수는 조금 전 자신에게 어떤 일이 있어났었는지 깨달았다. 남아 있던 이성이 제자리를 찾으며 기준을 깡그리 잊어버린 채 그를 배반했다고 비난해 댔다. 연수는 아랫입술을 꾹 깨물었다.

"너 어디 갔던 거야?"

화난 마음을 억지로 짓누른 채 기준이 숨을 헉헉, 내뱉으며 말했다.

"오빠."

부끄러움과 자책감으로 기준을 부르는 연수의 음성이 살짝 떨렸다. 동시에 강욱이 힘 있는 음성으로 말을 했다.

"최연수 씨에게 볼일이 있습니다만."

강욱의 음성은 누구도 거역할 수 없는 힘이 느껴지는 것이었다.

기준은 거칠게 숨을 몰아쉬며 강욱을 노려봤다. 그는 처음부터 이유 없이, 정말 아무 이유 없이 눈앞의 작자가 불편했었다. 마치 자신의 영역을 침범당한 수놈의 본능처럼. 그리고 이 순간 왜 그렇게 눈앞의 남자가 불편하고 싫었는지 알 수 있었다. 이 작자는 정말로 자신의 영역을 노리는 불청객이었다.

"내 약혼녀에게 무슨 볼일이 있습니까? 할 이야기가 있으면 제게 하시죠?"

퉁명한 목소리는 조급하고 초조한 빛이 그대로 드러났다. 그건 연수를 가리켜 내 약혼녀라고 말한 것만 봐도 완연했다. 기준은 양손을 꾹 말아 쥐었다. 빌어먹을…….

강욱은 기준의 말에도 조금도 움츠러들지 않았다. 그런데, 그래서. 하는 얼굴로 슬쩍 턱을 치켜들고 기준을 내려다볼 뿐이다. 기준은 작지 않은 키임에도 강욱을 올려다봐야 하는 이 상황이 상당히 자존심이 상한다. 큰 키에 속했기에 대체로 턱을 치켜들고 누군가를 올려다볼 일은 지금껏 극히 드물었다.

빌어먹을……. 입속으로 또다시 욕설이 맴돌았다.

“이 시끄러운 장소에까지 왔을 때는 연수에게 볼일이 있어서 온 것입니다. 은기준 씨. 당신이 아니라.”

강욱은 눈을 가늘게 뜬 채 낮게 읊조렸다. 입술을 거의 움직이지 않았는데도 불구하고 음성은 상대를 주눅 들게 하기에 충분했다.

기준은 꾹 말아 쥔 손에 힘껏 힘을 실었다. 연수란다. 이제 겨우 두 번째 만남에서 연수란다.

뭐냐, 당신. 기준은 울컥 분노가 치솟았다. 자신은 폭력을 좋아하지 않는다. 그랬기에 할 수 있는 한 가까이하지 않으려고 노력해왔다. 그러나 이 순간만은 폭력을 휘두르고 싶다. 어디서 굴러 들어온 자식인지는 모르겠지만 나 은기준을 이처럼 하찮게 대한 사람은 없었다.

불쑥 말아 쥔 주먹에 힘이 들어가더니 하마터면 힘껏 주먹을 날릴 뻔했다.

“오빠.”

하마터면 주먹다짐이 일어날 수도 있었던 찰나의 순간을 모면한 줄 전혀 모른 채 연수는 거칠게 오르내리는 기준의 넓은 가슴을 염려스러운 눈빛으로 쳐다보았다. 언제나 호탕하고 만면에 웃음이 떠나지 않던 기준을 이 상황에까지 오도록 한 사람은 그녀였다. 연수는 자신을 책망하며 흔들림 없는 목소리로 다시 말했다.

"잠시면 돼. 잠시면 이야기를 끝낼 수 있어."

심장은 어찌할 수 없도록 뛰고 가슴은 또 어찌 쓰다듬어야 할지 알지 못하게 조여들었지만 기준을 향한 연수의 음성은 이제 여느 때와 다름이 없었다. 안심하라는 듯 기준을 향해 살짝 웃어 보이기까지, 이 순간만큼은 그나마 감정을 드러내는 기능 하나를 상실한 채 지나쳐온 세월에 감사할 정도였다.

"오빠가 무얼 염려하는지는 모르겠지만 그런 일은 일어나지 않을 거야. 걱정하지 마."

차분하고 담담한 그녀의 음성에 연수의 팔을 움켜쥐고 있던 강욱의 손아귀에 힘이 들어갔다. 그와는 반대로 연수의 표정을 살피며 잔뜩 인상을 찌푸리고 있던 기준은 조금은 누그러진 얼굴이 되었다.

"길게 시간을 주지는 않을 거야."

그리고는 다짐받듯 연수에게 말했다.

"알았어, 오래 걸리지는 않아."

고개를 주억거리며 대답을 한 연수는 시선을 들어 강욱을 향했다.

"이제 이 팔은 놓고 이야기를 끝내죠."

연수는 꽉, 힘이 들어간 강욱의 손아귀를 겨우 뿌리치며 먼저 움직였다.

로 더듬거렸다.

"너, 너……!"

"그렇게까지 당황해하는 걸 보니 내가 무슨 말을 하는지는 알아들은 모양이네. 그래도 네 기억에서 완전히 사라지지는 않았나보다?"

"너……너 무슨 말이 하고 싶은 거야?"

"글쎄, 내가 무슨 말을 하려는 것 같니?"

"빙빙 말 돌리지 마. 네 식으로……. 박효경 식으로 말하란 말이다."

"박효경 식? 나는 어떤 식이어야 하는데. 박효경은 하고 싶은 말은 참지 않고 제멋대로 입을 놀린다는 말이니?"

하, 소리가 날 정도로 코웃음을 낸 효경이 기준을 향해 되물었다.

"정말 그러기를 바라니? 정말로 박효경 식으로 말하기를 바라?"

"!"

"은기준. 사실은 내가 무슨 말을 할지 초조하고 겁나잖아. 내 앞에서까지 허세 부리지는 마."

"까불지 마, 박효경."

효경은 어금니를 꽉 깨문 채 자신을 쏘아보는 기준을 한동안 마주보다 툭, 말을 뱉었다.

"맨 처음 우리가 자고 났던 날을 기억해?"

"!"

"넌 술에 취해서, 술김에, 혹은 남자의 본능에, 기타 등등의 이유를 들고 싶어 했지만 난 진심이었어. 난 술김도, 분위기 탓도, 기타 등등의 이유나 변명은 하고 싶지 않았어. 진심으로 너랑 자고 싶었고 그래서 후회 따위 하지 않을 생각이었거든. 아침까지는 말이야. 그런데

다음날 침대에서 일어난 넌 정말 실수했다는 표정이더라. 마치 나 때문에 그 모든 일이 일어난 것마냥 날 보는 네 눈빛에 경멸이 섞여 있었어. 내 기분이 어땠는지 아니? 더 웃기는 건 그날 오후에도 넌 연수를 만나면서 언제나 같이 한결같은 표정이었어."

시뻘겋던 기준의 얼굴은 어느새 하얗게 변했다.

"그래서……그래서 이따위 재미없는 장난을 꾸몄다는 말이야. 박효경?"

윽박지르듯 큰 소리로 다그쳤던 기준의 목소리는 당혹스러움 때문인지 힘이 많이 빠져 있었다. 효경은 어깨를 으쓱이며 미묘한 웃음을 지었다.

"경멸 어린 네 눈빛 때문만은 아니었어."

'까짓, 그래도 상관없었어.' 하는 얼굴로 그녀는 다시 말을 이었다.

"나는 너를 보고 너는 연수를 보고, 그런데 너를 마주 보는 연수의 시선은 내가 너를 보는 눈빛도, 네가 연수를 보는 눈빛도 아니야. 너를 보는 연수의 눈빛은 어느 사람을 바라보는 시선과 다름없이 담담하고 무심해. 그런 연수가 내 자만심을 긁어대더라. 기분 나빴어. 그때부터였어. 정말 연수는 이성에 관심이 없는 것일까, 아니면 아직 상대를 만나지 못한 것일까. 줄곧 궁금했었어. 내게 화풀이할 생각은 마. 굳이 저 사람을 파티에 동반케 한 사람은 나지만 서로에게 한눈에 불꽃이 인 건 저들이니까."

"연수가 저 자식에게 스파크가 일었다고 누가 그래? 까불지 마라, 박효경. 우리가 몇 번 관계를 했다고 해서 나와 연수 사이를 함부로 왈가왈부할 자격이 네게 주어진 것은 아니라고. 본능을 해소하는 무의미한 관계. 그저 그런 섹스에 불과한 몇 번의 교합을 빌미로 거들먹일 생각은 마."

벌겋게 달아오른 얼굴로 기준이 으르렁댔다. 당혹감으로 잠시 누그러졌던 그의 음성엔 다시 힘이 실리고 거칠었다.

"지난 일을 들춰서 날 어찌해 보겠다는 장난은 치지 말란 말이다."

"지난 일을 들출 생각은 없어. 너는 술에 취해 필름이 끊긴 이유 때문이라고, 혹은 수컷의 본능이었을 뿐이라고 우겼지만, 그것이 또 진실이었더라도 상관없이, 난 기꺼이 즐긴 하룻밤이었어. 물론 그 이후에 나누었던 즐거움과 스릴까지, 우리가 나눈 그 모든 섹스를 지저분하게 만들 정도로 어리석지는 않아. 무엇보다 내 자존감에 상처를 입히는 짓은 나 스스로 용납할 수 없거든. 그러니까 그런 식으로 날 모함하지는 마."

효경은 연수의 문제에만 부딪치면 다른 것은 아무것도 아니게 되는 기준을 마주하며 스르륵 화가 치솟았다. 기준의 이런 반응을 하루이틀 지켜본 것도 아니건만 새삼 솟구치는 울화에 짜증이 급속히 증가했다.

"어쨌든 일이 재미있어지지 않니?"

"재미? 이런 더러운 기분에 놓인 날 지켜보는 게 재미있다는 거냐. 너?"

효경은 거칠게 콧김을 내뱉는 기준을 보고도 눈썹 하나 까딱하지 않았다. 오히려 자신이 무슨 생각을 하는지 상기시키는 여유로움까지 갖췄다.

"이것만은 알아둬, 은기준. 자존심까지 버릴 생각은 없지만 널 가질 수 있는 찬스가 온다면 난 그 찬스를 놓치지 않을 생각이야. 뒤로 물러날 생각은 추호도 없어."

"웃기지 마라. 그따위 기대는 저버리시지."

기준이 단정하며 비꼬았다. 효경은 또다시 어깨를 으쓱였다.

"지금은 비웃겠지. 그렇지만 누구도 다음은 모르는 것 아니겠니? 넌 지금 여유로운 척하고 있지만 사실은 그 어느 때보다 분노하고 있는 상태잖아. 누군가에게 그 분노를 드러내고 싶은 것을 인내심을 가지고 참아내고 있다는 걸 알아. 그리고 무엇보다 그 분노가 연수로 인한 것인데도 불구하고 넌 절대로 연수에게는 분노한 네 모습을 드러내지 않겠지. 그러기에는 넌 연수를 너무 아끼거든."

기준은 잔인하다 싶을 정도로 콕콕 정곡을 찌르며 자신을 조롱한 효경을 꽉 어금니를 깨문 채 노려보았다. 의외로 박효경은 자신에 관해 너무 많은 것을 알고 있는 모양이었다. 호탕하고 유쾌한 성격 이면의 자신조차도 인정하지 않는 괴팍하고 다혈질적인 이중적 성향까지도.

어떻게 네가, 감히 나조차도 인정하지 않은 부분을 보았단 말이야?

기준은 타인에게 자신의 치부를 보였다는 인정하고 싶지 않은 사실 앞에서 활화산처럼 타오르는 분노의 게이지를 전신으로 예감했다. 걷잡을 수 없는 분노로 전신이 부들부들 떨리고 어금니를 깨물고 있던 입술이 저절로 비틀렸다.

기준은 분노의 게이지가 상승하면 그것을 통제하는 방법을 모른다. 노력해보았지만 끝내 통제할 수 없었고, 그래서 선택한 것이 스스로를 컨트롤할 수 없는 분노의 한계점에 이르도록 자신을 내버려두지 않는 것이었다.

그런데. 감히 네 따위가.

끓어오르는 분노에 얼굴을 벌겋게 물들인 채 기준은 자신조차도 스스로를 어찌지 못하는 통제 불능의 상태에 이르기 전에 얼른 생각을 다른 곳으로 분산시키려 애써 노력했다. 꽉 움켜진 주먹 사이로 끈적끈적하게 식은땀이 느껴졌다.

연수는 룸으로 오는 동안 심장의 움직임을 무시하기 위해 모든 의지를 동반해야만 했다. 신경은 잔뜩 긴장한 채 날카로운 송곳처럼 예리해져 있었고 전신은 소금에 절여진 배춧잎처럼 너덜거리고 있었다. 강욱의 손아귀에 붙들린 손은 땀으로 끈적였고 오른쪽 팔은 너무 긴장한 나머지 마비가 올 지경이었다. 그녀는 룸으로 들어서기 바쁘게 강욱을 향해 예민해진 음성으로 요구했다.

"도망가지 않겠다고 했고 만약 그렇다고 할지라도 룸에서 현강욱 씨의 눈을 피해 도망갈 곳은 없어요. 그만 이 팔은 놓죠."

강욱은 연수의 요구대로 붙잡고 있던 그녀의 손을 놓았다. 그는 대신 양손으로 연수의 어깨를 붙잡았다. 그의 커다란 손안에 붙잡힌 연수의 어깨는 잔뜩 긴장한 채 가늘게 떨리고 있었다. 강욱은 비 맞은 비둘기처럼 연신 떨고 있으면서 담담한 척 재잘거리는 연수의 입술을 막아버리고 싶다. 연수의 입술을 다시 맛보고 또다시 그녀를 대담한 열정의 도가니로 초대하고 싶다. 자신으로 인해 뜨거운 반응을 보이는 연수를 다시 보고 싶다.

"강욱. 다시 한 번 더 현강욱 씨라고 부르면, 그런 식으로 날 밀어

내려고 한다면 나도 가만있지 않을 생각이야."

"무슨 뜻이죠?"

연수는 자신에게 명령하듯 요구하는 강욱을 향해 눈살을 찌푸리며 되물었다.

"당신 눈과는 다른 말을 뱉고 있는 그 입술을 제대로 벌할 생각이란 말이지."

"!"

또다시 입술을 탐하겠다는 말을 이처럼 스스럼없이 하다니. 연수는 멍하니 입술을 벌린 채 강욱을 올려다보았다. 강욱의 뜨거운 눈빛을 마주하니 자신이 그의 키스에 어떻게 반응했는지가 떠올랐다. 얼굴은 수치심으로 화끈거리고 전신은 점점 발갛게 달아올랐다.

점점 변화하는 연수의 표정을 재밌다는 듯 내려다보며 강욱이 슬쩍 미소를 지으며 놀리듯 경고했다.

"그런 눈빛으로 날 올려다보면 위험해."

그는 자신의 가슴 부근까지 닿는 키로 인해 고개를 뒤로 젖힌 채 볼을 발갛게 붉히고 있는 연수를 내려다보며 경고 대신 그녀의 입술을 삼켜버릴 걸 그랬나, 생각했다. 살짝 벌어진 연수의 입술은 남자의 마초적 성향을 이끌어 냈다. 그녀는 그런 사실을 전혀 눈치채지 못하는 있는 모양이지만.

강욱은 조금 전의 비상 복도에서처럼 연수를 끌어안고 다시 길고 깊은 키스를 하고 싶다. 담담한 척 무심한 표정 아래 놀라울 정도로 뜨거운 열정을 잠재해두고 있는 연수를 그는 또 한 번 이끌어내고 싶다. 그는 끓어오르는 유혹을 참는 대신 검지로 천천히 연수의 도톰한 입술을 쓸었다. 그녀의 입술은 부드럽고 섬세했다. 그리고 뜨거웠다. 다시 먹고 싶다는 충동을 어쩌지 못하도록.

연수는 숨을 급히 들이마셨다. 갑자기 초조하고 아무것도 생각이 나지 않는다. 어서 무언가 확고한 말을 뱉어야 하는데 강욱의 눈빛에 사로잡혀 머릿속이 온통 엉망이 되어 버렸다. 그녀는 마른침을 꿀꺽 삼켰다. 슬쩍 미소 짓고 있는 강욱의 얼굴은 표정을 알 수 없는 수수께끼 같은 얼굴일 때보다 한층 섹시하고 야성적이다.

생각과 동시에 연수는 입술을 부드럽게 쓸고 있는 강욱의 손길을 느꼈다. 마치 깃털이 날아와 간질이듯 입술을 쓰는 손길에 그녀의 모든 신경은 온통 강욱의 검지에 집중되고 그녀는 어느새 강욱의 검지를 혀로 핥아버리고 싶다는 충동에 사로잡혔다. 머릿속은 강욱과의 키스를 떠올리기에 분주하고 그녀의 변화를 알아채기라도 한 듯 강욱의 눈빛이 한입에 자신을 삼켜버릴 것처럼 번득였다. 연수는 그제야 자신이 떠올리고 있는 위험한 생각에서 빠져나오며 얼른 한 발자국 뒤로 물러섰다.

동시에 강욱의 팔이 그녀의 척추를 휘감았다.

"흡."

순식간에 강욱의 입술이 그녀의 입술을 점령했다. 커다랗게 눈을 뜬 채 그대로 굳어 버렸던 연수는 척추를 타고 전신으로 퍼져나가는 열기에 반항할 의지를 상실한 채 스르륵 눈을 감았다. 등허리를 감싸고 있던 크고 힘 있는 강욱의 손이 척추를 따라 천천히 원을 그리며 등허리를 스치고 갔다. 연수는 척추에서 등으로 이어지는 화끈대는 열기에 등줄기로 화마가 지나가는 기분에 휩싸였다. 폐에 이상이라도 생긴 것마냥 숨 쉬기가 곤란하다. 척추를 타고 끓어 오르는 뜨거운 피가 심장과 폐의 기능을 한순간에 저하시켰다. 연수는 고통에 찬 신음을 뱉었다.

"하……하……."

연수의 신음소리를 신호처럼 어느 사이엔가 강욱의 커다란 손이 그녀의 윗옷을 젖히고 피부를 애무하며 등줄기를 배회하고 있었다. 피부에 닿는 그의 손길에 연수는 부르르 몸을 떨었다. 예전에는 알지 못했던 열기에 그저 하염없이 녹아들었다. 강욱의 손길이 천천히 혹은 성마르게 등을 쓸며 배회하고, 그의 손끝이 스쳐 지나는 곳마다 부드럽고 섬세한 연수의 피부는 뜨겁게 달아오르며 세포 하나하나마다 열기로 화끈거렸다.

척추를 따라 둥근 등을 애무하던 강욱의 손길이 연수의 날갯죽지 아래서 딱 멈췄다. 순간 연수는 부르르 전신을 떨었다. 지금까지와는 또 다른 열기가 핏줄을 타고 전신으로 퍼져갔다. 연수는 지금껏 자신조차도 알지 못했던 성에 민감한 부분을 강욱이 이끌어내자 잔뜩 긴장한 채 숨 막히는 열정을 고스란히 감내해야 했다.

"하……아……."

아찔한 열기에 부르르 전신을 떠는 연수의 반응에 잠시 움직임을 멈췄던 강욱의 손길이 뜨거운 열기를 품어내며 다시 움직였다. 날개뼈를 따라 천천히, 느릿느릿 애무를 하는 강욱의 손길에 하하, 연신 고통에 찬 신음을 뱉어내던 연수는 까치발을 한 채 지금까지 수동적인 자세로 움직임을 멈추고 있던 양손을 들어 두 팔로 그의 목덜미를 끌어당겼다. 동시에 날개 뼈를 애무하고 있던 강욱의 팔에 힘이 실렸다.

"하!"

강욱이 잔뜩 쉰 음성으로 신음을 흘리며 연수를 자신의 가슴팍으로 꽉 끌어당겼다. 그의 가슴에 한 사람처럼 끌어안긴 채 연수는 공중부양을 했다. 맞닿은 두 사람의 가슴은 쉴 새 없이 오르내리고 누구의 것인지 알 수 없는 심장소리는 두 사람의 급박한 신음소리에 파묻혔다.

똑똑.

룸 밖에서 문을 노크하는 소리가 들렸지만 듣지 못했다.

똑똑똑.

다시 반복되는 노크소리에 숨을 커다랗게 내뱉으며 강욱이 먼저 연수를 안은 팔을 풀었다.

"?"

벌겋게 달아오른 얼굴로 연수가 의아하다는 듯 강욱을 올려다보았다. 눈빛은 촉촉이 젖어 열정의 시간에서 아직 헤어나지 않은 모습이었다.

"그런 눈으로 보지 마. 나도 당신만큼이나 아쉬우니까."

연수의 입술에 다시 슬쩍 입맞춤을 한 강욱은 헝클어진 그녀의 옷매무새를 매만져 주고는 성큼성큼 룸의 출입구를 향했다. 어안이 벙벙한 얼굴로 연수는 등을 보인 채 성큼성큼 걷고 있는 강욱의 너른 등을 멍하니 지켜보았다. 전신은 열정의 여운으로 인해 아직까지도 부르르 떨리고 있었다.

강욱이 룸의 문 앞에 당도했을 때 동시에 밖에서 문을 열고 웨이터가 모습을 드러냈다.

“실례하겠습니다.”

웨이터의 양손에는 각각 양주병과 안주가 들렸다.

강욱이 슬쩍 턱을 치켜들며 쳐다보자 웨이터가 강욱의 제스처를 알아들었는지 되물었다.

“곧 스테이지에서 자리를 옮기신다고 미리 준비해달라고 하셨지요?”

강욱이 미간을 슬쩍 찌푸리며 고개를 까딱거렸다.

연수는 웨이터가 술과 안주를 정리하는 동안 그제야 열정의 세계에 던져두고 있었던 이성을 되찾았다. 수치심과 함께 의지 빈약한 자신을 향한 분노로 가슴을 오르내렸다.

“더 필요한 것이 있으시면 주문해주십시오. 즐거운 시간 되십시오.”

연수는 웨이터가 꾸뻑 절을 하고 룸을 나가자 뒤로 몇 걸음 물러서며 단호하게 말했다.

“당신은 거기서 움직이지 마. 내 쪽으로 한 발자국도 다가설 생각 말라고요.”

강욱이 눈살을 찌푸리며 그녀를 응시했다. 그녀의 말을 존중이라도 한다는 듯 그는 정말로 그 자리에서 딱 멈춘 채 움직이지 않았다.

“당신과 나눈 키스는 싫지 않았어. 아니, 정신을 잃고 잠시 나를 잊어버렸을 만큼 좋았어. 이런 것이 욕망이구나, 내 안에 뜨거운 피가 잠재되어 있었구나, 충격적인 깨달음을 얻었을 만큼 당신과 나누는 키스가 싫지 않았어. 미치게 좋았다고 인정할게. 그렇지만 여기까지야. 당신과 나는 지금 우리가 서 있는 거리보다 훨씬 더 먼 거리의 사람들이어야 해. 가까워질 수도 그래서도 안 돼."

그녀를 응시하던 시선을 늦추지 않은 채 강욱이 미간을 찌푸렸다.

"당신이 느낀 것들을 무시하겠다고?"

"……쉽지는 않겠지만 내가 무엇을 느꼈던 생각하지 않을 거야. 더 이상 알고 싶지도 알아서도 안 돼. 내가 나를 수치스럽게 생각하지 않도록 당신이 날 좀 도와줬으면 좋겠어. 부탁이에요."

"당신과 나 사이에 일었던 불꽃을 무시하겠다고?"

"그래요."

짧은 단말마로 모든 것을 부정하려 드는 연수를 어르기라고 하듯 마른침을 꿀꺽 삼킨 강욱은 허스키한 음성으로 나직이 설명했다.

"장담하건대 우리 사이에 일어난 불꽃은 누구에게나 가능한 것이 아니야. 당신과 나, 한눈에 서로를 알아본 우리니까 가능했던 축복받을 선택이었다구."

"어떤 식으로도 날 회유하고 이해시키려고 말아요. 그것이 무엇이었든 더 이상은 알고 싶지 않으니까."

강욱은 자신의 감정에 솔직하게 반응하는 대신 회피하는 쪽을 택하는 연수에게 화가 나 목소리에 힘이 실렸다.

"다시는 이 기분을 느끼지 못할 수도 있어. 그런데도 무시하겠다고?"

"당신이 무어라고 해도 내 생각을 달리할 마음은 없어요, 모든 일이 일어나고 난 지금에야 다른 사람을 배반했음을 깨달은 내가 어처구니없이 부끄러우니까."

수치심으로 볼을 발갛게 물들인 채 연수는 단호히 고개를 가로저으며 말을 이었다.

"지금 내가 느끼는 감정은 한 사람의 믿음을 배신한 더 할 수 없는 수치스러움이에요. 그래서는 안 된다는 걸 알았으면서도 끊임없이 당신에게서 눈길을 거두지 못한 나 스스로가 어찌할 수 없을 만큼 부끄럽고 수치스러워. 더 이상 이 기분에 놓이기 싫어요."

"수치……스럽다."

"그래요, 지금 이 순간도 당신과 나눈 키스를 떠올리고 당신이 날 다시 끌어안으면 어떻게도 반항하지 못할 거라는 걸 알아. 이런 기분에 놓이게 한 나를 나도 어떻게 하지 못하겠어. 내가 수치스러워. 이런 내가 정말 참을 수 없도록 수치스럽고 가증스러워. 당신이 나를 놓아줘요. 강욱 씨. 당신이 날 먼저 떠나주면 좋겠어."

"!"

강욱은 금방이라도 울 것 같은 표정으로 먼저 떠나달라 부탁해오는 연수를 주시하며 마치 복부를 강타당한 기분에 휩싸였다. 그는 생전 처음으로 타인의 아픔이 자신을 상처 입힐 수도 있음을 깨달았다.

"……부탁이에요."

애절한 연수의 음성에 강욱은 심장이 뻐근하니 조여지는 느낌에 미간을 슬쩍 찌푸렸다. 차라리 연수가 끝까지 담담한 척 반응했다면 훨씬 대응하기가 쉬웠다.

"당신 눈빛은 날 가지고 싶어 하는데 당신 입술은 여전히 내게 떠나라고 강요하는군."

꿰뚫을 듯 쏘아보는 강렬한 강욱의 눈빛에 연수가 부르튼 입술을 깨물며 그의 시선을 회피했다. 강욱은 힘이 실린 음성으로 말을 이었다.

"나는 진심이 아닌 당신 요구를 따를 생각이 없어. 은기준 씨와 당신은 아직 어떤 사이도 아니지 않아? 수위 높은 당신의 도덕적 양심은 당신이 은기준 씨를 배반했다고 스스로를 몰아붙이는 모양인데 당신은 누구도 배반하지 않았고 당연히 어떤 수치스러운 감정에도 치우칠 필요 없어."

확신에 찬 강욱의 말에 연수는 진심으로 울고 싶어졌다.

'이 사람 말처럼 나는 오빠를 배반한 게 아니야. 맞아, 잠깐, 아주 잠깐 감정에 혼란이 왔을 뿐이야.'

그녀는 어느새 자신은 기준을 배반한 것이 아니라고 면죄부를 부여하고 있었다. 그런 스스로가 또 너무도 황망하고 수치스러워 연수는 그만 눈물이 핑 차올랐다.

"오늘은 당신 요구대로 하지."

강욱은 성큼성큼 연수의 앞으로 다가섰다. 그리고는 꽉 잠긴 음성으로 말을 이었다.

"그러니 나 때문에 울지는 말라구."

강욱은 오른손을 들어 눈물이 가득 고인 연수의 두 눈을 조심히 쓸었다. 억지로 눈물을 참고 있어서인지 그의 손길에 닿은 연수의 눈가가 가느다랗게 떨리고 있었다. 또다시 심장이 뻐근하니 조여들었다.

"울지 마……."

그의 말을 기다리기라도 한 듯 연수의 두 눈에 가득 고여 있던 눈물이 툭, 흘러내렸다.

"제발 울지 마라, 연수야."

허스키한 강욱의 음성이 흔들렸다.

"……!"

연수는 순간 심장이 칼에 베인 것처럼 따가웠다. 하마터면 당신을 사랑해요. 강욱을 다독여주고 싶을 만큼. 심장이 소리 없이 울부짖었다.

연수는 심장의 쓰라림 따위 애써 무시했다.

"당신이 날 놓아주지 않는다면 난 계속 혼란과 싸워야 할 거야. 그렇다 한들 달라지는 것은 없어."

기준이 노크도 없이 룸에 들어섰을 때 연수의 눈길은 오롯이 강욱을 향해있었다.

"……난 예정대로 약혼하게 될 거니까. 내가 감정적인 대립과 계속 마찰을 일으키며 약혼에 이르게 되는 걸 원하는 것이 아니라면 당신은 날 그냥 내버려둬야 해요."

기준은 떨리는 음성으로 말을 이어가는 연수의 목소리를 들었다. 연수의 음성은 힘을 잃고 있었다.

"부탁이야."

평소의 흐트러짐 없는 담담한 목소리는 어디를 가고 지금 연수의 목소리는 물기에 젖어 담담함과는 한참 거리가 있었다. 그리고 그는 한 번도, 결단코 단 한 번도 연수에게서 이런 단어는 들어 보지를 못했다.

부탁이야…….

기준은 양 주먹을 불끈 쥐고 호흡을 크게 내뱉었다. 그리고는 큰소리로 자신의 등장을 알렸다.

"아직도 이야기가 다 끝나지 않은 거야?"

그는 성마른 걸음으로 연수 앞으로 다가섰다.

"무슨 이야기할 게 그리 많다고……?"

예사롭지 않았던 연수의 목소리로 이미 어느 정도 짐작은 하고 있었지만 그녀를 눈앞에서 마주한 기준은 충격으로 전신이 뻣뻣하게 굳어지는 것을 느꼈다.

놀란 눈으로 그를 쳐다보는 연수의 입술은 조금 전까지 그녀가 무슨 짓을 하고 있었는지 그대로 내보이고 있었다. 도톰한 입술은 부풀어 올라 촉촉하게 젖은 채로 홍조를 이루고 있는 볼과 대조를 보이고, 차분하니 늘 다갈색이던 그녀의 눈빛은 물기로 인해 초콜릿 빛을 띠고 있었다. 간담이 서늘해졌다.

"박효경, 미안하지만 택시 좀 불러라."

기준은 이제 막 그의 뒤를 따라 들어선 효경을 향해 마치 명령하듯 말했다. 그리고는 거칠어지는 심정을 다독이려 크게 심호흡을 뱉어내며 연수를 향해 말을 이었다.

"연수야, 오늘은 아무래도 너 데려다 주기 힘들겠으니까 택시 타고 먼저 집에 가라. 효경이 뭐해? 연수 좀 데려가지 않고."

효경이 어깨를 으쓱거리며 연수를 향해 비웃었다.

"최연수. 네 왕자님이 내게 널 부탁하네? 흣……어쨌든 시끄러워지기 전에 여자들은 그만 자리를 피하는 게 맞겠어. 그만 나가자."

"잠……!"

연수가 다른 이의를 제기하기 전에 기준이 먼저 말을 했다.

"넌 그만 가라, 최연수."

그리고는 강욱을 향해 턱을 추켜올렸다.

"현강욱 씨는 제 약혼녀와 이야기가 끝났으면 이제 저하고 이야기 좀 하시죠."

강욱은 무표정한 얼굴로 고개를 까딱였다. 그건 연수에게 기준의 말대로 하라는 무언이기도 했다. 연수는 두 사람을 번갈아 보다 어쩔 수 없다는 듯 강욱을 향해 말했다.

"현강욱 씨, 나는 시끄러워지기를 원하지 않아요. 신사적으로 이야기를 끝냈으면 좋겠어요."

그리고는 기준을 향했다.

"오빠. 오빠가 신경 쓸 일 없을 거야. 그러니까 애먼 시간 낭비하지 않았으면 해."

"두 남자끼리 알아서 하라고 그러고 우린 그만 나가자."

효경이 두 남자가 무어라 대꾸하기도 전에 얼른 끼어들었다. 연수는 고개를 가로저으며 효경을 향해 단호한 음성으로 대답했다.

"저 혼자 갈 테니까 효경 언니는 나오실 필요 없어요."

효경은 이미 출입구 쪽으로 걸음을 향한 연수의 발걸음을 따라 어깨를 으쓱이며 서둘러 따랐다.

"너 혼자서도 충분히 집 찾아갈 수 있다는 건 알지만 어쩌니. 기준인 너 택시 타고 가는 걸 내가 끝까지 지켜봐주길 바라는 걸. 뭐라고 반대하던 난 기준이 말대로 할 생각이야, 그러니 괜한 입씨름할 생각 말고 그냥 나가자."

기준은 연수와 효경이 룸을 나서기 바쁘게 지금껏 참고 있던 분노를 드러냈다.

"연수에게 무슨 짓을 한 거야?"

그는 이미 연수의 심장에 변화가 있음을 직시하고 있었다. 다만 연수가 자신이 아닌 다른 타인에게 어떠한 감정일지라도 지닐 수 있음을 받아들일 마음은 절대, 추호도 없었다. 그러했기에 조금 전에 자신이 본 부푼 연수의 입술은 그녀의 의지와는 상관이 없이 강욱의 강제에 의해 일어난 일이라고 치부했다.

"현강욱 씨. 당신, 연수에게 무슨 짓을 한 거냐고?"

"은기준 씨에게 말할 생각은 없습니다."

강욱의 얼굴은 높낮이 없는 음성만큼이나 무표정했다. 그는 벌겋게 굳은 얼굴로 흥분을 감추지 못하는 기준과는 달리 완벽한 신사처럼 한 점 흐트러짐이 없었다.

"뭐?"

기준은 남자다운 강한 강욱의 모습이 참을 수 없어 주먹을 쥔 양손을 부르르 떨었다.

"연수에게 어떤 감정을 가졌는지는 모르겠지만, 내 약혼녀에게서 꺼지시지."

분노를 참고 있어서인지 목소리마저 떨렸다.

"약혼녀라……. 은기준 씨가 약혼을 했다는 소식은 듣지 못했습니다만."

그에 반해 강욱의 목소리는 변화 없이 낮고 힘 있었다.

"그따위 말장난으로 나와 연수 사이를 비집고 들어와볼 생각인가

본데 어림없는 수작이니 그만 꺼지시지."

기준은 높낮이 없이도 충분히 힘이 느껴지는 강욱의 음성에도 비위가 뒤틀리는데다가 아직 약혼을 한 것은 아니지 않느냐는 정곡을 찌른 말에 걷잡을 수 없는 분노가 폭발했다.

"현강욱 씨. 아는지 모르겠다만 상류와 하류는 물이 달라."

지금껏 누구도 자신을 상대로 감히 연수에게 집적댄 이는 없었다. 어디서 굴러온지 모르는 개뼈다귀 같은 사생아 놈이 나타나기 전까지는.

"조용히 당신 세계로 꺼지시지."

강욱은 상당히 거칠어진 기준의 말투에도 불구, 마치 기준이 허황된 요구를 한다는 듯 한쪽 눈썹을 쓱 치켜세웠을 뿐이다.

그리고는 비슥하니 입꼬리를 옆으로 치켜올리며 말을 이었다.

"그럴 생각 없습니다."

"현강욱 씨. 나는 지금 당신에게 부탁하는 게 아니라 경고를 하고 있는 거야."

기준은 더 이상 이 남자의 오만함을 참을 수가 없었다. 어디서 굴러온 개뼈다귀 같은 자식이, 감히 이 은기준의 여자를 탐낸단 말인가.

"효경이 어머니 손님이라고? 당신, 어느 집안 사생아인지는 모르겠지만, 최연수는 당신 같은 사람이 함부로 넘볼 수 있는 여자가 아니야, 나, 은기준……."

"처음부터 은수저를 입에 물고 태어난 사람들의 약점 중 하나가 궁지에 몰리면 내가 누구의 자식, 어느 집안의 누구인지를 밝히려 들지."

강욱은 기준이 말을 채 다 끝내기도 전에 마치 조롱하듯 했다. 그는 슬쩍 고개를 까딱이고 난 뒤 말을 이었다. 그의 음성은 느긋했지만 그러나 함부로 덤빌 수 없는 예리함과 날카로움이 있었다.

"이 이상은 은기준 씨의 어리광을 들어줄 이유가 없습니다만."

기준은 자신이 어떤 말로 강욱의 자만심을 건드리고자 했는지, 그의 오만함을 어떤 식으로 꺾어버리고자 했는지 너무도 빨리 알아차린 강욱의 지적에 순간 할 말을 잃었다.

"뭐……!"

머릿속이 하얗게 변하면서 참을 수 없는 분노가 경고의 종을 울렸다. 기준은 더 이상 상대할 가치가 없다는 듯 이미 등을 보이며 성큼성큼 룸의 출입구를 향해 걷고 있는 강욱을 향해 고함을 내질렀다.

"야 이 새끼!"

강욱은 이성을 잃은 기준의 행동에 잠시 걸음을 멈칫했다가 이내 어깨를 한 번 으쓱거렸을 뿐 출입문을 향하던 걸음을 늦추지 않았다. 효경이 룸의 문을 열고 들어선 것은 그 순간이었다.

효경은 흥분으로 고함을 내지르는 기준의 모습에 이미 이성을 잃어가고 있음을 본능적으로 느꼈다.

그녀는 강욱이 룸을 나서기 바쁘게 문고리를 눌렀다. 톡하고 잠금 소리가 이어졌지만 흥분으로 날뛰는 기준에 의해서 들리지는 않았다.

"넌 지금 이성을 잃었어."

"시끄러!"

효경이 조롱의 말을 뱉으며 기준의 분노에 기름을 끼얹었다.

"통제 불능 상태야, 알아?"

쏜살같이 효경의 앞으로 다가선 기준이 그녀의 턱을 부여잡으며 이를 갈았다.

"시끄러! 입 다물란 말이다."

"난 네가 어떻게 그 분노를 잠재우는지 알고 있어. 물론 네 분노를 잠재우는데 기꺼이 그 상대가 되어줄 의향도 있어."

효경은 기준의 손아귀에 붙들린 턱에 통증이 이는 걸 느꼈지만 입꼬리를 옆으로 끌어올린 채 비아냥거리기를 멈추지 않았다.

"누구도 다음은 알 수 없다고 했잖아?"

기준은 순간 멈칫했다. 이성을 잃은 중에도 조금 전 복도에서 효경과 나눴던 대화들이 뇌리를 스치고 지나갔다.

"너……!"

효경은 벌겋게 물들어져 있는 기준의 눈빛에 일순 두려움이 일었지만 짐짓 아무렇지도 않은 척 도발을 멈추지 않았다.

"진실을 말하니까 듣기 싫은가 보지? 내가 하는 말이 정 듣기 싫으면 내 입을 막아보지 그러니?"

"다물어, 그 입 다물란 말이다!"

기준이 이를 갈며 거칠게 효경의 입술을 가로막았다. 그리고는 으르렁대며 이 사이로 분노를 내뱉었다.

"네가 원한 것이 이거야? 큭……."

거친 입맞춤만큼이나 저돌적인 손놀림으로 기준은 효경의 바지를 끌어 내렸다.

"내 분노를 기꺼이 감당하시겠다고?"

거친 입맞춤으로 효경의 입 안을 점령한 기준이 그녀의 혀를 이로 힘껏 깨물었다.

"핫……!"

"쿡쿡……원한다면 어디 한 번 감당해보라고."

통증에 몸을 굳힌 효경의 반응에 기준이 키득거리며 웃음소리를 뱉었다.

"제대로 대접받을 생각일랑 버려."

그는 비릿한 피맛이 느껴지는 효경의 혀를 유린이라도 하듯 혀끝으로 쓸었다가 다시 이로 짓이기며 거칠게 그녀를 점령해갔다.

"하하……. 천천히……천천히 해."

효경이 신음이 잔뜩 섞인 쉰 음성으로 기준의 거칠고 성마르기만 한 손놀림을 도왔다.

잘 다듬어진 긴 손톱이 부러질 위기에 있는 것도 상관없이 효경은 얼른 자신의 윗옷에 달린 단추를 풀었다. 무대포인 기준의 손놀림에 의해 바지가 바닥으로 흘러내리고 동시에 그녀의 윗옷이 뱀의 허물처럼 바닥 위로 떨어진 바지 위로 힘없이 주르륵 떨어졌다. 블라우스가 사라진 효경의 상체엔 붉은색의 브래지어만이 풍만한 젖가슴을 위태롭게 감싸고 있었다.

"감히 나를 상대하겠다고?"

효경의 등 뒤에서 기준이 거친 콧김을 내뱉으며 아무렇게나 브래지어를 밀어올렸다. 한 손에 들어차기엔 지나치게 풍만한 효경의 가슴을 주물럭거리며 기준이 으르렁거렸다.

"네가 원한 게 이거 아냐?"

효경의 유두를 질겅질겅 아무렇게나 물어 삼키며 그는 섬뜩한 목소리로 말을 이었다.

"기꺼이 내 분노를 상대하겠단 말이지? 크……."

성급하고 거칠기만 한 기준의 애무에도 효경은 눈을 지그시 감고 목을 뒤로 꺾은 채 연신 뜨거운 심호흡을 뱉어 냈다.

"하아. 하아."

발갛게 상기된 얼굴로 인상을 일그러트린 채 잔뜩 쉰 호흡을 뱉어내는 효경을 향해 기준이 이를 갈았다.

"원한다면."

기준은 효경의 목에 이를 박은 채 그녀의 상체를 누르며 거친 동작으로 등을 압박했다.

기준의 힘에 눌려 효경이 소파에 상체를 짓눌린 채 앞으로 쓰러지고, 덕택에 허옇게 속살을 드러낸 엉덩이는 기준의 남성을 향해 반듯이 올려지는 꼴이 되고 말았다. 이 체위를 기다렸다는 듯이 기준이 효경의 엉덩이를 아무렇게나 꽉 움켜잡았다. 효경의 엉덩이를 붙잡은 채 자신을 향해 끌어당기는 기준의 손길은 거칠고 이성을 잃은 남자의 손짓 그대로 사나웠다. 어떠한 배려나 전희 따위 없이 그는 효경을 향해 무자비하게 밀고 들어갔다.

"아……!"

효경은 잔뜩 쉰 음성으로 아픔과 짜릿한 전율을 동반한 신음소리를 뱉었다.

그녀를 배려하는 애무나 어떤 전희도 없는 섹스였지만 효경의 아래는 이미 촉촉하게 젖은 채 기준을 맞을 준비를 하고 있었다.

"하하……그만."

그러나 효경이 아무리 기준의 분노를 기꺼이 받아들이고 즐기고자 하였어도 지치지도 않고 과감히 드러내는 거칠고 잔혹하다 싶은 폭력 앞에서는 그녀도 무력감을 느껴야 했다.

"……그만 기준아……."

기준은 애원에도 불구하고 오히려 더욱 난폭한 동작으로 효경의 머리칼을 움켜잡았다. 그리고는 자신의 남성을 효경의 얼굴에 들이밀며 거칠게 명령했다.

"핥아."

빳빳하게 성이나 있는 남성을 입 안 깊숙이까지 무자비하게 들이미는 기준을 올려다보며 효경은 그제야 기준의 분노를 감내할 수 있다고 생각한 자신의 오만을 깨달았다.

기준의 분노는 그녀의 생각보다 훨씬 무자비한 폭력성을 내재하고 있었다.

모임에 갔다가 늦은 시간에 집으로 돌아온 민숙의 얼굴은 잔뜩 굳어 있었다.

평소에도 썩 편안한 표정이라고 할 수는 없었지만 어느 날보다 굳은 민숙의 표정을 살피며 연수는 살짝 이마를 찌푸렸다. 연수는 그렇게도 불편해하면서 재벌가 사모님들의 모임에는 뭣 하러 그렇게 꼬박꼬박 참석을 하는지 민숙을 새삼 이해할 수 없는 표정으로 바라보았다. 한라호텔 최동호 회장의 아내로는 상류층을 향한 민숙의 욕심이

양에 차지 않는 모양이었다.

"표정이 왜 그래요, 누가 또 엄마 심기를 불편하게 했어요?"

"네 아빠는 아직 서재에 계시니?"

민숙은 서재로 힐끗 시선을 보내며 연수의 물음과는 다른 말을 했다.

"네. 저녁 식사하시고 계속 서재에 계세요."

"넌 나 좀 보자."

민숙은 연수의 방이 있는 이층으로 향하는 계단을 앞장서 걸었다.

전신에서 뿜어져 나오는 찬 기운은 그녀가 지금 아주 불편한 기분에 놓여 있음을 온몸으로 전하고 있었다.

연수는 살짝 둥근 이마를 찌푸렸다. 엄마 민숙이 여느 모임에서 돌아왔을 때보다 특히 오늘 더 신경이 예민해져 있음을 느낄 수 있었다.

아니나 다를까, 연수의 방에 들어서기가 무섭게 민숙은 작은 소파에 등을 꼿꼿이 하며 앉았다. 얇은 입술을 꾹 앙다문 채 굳은 표정을 하고 있는 민숙의 얼굴은 불편한 감정을 자제하느라 마치 터지기 일보직전의 고무풍선처럼 위태로워 보였다.

"왜 그러세요?"

연수의 물음에 민숙이 차가운 음성으로 말했다.

"너는 행동을 어떻게 하고 다니는 거니? 내가 오늘 모임에서 얼굴을 들 수가 없었다."

"……!"

연수는 민숙이 무슨 말을 꺼내려는지 알 것 같았다. 하기야 이 세계가 남의 말을 하기 좋아하는 곳이니 파티장에서 있었던 그녀의 행동이 사람들의 입에 오르내리고 있다 해서 이상할 것은 없었다. 일주일이나 지난 지금에야 엄마의 귀에 들어갔다는 게 되레 이상한 일이다.

"사실이니?"

"뭐가요"

"네가 다른 사람들 눈이 있는 파티장에서 처음 만난 남자와 춤을, 그것도 그냥 춤이 아니라 블루스를 췄다고 소문이 자자하던데."

"소문 아니에요."

민숙이 숨을 급히 들이마셨다.

"뭐?"

"파티장에서 블루스를 치는 일이야 흔한 일이에요. 그 일이 화자가 된다는 게 되레 이상한 일이지 않나요?"

담담한 연수의 대답에 민숙의 야윈 목이 마른침이라도 삼키는지 꿈틀거렸다. 평소 습관으로 볼 때 민숙의 마른 목이 꿈틀거린다는 것은 예민해진 신경줄을 팽팽히 끌어당긴 채 화를 참아내고 있다는 뜻이었다.

"정말로 그 남자와 껴안고 춤을 췄다는 거니."

잠시 말을 끊은 채 민숙이 턱을 끌어당겼다. 그리고는 어쩔 수 없다는 듯 마지못해 경멸 어린 목소리로 말을 이었다.

"그 사생아와?"

연수는 '그 사생아' 라는 민숙의 한마디에 찌푸리고 있던 이마를 풀며 번쩍 고개를 들었다.

"엄마 잣대로 그 사람을 함부로 말하지 마세요."

엄마는 자신이 처음 만난 남자와 춤을 췄다는데 예민하게 반응을 보이고 있는 것이 아니라 그 상대가 사생아라는 데에 분노하고 있었다.

"그는 엄마에게 그런 대접을 받을 이유가 없는 사람이에요."

욕망과 허세로 가득한 엄마의 입장에서는 결코 인정할 수 없겠지만 연수는 강욱이 외형만큼이나 내면까지도 뿌리가 깊은 남자임을 확신했다. 이유는 없었다. 그저 자연스럽게 그렇게 믿어졌다.

민숙은 얇은 입술을 비틀며 연수를 쳐다보았다. 그리고는 비웃듯이 입꼬리를 끌어올리며 차분한 음성으로 조소했다.

"태양건설 유 여사 손님이라고 들었다. 내 하도 소문이 황당해서 유 여사와 따로 자리를 해서 그 남자에 관해 여쭸었어. 네가 그리 감싸고 싶어 하는 그 남자는 미국에서 잠시 귀국은 했다만 한국엔 아무 연고도 없다더구나."

'그렇구나, 그 사람은 잠시 한국에 들른 거구나.'

연수는 강욱을 떠올리며 머릿속으로 되뇌었다. 그녀는 그의 이름이 현강욱이고 그의 강렬한 눈빛에 가둬지면 자신뿐 아니라 누구라도 꼼짝을 할 수 없는 상태가 되고 말 거라는 것과 그는 지금껏 그녀가 만나 왔던 어떤 남자보다도 남자답다는 것밖에 그에 관해 아는 것이 없었다. 그런들 어떤가. 누군가를 심장에 각인시키는 일은 한순간이다. 이전에는 한순간에 이성을 잃어버리고 누군가를 가슴 깊이 각인한다는 감정이 실제로 세상에 존재한다고는 믿지 않았다. 그 느낌이 어떤 것이든 관심도 없었을뿐더러 알고 싶지도 않았었다.

연수는 강욱을 떠올리는 것만으로도 심장이 쿵쾅거리고 그를 욕심낼 수 없는 현실에 고통이 밀려온다. 그러는 동안에도 경멸감을 억지로 억누른 아주 차분하고 차가운 민숙의 목소리가 이어지고 있었다.

"생모는 미혼모였다는데 아들이 어렸을 때 죽고 그는 외할머니 손에서 자랐다더라. 그 외할머니라는 분도 얼마 전에 돌아가셨다는데 그 말이 무슨 뜻이니. 사생아에다 천애 고아라는 말이다. 그런 근본도 모르는 사생아와 가까이해서……."

"그만하세요, 엄마."

"무얼 그만하란 말이니"

딱딱한 음성으로 연수가 강경하게 말했지만 민숙은 멈추지 않았다.

"넌 기준이와 약혼할 사람이다. 그런 네가 사생아 따위에게 관심을 가져? 내가 김 여사 보기 민망해서 음식이 입으로 들어가는지 코로 들어가는지 아무 맛도 느끼지 못했다. 연고도 없는 사생아라니……. 네가 그런 놈이랑 눈이라도 마주쳤다고 소문이라도 나봐라, 다들 무어라고 하겠니. 그렇잖아도 경호건설와 혼담이 오가는 널 시기하는 집안에서는 이미 이상한 소문이 나도는 모양이더라. 너 설마 그 사생아에게 흔들렸다는 소문이 정말로 사실은 아니겠지?"

"아뇨, 그 소문의 대부분은 진실이에요."

"뭐……?"

민숙은 얇은 입술을 비틀며 충격 어린 시선으로 연수를 노려보았다. 감정을 절제하느라 여윈 손등 위로 실핏줄이 돋아날 만큼 양 주먹을 꽉 움켜쥔 채 민숙은 싸늘한 눈빛으로 연수를 노려보기를 멈추지 않았다.

"그 사람이 어떤 사람이든 무슨 상관이에요. 그가 어떤 사람이든 내가 그 사람을 눈에 담았어요. 누군가에게 시선이 닿는데 사생아고 고아이고 그런 조건들이 무슨 상관이겠어요."

지금까지 단 한 번도 누군가를 욕심낸 적 없다. 누군가를 가지고 싶은 마음을 억지로 억눌러야 할 이유 또한 없었다. 강욱을 만나기 이전에는 누구도 시선을 끌어당기지 않았으니까.

연수는 다른 사람이라면 모르지만 굳이 엄마 앞에서까지 자신의 마음을 속이며 진실을 포장하고 싶지는 않았다.

"그가 어떤 사람이든 그 사람을 향한 제 감정을 솔직하게 표현할 수만 있다면 아무것도 필요 없을 것 같아요."

이런다 해서 민숙이 그녀를 이해하려 들거나 마음 아파하지는 않을 것이었다. 이런다 해서 예정된 기준과의 약혼이 없었던 일이 되지는 않는다. 어떤 것도 변화되지 않음을 알고 있지만 연수는 단지 강욱으로 인해 일어난 마음의 변화에 한 번쯤은 솔직해지고 싶다. 타인을 향한 이끌림이 어떤 혼란스러움을 가져왔는지 한 번쯤은 드러내 보이고 싶다.

"저절로 그 사람에게 시선이 닿았어요. 그러한 이끌림이 무엇이라고 딱 꼬집어 자신할 수는 없지만 이전에는 한 번도 느껴보지 않은 감정이라는 것만은 확신해요. 우습게도 그 사람이 욕심났어요."

"너, 넌 그게 말이 된다고 하는 거냐?"

"왜 말이 안 된다는 거죠? 한 번도 이런 감정 느껴보지 않았어요.

이성을 향한 감정이 처음부터 없었던 사람처럼 늘 제 심장은 죽어 있었어. 의심조차 하지 않았을 만큼 아무런 느낌도 없었단 말이에요. 그런데 그 사람이 나타났어요. 그 사람 앞에서는 나라는 존재가 까마득히 잊혀진 듯 초연한 나는 어디로 가고 전혀 낯설고 새로운 내가 존재했어요. 잠시지만 그를 욕심내고 싶었어요."

"시끄럽다. 입 다물어."

참기 힘든 모욕이라도 들은 사람처럼 민숙이 날카로운 목소리로 연수의 말을 잘랐다.

"어디서 함부로……!"

"내가 기준 오빠와 약혼하지 못하게 될까 봐 걱정이세요? 내게도 다른 여자들과 같은 감정이 살아 있음을 깨닫게 되었다는데도 엄마는 내가 경호건설의 며느리가 될지 아닐지만 걱정되시냐고요?"

연수는 쉰 음성으로 마지막까지 항변해보았다.

떼를 쓰고 억지를 부려보지만 사실은 강욱을 욕심낼 수 없음을, 욕심을 내었어도 안 되는 일임을 알고 있었다. 결국에는 그녀 스스로 먼저 강욱을 멀리하게 되고 말리란 것을 알고 있었다. 다만 그녀는 민숙이 단 한 번만이라도 자신의 내면을 쓰다듬어 주기를 바랐다.

"나는 그따위 걱정은 하지 않는다. 너는 기준이와 결혼하게 될 거니까."

그렇지만 연수의 바람은 민숙의 날카로운 단언에 일언지하에 거절당했다.

"내 마음은요?"

"마음? 인연이 아닌 사람에게 흔들렸다느니 하는 어리석은 소리나 하는 너를 내가 이해할 수 있을 거라고 생각하는 거니? 어림없는 소리. 여자는 남자의 사랑만 받으면 된다."

"……!"

단 한 번이라도 좋으니 엄마. 한 번쯤은 나만 생각해주고 나만 쓰다듬어 줄 수는 없어요? 한 번쯤은 날 보듬어 줄 수는 없는 거냐고요? 연수는 그렇게 외치고 싶다.

"제 감정은요?"

"사생아를 눈에 담았다느니, 그런 녀석을 보고 흔들렸다느니, 말하는 게 네 마음이라고? 감정이라고? 누가 너더러 그런 싸구려 감정을 지니라고 했니. 기준이가 아닐 것 같으면 처음부터 그런 감정은 알 필요 없었다. 여자는 모든 것을 가진 남자의 사랑을 받는다는 것만으로 이미 성공한 인생이야. 그러니 네 싸구려 감정은 접어라."

"사랑이라는 이름하에 아빠가 엄마의 모든 것을 이해하려던 것처럼? 엄마는 그것이 옳다고 생각하세요, 아빠에게 받는 사랑만으로 만족하세요, 행복하세요?"

"입 다물어라."

민숙은 연수의 말을 일언지하에 자르고는 어깨가 들썩거릴 정도로 숨을 급하게 들이마셨다. 차분하고 냉정한 음성으로 다시 말을 이었다.

"기준이가 널 원하고 있는 이상엔 나는 어떤 변수가 생기더라도 널 기준이와 결혼시킬 생각이야. 혹시라도 내가 네 마음을 이해하지 않을까 하는 기대는 버려. 나는 근본도 없는 사생아 따위는 관심 없다."

"내가 원하는 사람이 누구든 상관없이 엄마의 상류층을 향한 그 끝없는 욕심은 버릴 수가 없겠죠."

연수의 지적에 고개를 빳빳이 든 민숙이 마른침을 꿀꺽 삼켰다.

"아버지가 누군지도 모르는 사생아 따위에게 널 시집보내려고 내가 널 낳은 건 아니다."

"훗, 만약 그 사람이 내로라하는 어느 집안의 사생아였다면 엄마의 반응은 달랐겠죠."

"그랬다고 하더라도 난 기준이가 내 사위가 되는 걸 포기하지 않았을 거야."

"정말 그랬을까요? 그 사람이 기준 오빠보다 더 나은 집안이었다면 엄마의 반응은 분명 달랐겠죠. 아니라고는 말아요."

기준을 배반하고 강욱과 어떻게 해보겠다는 생각은 처음부터 버렸다. 그녀 스스로가 만들어 놓은 도덕적 굴레는 생각보다 훨씬 단단한 것이었다. 민숙이 이처럼 예민하고 날카롭게 반응을 보이지 않았어도 되었다는 말이다.

"……난 아빠와 달리 엄마가 어떤 욕망을 지니고 있는지 다 아니까."

"내가 얼마나 욕심 많은 사람인 줄 알고 있다니 잘 알겠구나. 사생아 따위에게 흔들렸다는 널 참아주지 않을 거라는 걸 말이다."

"무슨 뜻이죠?"

얇은 입술을 꾹 다문 채 차갑게 그녀를 응시하던 민숙이 마치 경고라도 하듯 단호한 음성으로 말을 했다.

"나는 네가 다른 사람들의 입에 오르내리고 소문에 휩싸여 손가락질 받는 일을 막을 수만 있다면 어떤 일도 마다하지 않아."

"……."

연수는 아랫입술을 꾹 깨물었다. 더 이상 강욱에게 미련을 둔다면 자신이 어떤 일을 하게 될지 모른다고 민숙은 그녀를 협박하고 있었다.

"무슨 말인지 알아들었어요. 어떤 이유에서든 엄마가 그 사람을 만나는 일은 없기를 바라요."

연수의 요구에는 어떤 확답도 없이 민숙은 담담한 음성으로 예정된 일정과 바뀐 사실을 알렸다.

"기준이 어머니는 네 행동들이 불쾌해하기는 하지만 소문을 잠재우려면 약혼식을 앞당기는 것이 좋겠다고 하시더라. 그러자고 합의를 봤으니까 그런 줄 알려무나."

"엄마! 어떻게 내 의견은 한마디도 물어보지 않고."

"기준이가 원한 거다. 너는……. 네가 그 사생아에게 어떤 감정을 지니고 있는지 기준이가 정말 모를 거라고 생각했어? 기준인 약혼이고 뭐고 바로 결혼하기를 주장했지만 그래도 남들의 눈도 있고 모든 일정을 앞당기는 것으로 타협을 본 거다. 네가 다른 사람을 눈에 넣는 어리석은 짓만 하지 않았어도 일정을 앞당기는 이런 번거로운 일은 만들어지지 않았어. 날 탓할 생각은 말거라."

민숙은 얇은 입술을 앙다물며 또다시 양 주먹을 꾹 말아 쥐었다. 그녀는 한참 동안 가슴이 들썩이도록 숨을 몰아쉬고는 금방이라도 얼음이 얼어버릴 것처럼 차갑고 냉정한 음정으로 말을 이었다.

"기준이를 떠나서, 근본도 모르는 사생아 따위를 가슴에 품었다는 널 받아들이는 것이 얼마나 내게 치욕스러운 일인지 알기는 해?"

"엄마……!"

연수는 새하얗게 변한 얼굴로 멍하니 항변했다.

"엄마가 치욕스러운 감정을 느끼는 건 그 사람 탓이 아니잖아요."

연수의 말을 중간에서 싹둑 자르며 민숙이 냉정하게 말했다.

"밤이 늦었다. 그만 자거라."

"언제까지 그러실 거예요, 언제가 되어야, 내가 어떻게 해야만 엄마가 그 감정에서 놓여나시는데요?"

민숙은 창백하게 변한 얼굴로 반문하는 연수를 무시한 채 벌떡 자리에서 일어섰다.

"자거라."

연수는 어깨에 잔뜩 힘을 주고 긴장한 채 방을 나서는 민숙의 여윈 뒷모습을 눈으로 좇으며 통증이 느껴지도록 아랫입술을 꾹 깨물었다.

❋

엄마로부터 모든 일정이 앞당겨졌음을 전해 들은 지 이제 겨우 5일. 그동안 연수의 일과는 정신없이 지나갔다. 약혼반지를 고르는 일이며. 약혼식에 입을 드레스 가봉이며, 이리저리 기준의 손에 이끌려 다니기도 하고 때로는 기준의 어머니인 김 여사와 함께 동행을 하기도 했다. 평소 단골 부티크에서 연수가 약혼식에 입을 드레스를 맞추기를 원했던 김 여사는 민숙의 말처럼 불쾌함을 감추지 않았다. 기준의 고집만 아니었다면 당장에라도 모든 일을 없던 일로 하고 말았을 거라며 김 여사는 연수에게 대놓고 불편한 심기를 보이기도 했다.

연수가 드레스 가봉을 위해 치수를 재고 디자인을 손보는 동안 계속 샵에 함께 자리하고 있었던 김 여사는 약속이 있다며 먼저 자리를 떴다.

심장에 누군가를 각인하는 기적 같은 일이 연수에게 일어났다면 드레스 가봉을 마치고 무작정 거리를 걷고 있던 그녀가 거리 한복판에서 강욱을 다시 만나게 된 것도 어찌 보면 운명과도 같은 일이었다.

전혀 생각지도 않은 거리에서 블랙 슈트 차림을 한 강욱과 부딪친 연수는 순간 옴짝달싹도 못한 채 그 자리에 넋을 놓고 서 있었다. 심장은 전에 없이 요동을 치고 전신은 어떤 움직임도 할 수가 없었다. 몇 걸음 맞은편에 마주 선 강욱도 그녀를 응시한 채 못 박힌 듯 움직임을 멈추고 있었다. 대낮, 햇볕이 내리쬐는 거리에서 마주한 그는 그 어느 날보다 그녀를 숨 막히게 했다. 그의 눈빛은 내리쬐는 태양보다 더 강렬하게 이글거리고 블랙 슈트 차림으로 삐딱하게 선 모습은 누구도 함부로 범접하지 못할 강한 힘이 느껴졌다. 그는 밤에 만났을 때보다 훨씬 남성적이고 훨씬 위압적이었다.

연수는 강욱과 눈앞에서 맞닥트리고 나자 며칠 그를 너무도 그리워했음을 온몸으로 인식했다. 그럼에도 그에게서 한 발자국 뒤로 물러나야 한다는 사실에 심장이 격렬히 울부짖어댔다.

연수의 두려운 마음을 눈치라도 챈 사람처럼 그 자리에 못 박힌 듯 움직임을 멈춘 강욱이 성큼성큼 몇 발자국 만에 그녀 앞에 섰다. 그리고는 아무런 말없이 그녀의 손을 붙잡은 채 걸음을 옮겼다.

연수는 그를 저지할 의지도 그를 뿌리칠 용기도, 그 어느 것도 떠오르지 않았다. 단지 강욱의 커다란 손 안에 자신의 손이 붙들려 있다는 안도감과 함께 그를 느끼고 있는 지금 이 순간이 현실이 아닌 것만 같아 오히려 두려울 지경이다.

또각또각.

연수는 대리석을 밟는 발자국 소리에 그제야 강욱의 손에 이끌려 건물 안으로 들어섰음을 깨달았다.

'마지막이니까, 이 사람과 마지막 인사쯤은 제대로 하고 헤어져도 되는 거잖아.'

연수는 지하 카페로 향하는 강욱을 뒤따르며 자신에게 일어나는 혼란스러운 감정을 다독였다.

그랬다. 심장이 격렬히 뛰고 뇌가 아무 생각도 할 수 없는 정지상태가 되는 것, 그건 일생에 단 한 번 일어나는 축복받을 감정이다. 현강욱, 그가 아니라면 다시는 일어나지 않을 단 하나의 마음이다.

'다시는 이런 감정 느끼지 못할 테니까. 심장의 떨림이 어떤 느낌인지 일깨워준 이 사람과 마지막 인사쯤은 제대로 해도 되는 거잖아. 그마저도 허락하지 않는다면 최연수. 너 너무 불쌍하잖아. 너무 삭막한 인생이잖아.'

연수는 자신 안에 일어난 심장의 떨림을 단번에 잘라내는 대신 자신의 감정을 안쓰러워하고 불쌍히 여기며 쓰다듬어주는 것을 선택했다. 그러고 나자 강욱의 뒤를 따르는 발걸음이 훨씬 가벼워지는 기분이다. 그리고 격렬히 뛰는 심장소리도 잠시기는 해도 황홀하게 느낄 수 있었다.

"너, 너. 뭐하는 짓이니?"

동시에 숨을 급히 들이마신 듯한 귀에 익은 쇳소리가 귓전을 때렸다. 연수는 쇳소리의 근원지를 향해 번쩍 고개를 돌렸다.

경악과 분노가 뒤섞인 민숙의 얼굴이 그녀를 향해있었다. 얇은 입술을 꾹 다문 채 충격을 완화하려 안간힘을 쏟고 있는 민숙의 얼굴은 그야말로 창백하게 뭉개져 있었다.

"엄마……!"

강욱의 커다란 손에 잡혀 있는 그녀의 손을 마치 더러운 물건이라도 보듯 민숙이 입술을 비틀며 지적했다.

"그 손부터 치우거라."

강욱을 싸늘한 눈빛으로 쏘아보며 경멸감이 툭툭 묻어나는 어조로 말을 이었다.

"감히 누구 손을 붙들고 있어."

경멸 어린 민숙의 쇳소리에 연수의 손을 붙잡은 강욱의 손아귀에 더욱더 힘이 들어갔다. 연수는 얼른 민숙을 향해 말했다.

"잠시면 돼요, 엄마, 잠시만 이 사람과 이야기……."

연수의 말은 중간에 끼어든 쇳소리로 더 이상 이어지지 못했다.

"네 어리석은 행동에 관한 변명은 집에 가서 들으마."

"엄마. 엄마가 걱정할 일은 일어나지 않아요. 약속해요. 잠시 이 사람과 이야기만 하고……."

"지금 곧 집으로 돌아가지 않는다면 나도 내가 어떤 식으로 감정을 드러낼지는 알 수 없다. 선택은 네가 하려무나."

"엄마."

"선택은 네 몫이다."

굳은 몸짓으로 민숙을 주시하는 연수의 얼굴로 강욱의 시선이 와 닿았다. 연수는 민숙의 강압적인 행동과 말투에 얼굴이 발갛게 달아올랐다. 또한 민숙의 강압적인 행동에도 불구, 항변하는 대신 그녀의 말을 따라야 한다는 사실에 더욱 부끄럽고 좌절감에 가슴이 시렸다.

"약혼식에 입을 예복을 가봉하고 오는 길이었어요."

담담한 연수의 목소리에 강욱이 그녀를 꿰뚫었다.

"마지막 인사는 제대로 하고 싶었는데 그것마저도 욕심이었나 봐요. 인사는 여기서 해요."

그녀의 말이 끝나기 무섭게 강욱이 꿰뚫을 듯 강렬한 눈빛을 한 채 붙잡은 연수의 손을 더욱 꽉 말아 쥐었다.

민숙은 아직까지도 맞잡고 있는 두 사람의 손을 경멸 어린 시선으로 쳐다보며 뾰족한 턱을 치켜세웠다.

"다른 사람 눈에 띄어 시끄러워지는 것을 원하는 게 아니라면 그 손부터 놓거라."

민숙의 차가운 지적에도 강욱은 숱 많은 눈썹 끝을 슬쩍 움직였을 뿐 꿈쩍도 하지 않았다. 다만 연수를 꿰뚫고 있는 눈빛만이 대답을 대신하고 있었다. 그의 무언에 대답하듯 연수는 가만히 고개를 주억거렸다.

"시끄러워지기를 원하지 않아요."

약혼함으로써 그녀가 들어서게 되는 세계는 조그만 일에도 크게 스캔들을 부풀리는 재주가 많은 사람들이 득실거리는 곳이었다.

연수는 강욱을 그 세계의 소문 속에 내버려두고 싶지 않다. 또 엄마의 조용한 협박을 무시해서 강욱을 힘들게 만드는 우를 범하고 싶지도 않다.

"날 스캔들 속에 던져두려는 게 아니라면 강욱 씨, 이 손을 놓아요."

연수는 차마 자신을 꿰뚫고 있는 강욱의 눈빛을 마주할 수가 없어 고개를 숙였다. 그리고는 흐트러지는 음성을 억지로 진정시키며 나직하게 속삭였다.

"제발……부탁이에요."

강욱이 꿀꺽하고 목젖이 울리도록 마른침을 삼켰다. 연수는 순간 통증에 저절로 흠칫, 어깨가 움츠러졌다. 그렇지 않아도 꽉 붙잡혀 있던 그녀의 손은 강욱의 손아귀 힘에 의해 통증이 일 정도로 꽉 말아 쥐고, 맞잡은 두 사람의 손등 사이로는 화끈거리며 열기가 솟구쳤다. 연수는 강욱을 사랑하고 있음을, 아니, 그를 사랑하는 마음을 잘라내야 함을 절실히 깨닫는 이 순간에마저도 그를 온전하게 느끼고 있는 본능에 나직이 한숨을 들이켰다.

그녀의 한숨을 신호처럼 손등에 일던 짧은 통증에 이어 스르륵 미끄러지듯 강욱의 손아귀에서 그녀의 손이 떨어졌다. 순간 연수는 심장이 철렁하고 떨어져 나가는 허허로움을 느꼈다. 허전하고 시리고 아픈 감정이 연이어졌다. 하마터면 훅, 하고 숨을 뱉어버릴 만큼.

그 순간 강욱의 조용하고 강한 음성이 이어졌다.

"당신이 힘들어지는 것을 원하는 건 아니야."

연수는 많은 말을 함축한 듯한 그의 말에 숙였던 고개를 들었다.

입술을 옆으로 벌린 채 미소 짓고 있는 강욱의 얼굴이 있었다. 많은 말을 함축하고 있는 무언의 강렬한 그의 눈빛이 그녀를 주시하고 있었다.

5 사랑한다면……?

기준이 다시 잡은 약혼 날짜를 발표함과 동시에 초대장을 전달하기 위해 친구들을 자신의 집으로 초대한 날은 연수가 강욱과 만난 그 이튿날이었다. 여느 때의 저녁 식사와 마찬가지로 왁자지껄 화기애애한 식사를 하는 내내 연수는 감정이 없는 마네킹처럼 담담한 표정이었다. 그녀는 전날 밤 강욱을 다시 만난 것을 이유로 엄마 민숙에게 추궁을 당하고 급기야 뜻하지 않은 민감하고 예민한 대화가 오고 가기도 했었다.

"유학 갈까 하고 말이다. 그래서 성급한 감이 없잖아 있지만 약혼식을 앞당기기로 했다."

식사가 끝나고 친구들과 지하 와인 바에 빙 둘러앉아 기준이 초대장을 돌리며 호기롭게 선언했다. 그러는 동안에도 연수의 얼굴은 예의 그 마네킹처럼 한결같은 표정이었다. 며칠 사이 부쩍 마른 연수를 힐끗거리며 기준이 환하게 미소를 지었다.

“내 의견에 별말 없이 따라줘서. 고맙다, 최연수.”

연수는 입술을 벌려 미소 짓는 것으로 대답을 대신했다.

기준은 어쩐 일인지 클럽에서 강욱과 부딪치고 난 그날 이후로 부쩍 그녀의 눈치를 살피고 있었다. 물론 연수는 약혼식을 앞당긴 기준에게 화가 났다. 그렇지만 돌려 생각해보면 기준이 약혼 날짜를 성급하게 앞당겨 잡은 건 그녀의 잘못이라는 생각이었다. 그녀는 자신이 기준을 배반하지만 않았다면 번거롭게 약혼식이 앞당겨지는 일은 일어나지 않았을 거라고 생각했다. 그러했기에 연수는 부쩍 자신의 눈치를 살피는 기준에게 되레 미안한 마음이어서 기준을 향해 애써 아무렇지도 않은 척 미소 지어 보인 것이다. 그런다고 해서 마네킹처럼 감정이 없는 표정이 달라지지는 않았지만 입가를 벌리며 지은 그녀의 미소만으로도 기준은 한결 가벼워진 얼굴이 되었다.

“야아, 이 자식.”

이제 크게 소리 내어 웃기까지 하는 기준을 향해 친구들이 너나없이 비난을 해댔다.

“그동안을 못 참아서 약혼 날짜를 다시 앞당겨 잡았단 말이야?”

“유학은 순전히 변명이고 너, 연수 얼른 네 여자로 묶어두려는 속셈 아냐?”

“자식들, 이 엉아가 어른이 되겠다는데 축하는 못할망정 먼 비난들이야?”

기준의 기분 좋은 유머에 말없이 약혼식 초대장만 들추고 있던 효경이 깐죽댔다.

"뭐가 급해서 이리도 성급하게 약혼 날짜를 다시 잡은 거야? 이렇게라도 하지 않으면 약혼녀가 도망이라도 간대?"

한결 가벼워진 표정에 제법 여유로움까지 곁들였던 기준의 얼굴이 일순 일그러지더니 양미간을 찡그리며 효경을 노려봤다.

"박효경, 별로 재밌지 않는데?"

"어머, 왜 그렇게 정색을 하고 노려보는 거니? 재밌자고 한 말에 죽자고 덤비는 꼴이다?"

"재미없다고 한 것 같은데, 그만하시지?"

목소리를 깔고 제법 날카롭게 대응하는 기준의 음성에 친구들이 의아한 얼굴로 두 사람을 번갈아 보았다. 효경이 주위를 쓰윽 둘러보며 슬쩍 어깨를 으쓱거렸다. 그리고는 친구들을 향해 묻기라도 하듯 말했다.

"별 뜻 없이 한 말에 왜 이렇게 핏대를 곤두세우실까, 은기준, 너무 오버하는 거 아니니?"

그녀의 말에 의아한 얼굴로 기준과 효경을 번갈아 보고 있던 친구들이 수긍한다는 듯 고개를 주억거렸다. 그러자 지금껏 기준을 가장 많이 비아냥댔던 인철이 살벌한 분위기를 무마라도 하려는 듯 농담 섞인 말로 와인 잔을 들어올렸다.

"자식, 좋은 일 앞두고 예민하게 굴기는. 자자, 그만하고 싱글 생활을 과감히 청산하려는 은기준을 위해 건배나 하자고."

누구보다 와인 잔을 높이 들어올린 효경이 픽, 조소 어린 웃음을 지으며 먼저 건배를 외쳤다.

"은기준과 최연수의 약혼을 축하하면서, 건배."

효경의 건배에 연수는 표정이 없는 담담한 미소로 와인 잔을 들었다.

"건배."

기준은 연수의 건배를 말없이 주시하다 와인 잔을 들어올려 연수를 향해 무언의 눈짓으로 건배를 외쳤다. 그리고는 흡족하다는 듯 미소 지으며 와인 잔을 입술로 가져갔다.

축배의 시간은 지나치게 길었고 그 바람에 남자들은 어느새 술에 취해 하나둘 뻗었다.

"언니, 우리는 그만 갈까요?"

연수는 홀짝홀짝 와인 잔을 비워대고도 취기라고는 전혀 느껴지지 않는 효경의 주량에 새삼 놀라워하며 집으로 돌아갈 것을 권유했다.

"그럴까?"

내내 필요 이상 날카롭게 굴었던 것과는 달리 효경은 아무런 반격 없이 벌떡 자리에서 일어서며 주섬주섬 집으로 돌아갈 채비를 했다. 그러더니 문득 어떤 생각이라도 났는지 효경이 흠칫 움직임을 멈추더니 도로 제자리에 풀썩, 주저앉으며 말을 이었다.

"생각보다 취했나 보다……. 잠깐만, 연수야."

작은 숄더백을 뒤적이더니 핸드폰을 꺼내 들며 효경이 주절거렸다.

"기사 불러야지. 음주운전을 할 수는 없잖아? 아, 가는 길에 태워줄 테니까 함께 가."

"아니에요, 저는 택시 불러서 가죠."

"어머 너, 내 차에 함께 타기 싫다는 거니? 내 호의를 무시하겠다는 말이야?"

"그런 게 아니라, 괜히 번잡하게 할 필요가 뭐 있어요."

"까불지 마."

"그런 거 아니라는 거 아시잖아요, 언니."

"아니, 기준이랑 약혼한다고 까부는 게 아니라면 너, 최연수. 내 호의를 무시하면 안 돼. 나랑 같이 내 차 타고 가는 거야. 알겠니?"

막무가내로 고집을 부리는 효경의 호의를 더 이상 뿌리치지 못하고 연수는 결국 효경의 차에 올랐다.

⁜

짝!

약속 장소에 들어서자마자 날아든 여자의 마른 손은 날렵하고 꽤 매서웠다. 얼마나 날렵하고 매서웠던지 뺨을 맞은 왼쪽 볼이 얼얼할 정도였다. 강욱은 한쪽으로 돌아갔던 얼굴을 바로 하며 아무렇지도 않게 말했다.

"너무 거창하게 맞아 주셨습니다."

아무 일도 없었다는 듯 머리까지 수그리며 인사하는 그가 황당했던지 여자의 손이 다시 날아왔다. 강욱은 얼굴을 향해서 다시 날아드는 메마른 손을 피하며 얼른 여자의 팔목을 붙들었다.

"한 번은 맞아 드릴 수 있었습니다."

"놔!"

야윈 이마에 시퍼런 핏대를 만들며 여자가 붙잡힌 자신의 팔목을 비틀었다. 강욱은 금방이라도 뼈가 부서질 것 같은 야윈 여자의 팔목을 풀며 다시 예의를 갖춰 말했다.

"제가 시간에 늦은 것은 아니고, 먼저 오신 것이 불만이시다면 죄송합니다."

"이래서 어떤 가정에서 자랐는지가 중요한 거야."

강욱의 점잖은 대꾸가 더욱 심기를 거슬리게 했는지 여자는 비아냥대며 탁자가 있는 밀실 가장자리를 향해 걸음을 옮겼다. 그리고는 거친 동작으로 자리에 앉으며 말을 이었다.

"자네가 어떤 사람인지 다 알아봤어. 당연히 우리와 같이 상류 세계의 사람들과 마주 자리하는 것만으로도 황송해할 출신이더군."

"……."

"당당하던 자만심은 어디로 가고, 왜. 자네에 관해 조사했다니까 입이 얼어 붙었나보지?"

"상관없습니다."

"상관이 없어? 하."

의도와는 다른 대답에 여자는 쇳소리를 내며 분개했다.

"잦은 결석으로 하마터면 학교도 다니지 못할 뻔했다고? 연세 높으신 할머니는 학교에서 청소나 궂은일을 하셨고 몇 푼 되지 않는 그 돈으로 겨우 입에 풀칠이나 하면서 지냈다고?"

강욱은 여자의 의도가 무엇인지 빤히 보였기에 괘념치 않을 생각이었다. 그러나 할머니를 들먹인다면 이야기가 달랐다.

"오늘의 제가 있도록 인도해주셨던 단 한 분이십니다."

"하. 그런 할머니 아래서 이런 주제도 모르는 오만불손한 손자가 있는 거로군."

"따님을 마음에 들였다고 해서 이미 돌아가시고 안 계시는 저의 할머니를 모독하는 말씀은 삼가 주십시오."

"모독? 모독이 어떤 뜻인지나 알고 쓰는 말인가? 모독이야말로 주제도 모르고 함부로 내 딸을 올려다보는 버러지와 같은 자네를 두고 하는 말이야."

"저를 욕되게 해서 연수 곁에서 떨어지게 할 생각이신가 보신데 잘못 짚으셨습니다. 이미 어떤 치욕도 받을 각오를 하고 있습니다."

"뭐……? 이런 기생충 같으니라고!"

"죄송합니다."

"죄에송? 누구 앞에서 그따위 소릴 지껄여. 너 따위가, 감히 네 따위가 내 딸을 넘보겠다고? 어림 반 푼어치도 없는 소리!"

"무슨 말씀을 하셔도 좋습니다. 상관없습니다."

"이 기생충 같은 놈. 떠나. 당장에 내 딸에게서 떨어지라고. 이 사생아 놈아!"

떠나라.

사랑한다면…….

그런 개 같은 말이 어디에 있을까.

마주하고 앉은 여자는 턱을 뾰족이 추켜세운 채 그에게 요구하고 있었다.

"오늘이라도 당장 내 딸에게서, 이 한국 땅에서 떠나."

강욱은 입술을 꾹 다문 채 자신을 마치 더러운 벌레 보듯 하는 민숙을 향해 슬쩍 입술을 옆으로 벌렸다.

그의 미소에 민숙이 기함이라도 한 듯 쇳소리를 냈다.

"몇 번이고 말하지만, 난 사생아 따위에게 내 딸을 보낼 생각은 추호도 없어. 연수를 사랑한다면 조용하게 떠나. 그것이 너처럼 없는 사람들이 마르고 닳도록 주장하는 사랑이라는 거야."

강욱은 다른 누구도 아닌 자신이 사랑하는 여자의 생모였기에 지금껏 불손하지 않으려 노력했다.

"설마 사랑이라는 말장난 따위로 우리 연수 주위에서 계속 어슬렁거리려는 것은 아니겠지? 사생아 따위가 감히? 하, 거야말로 뻔뻔하고 웃기는 소리지."

연수의 생모는 그와 만나자마자 온갖 경멸스러운 말들로 그를 더러운 벌레 취급했다. 참을 수 있었다. 사생아임에 사실이었으니까, 한국땅 어디에도 연고가 없는 천애 고아임에 사실이었으니까.

"어제와 같은 꼴 다시는 보고 싶지 않아. 감히 자네 따위가 내 딸을 만질 수는 없어. 우리 애를 사랑한다고 말할 참이라면, 그 말을 액면 그대로 믿게 하고 싶다면 내 딸에게서, 이 한국 땅에서 떠나게, 조용히."

그렇지만 더 이상은 아니었다.

"사랑한다면……떠나라. 그런 웃기는 소리는 처음 듣습니다."

떠나라, 조용히, 신속하게라…….

그것은 그의 불도저인 삶과는 전혀 닮지 않은 것이었다. 성인이 되고 혼자의 힘으로 세상과 맞부딪친 순간부터 그는 타협이란 단어는 무시했다. 그의 삶에 필요한 것이라고 판단한 순간에는 어떠한 일이 있어도 타협이란 없었다. 불도저처럼 밀어붙였고 끝내는 쟁취했다. 그것이 어린 시절부터 사생아란 꼬리표를 달고 산 그의 삶에 유일한 목표였다. 손가락질과 온갖 모욕적인 언어에도 살아갈 수 있었던 이유였다. 그런데.

"한순간에 내 여자임을 알아보았습니다."

내 여자에게서 조용히 사라져라? 어림없는 개소리.

"사생아임에 틀림이 없고, 천애 고아임에 사실입니다만, 평생에 단 한 사람임을 알아본 여자를 쉽게 포기할 만큼 무른 놈도 아닙니다."

단호한 강욱의 말에 민숙이 야윈 어깨를 들썩이며 거칠게 숨을 뱉어냈다. 분함 때문인지 창백한 얼굴이 벌겋게 물들어갔다. 민숙은 얇은 입술을 비틀 듯 꾹 앙다물며 몇 번씩이고 숨을 몰아쉰 후에야 말을 뱉어냈다.

"난……난 자네 같은 놈들이 얼마나 파렴치한 인간인지 알고 있어."

생각처럼 쉽게 목소리가 나오지를 않았다. 입술이 움직일 때마다 쥐어짜내는 듯한 음성이 겨우 쇳소리가 되어 나왔다.

"사랑이라고? 하, 웃기는 소리."

그녀는 실핏줄이 보일 정도로 꽉 말아 쥔 손으로 얇은 입술을 아무렇게나 짓뭉개며 비상식적인 웃음소리를 냈다.

"끅, 끅……."

강욱은 비어져 나오는 웃음을 자신의 손등으로 막아보려는 듯 입술을 아무렇게나 짓뭉개는 민숙의 모습을 유심히 지켜보았다. 그건 웃음소리라기보다 가슴에 응어리진 한을 뱉어내는 소리처럼 들렸다. 한참을 비상식적인 소리를 낸 민숙이 이윽고 쉰 음성으로 말을 이었다.

"그 인간도 그랬지. 한순간에 사랑에 빠졌노라 했어. 사탕발림인 줄도 모르고 그 인간에게, 아무 연고도 없는 천애 고아 따위에게 무작정 빠져들었어. 내 청춘을, 내 모든 것을 주는 멍청한 짓을 한 대가로……. 임신한 채 버림받았지."

"!"

뜻밖의 말에 강욱은 민숙과 마주한 이후 처음으로 놀랐다.

"임신한 채 버림받은 나를 구원해준 사람이 남편이야. 내 뱃속의 아이가 자기 아이라고 일축하는 것으로 사람들의 호기심 어린 시선으로부터, 하마터면 사생아로 태어날 뻔한 연수와 미혼모가 될 뻔한 나를 구원해준 사람이 연수의 아빠야. 호텔 대표라는 제 아빠의 울타리가 없었다면 연수나 나나 버틸 수나 있었겠어?"

이미 예견하고 있었기에 민숙의 경멸감이 섞인 온갖 모욕적인 날카로운 쇳소리는 얼마든지 담담하게 반응할 수 있었다. 하지만…….

"자네 같은 사람은 절대 알지 못하는 곳이 연수가 몸담고 있는 세계야. 그런데도 사랑이라는 말장난으로 내 딸에게서 떨어지지 않겠다고?"

전혀 예상치 못한 폭탄선언이었다.

"부잣집 딸을 상대로 사기나 치는 자네 같은 놈들의 속성을 나는 알아. 하, 사랑? 그따위 되먹지도 않는 말을 누구 앞에서 감히."

강욱은 이어지는 민숙의 말에 들이켠 숨을 뱉을 생각을 잊은 채 마주한 민숙의 창백한 여윈 얼굴을 멍하니 주시했다.

"네 따위 때문에 연수의 출생을 수면 위로 끌어올려 사람들의 입방아에서 난도질당하도록 내버려둘 것 같아? 내 딸을 온갖 추측이 난무하도록 내버려둘 것 같아? 하, 어림없는 소리."

입술을 아무렇게나 짓뭉개던 손등을 겨우 양손으로 깍지 끼며 민숙이 거만하게 눈을 내리깔았다.

"내 딸을 사람들의 입방아 속에서 만신창이가 되도록 만들 속셈이 아니라면 떠나."

턱을 추켜세운 채 얇은 입술을 꾹 앙다물며 민숙이 자리에서 일어섰다. 그리고는 비웃듯이 덧붙였다.

"조용히 사라진다면 내 딸을 사랑한다고 주장하는 자네 말을 수긍하지."

민숙이 떠나고 난 후에도 강욱은 머릿속이 온통 엉망으로 뒤엉켜 한동안 자리에서 움직일 줄 몰랐다.

효경으로부터 연수와 함께 집으로 향하고 있다는 문자를 받은 것은 그때였다.

*

강욱은 효경의 집 대문 앞에 차를 주차하고 얼마 지나지 않아 효경이 탄 차가 대문 앞에 주차하는 것을 지켜보았다.

그는 차에서 내리는 연수를 목격한 순간 성큼성큼 연수에게 다가가 그녀의 손을 붙잡았다. 그리고는 의아해하는 연수를 자신의 차에 밀다시피 태웠다.

"강욱 씨?"

연수는 의아하고 당황한 목소리로 운전을 하고 있는 강욱의 옆얼굴을 주시했다. 매끈하게 뻗은 강욱의 콧날이 다른 날보다 더욱더 날카롭고 우뚝 솟은 느낌이다.

"무슨 일이에요, 이러는 법이 어디 있어?"

그녀는 더 이상 엄마와 기준을 배반하지 않기로 단단히 마음을 먹었다. 그러했기에 불쑥 나타나 성급하게 행동하는 강욱이 당황스럽다.

무분별한 그의 행동에 화가 나야 하는 것이 당연한 것인데 참으로 아이러니하게도 연수는 생각지 않은 곳에서 다시 그를 만난 것에 심장이 들썩이며 벌써부터 화끈거린다. 이럴 수는 없다. 이래서는 안 된다.

"강욱 씨와 나. 더 이상 만나서는……."

"아무 말도 마."

강욱이 연수의 말을 툭 중간에서 잘랐다.

"……."

연수는 의아한 얼굴로 다시 강욱의 옆얼굴을 주시했다.

단호하고 강경한 음성인데도 불구하고 어쩐 일인지 강욱의 목소리에서 긴장감이 느껴졌다. 현강욱이 긴장한다? 전혀 어울리지 않는 단어다. 연수는 그를 주시하고 있는 시선을 멈추지 않은 채 가만히 입술을 닫았다. 왠인지 그의 말대로 어떤 말도 하면 안 될 것 같다.

차가 시내를 벗어난 지는 이미 오래되었다. 시외로 차를 몰면서도 강욱은 아무런 설명이 없었고 연수는 그러한 강욱을 채근하지 않았다. 서로의 묵인하에 차 안은 침묵으로 고요한 정적만이 흐르고 연수는 이 순간 자신이 얼마나 강욱과 마주하고 싶었는지 정신이 번쩍 들도록 깨달았다. 머리로는 안 된다, 수십 번이고 수만 번이고 외쳐댔지만 가슴은, 심장은 한 번이니까, 마지막이니까, 하는 유혹으로 들끓었다. 이성과 감정의 대립으로 갈피를 잡지 못하고 있는 사이 차는 어느덧 듬성듬성 불빛이 보이는 한적한 시골로 들어섰다. 그러고도 얼마를 더 달렸을까, 차는 이제 꼬불꼬불한 산길을 겁 없이 달리고 칠흑같이 어두운 좁은 도로 위는 헤드라이트 불빛만이 얕게 비추었다. 적막으로 가득한 캄캄한 비탈길은 차 바퀴 굴러가는 소리만이 요란했다. 차창 밖의 칠흑 같은 어둠을 힐끗 쳐다보고 난 연수는 그제야 입을 열었다.

"어디로 가고 있는 거예요?"

"당신과 내가 함께 있을 수 있는 곳."

연수는 더 이상의 설명은 없이 앞만 보며 운전에 열중하고 있는 강욱의 옆모습을 가만히 지켜보았다. 딱딱하게 굳은 옆모습이 이전에 보았던 모습과는 달랐다. 처음 만났을 때도 웃음이 밴 편안한 얼굴은 아니었지만 그렇다고 거북이 등껍질처럼 숨이 탁, 막히도록 딱딱하고 여유가 없어 보이는 표정은 더더욱 아니었다.

출발할 때도 느꼈다. 설마 이 사람, 정말로 긴장하고 있나?

연수는 무슨 일이 있었는지 강욱에게 묻고 싶지만 왠지 입이 떨어지지가 않는다. 이윽고 달리던 차가 멈췄다.

헤드라이트 불빛으로 비춰지는 풍경으로 산골의 어느 집 앞마당이라는 것은 알 수 있었다.

안전띠를 풀고 그대로 운전석에서 내릴 것 같던 강욱이 조수석으로 고개를 돌려 그녀를 바라보았다.

"마천. 경상도와 전라도의 경계지점에 있다고 할 수 있어. 내가 유년시절을 보낸 곳이기도 하지."

연수는 눈을 휘둥그레 떴다. 오래 달렸다는 것은 알았지만 서울에서 까마득히 멀리까지 와있다.

"……!"

토끼 눈을 뜬 채 염려가 가득한 눈빛을 보내는 그녀를 강욱이 지그시 응시하며 말을 했다. 강욱의 음성은 어느새 깊은 울림이 느껴지는 중저음의 허스키한 음성으로 변해있었다.

"머릿속이 엉망이 되도록 누군가를 보고 싶어 할 줄은 몰랐어."

꿰뚫을 듯 그녀를 응시하는 강욱의 눈빛은 활화산처럼 뜨거운 열기로 가득했다.

"내 여자다. 한눈에 당신을 알아보았어도 내가 최연수를 이토록 그리워하게 될 줄은 몰랐어."

가슴 저 밑바닥에서 끌어 올린 것처럼 깊이 있는 울림으로 강욱이 고백했다.

연수는 깊이가 느껴지는 강욱의 고백에 하마터면 울컥, 눈물이 솟구칠 뻔했다. 당황스러울 정도로 여유가 없고 성급하게 느껴지던 그의 행동들이 일순간 이해가 되었다.

생각 따위, 이성 따위 버리리라. 도덕이니 신뢰니 이 순간만큼은 잊어버리리라. 심장이 원하는 대로 하리라.

연수는 주저 없이 생각을 버렸다.

그녀는 얼른 강욱의 입술에 자신의 입술 가져갔다. 그리고는 주저 없이 그의 입 안으로 혀를 밀어 넣었다. 흠칫, 강욱이 잠시 움직임을 멈추더니 이윽고 마치 굶주리기라도 한 듯 그녀의 입술을 삼켰다.

연수는 격렬한 반응으로 그녀의 입술을 탐하는 강욱의 열정에 결코 뒤로 물러서지 않았다. 이 순간만큼은 심장이 원하는 대로, 본능이 이끄는 대로 모든 이성을 놓았다. 이런 자신을 벌하게 될지라도 이 순간만은 가슴이 시키는 대로 그를 욕심내고 싶었다.

연수는 마치 강욱에게서 밀쳐나기라도 할까 봐 겁이 나는 사람처럼 그의 목덜미를 꽉 끌어안은 채 매달렸다. 그러는 동안 강욱의 입술이 그녀의 입 안을 누비고 그의 혀가 그녀의 혀를 감았다가 놓기를 반복해댔다. 전신에서 끓어오르는 열기를 어쩌지 못해 연수는 참았던 숨을 성마르게 뱉었다.

"하아, 하아."

어깨를 들썩이며 고통스럽게 내뱉는 그녀의 신음소리에 강욱이 연수의 입술을 놓았다.

"하……!"

그도 그녀만큼이나 깊은 호흡을 뱉어냈다. 한입에 삼켜버릴 듯 연수를 응시하며 강욱이 잔뜩 쉰 음성으로 말을 했다.

"당신이 상관없다면 나는 어떤 것도 문제가 되지 않아."

연수는 강욱이 무슨 말을 하는지 이해하지 못한 채 볼록한 가슴이 오르내리도록 급하게 심호흡만 내뱉었다. 얼핏 그의 목소리에 긴장감이 묻어 있다는 생각을 하면서.

"약혼식을 예정보다 훨씬 앞당겼다더군."

마음에 들지 않는다는 듯 강욱이 미간을 슬쩍 찌푸리며 말을 이었다.

"무엇 때문에 약혼식이 앞당겨졌는지, 당신이 어떤 심정으로 끌려가고 있는지 알아."

"어떻게……."

강욱은 아직도 흥분이 채 가시지 않은 얼굴로 연신 뜨거운 숨결을 뱉어내는 연수를 강렬한 눈빛으로 응시했다. 자신처럼 하마터면 연수도 사생아라는 꼬리표를 달고 사람들의 수군거림 속에서 평생을 살 수도 있었다. 생각만으로도 저절로 미간이 찌푸려진다. 강욱은 얼른 연수의 입술에 살짝 입맞춤을 했다. 그리고는 진중한 목소리로 말했다.

"다른 사람이 무어라고 한들 상관없어. 당신 생각이 중요하니까."

그는 자신이 연수에게 하려는 질문이 썩 마음에 들지 않았다. 그렇지만 묻지 않을 수가 없었다.

"내가 당신 인생에서 떨어져 나가는 것이 정말로 당신을 위하는 건가? 내가 당신을 가지면, 내 욕심껏 당신을 차지하려 들면, 그러면 정말로 내가 당신을 혼란스럽게 하고 당신 인생을 엉망으로 만들게 되는 건가?"

"강욱……씨……?"

"사람들은 나를 가리켜 사생아라고 하지. 특히 나에 관한 소문을 들은 이 바닥 사람들은 날 그렇게 지칭하며 벌레 보듯 해. 대놓고 호기심을 보이는 것으로도 모자라 경멸 섞인 눈빛을 숨기지 않지. 나 같은 사람이 그들의 세계에 발을 들이밀어 물을 흐리기라도 할까 하고 드러내놓고 경계하며 조롱하기 여념들이 없어. 그렇다고 한들 그들 앞에서 위축되거나 움츠릴 필요는 없었어. 습관처럼 몸에 밴 시선들이니까."

그는 스스로에게 몇 번이고 물었다. 연수의 어머니 민숙의 말처럼 연수를 사람들의 입방에 오르내리게 하는 수모를 겪게 할 수 있을까?

"……그러나 당신은 달라. 당신은 처음부터 이 세계 사람이었으니까……."

차를 몰아 효경의 집으로 향하는 내내, 그리고 연수를 조수석에 태우고 이곳으로 들어서기까지, 수십 번이고 질문해보았다. 버젓이 아래층에 연수를 두고 친구 효경과 깊은 관계를 맺던 파렴치한 은기준을 떠올리기도 하며 수만 번이고 질문해보았다. 그렇지만 아무리 질문해보아도 스스로 명확한 답을 찾지 못했다.

"말해봐. 내가 당신 앞에서 사라져 주는 것이 진심으로 당신을 위하는 길인가?"

"무슨……."

멍하니 우물거리다 말고 연수는 퍼뜩 깨닫게 된 생각에 놀란 음성으로 되물었다.

"무슨 말을 들은 거예요?"

"누구에게 어떤 말을 들었는가는 중요치 않아."

강욱은 천천히 말을 하며 연수의 얼굴을 두 손으로 감쌌다.

"말해봐. 당신 마음속에 잠재되어 있는 두려움과 누군가의 인생을 대신해야 한다는 의무 따위 무시하고 당신을 가지려는 날 참아낼 수 있겠어?"

그의 목소리는 부드럽고 따뜻했지만 어쩐 일인지 굉장히 슬프게 들렸다.

"엄마를 만났군요."

연수는 단정 짓듯 말했다. 그녀는 강욱을 붙잡고 민숙이 어떤 말을 했을지 알 수 있었다. 어떤 말로 그녀를 떠나라고 했을지 충분히 알 수 있었다.

"당신을 협박했군요. 내가 아빠 친딸이 아니라는 사실을 빌미로 엄마는……. 사생아인 내가 당신을 만나는 걸 참을 수가 없다고 한 거야."

내게 말해왔던 것처럼 엄마는 이 사람에게도 치욕스럽고 수치스럽다고 했을까. 생부를 모르고 태어났다는 이유만으로 이 사람을 경멸한다고 했을까.

가슴이 먹먹하게 아려왔다.

"미안해요."

강욱의 손에 힘이 들어가는 게 느껴졌다. 그의 손에 감싸인 얼굴은 더 아늑하고 더욱더 열기가 느껴졌다. 그런데도 어쩐 일인지 그의 손길이 한없이 슬프게 느껴진다.

"미안해, 미안해. 강욱 씨."

강욱은 천천히 고개를 가로저었다.

그는 연수가 신뢰를 얼마나 중요하게 생각하는지, 사생아라는 꼬리표로부터 그녀의 방패막이가 되어줬을 아버지의 신뢰를 깨뜨리는 것이 얼마나 두려운 일일지 알 수 있었다. 연수가 무서워하는 것이 무엇인지 알게 된 이 마당에 자신의 욕심만으로 그녀를 붙잡을 수는 없었다.

"당신을 혼란스럽게 하고 당신 인생을 엉망으로 만들면서까지 당신을 욕심낼 수는 없어."

강욱이 슬쩍 미소 지었다. 벌겋게 변한 눈빛을 하고서.

"알아? 당신을 놓는 것이 평생 가장 어려운 결정이 될 거라는 걸."

연수는 절대 볼 수 있으리라고 생각지 않은 벌겋게 충혈된 강욱의 눈빛을 바라보며 그의 두 손에 얼굴을 감싸인 채 주르륵, 눈물을 흘리고 말았다. 마치 벌겋게 충혈된 강욱의 두 눈을 대신이라도 하는 듯 흐르기 시작한 눈물은 걷잡을 수 없었다.

차 안은 이별로 인한 울분과 서로를 놓아야 한다는 어찌할 수 없는 결정 앞에 뼈를 깎는 듯한 고통과 절망으로 덧없는 시간만이 흘러갔다. 어느덧 동쪽으로 미명이 밝아 왔다. 강욱은 서서히 모양을 드러내는 태양을 마주하고서야 내내 움직임을 멈추고 있던 몸을 움직였다.

서울로 되돌아가기 위해 꼬불꼬불한 산길을 운전하는 그의 전신은 뜬눈으로 밤을 지새우고도 전혀 흐트러짐이 없고 깊은 슬픔에 잠식되어 있는 연수도 겉으로 보기에는 전혀 흐트러짐 없이 담담했다. 그러나 몇 시간 후 연수는 한 치의 흐트러짐이나 얼마쯤의 감정의 허비 없이 너무도 완벽하게 절제된 모습을 보여주는 강욱의 마지막을 대하고서는 무너지는 심장에 어찌할 수 없는 고통을 맛보았다.

"혼란스러웠던 며칠은 기억에서 지워버려. 당신을 혼란스럽게 만든 현강욱이란 인간은 당신 기억에서 깔끔히 지워버리고 당신 인생을 살아."

"강욱 씨."

그녀의 집 앞에 차를 주차한 채 약속을 강요하는 강욱은 무서울 정도로 절제된 모습이었다.

"나라는 존재로 인해 어지럽지는 않을 거라고 약속해. 그저 잠시 향몽을 꾼 것이라고 생각하고 잊어버리라고."

"걱정 말아요, 현강욱 씨를 만난 며칠은 깨어나면 잊힐 봄날에 잠시 꾼 꿈과 같은 날에 불과할 테니까. 걱정 말아요."

"좋아, 내려."

절제된 행동과 다름없이 단호한 음성으로 명령을 내린 그는 무서울 정도로 차갑고 냉랭하다. 연수는 아무렇지도 않은 양 담담하게 조수석에서 내렸다. 차는 조수석 문이 채 닫히기도 전에 벌써 저만치 달리고 있었다. 연수는 그 자리에 서서 저만치 멀어지고 있는 차의 뒤꽁무니만 말없이 지켜보고 섰다. 그리고는 스스로에게 주입시켰다. 심장에 이는 고통은 잠시의 향몽에서 아직 온전히 깨어나지 않았기 때문이다, 라고.

봄날에 꾼 향몽에 불과하니 기억에서 잊어라. 말한 강욱의 요구와 같았던 명령은 제대로 지켜지지 않았다. 연수는 강욱과 헤어지고 예정대로 기준과 약혼식을 거행했다. 다소 성급하고 그에 반해 꽤 화려한 약혼식은 그러나 얼마 지나지 않아 사람들의 입에 오르내리는 파국을 맞았다.

"우리 집 핏줄을 가진 아이를 내칠 수는 없지."

기준의 어머니인 김 여사는 연수에게 파혼을 그렇게 알렸다.

"태양건설의 외동딸을 건드렸으니 기준이 녀석도 책임을 져야지 어쩌겠어. 약혼식을 치른 지 며칠 되지 않아서 이런 일이 터지다니, 원. 쯧."

김 여사는 마뜩잖은 표정을 한 채 싸늘한 눈빛으로 연수를 쳐다보며 말을 이었다.

"사실 기준이만 탓할 것은 아니다. 예전부터 너라면 껌뻑하던 놈이 뭐가 아쉬워서 다른 여자를 곁에 뒀겠어? 다른 남자를 마음에 뒀다느니 어쩌니, 약혼식 이전에 나돌았던 너에 관한 몹쓸 소문도 한몫을 했을 게다. 너도 아니라고는 말 못할 게야. 못난 자식. 그러게 그런 해괴망측한 소문이 나돌 때 다시 생각해보래도 끝까지 제 고집대로 밀어붙이더니. 쯧."

또다시 혀를 찬 김 여사는 무슨 말이든지 해보라는 듯 싸늘한 눈초리로 연수의 전신을 훑었다. 연수는 죄인처럼 고개를 숙였다.

"죄송합니다."

"죄송하다니 기준이가 왜 그랬는지에 너도 일말의 책임을 지닌다는 것으로 받아들이마."

"……."

"너희들 약혼식은 없었던 일로 하자. 그냥 그런 여자도 아니고 태양건설 외동딸이 기준이 애를 가졌다는데 나 몰라라 할 수는 없지 않겠어."

"……."

연수는 침묵함으로써 김 여사의 뜻에 따랐다.

"실수였어."

기준은 벌겋게 상기된 얼굴로 아까부터 계속 이 말만 되풀이하고 있었다.

"실수였어. 연수야, 딱 한 번의 실수였다고."

"……아이가 있어. 실수였다 해도 아이의 아빠는 오빠야."

기준은 어르고 달래는데도 불구하고 변함이 없는 연수의 대답에 둑이 무너지듯 참았던 화가 솟구쳤다. 지금까지와는 달리 불쑥 비아냥거림이 뱉어졌다.

"그래서? 그래서 날 더러 효경이랑 결혼이라도 해야 된다고 말하는 것이야? 한 번의 실수로 원하지도 않는 여자와 결혼이라도 해야 된다는 거야? 정말로 우리가 파혼이라도 하자고?"

"어른들의 결정에 따르는 것이 옳아, 오빠."

"어른들의 결정? 너 참 쉽게 말한다. 최연수?"

"……."

"나는 이 상황이 화가 나서 미치기 직전인데 너는 마치 우리가 파혼하기를 기다리고 있었던 사람처럼 참으로 담담하다?"

"억지 부리지 마, 오빠. 나도 효경 언니의 임신 소식에 심장이 털컥 내려앉는 기분이었어. 어떻게 아무렇지가 않을 수 있겠어."

자신이라고 주위의 따가운 시선을 어찌 모를까. 주위의 수군거림을 어찌 아무렇지도 않게 받아넘길 수 있을까. 기준과 그녀의 파혼을 심심하고 따분한 일상에 한낱 새롭고 재미난 이야깃거리로 즐기고 있는 등 뒤의 수많은 시선들을 등이 따갑도록 느끼고 있는데 어떻게 자신이라고 담담하달 수 있을까 말이다.

"약혼한 지 며칠 지나지도 않아서 파혼 통보를 받았는데 어떻게 아무렇지 않겠어. 나라고 발가벗겨진 채 사람들의 시선 앞에 놓인 것이 좋을 리 없잖아. 단지 파혼에까지 이르게 한 이 상황들을 돌이켜 보면 오빠만 탓할 수는 없어서 이 모든 일들을 받아들이려고 애쓰고 있을 뿐이야."

기준은 조곤조곤 사실을 말하는 연수의 담담한 모습을 흩트리고 싶다. 어떻게 이처럼 한결같이 흔들림이 없을 수가 있나.

"그런 사람이 이렇게 쉽게 파혼을 기정사실로 받아들여? 마치 파혼을 기다리고 있었던 사람처럼 이따위로 쉽게?"

사실 아무렇지도 않아 보이는 연수는 요 며칠 사이 많이 야위고 피부는 전에 없이 창백했다. 시든 꽃잎처럼 생명이라고는 없이 병자 같은 창백한 연수의 얼굴은 누가 보아도 시름시름 앓는 몰골이었다. 그렇다는 것쯤은 기준도 느낄 수 있었다.

"내가 너를 얼마나 아꼈는데, 건강한 남자가 사랑하는 여자를 곁에 두고도 무슨 보물인 양 돌보기만 한다는 것이 얼마나 힘겨운 고통인 줄 네가 알아? 그래, 실수였어. 실수로 효경과 잤어. 실수였을 뿐이라고."

그런데도 기준은 연수를 벌하고 싶다. 어른들의 파혼 통보를 아무렇지도 않게 받아들인 연수를 비난하고 아프게 하고 싶다.

"마치 내가 무슨 실수라도 저지르기를 기다리고 있었던 사람처럼 기꺼이 파혼을 받아들이다니. 너, 얼마나 웃기는 줄 알아? 최연수. 너 한 번이라도 내게 진심이기는 했어? 한 번이라도 현강욱 자식을 바라보듯이 날 바라본 적 있었기는 했냐고?"

"오빠……!"

"네가 다른 놈 따위 쳐다보지 않았더라면 나도 효경이에게 내 자식을 임신시키는 실수 따위는 하지 않았어."

"!"

"다른 자식을 바라보며 흔들리는 널 보며 화가 났단 말이다. 빌어먹을. 모르겠니? 잠시 내 정신이 아니었단 말이다."

"……미안해."

"미안해? 미안하다고? 정말로 이대로 어른들의 뜻에 따르시겠다?"

"미안해, 오빠."

"……모른 척 눈감아 줄 수도 있잖아. 내가 너를 얼마나 사랑하고 아끼는데. 한 번쯤 눈감아 버릴 수도 있는 거잖아. 이 나쁜 계집애. 정말로 지독하다."

연수는 기준의 비난을 감수했다. 기준이 아닌 다른 이성을 마음에 담은 사람은 자신이었고 그 일로 인해 기준이 상처 입었다. 변명의 여지가 없었다.

"그 자식을 바라보듯 한 번쯤 날 그렇게 바라봐 줬다면 나도 다른 여자를 안는 실수는 하지 않았어. 내가 모든 일을 그르치게 만들었어."

기준은 파혼을 담담히 받아들이고 있는 연수에게 불같이 화를 내고 비난을 하고 있지만 사실 그도 알고 있었다. 효경이 임신을 알려왔을 때 이미 연수와 자신의 약혼은 파혼으로 치달아 걷잡을 수 없다는 것을.

"나쁜 계집애."

벌겋게 상기한 기준의 얼굴은 참으로 낯설었다. 그의 입술에서 나오는 분노어린 음성도 참으로 낯선 것이었다. 연수는 모든 낯선 일 앞에서도 담담했다. 적어도 겉으로 보기에는.

그녀의 담담한 겉모습은 파혼으로 인한 엄마 민숙의 분노어린 눈길 앞에서도 소위 상류층이라 불리는 각계각층의 사람들로부터 비웃음거리가 되었을 때도 변함이 없었다.

6 어제를 잇는 오늘

오래전의 생각으로 파노라마를 펼치던 연수는 결국 침대에서 몸을 일으켰다. 더 이상 잠을 청해보아야 엉망인 머릿속만 더 복잡해질 것 같았다. 그녀는 침대를 벗어나 침실 한쪽에 자리하고 있는 작은 소파로 향했다. 강욱의 면티만 입은 채로 그와 싸움을 할 수는 없었다. 비난과 질타가 난무할 전쟁과도 같은 싸움의 자리에는 전혀 어울리지 않는 차림이었다.

그녀는 샤워를 하기 전에 벗어뒀던 소파 위의 자신의 옷가지를 챙겨들었다. 오피스텔로 들어설 때와 같이 목에까지 단추를 잠근 하얀 블라우스와 무릎 길이까지 오는 그레이 치마와 스타킹까지 갖춰 입고 나서야 그녀는 천천히 침실을 가로질렀다.

연수가 침실에서 거실로 나왔을 때 현관문을 열고 낯선 남자가 들어섰다.

"늦어서 죄송……!"

남자는 거실로 들어서며 강욱을 향해 인사말을 하다가 말고 연수를 발견하고 멈칫 움직임을 멈췄다.

강욱은 범수의 멈칫거림에 등 뒤로 고개를 돌렸다. 피곤해서 눈꺼풀이 침대에 떨어질 것 같다던 연수가 예의 그 비즈니스 차림을 한 채 이제 막 들어선 범수를 보고 놀란 눈을 하고 있었다.

"인사해, 우리 회사 직원인 김범수 실장이야."

"안녕하세요."

연수는 자신만큼이나 당황한 듯 보이는 젊은 남자를 향해 인사를 했다. 그동안 강욱의 오피스텔을 드나들긴 했어도 다른 사람의 방문과 맞닥트리기는 처음이었다.

"처음 뵙겠습니다. 김범수라고 합니다."

범수라고 자신을 소개한 남자는 엉거주춤, 조심스러운 행동을 보였던 것과는 달리 민첩하게 몸을 움직여 연수의 바로 앞에서 꾸뻑하고 아주 모범적이게 인사를 했다. 큰 덩치와 어울리지 않게 머리를 조아린 남자의 태도는 정중하기 이를 때 없었다.

"아, 네. 반가워요. 저는 최연수라고……."

연수는 필요 이상 정중한 자세를 취하는 남자의 태도에 다소 의아한 표정으로 자신을 소개했다. 그렇지만 말이 채 끝나기도 전에 강욱이 툭 끼어들어 제대로 다 말을 끝맺지는 못했다.

"김 실장. 서재에 가 있도록 하지."

"네."

마치 강욱의 말이 절대적인 것이라도 되는 양 남자는 어떠한 반문도 없이 작은방으로 사라져버렸다. 물론 움직이기 전에 연수를 향해 다시 한 번 더 머리를 조아리는 것도 잊지 않았다. 연수는 큰 덩치가 무색하게도 바람처럼 가볍게 사라져버린 남자의 민첩함에 놀라 그가 들어간 방문 쪽을 물끄러미 쳐다보고 있었다.

강욱은 침실에서의 나른해보이던 얼굴은 어디로 가고 머리부터 발끝까지 흐트러짐 없는 모습으로 변신한 연수를 어처구니없다는 시선으로 쳐다보았다.

"피곤하다더니?"

그제야 강욱에게로 시선을 돌린 연수는 가벼운 투로 대꾸했다.

"잠이 달아났어."

사실 그녀는 김범수라는 남자의 방문에 슬쩍 안도하고 있었다. 손님이 있는데 설마 강욱이 두 사람만의 사적인 대화를 이어가지는 않겠지, 하는 나름의 안도였다.

강욱은 성큼성큼 두어 번의 걸음으로 소파에 앉은 뒤 연수를 향해 소파에 앉으라는 듯 턱짓을 했다.

"좋아, 대화에 집중할 수 있겠군."

"어……?"

"당신 차림을 보아하니 쉽게 끝낼 대화는 아니라는 거지."

강욱은 제대로 갖춰 입은 연수의 옷차림을 상기시키며 소파에 앉았다. 연수는 마치 그와 싸우기 위해 중무장이라도 한 사람처럼 블라우스 단추를 목까지 채운 것으로도 모자라 둥근 어깨가 딱딱하게 느껴지도록 잔뜩 힘까지 들어가 있었다.

"앉자고."

연수는 소파를 가리키고 있는 강욱을 바라보며 소리 나지 않게 마큰침을 삼켰다. 강욱은 보이는 외형만큼이나 결단력과 고집이 있다. 그는 이미 그녀와 대화를 해야겠다고 결정을 내린 것이 분명해보이고 그렇다면 어떤 것도 그를 방해할 수 없다. 그녀는 자신의 생각이 순전히 착오였음을 깨달았다. 잠시기는 했지만 그와의 대화를 피할 수 있으리라고 안도의 마음을 가졌던 자신의 생각은 터무니없는 것이었다.

팽팽히 당겨진 고무줄처럼 전신이 긴장감으로 잔뜩 굳어버리는 기분이다.

연수는 강욱의 맞은편에 자리하며 그의 눈빛을 마주했다. 냉정한 결단력과 절대 다듬어지지 않을 야성미. 그는 타협이 없다. 자신의 고집을 단행한다.

이미 아주 오래전에 참으로 냉정하게 결단력을 내리던 그를 보지 않았던가.

그녀는 진정으로 강욱의 진짜 모습을 마주하게 되기를 원하지 않았다. 그가 또다시 떠나버리는 결단력을 보인다면……?

"호텔이 위기에 처해있어. 무리한 확장으로 인해 자금에 쫓기고 있었는데 은행에서 더 이상은 자금을 대줄 수 없겠다는 통보를 해왔어. 엎친 데 덮친다고 얼굴 없는 기업사냥꾼으로부터 호텔이 사냥감이 되고 있어."

어떻게 하든 그녀가 처한 상황을 강욱이 받아들여 주기를 바란다면 이기심일까, 연수는 강욱이 또다시 냉정하게 돌아서는 모습은 상상도 하기 싫다.

"소문으로만 듣던 기업사냥꾼이 호텔을 눈독 들였다면 그 사람의 손에서 호텔이 산산조각 되는 건 시간문제야. 이런 위기 상황에 있는데 경호건설에서 자금을 대겠다는 연락이 왔어."

연수는 마치 그녀에게서 어떤 말도 듣지 못한 사람처럼 표정 없는 얼굴로 그녀를 주시하고 있는 강욱을 보며 바짝바짝 타들어가는 입술을 혀로 적셨다. 분노와 무서운 질책이 있을 거라는 예상과 달리 무표정한 얼굴로 그녀를 응시하고 있는 강욱을 맞자 그녀는 갑자기 전신의 기운이 빠져나갔다. 바싹 말라서 금방이라도 갈라질 것 같은 입술을 다시 혀로 적시며 그녀는 조금 더 큰 소리로 말을 했다.

"대신 경호건설과 자금 문제로 협의하는 자리에 내가 동행해야 한다는 조건이 있었어."

그녀를 주시하고 있는 눈빛만이 계속 해보라는 듯 번득일 뿐 강욱은 여전히 아무런 말이 없다. 연수는 바짝바짝 타들어가는 가슴을 침으로라도 적시려는 듯 또 한 번 마른침을 꿀꺽 삼켰다. 뭐라고 반응을 보여준다면 변명하기가 한결 편할 것 같은데 그는 정말 어떤 반응도 내비치지 않고 있었다.

"약속 장소로 가는 도중에 장소가 변경되었다는 연락을 받았어."

연수는 혹시라도 반응을 보여줄까, 소파에 등을 깊숙이 하고 앉는 그를 눈여겨보았다. 무릎 위에 있던 강욱의 팔은 어느새 소파 걸이에 편안하게 얹혀 있었다. 연수는 그가 어떤 생각을 하고 있는지 알 수가 없는데다 앞으로 자신이 할 이야기를 그가 어떻게 받아들일지 알 수가 없어 초조하고 불안하다. 그리고 생각보다 훨씬 두렵다.

"기준 오빠와 점심을 했어. 은기준 씨말야."

지금껏 아무런 반응도 보이지 않고 있던 강욱이 소파 팔걸이에 올리고 있던 오른손을 들어 검지로 천천히 자신의 눈썹을 쓸었다. 눈썹을 쓸고 있는 강욱의 절제된 행동에서 연수는 오히려 전신으로 팽팽히 당겨지는 긴장감을 느꼈다.

"강욱 씨. 내 말 듣는 거야? 기준 오빠와 점심을 했다고 말했어."

그녀는 두렵고 초조한 마음에 되레 역성을 내는 것을 택했다. 그러면 이 순간의 팽팽한 긴장감이 사라지기라도 하는 듯.

"그래서?"

그제야 눈썹을 쓸던 손짓을 멈춘 강욱이 미간을 찌푸리며 그녀를 주시했다.

"뭐?"

"그래서 당신 대답은?"

"강욱 씨!"

잔뜩 긴장한 채 고백한 말에 대한 반응이 고작 내 대답이 무엇이냐니. 연수는 순간 기운이 빠지면서 화가 났다.

"내가 기준 오빠를 만났다는데 물어볼게 고작 그 말뿐이야?"

강욱은 흥분한 목소리로 날카롭게 묻는 연수를 꿰뚫을 듯 응시하며 두 팔을 다시 양 무릎 위에 올렸다. 그리고는 낮은 소리로 되물었다.

"경호건설에서는 당신이 어떻게 나오느냐에 따라 자금을 대겠다는 말이잖아. 그래서 어떤 결정을 내렸어, 당신 대답은?"

"강욱 씨!"

"흥분하지 마. 흥분할 사람은 당신이 아니라 나인 것 같으니까."

낮은 목소리로 지적하는 그의 음성은 아닌 게 아니라 정말 절제되었다. 연수는 그녀 앞에서 강욱이 감정을 죽이고 이렇게 절제된 음성으로 말을 한 적이 이전에 또 있었는지 문득 생각했다. 아주 오래전에 보았다. 지금과는 다른 이유기는 했지만 그녀를 떠나려던 그때 그는 무서울 정도로 감정을 절제하는 모습을 보였었다.

“모르겠어. 다만 호텔이 처한 위기 상황을 아무런 노력도 하지 않은 채 지켜볼 수만은 없겠다는 생각을 하고 있을 뿐이야.”

연수는 어떤 식으로 말을 해야만 그때와 같이 강욱을 떠나보내는 일이 일어나지 않게 될지 확신을 할 수가 없어 불안하고 두렵기만 하다.

“호텔을 위해 내가 희생해야 할 일이 생기리란 상상은 한 번도 해보지 않았어. 아빠도 그러기를 바라지는 않으실 거야. 그렇지만…….”

연수는 자신이 잔뜩 겁을 먹고 있음을 전신으로 퍼져나가는 차가운 피로 확연히 느낄 수 있었다. 전쟁을 맞이하는 전투사의 기분으로 침실에서 나올 때만 해도 자신이 이렇게까지 겁쟁이가 될 줄은 몰랐다.

“아마도 나는 결국 호텔을 위기에서 구할 수 있는 방법을 선택하게 될 거야. 강욱 씨. 당신과 나 사이에 이런 식의 위기가 올 거라고는 한 번도 생각지 않았어.”

“위기라……. 당신이 생각해낸 대답은 우리 사이에 위기란 말이군.”

강욱이 처음으로 눈썹을 꿈틀거리며 반응을 보였다.

“그렇게 말하지 마. 내가 지금 어떤 기분에 놓였는지 강욱 씬 이해하지 못해.”

"누군가의 희생으로 인해 산다고 생각하는 당신의 그 피해 의식만은 확실히 알고 있지. 그래서?"

"……."

"그 빚을 갚을 생각이라고?"

"그렇게 쉽게 말하지 마."

"내가 지금 쉽게 말하는 것 같아?"

잔뜩 굳은 표정으로 강욱이 되물었다.

"감히 우리 사이를 위기라고 단정 짓는 당신을 두고 내가 지금 쉽게 말을 하고 있는 것 같아?"

연수는 또다시 꿀꺽 마른침을 삼켰다. 그녀는 사실 엄마 민숙이 강욱과 그녀의 관계를 알게 되고 그 일로 무어라고 협박을 일삼는다 하더라도 이번만은 가볍게 무시할 수 있었다. 강욱과 깊은 관계를 갖는다고 해서 예전처럼 누군가를 기만하는 기분에 휩싸일 필요도 없었으며 저 잘난 사람들의 입방아에 오르내리는 스캔들쯤은 콧방귀 뀌며 무시해줄 수도 있었다. 그렇지만 그녀는 벼랑 끝에 몰린 아빠를 모른 척할 만큼 두둑한 배짱은 없다. 강욱이 무어라 비난한다 해도 자신은 호텔이 처한 상황을 무시할 수가 없었다.

"당신은 내가 지금 어떤 심정인지 몰라."

그러나 강욱의 이해는 받고 싶다. 예전처럼 강욱이 자신을 떠나는 일이 재현되어서는 절대로 안 된다.

"선택의 기로에 선 내가 얼마나 겁먹고 있는지 강욱 씨, 당신은 몰라."

강욱은 잔뜩 긴장한 채 부드러운 어깨를 딱딱하게 굳히고 있는 연수를 꿰뚫을 듯 주시했다. 그녀는 이해를 바라는 모양이지만, 천만에.

"당신 손을 놓고 떠났던 때와 별반 다르지 않은 상황이 벌어진 거로군."

연수는 비스듬히 입꼬리를 끌어올리며 반문하듯 말한 그를 지켜보며 두 손을 꾹 맞잡았다.

초조감에 심장이 쪼그라지는 기분이다.

"담담한 내 눈빛 안에 그나마 세상을 바라보는 따뜻한 눈빛이 있었다면 그건 진심으로 날 아끼고 보듬은 아빠의 품이 있었기에 가능했어."

자신이 어떤 선택을 하든 강욱이 그녀의 곁에 머물러주기를 바라는 건 너무도 이기적이고 파렴치한 발상이다. 그렇다고 해도 이기적이고 말리라.

"아빠가 호텔을 잃는 모습을 가만히 앉아서 지켜볼 수는 없어."

순간 강욱이 숱 많은 눈썹을 꿈틀거리며 그녀를 쏘아보았다. 눈썹 끝을 꿈틀거리는 것이 전부였던 그가 각진 턱을 치켜들고는 못마땅하다는 듯 거친 반응을 보인 것이다. 연수는 어깨가 들썩이도록 크게 심호흡을 뱉어냈다. 강욱의 번득이는 눈빛이 날카로운 칼날보다 더 예리하게 와 닿았다.

"나는 또다시 당신을 잃게 될까 봐 겁이 나. 내가 어떤 결정을 내리게 되더라도 당신이 내 곁에 있기를 진심으로 바란다고. 내가 사랑하는 사람은 강욱 씨 당신이야. 내가 당신 여자이듯 당신은 내 남자야."

강욱은 자신이 처한 상황에 바짝 긴장한 채 그의 이해를 바라는 연수를 분노로 이글거리는 눈빛으로 쏘아보았다. 그녀는 그를 잃게 되었을 때의 고통을 미리부터 겁내고 있었다. 그렇다는 건 그녀는 이미 그가 생각하는 최악의 수를 선택하고 있다는 뜻이었다.

"또다시 당신 손을 놓는 어리석은 짓을 재연할 생각은 없어."

그는 맹목적으로 희생을 감수하려 드는 연수에게 화가 났다. 분노로 심장이 들썩여서 어깨에 잔뜩 힘이 들어가야만 할 만큼.

"재회한 그 순간 당신은 내 여자였어. 하이에나 같은 지저분한 놈들이 욕심을 낼 사람이 아니라는 거지."

"강욱 씨."

"내 대답은 이거야. 내 여자에게 입맛을 다시는 하이에나를 짓뭉개주는 거."

벌떡 자리에서 일어선 그는 명령하듯 다시 말을 이었다.

"최연수. 다시는 다른 놈과 나를 공유할 수 있지 않을까 하는 헛된 상상 따위는 하지 마."

연수는 흠칫 놀란 얼굴로 강욱을 올려다보았다. 그는 이미 이기적인 그녀의 속내를 다 읽고 있었던 모양이었다. 그를 잃게 될까 봐 겁이 난다는 말로 동정을 구하고 그를 붙잡으려 했던 치졸한 그녀의 생각을 강욱은 훤히 꿰뚫고 있었던 모양이었다. 수치심으로 화끈, 얼굴이 달아올랐다.

"당신 사정을 아무리 잘 안다고 해도 이해하지 않을 테니까."

강욱은 멍하니 두 눈만 깜박대는 연수를 향해 쐐기를 박듯 말했다.

연수는 서재로 쓰이고 있는 작은방으로 강욱이 사라지고 나서야 아버지 최 회장을 떠올렸다. 최 회장은 지금쯤 그녀가 기준과 어떤 이야기를 주고받았는지 초조한 마음으로 그녀의 전화를 기다리고 있을 게 분명했다.

아빠가 어떤 심정으로 자신의 연락을 기다리고 있을지에 생각이 이르자 그녀는 기준과 헤어지기 바쁘게 강욱의 오피스텔부터 찾은 자신의 행동이 새삼 신경 쓰였다.

그녀는 서둘러 자리에서 일어섰다. 강욱에게 집으로 돌아간다는 말을 해야 했지만 손님과 함께 있는 것을 뻔히 아는 터라 그녀는 조용히 오피스텔을 빠져나가는 것을 택했다.

연수는 강욱의 오피스텔을 나온 뒤 자신의 아파트가 아닌 부모님이 계시는 본가로 향했다.

"은 사장과 헤어진 지는 제법 된 모양이더니 어디 다녀온 길이니? 말은 없었지만 네 아빠가 아까부터 기다리시는 눈치셨다."

현관문을 밀고 들어서는 연수를 민숙이 기대에 부푼 얼굴로 맞았다.

"어디 계세요?"

"서재에."

힐끗 서재로 시선을 보냈다가 민숙이 다시 연수를 향해 물었다.

"차라도 내주랴?"

"아뇨, 됐어요……아, 커피 주세요, 진하게요."

"그러마."

민숙은 이미 서재를 향하고 있는 연수의 뒤를 향해 기어이 말을 덧붙였다.

"은 사장과는 이야기가 잘 끝난 거니?"

연수는 우뚝, 걸음을 멈추었다가 아무런 응답 없이 서재 문을 열고 사라졌다.

찻물이 식은 지는 오래.

최 회장은 서재의 소파에 미동 없이 앉아 고뇌에 사로잡혀 있었다. 이제 막 그의 앞에 앉아 근심 어린 얼굴로 자신의 표정을 살피는 연수를 마주하며 최 회장은 잔뜩 굳어 있는 표정을 풀어야 한다고 생각하지만 쉽지가 않았다.

"어려운 걸음 하게 했더구나, 약속 장소에 도착하고 나서야 네가 은 사장과 단둘이 점심을 하기로 했다고 전갈 받았다."

생각이 많아서인지 뱉어진 음성은 놀라울 만큼 탁했다. 최 회장은 탁한 자신의 음성이 마뜩잖아 흠, 목을 가다듬으며 말을 이었다.

"하기야 먼저 알았던들 나라고 그 자리에 가는 널 못 가게 붙잡지는 못했겠지."

연수는 목을 가다듬는 짧은소리를 내고서도 스스로를 책망하는지 전에 없이 힘이 빠진 최 회장의 음성에 명치끝이 묵직해져왔다.

"아니에요, 아빠."

그녀는 여느 때와 다른 아버지를 마주하고 나니 엄마를 대할 때와는 사뭇 다른 애틋하고 안쓰러운 마음에 마음이 무겁다.

"식사는 생각보다 훨씬 편안했어요. 기준 오빠와는 오랜만인데도 불구하고 전혀 어색하지 않던걸요."

"그렇게 말해주다니, 이 아비 맘을 편하게 해주려고 애쓰는구나. 녀석."

연수는 애써 너털웃음을 짓는 최 회장을 대하자 아무리 강욱이 절실했어도 먼저 아버지를 찾아뵈었어야 했다는 후회가 밀물처럼 밀려왔다. 고뇌로 잔뜩 굳은 얼굴에도 불구하고 아버지는 애써 아무렇지 않은 척 너털웃음을 지으시는 게다. 기준과 자리한 그 시간이 아무리 불편했다 해도, 일분일초, 매시간 강욱이 그리웠었다 해도, 이유 없는 불안감이 아무리 전신을 에워쌌다고 해도, 그랬어도 아버지를 먼저 찾아뵙는 게 도리였다. 이제야 후회가 쓰나미가 되어 밀려든다.

"기준 오빠랑 헤어지고 바로 집으로 왔어야 했는데 기다리게 해서 죄송해요. 아빠."

"죄송하긴, 갑작스런 자리에 선뜻 나가느라 네가 힘들었지. 너까지 힘들게 해 아빠가 염치가 없다."

옛 약혼자와 만나 식사를 한다는 게 기실 편하기만 했을까, 그것도 어찌 보면 약자 된 입장으로서 강자의 뜻에 의해 이뤄진 자리인데 말이다. 최 회장은 연수의 얼굴을 가만히 주시하며 천천히 고개를 주억거렸다.

"호텔이 이렇게까지 진퇴양난에 빠져 헤어날 수 없는 위기에 처하게 될 줄은……미안하다. 은 사장과 따로 점심을 한다는 네 소식을 전해 듣고도 선뜻 막지를 못했어. 모른 척 내버려둘 수밖에 도리가 없더구나."

한때 연수는 약혼과 연이은 파혼으로 뭇 사람들의 입에 오르내린 아이가 아닌가. 최 회장은 호텔을 위해 연수를 희생시키게 되는 이 상황이 참으로 염치가 없고 마뜩잖아 자꾸만 흠, 흠하고 목을 가다듬어야 했다.

“그런 일만은 없기를 바랐는데……. 호텔이 기업사냥꾼의 표적이 되고 있는 모양이야.”

변명 같지만 아무리 호텔이 힘든 위기에 처했다손 하더라도 베일 속 기업사냥꾼의 존재만 아니었던들 회사 일로 인해 연수를 기준과 단둘이 마주하게 하는 일은 만들지 않았을 것이다.

“그 자리가 네게 얼마나 불편할지 알면서도 모르는 척 네가 곤란을 겪게 만드는구나. 미안하다, 미안하다 연수야…….”

연수는 얼굴을 잔뜩 굳힌 채 미안하다. 되뇌는 아버지의 얼굴을 바라보며 멍하니 뇌까렸다.

혜성처럼 나타난 의문의 인수합병 전문가. 탄탄한 그룹으로 종횡무진 흑자를 낸다고 알려진 금한그룹을 순식간에 인수, 조각조각 나눠 매매한 그의 잔인하고 냉정한 경영 방식은 경제계를 놀래고 당황케 하기에 충분했다. 건설업계의 대표라 불러도 모자람이 없는 금한을 쥐고 흔들어 통째로 꿀꺽 삼켜버린 것으로도 모자라 순식간에 매각해버리는 일 처리에 경제계에서는 기업사냥꾼의 표적이 되고 나면 하루아침에 회사가 조각조각 나뉘어 비싸게 되팔려버릴 수도 있다며 농담 속 진담이 오고 갈 정도였다. 베일 속 기업사냥꾼의 존재는 몇 달 사이 경제계의 얼굴 없는 검은 악마로도 불리는 두려운 존재가 된 것이다. 하필이면 그런 적대적 명성을 지닌 인수 합병전문가에게 호텔이 표적이 되었다.

“경호건설이 무엇 때문에 우리 호텔에 자금을 대겠다는 것인지 안다. 순전히 사적인 이유에서라는 걸 알아. 그런데도 단박에 뿌리치지 못하고 있는 내가……. 아빠가 네게 정말 미안하구나.”

연수는 고뇌에 찬 아버지의 얼굴을 근심 어린 눈빛으로 살피며 기업사냥꾼이란 베일의 남자를 향한 적대감에 두 손을 꾹 말아 쥐었다. 아버지의 얼굴은 어느새 십 년은 늙어버린 듯 초췌해보였다.

"기준 오빠의……경호의."

기업사냥꾼의 표적이 되고 있다면 방법이 없지 않나.

연수는 하루아침에 십수 년은 늙어버린 듯한 아버지를 바라보며 아득히 심해 속으로 빠져드는 기분에 휩싸였다.

"경호건설의 자금이라면 사냥꾼의 표적에서 벗어날 수 있을지도 몰라요."

기준과 식사를 한다는 이유만으로 불안할 이유는 없었는데 이제야 알 수 있었다.

"기업사냥꾼에게 호텔이 인수되는 일만은 막을 수 있을 거예요."

이제야 그 자리가 그토록 불편했던 이유를 알 수 있었다.

"제가 기준 오빠를 다시 만나겠어요. 어떤 조건이 들어오든 호텔을 지킬 수 있는 방법을 찾아볼게요."

강욱이 그토록 그립고 절실했던 이유를 알 수 있었다.

"호텔은 아빠의 인생이에요. 그런 잔인한 사람에게 호텔이 넘어가도록 가만히 앉아서 당할 수는 없어요."

아……하느님……!

"기준 오빠를 만나서 도와달라고 부탁할게요, 호텔을 지킬 수 있다면 그럴게요. 아빠."

이런 결정을 내린 자신을 강욱은 이해하려 들까. 숨이 멎는 듯한 고통이 엄습해왔다.

7 사냥꾼의 표적

강욱은 오크책상의 의자에 앉아 아까부터 턱받침을 한 채 검지로 턱을 문지르며 한곳에 시선을 주고 있었다. 그의 시선은 책상 위에 펼쳐져 있는 경제신문이었다.

"지시하셨던 보고서입니다."

김 실장은 서류가 든 봉투를 오크책상 위에 올리며 지금껏 상사인 강욱의 눈길을 사로잡고 있었던 경제신문으로 눈길을 향했다. 경제면 중앙에는 한라호텔의 대표 최동호 회장의 사진이 실려 있었다. 범수는 급하게 그를 불러놓고는 여유작작, 경제신문에 시선을 주고 있는 강욱이 의아해 고개를 갸웃하며 들고 온 서류를 내밀었다.

"한라호텔은 5%의 지분을 확보했습니다."

"그렇군."

당연한 것 아니냐는 듯 별로 놀랍지도 않다는 얼굴로 강욱이 짧게 대꾸를 했다.

보고서에 없는 새로운 정보를 말해보라는 뜻임에 범수는 얼른 말을 덧붙였다.

"경호건설은 그룹의 협력을 받고 있어서 이중장부의 증거를 찾아내는 데는 아무래도 시간이 좀 필요할 것 같습니다."

"시간 끌지 말라고 했을 텐데."

강욱이 매섭게 몰아붙였다.

"지시한 지가 언제적이야?"

"죄송합니다."

범수는 얼른 고개를 숙였다. 무자비함이 비치는 상사 강욱을 대할 때는 무조건 재빨리 수긍하는 것이 최선책이었다. 사석에서 아무리 친형제와 같이 호형호제하는 사이라고 해도 일에 있어서만은 강욱은 예외가 없었다.

"삼 개월이면 충분한 시간이었지 않나? 한두 번 하는 일이야?"

"세진금융 인수 건을 우선으로 정하는 우를 범했습니다."

잔뜩 경직된 모습으로 범수는 자신의 실수를 인정했다.

"누가 네 마음대로 선과 후를 정해도 된다고 했어? 시건방진 행동은 어디서 배운 거야?"

"죄송합니다."

범수는 다시 얼른 머리를 조아렸다. 강욱은 일에 있어 무자비했다.

그러했기에 범수는 평소의 무자비한 모습과는 달리 한라호텔의 지분확보 문제에 있어서만은 여유를 가지며 천천히 접근하는 행동을 취하는 강욱의 모습에 그만 세진금융 인수 건을 우선적으로 정하는 우를 범하는 실수를 하고 말았다.

"표적은 한라호텔이고 먹잇감은 경호라고 말하지 않았었나?"

날카로운 강욱의 말에 범수는 다시 머리를 조아렸다.

"다시 이런 실수는 없을 것입니다."

"당연히 다음은 없어."

범수를 향한 강욱의 눈빛은 굶주린 맹수의 눈빛처럼 예리하고 무자비했다.

"다른 보고 상황은?"

"무슨……?"

범수가 가지고 온 보고서에 없는 내용이라면 딱히 그가 알아야 할 필요는 없었다. 그럼에도 강욱은 재차 물었다.

"다른 움직임은 없느냔 말이야."

범수는 혹시라도 중요한 사항이 아니라고 판단해 보고서에 기재하지 않은 내용이 있었나 얼른 뇌리를 움직였다. 보고서에 기재를 하지 않았다는 건 중요한 내용이 아니라는 의미였다. 그런데 강욱이 재차 질문을 한다는 건 자신이 놓친 것이 있을 수도 있다는 뜻이었다. 범수는 불필요한 것이라 별생각 없이 흘러버린 것은 없는지 자신의 기억을 더듬으며 상사가 이미 다 꿰차고 있어서 굳이 알릴 필요도 없어 보이는 사소한 내용들을 얼른 읊었다.

"한라호텔의 최동호 회장님은 아내와 28세인 미혼의 딸을 두고 계십니다. 재정적 어려움 때문인지 자금을 대겠다고 자처한 경호건설 관계자와는 오늘 점심을 함께 했습니다."

"……."

"그리고 경호건설의 실질적인 대표라고 할 수 있는 은기준 사장은 최 회장님의 외동딸과 오늘 점심을 같이 한 걸로 보고 받았습니다. 사적으로 두 사람은 몇 년 전 약혼했다가 파혼한 것으로 알려져 있습니다. 현재 경호건설이 한라호텔에 자금을 대려는 이유는 순전히 은 사장의 개인적인 감정이 실린 것이라는 소문이 조심스럽게 흘러나오고 있습니다."

"!"

강욱은 순간 자신도 모르게 미간을 잔뜩 찌푸리고 말았다. 순전히 본능적인 반응이었다. 그는 예민하게 반응을 보이는 자신의 행동이 마뜩잖아 이내 무표정한 얼굴을 했다. 사실 범수가 읊은 보고는 새로울 것도 흥미로울 것도 없이 뻔한 내용들이었다. 굳이 예민한 반응을 보이며 범수의 호기심을 자극할 필요는 없었다. 아무래도 조금 전 거실에서 나눈 연수와의 대화 때문에 필요 이상 신경이 날카로워진 모양이었다. 그는 얼른 포크페이스를 유지하며 날카로운 음성으로 지시했다.

"은기준 씨는 그동안 미국에 있었던 사람이야. 그런 사람이 경호의 실질적인 경영자로 내정되자마자 한라호텔에 자금을 대겠다. 그런 큰돈이 어디서 나왔겠어. 경호에서 한라호텔에 자금을 대겠다고 자처한 건 십중팔구 이중장부가 존재한다는 뜻이겠지. 경호건설의 움직임은 작은 것 하나까지 모조리 주시하도록 해. 누가 누구와 만나는지 사소한 것까지 모조리."

"네."

"그리고."

"……."

"사냥감을 염탐하는데 터무니없이 많은 시간을 들였어. 한라나 경호의 지분들은 모조리 사들이도록 해. 개미주까지 몽땅. 최대한 민첩하게 움직여서 최대주주의 목줄을 감아버리라고."

"너무 밀어붙이다 보면 대표님이 수면 위로 드러나실 수도……."

범수의 우려의 말에 강욱은 턱받침을 하고 있던 손을 움직여 검지로 각진 턱근육을 쓸었다. 지금과 같이 얼굴 없는 존재로 지내면야 다행한 일이지만 시간이 촉박하다. 그는 한쪽 눈썹을 꿈틀거리며 말했다.

"김 실장이 얼마나 조용하고 민첩하게 일을 해내는지 알아. 그런데도 내가 수면 위로 드러난다면야 어쩔 수 없는 일이지."

"그렇다면……."

말끝을 흐리는 범수를 향해 강욱이 고개를 까딱였다.

"신경 쓰지 말고 밀어붙여."

"알겠습니다."

호형호제하며 형님으로, 상사로, 강욱의 곁에서 지낸 지 십수 년, 이처럼 나른한 얼굴로 지시를 내릴 때의 강욱이 사실은 그 어느 때보다 심사숙고하고 있다는 정도는 알 수 있었다. 대답하는 범수의 음성이 단호했다.

"모든 일들을 차질 없이 진행하도록 하겠습니다."

강욱은 범수를 돌려보내고 침실로 향했다. 그는 피곤해서 눈꺼풀이 침대에 붙어버리겠다 투정을 하고는 이내 중무장이라도 하듯 전투자세로 그 앞에 다시 나타났던 연수를 떠올리며 슬쩍 이맛살을 찌푸렸다. 거실의 소파에 앉아 연수의 말을 듣고 있을 때만 해도 분노는 오롯이 은기준을 향한 것이었다. 자신의 여자를 넘보려고 갖은 수를 쓰고 있는 은기준. 지저분한 하이에나와 같이 자신의 여자에게 군침을 흘리며 어슬렁거리는 은기준을 향한 분노로 그는 턱근육이 단단해지도록 어금니를 꾹 깨무는 인내의 시간을 보냈다.

그렇지만 범수가 서재에 있기도 했지만 그는 은기준을 향한 분노쯤이야 얼마든지 감내할 수 있는 여유가 있었다. 연수를 그 자리에 두고 서재로 향할 수 있었던 이유기도 했다.

"나는 또다시 당신을 잃게 될까 봐 겁이 나. 내가 어떤 결정을 하게 되더라도 당신이 내 곁에 있기를 진심으로 바란다고. 내가 사랑하는 사람은 강욱 씨 당신이야. 내가 당신 여자이듯 당신은 내 남자야."

강욱은 연수의 말에 순간 침실로 향하는 걸음을 멈칫거렸다. 연수는 정말로 자신을 다른 녀석과 나눠 가질 수 있을 거라 생각했을까. 침실 손잡이를 붙드는 그의 손아귀에 힘이 주어졌다.

분노는 온전히 은기준을 향한 것이라 생각했는데 아니었던 모양이다.

심장을 잠식하던 분노는 이제 오롯이 연수를 향했다. 그렇지만 그는 이내 이성을 부여잡았다.

분노한 채 내 여자를 안고 싶지는 않다. 그런 상황이 되도록 내버려두지도 않을 작정이지만 만약 걷잡을 수 없는 분노 안에 놓이게 되더라도 자신이 짐승이 되는 것을 허락지 않을 것이다. 내 여자를 분노로 들끓는 짐승이 된 채로 안을 수는 없다.

그는 들끓는 분노를 애써 잠재웠다.

허나 침실 문고리가 돌아가고 텅 비어 있는 침실을 확인하는 순간 그의 인내는 한순간에 물거품이 되어 사라져갔다.

연수는 숨이 딱 멈춰버리기 직전의 공포감을 느끼며 본가에서 나오기 바쁘게 강욱의 오피스텔을 다시 찾았다. 기준과 함께 점심 식사를 하던 그 시간에 가졌던 강욱을 향한 그리움이 절박함이었다면 조금 전 서재에서 아버지와 자리하며 느꼈던 강욱을 향한 그리움은 숨이 탁 멈춰 버릴 것 같은 공포감이었다.

"강욱 씨."

그는 무슨 생각에 그리도 사로잡혀 있는지 어둠이 내려앉은 거실에 불을 밝힐 생각도 않고 컴컴해진 창밖을 향해 등을 돌리고 있었다.

"강욱 씨."

연수는 등을 돌린 채 어두컴컴해진 창밖을 바라보고 있는 강욱을 향해 무작정 달려들었다. 그의 등에 얼굴을 묻으며 그녀는 하하, 참았던 숨을 급하게 들이켰다. 택시를 타고 오는 내내 탁, 멈춰버린 것 같던 숨이 강욱을 보는 순간, 그의 등에 얼굴을 묻는 순간 거짓말처럼 쉬이 뱉어졌다.

이 사람을 떠나서 살 수 있다고 생각하니……. 최연수. 정말 그럴 수 있을 것 같아?

"당신 아니면 안 돼. 강욱 씨. 난 당신 아니면 안 될 것 같아."

강욱의 등에 얼굴을 묻은 채 연수는 작은 목소리로 하소연했다. 혼잣말처럼 중얼댄 것이 제법 큰 소리가 되었던가. 강욱의 손이 그의 허리를 감싸고 있는 그녀의 손에 닿았다. 연수는 그제야 강욱의 등이 딱딱하게 굳어 있음을 깨달았다. 강욱이 맞잡고 있는 그녀의 손을 풀어내며 낮은 목소리로 명령했다.

"침실에 가 있어."

"……!"

연수는 경종을 울리듯 전신으로 긴장감이 밀려드는 것을 느꼈다. 마치 그녀가 아버지와 어떤 이야기를 나누었고, 어떤 결론을 내렸는지 다 알고 있기라도 하는 사람처럼 강욱의 등에서 전해져 오는 긴장감은 딱딱하고 무서울 정도로 차가웠다.

"강욱 씨……?"

"피치 못한 사정으로 내 여자와 싸워야만 할 땐."

등을 돌린 채 강욱이 낮은 음성으로 딱딱 말을 끊어가며 읊조렸다.

"침실에서, 침대에서만 싸우겠다."

"무슨……."

"내가 정한 철칙이야."

더 이상 어떤 대꾸라도 한다면 자신이 생각하고 있는 철칙은 깡그리 무시할 수도 있다. 지금 바로, 여기서. 협박처럼 들린다. 무언가, 이 위협적인 느낌은. 연수는 혀로 마른 입술을 적시며 뒷걸음질로 천천히 침실을 향했다. 이유를 알 수는 없지만 무조건 그의 말을 따라야 한다는 강한 예감이 전신으로 퍼져갔다.

강욱은 등 뒤로 침실 문이 여닫히는 소리에도 어둔 창밖을 주시한 채 움직일 줄 몰랐다.

그는 당연히 연수가 침실에 있을 거라 생각했던 때를 떠올리며 그녀가 사라지고 없는 텅 비어 있는 침실을 보며 느꼈던 충격을 새삼 되새김질했다. 혈관을 통해 전신을 휘감아대고 있는 분노가 금방이라도 몸 밖으로 튀어나올 것 같다.

분노한 채 내 여자를 안는 짐승은 되지 않겠다……?

그는 스스로를 비웃는 것을 잊지 않았다.

웃기는 게 철칙.

스스로를 조롱하는 내면의 소리에 팔짱을 끼고 있는 양 주먹이 스르륵 말아졌다.

연수는…….

그는 텅 비어 있는 침실을 확인하고 그 충격에서 서서히 깨어나서야 자신이 김 실장과 서재에서 이야기를 하고 있는 동안 연수가 말없이 오피스텔을 빠져나갔음을 깨달았다.

말없이.

그리고 조금 전 다시 되돌아온 연수의 상태는 어떤가, 전신에 절박함이란 것을 똘똘 감은 채 그것이 무엇이든 저 혼자 결정을 내린 상태라고 그에게 선언한 꼴이지 않은가.

그에게는 한마디 의논도 없이!

기분 나쁜 예감은 자신을 비웃기라도 하듯 딱 아귀를 맞춰가고 있었다.

각진 단단한 그의 턱근육에 저절로 힘이 들어갔다. 강욱은 코로 크게 숨을 들이켜고 팔짱을 낀 오른손을 들어 검지로 숱 많은 눈썹을 쓸었다. 사생아에 아무런 연고도 없는 혈혈단신이었던 예전과 달리 지금의 그는 연수가 생각하고 있는 것보다 훨씬 큰 무기를 지녔다.

세상에서 가장 큰 무기가 돈과 권력이라면 말이다. 물론 연수는 그가 얼마나 커다란 무기를 지니고 있는지 전혀 알지 못하지만, 그렇더라도 자신이 그녀의 남자가 맞는다면, 자신이 연수의 남자라면, 적어도 그녀는 절망감으로 전신을 똘똘 감은 채 어떤 결정을 내렸다고 말없이 선전포고를 하기 이전에 한 번쯤은 그에게 말을 꺼냈어야 옳았다. 그것이 제 남자를 향한 예의가 아닌가.

강욱은 미간에 진득하니 주름을 잡으며 내 천 자를 그렸다.

이내 어깨를 축 떨어트린 채 태평양을 날아가던 지난날의 초라하고 무능력하던 얼간이가 떠올랐다. 생각과 동시에 움직임을 멈추고 있던 그의 긴 다리가 서슴없이 침실을 향해 움직였다.

연수는, 그녀는 여전히 그를 아무런 힘도 없는 무능력자로 알고 있는 것이다.

성큼성큼, 한 치의 망설임도 없이 움직이는 발걸음은 초조감과 분노로 인해 더욱 단호하고 힘이 있었다.

연수는 침실로 들어서는 강욱을 지켜보며 숨을 죽였다. 등을 돌려 어둔 창밖만 주시한 채 강압적으로 명령하던 딱딱한 음성과는 달리 그의 얼굴에는 슬쩍 비슥한 미소까지 걸려 있었다. 그녀는 평소 한쪽으로 비스듬히 기울어진 강욱의 미소를 보며 가슴을 쿵쾅거리곤 했다. 이상하게도 삐딱하게 웃고 있는 그의 얼굴을 마주할 때마다 잘생긴 그의 얼굴이 한층 빛나 보이는 것이었다. 심장이 두근대고 척추에서부터 페로몬이 일시에 혈관을 통해 전신을 가로지르곤 했다.

그리고 어느 순간 이성을 되돌리고 보면 자신은 어느새 강욱의 품 안에 안겨 본능에 충실해 있곤 했다.

"강욱 씨……?"

이 순간만은 척추로부터 번져가는 긴장감이 페로몬을 배출하는 열기와 본능으로 이어지지는 못했다.

'내게 화나 있어.'

평소에 그녀의 심장을 쿵쾅거리게 하며 반응을 일으키게 했던 한쪽으로 기울어진 삐딱한 그의 미소는 얼핏 같은 듯 보였지만 확연히 다른 느낌의 것이었다.

'이이는 내가 어떤 생각을 하고 있는지 이미 알고 있어.'

본능적으로 알아졌다. 연수는 참았던 숨을 뱉어내며 전신을 휘감는 두려움을 억지로 밀어냈다.

"그거 알아?"

삐딱한 웃음을 머금은 채 마치 장난을 거는 사람처럼 한쪽 눈썹을 슬쩍 꿈틀대며 강욱이 연수를 향해 성큼 다가섰다.

"내가 정한 철칙이 다른 사람으로 인해 깨지는 걸 난 그리 유쾌하게 생각지 않아."

"……."

연수는 강욱으로부터 한 걸음 뒤로 물러서고 싶은 것을 애써 참았다. 평소 심장을 두근거리게 하던 삐딱하게 미소를 머금은 그의 얼굴에도, 마치 장난을 치려는 사람처럼 웃음기를 띤 그의 음성에도, 그녀는 기분 좋은 듯 보이는 강욱의 이 모든 모습이 가면에 불과하다는 것을 본능적으로 깨달을 수 있었다.

"그런데 말이야."

주먹 하나가 들어갈 정도의 공간을 남기고 그녀 앞에 턱 버티고 선 강욱이 그녀의 가슴팍에 달린 블라우스 앞 단추를 향해 천천히 두 손을 내밀었다. 그리고는 그녀의 얼굴과 맞닿을 정도로 고개를 숙여 나직한 음성으로 속삭였다.

"사람은 전혀 생각지 않은 엉뚱한 곳에서 자신이 가지고 있는 철칙을 깨트리고는 해. 마치 지금의 나처럼."

연수는 블라우스 단추를 끄르고 있는 강욱의 느린 손놀림을 저지할 생각을 잊은 채 작은 소리로 항변했다.

"왜 이래, 무섭잖아."

그녀는 자신의 생각을 강욱이 다 읽고 있을지도 모른다는 확신에 가까운 결론에 초조함으로 심장이 바짝 조이는 기분에 놓였다. 그 바람에 어깨가 들썩였던가. 강욱이 목까지 꽉 채워져 있던 그녀의 블라우스 단추를 풀다 말고 마른 그녀의 어깨를 두 손으로 꾹 말아 쥐었다.

"나보다 무서워?"

얼굴을 코앞까지 들이민 채 낮게 속삭이는 강욱의 음성은 달콤한 고문과 같았다.

"정말로?"

척추를 휘감아 전신으로 퍼져가는 열기와 두려움의 공존.

연수는 낮은 음성으로 되묻는 강욱을 숨죽인 채 마주 보았다. 미간에 주름을 잡은 채 보기 드물게 심각한 얼굴로 꿰뚫을 듯 응시하고 있는 강욱의 흔들림 없는 눈빛과 마주하자 심장이 마치 클라이맥스를 향해 고조되어가는 크리쉬 심벌을 내리치는 드럼 소리처럼 사납게 들썩댔다. 강욱이 나직이 되물었다.

"남자의 신념을 깨부수고 지금 내 여자를 상대로 싸우려드는 멍청이가 되고자 하는 나보다 더 무서우냐고?"

연수는 척추를 휘감아 전신으로 퍼져가는 열기와 두려움, 초조감으로 인해 뒤범벅된 기분을 달리 어찌할 수 없어 바짝 타들어가는 마른 입술을 혀로 쓸었다. 코앞에까지 바짝 얼굴을 들이밀고 있던 강욱이 분홍빛 혀로 자신의 입술을 적시고 있는 그녀의 입술을 삼킨 것은 그 순간이었다.

"흡……!"

강탈하듯 순식간에 그녀의 입술을 빼앗은 사람이라고는 믿기지 않게도 그는 애가 닿도록 느리고 세밀하게 그녀의 입술을 야금야금 맛봐갔다.

연수는 숨 막히는 초조감과 두려움 중에서도 전신을 휘감는 열기로 기대감에 사로잡혔다. 이 무슨 조화인가. 두려움과 원초적 본능의 공존이라니.

이럴 수는 없지 않나. 다시 그를 떠나야 하는 되풀이 앞에서 본능 앞에 이처럼 속수무책 빠져든다는 건 그와 자신을 동시에 기만하는 것이 아닌가.

그러나 그녀의 입술 모양을 천천히 혀로 쓸고 있는 강욱의 느린 열정에 다급한 사람은 또 그녀다.

연수는 강욱의 느린 열정에 조급함을 드러내며 얼른 그의 목으로 팔을 둘렀다.

그 순간 그녀의 입술을 천천히 배회하고 있던 그의 입술이 떨어져 나가고 강욱이 뒤로 한 걸음 물러섰다. 그리고는 그의 목을 두른 그녀의 두 손을 풀어내며 묘한 표정으로 가만히 응시했다.

"……?"

연수는 숨을 헐떡이며 그를 향해 어서 안아달라는 애원의 눈빛을 보냈다. 어쩌면 그를 완전히 잃게 될지도 모른다는 두려움과 조급증 때문일까. 페로몬이 일시에 전신을 압박해댄다. 열기를 머금은 채 애원하는 그녀의 눈빛을 응시하며 강욱이 절레절레 고개를 가로저었다.

"왜……?"

혀로 뜨거워진 입술을 적시며 애원하듯 짧게 되묻는 그녀를 향해 강욱이 커다랗게 숨을 뱉어내며 말했다.

"내 일부만이라도 가지겠다. 생각한다면 오산이야."

목소리에 맞춰 그의 넓은 어깨가 들썩였다.

"온전히."

꿰뚫을 듯 강렬한 눈빛으로 응시한 채 그가 강압적으로 다시 말했다.

"날 가지겠다면 온전히 내 전부를 가져."

"온전히……."

그를 잃게 된다면……?

숨이 탁 멈춰 버릴 것 같은 공포감이 또다시 엄습해왔다. 연수는 하. 하. 뜨거워진 숨을 뱉어내며 아무렇게나 고개를 끄떡였다.

그를 잃는다는 상상만으로 숨이 멎는 공포가 엄습한다. 죽음과도 고통이 따른다. 어떻게 단 한 순간이라도 그를 떠날 수 있을 거라 생각했을까, 어떻게 그의 반쪽만이라도 가질 수 있을 거라 생각했던가.

"온전히. 강욱 씨."

그는 그녀가 생각하고 있는 것보다 훨씬 무자비할 수 있다. 강한 의지력의 소유자인 만큼 그의 전부를 가지지 못한다면 자신은 그의 전부를 잃게 될 것이다.

"온전히, 당신의 전부를 원해. 온전히 당신을 원해, 강욱 씨."

그를 잃게 될지도 모른다는 절박감에 잇따라 말이 쏟아져 나왔다.

그러나 그는 아무런 응답이 없다. 아아아. 심장이 터질 것 같다. 분수와 같이 붉은 피가 심장을 뚫고 금방이라도 목을 뚫고 입 밖으로 튀어나올 것만 같다.

"내가 잘못했어, 강욱 씨. 당신 일부만이면 된다고 생각한 내가 잘못 생각했던 거야. 당신을 원해, 강욱 씨, 온전히 당신 전부를 원해."

자신을 두고 무자비하게 돌아서는 강욱이 그려졌다. 가차 없이 등을 돌려서 미련 없이 떠나는 그가 그려졌다. 숨이 탁 목에 걸렸다.

"강욱 씨."

연수는 이제 자신을 꿰뚫을 듯 응시하고 있는 강욱과 떨어져 있는 한 치의 거리도 용납할 수가 없다. 그 거리마저도 용납이 되지 않아 그녀는 밀착하듯 얼른 강욱에게 다가섰다. 그녀의 가슴이 그의 복근에 단단히 밀착된다. 그러자 손이 저절로 그의 바지 앞섶으로 움직이기 시작했다.

꿈틀하고 그의 눈썹 끝이 미세하게 움직였지만 상관없다.

어떻게 하든지 그의 용서를 구하고 그의 자비를 얻어서 다시는 등을 보이고 떠나는 그를 붙잡지 못하는 현실과 맞닥트리지 않을 것이다.

빠르고 성급한 그녀의 손놀림에 그의 바지가 이내 아래로 흘러내리며 그의 정강이에 아무렇게나 걸렸다.

"당신을 원해, 강욱 씨."

강욱의 남성을 향해 고개를 숙이며 연수는 나직이 중얼거렸다.

"당신을 얼마나 온전히 원하는지 보여줄 수 있어."

강욱은 연수가 무엇을 하려고 드는지 알면서도 제지하지 않았다. 그는 자신 안에서 소용돌이치고 있는 분노를 잠재울 무언가를 필요로 하고 있음을 연수가 자신의 남성을 향해 고개를 숙이는 순간 깨달았다.

"흣……."

그는 남성에 닿는 촉촉한 감촉에 눈을 지그시 감으며 고개를 뒤로 힘껏 젖혔다. 이 감정은 원초적인 본능과는 또 다른 성향이다. 신의를 위협당한 남자의 처절한 자아 회복이다. 그는 귀두를 핥는 혀의 촉촉하고 부드러운 감촉에 배꼽 주위로 뜨거운 피가 몰려드는 것을 느끼며 크게 부풀어 오른 남성을 온전히 연수에게 맡겼다.

연수는 자신의 애무에 점점 크게 부풀어 오르며 단단하게 반응을 보이는 강욱의 남성을 천천히 혀로 핥으며 점점 대담해져 갔다.

혀로 그를 느끼기는 처음이었지만 생소하거나 전혀 낯설지 않았다. 그를 온전히 가져야 한다는 절박감은 머릿속에서 차차 사라져가고 이제 그녀는 눈앞의 신기한 생물체를 어르고 달래기에 급급했다.

거대한 크기로 부풀어 오른 그의 남성을 한 손으로 살짝 말아 쥔 채 아래위로 쓸며 그녀는 더 이상 부풀 수 없는 강욱의 단단한 남성을 입 안에 머금었다. 입 안 가득 들어선 그의 남성은 부드럽고 보이는 것만큼이나 단단했다. 그리고 혀로 쓸며 맛볼 때와는 또 다른 열기가 그녀의 전신을 에워쌌다.

"윽……."

강욱의 쉰 음성이 귓전을 울리는가 했더니 어느새 연수도 열망에 찬 신음소리를 뱉고 있었다. 강욱의 남성을 목안 깊숙이 머금은 채로.

아아아…….

연수는 질끈 두 눈을 감았다. 안도와 그를 향한 열망으로 눈물이 볼을 타고 흘러내렸다. 태양빛에라도 데워진 듯 뜨겁고 강렬한 열망이 죽음과도 같은 공포감을 잊게 해주었다.

강욱은 침대 위에 연수를 눕히고 그제야 그녀의 볼을 타고 흐르는 눈물을 발견했다.

당당하고 잘난 척 슬쩍 빼기기까지 하는 내 여자 연수가 울고 있다. 그는 심장이 꽉 조이는 통증으로 묵직한 신음소리를 뱉었다.

"쉬……."

그리고는 눈물로 얼룩진 연수의 볼을 두 손으로 감싼 채 낮게 속삭였다.

"당신이 두려워하는 일이 무엇이든 그 어떤 일도 일어나지 않을 거야."

연수는 이제야 자신을 위로하는 강욱을 향해 애써 미소 지었다. 그를 잃게 되는 무서운 일은 일어나지 않을 것이다. 약속과도 같은 그의 말에 그만 눈물이 걷잡을 수 없도록 쏟아졌다.

"약속해, 당신이 두려워하는 일은 일어나지 않을 거야."

허스키한 음성으로 그가 다시 속삭였다. 연수는 마치 자신의 심중을 꿰뚫고 있다는 듯 다시 위로의 말을 하는 강욱의 속삭임에 펑펑 눈물을 쏟고 말았다.

"어떤 일이 있어도 내 여자를 놓는 일은 없어. 최연수."

펑펑, 눈물을 쏟아내는 연수의 볼을 커다란 양손으로 쓸며 강욱은 목울대를 꿈틀거렸다. 그녀의 눈물을 보는 순간 그의 심장은 걷잡을 수 없도록 들썩거리고 있었다. 내 여자를 두려움과 맞닥트리게 했다는 후회가, 내 여자를 심판하려 한 자신의 옹졸함에.

"그거 알아?"

이보다 더 비겁한 놈이 있을까. 스스로에게 화가 났다.

"내게서 떠나겠다 당신이 선언한대도 내가 최연수를 놓지 않아."

연수의, 내 여자의 눈물을 마주한 순간 그의 심장은 터지기 일보직전에 이르렀다. 그는 흐느끼고 있는 연수의 두 볼을 감싼 채 쉰 목소리로 다시 말을 했다.

"연수야, 약속해. 약속해, 연수야."

연수는 확신에 찬 그의 위로의 말에 안도와 잔해처럼 남아 있던 죽음과도 같은 공포가 일시에 사라지는 것을 느꼈다. 거짓말처럼.

그녀는 눈물을 펑펑 쏟아내며 강욱의 단단한 턱근육을 향해 손을 내밀었다.

오전에 샤워를 하면서 면도를 했을 게 분명한데도 그의 턱은 어느새 거무스름하니 수염이 돋았는지 손에 닿는 촉감이 까칠했다. 그녀는 이 느낌이 좋다. 각진 그의 턱근육을 만질 때마다 느껴지는 까칠한 촉감. 그의 강인한 의지력과 남자다움을 가장 진솔하게 느낄 수 있는 턱근육에서 느껴지는 까칠한 촉감. 그녀는 설핏 미소 지으며 강욱의 턱근육을 손가락으로 쓸었다.

강욱이 턱근육을 어루만지는 그녀의 두 손을 마주 잡고서 손에 입을 맞췄다.

"……."

강욱은 눈물이 맺힌 채 올려다보는 그녀를 마주 응시하며 말없이 그녀의 손가락에 다시 입을 맞췄다. 다섯 손가락을 차례로, 엄지에서 검지로 검지에서 중지로, 약지로……. 섬세한 그의 입맞춤에 연수는 두 눈에 눈물을 머금은 채 커다랗게 미소 지었다.

강욱은 눈물을 대롱대롱 매단 채 환하게 미소 짓는 연수를 가만히 응시하며 잠시 입맞춤을 멈췄다. 그는 환한 연수의 미소만으로도 심장이 터질 것 같다. 어떻게 이 여자를 상대로 벌을 주고자 했는지, 자신을 향한 마음이 단 한 순간, 흔들렸다 해서 어떻게 이 여자를, 내 여자를 두려움 앞에 놓이게 했는지. 그는 자신의 어리석음에 저절로 신음이 뱉어졌다.

연수는 강욱의 깊은 눈동자에 빨려들 듯 그의 눈빛에 사로잡힌 채 움직임을 멈추었다. 환하게 웃던 미소도 어느새 멈추고 그를 올려다보는 두 눈엔 어느새 열기로 가득 찼다.

두 사람은 서로의 눈빛만 주시한 채 서로를 갈망하듯 한동안 움직임을 멈추고 있었다. 이윽고 강욱이 잠시 멈췄던 입맞춤을 다시 시작했다. 이번에는 새끼손가락에서 약지로 차례를 달리하며. 새끼손가락에서 다시 약지로 입술을 옮긴 그는 약지에서 입맞춤을 멈추고는 약지를 혀로 핥았다가 이로 슬쩍 깨물었다.

"아……!"

연수는 그만 한숨처럼 긴 신음을 뱉었다. 강욱이 그녀의 약지를 깨물고 혀로 쓸며 간질이듯 애무하자 달콤한 열기가 전신으로 흩어졌다.

끊임없이 흐느끼는 그녀를 위로하며 진정시킬 때만 해도 그의 애무는 따뜻하고 편안한 위로였다. 그가 커다란 손으로 마치 깨지기 쉬운 유리라도 되는 듯 그녀의 볼을 타고 흐르는 눈물을 쓸고 그 볼에 남은 눈물의 잔해를 마치 얼룩이라도 진 듯 입술과 혀로 세심히 핥고 지나갔을 때만 해도 그녀는 비를 흠뻑 맞은 새가 마침내 둥지를 찾은 듯 그의 품에서 극심한 안도와 희열로 전신의 힘이 빠져 나가는 것을 느끼고 있었다.

그랬기에 그녀는 자신의 입술에서 뱉어지는 숨결이 얼마나 달콤하고 짜릿한 열기로 가득한지 전혀 알지 못했다.

달짝지근한 열기로 가쁜 호흡을 뱉고 있는 그녀의 입술로 강욱의 입술이 닿았다. 도톰하게 부푼 연수의 입술에선 흐느낌 대신 먹어도 먹어도 허기질 것 같은 강렬한 열기가 느껴졌다.

그는 금방이라도 타버릴 것 같은 짜릿한 전율을 느끼며 연수의 입술을 부드럽게 빨았다. 도톰하게 부푼 그녀의 앙증맞은 입술을 허기진 사람처럼 빨아들이자 그의 아래서 연수가 부르르 몸을 떨었다.

"하하……."

어느새 그의 것인지 그녀의 것인지 모를 거칠어진 호흡이 맞물린 입술과 입술 사이에서 흘러나왔다. 연수는 발끝에서부터 정수리까지 세포마다 타는 듯한 뜨거운 열기를 전신으로 느끼며 가쁜 호흡을 내뱉기에 여념이 없었다. 아직 그를 가진 것도 아닌데 강렬한 전율이 그녀를 집어삼킬 듯 휩쓸고 지나갔다.

마치 그와 재회했던 날처럼. 너무도 강렬하고 지독한 전율에 그녀는 숨 쉬는 것조차 잊어버린 채 잠시 호흡을 멈추고 있었다.

"숨을 멈추면 안 되지, 이 아가씨야."

깊은 입맞춤으로 그녀를 무아지경에 빠지게 한 그가 얼굴을 천천히 들며 뜨거운 시선으로 그녀를 응시한 채 허스키하게 잠긴 음성으로 말했다.

"오늘은 천천히 오랜 시간 당신을 가질 생각이야."

그는 다시 천천히 고개를 내려 그녀의 귓가로 입술을 가져갔다.

목덜미와 귓가를 태울 것처럼 뜨거운 입김을 불어넣으며 그가 허스키하게 쉰 음성으로 말을 이었다.

"얼마나 먹어야 당신을 향한 허기가 채워질지 궁금하거든."

"하아……."

잔뜩 쉰 그의 음성이 섹시하고 관능적이라 연수는 강렬한 전율을 느낀 뒤인데도 불구하고 또다시 전신을 부르르 떨었다. 그는 오늘 몇 번이고 그녀를 가질 것이라고 약속했다. 긴 밤 내내 천천히 그녀를 가지리라 약속했다. 연수는 거칠게 흐트러지는 호흡을 성급히 내뱉으며 강욱이 입고 있는 브이넥의 티셔츠 속으로 손을 들이밀었다. 뜨겁게 달궈진 단단한 피부가 손끝으로 느껴졌다. 단단하지만 매끄러운 그의 맨살에 닿는 촉감이 너무도 짜릿하고 섹시해 연수는 또다시 한숨처럼 긴 호흡을 내뱉었다.

"하아……."

그녀의 가쁜 숨을 신호처럼 그가 다시 그녀의 입술을 머금었다. 부풀어서 더욱 민감해지고 도톰해진 그녀의 입술을 천천히 쓸며 맛봐가던 그는 이윽고 그녀의 입술을 가르고 혀를 밀어 넣었다.

한동안 분홍빛 혀와 힘찬 혀의 맞물림이 이어졌다 떨어지기를 반복했다. 맞물린 두 사람의 입술 틈새로 거칠고 뜨거운 신음이 흘러나왔다. 침실은 두 사람이 내뱉는 호흡으로 뜨겁게 달궈지고 공기는 뜨거운 공기로 촉촉이 젖어들었다.

어느새 강욱이 손가락으로 부드럽게 연수의 척추를 쓸었다. 그녀의 등 뒤로 손을 돌린 그는 척추를 따라 뜨겁게 달궈진 부드러운 그녀의 등을 쓸며 침대에 들기 이전부터 이미 가슴 앞섶까지 단추가 끌려 있던 그녀의 블라우스를 가볍게 밀어 올렸다. 그 바람에 적당한 크기의 탐스러운 가슴을 가리고 있던 하얀 브래지어까지 밀려가서 이제 그녀는 동그스름한 가슴을 반쯤 드러낸 채 열기로 가득 찬 신음을 뱉으며 그를 유혹하고 있었다.

그는 욕망으로 잔뜩 쉰 심호흡을 뱉으며 매혹적인 연수의 몸을 가리고 있는 브래지어와 나머지 옷들을 벗겨 냈다. 나신의 몸으로 원초적인 관능미를 발산하는 그녀를 금방이라도 태워버릴 듯 뜨거운 눈빛으로 주시하며 그는 천천히 그녀의 가슴을 향해 고개를 숙였다.

그리고는 서슴없이 핑크빛을 띤 채 오뚝 서 있는 그녀의 유두를 베어 물었다.

"아."

짜릿한 전율에 짧은 한숨을 뱉으며 연수가 부드러운 나신을 활처럼 꼬았다.

그는 도톰한 입술을 벌린 채 연신 뜨거운 호흡을 내뱉는 연수의 얼굴로 금방이라도 태워버릴 것 같은 불같은 시선을 보냈다가 이내 돌기를 오뚝 세운 채 잔뜩 기대감에 부풀어 있는 다른 쪽 가슴으로 고개를 숙였다. 흥분과 긴장감으로 이미 잔뜩 예민해져 있던 핑크빛 유두는 그의 입술이 닿는 순간 욕망으로 검붉게 변해갔다.

"아, 강욱 씨……."

약속과 같이 천천히 뜸을 들이 듯 느릿느릿 애무해가는 그를 향해 연수가 재촉하듯 말했다.

"당신을 느끼고 싶어. 어서, 강욱 씨……."

욕망으로 짙은 다갈색 빛을 띤 눈동자를 한 채 연수가 촉촉이 젖은 음성으로 애원을 했다.

강욱은 욕망으로 금방이라도 절정에 도달하고 싶은 것을 억지로 참았다. 그녀에게 약속했듯 이 밤은 오롯이 성적으로 환상적인 밤이 될 터였다. 그녀를 가질 때마다 더욱더 깊이 느껴지던 허기를 이 밤에는 두고두고 채워갈 생각이었다.

강욱은 연수의 애원에도 유두를 혀로 쓸었다가 이로 베어 물기를 반복하며 느릿느릿 둥그스름한 가슴을 애무하고 배회하기를 멈추지 않았다.

"아아아……."

연수는 강욱의 애무와 희롱으로 예민해진 가슴과 그를 느끼고 싶어 통증이 일 정도로 뜨거워진 여성지를 어떻게 달랠 수가 없어 전신을 부르르 떨며 다리를 꼬았다. 촉촉이 젖은 채 뜨거운 애액을 끝없이 품어내는 여성지는 지금 바로 그를 느끼고 싶어 열망으로 고통스러울 지경이다.

다갈색 눈빛은 더 이상 욕망을 이기지 못하고 촉촉이 젖은 채 강욱에게 또다시 애원의 눈빛을 보냈다. 그는 갈망으로 짙은 다갈색으로 변한 연수의 뜨거운 눈빛을 마주 응시하며 비슥하니 입꼬리를 끌어올려 미소 지었다. 자신을 가지고 싶어 애원하는 연수를 보고 있노라니 그의 중심이 해방을 위해 금방이라도 절정으로 치달을 것 같다.

"아아, 강욱 씨."

연수는 한쪽으로 기울어진 그의 미소를 보고 있노라니 더 이상 뜨거워진 육체를 참을 수가 없어졌다. 벌떡 상체를 일으키고는 미처 자신이 헤아리기 전에 강욱을 그녀의 아래에 가뒀다.

"음?"

그녀의 아래에 깔린 강욱이 놀란 시선으로 그녀를 올려다보았다.

연수는 그제야 자신은 완전한 나신인데 반해 그는 여전히 윗옷을 갖춰 입고 있다는 사실을 깨달았다.

이미 욕망으로 뜨겁게 달궈진 피부에도 불구하고 전신이 화끈댔다.

"음……당신 너무 하잖아……."

그녀는 신음과 함께 그를 비난했다. 그리고는 성마른 동작으로 그의 윗옷을 벗겨 냈다. 성마른 그녀의 움직임에 그녀의 아래에 깔린 채 강욱의 중심부가 기세등등하게 꿈틀댔다. 그녀는 도톰하게 부푼 입술을 혀로 천천히 쓸며 씩, 회심의 미소를 지었다. 그리고는 불룩하게 솟은 그의 중심부로 자신의 여성지를 가져다 엉덩이를 슬쩍 움직였다.

"윽!"

강욱이 금방이라도 숨이 끊어질 것 같은 소리를 냈다.

"자기도 나처럼 애원해야 할걸?"

그녀는 고양이 울음같이 유혹적인 말로 그를 애태웠다. 그가 그녀를 애원하게 했듯이 그녀도 그를 욕망에 꿈틀거리는 원초적인 모습으로 만들고 싶어졌다.

그녀는 꿈틀대며 위용을 자랑하고 있는 그의 중심지에 다리를 벌리고 앉아 태초의 모습으로 리드미컬하게 움직이기 시작했다. 그녀의 움직임에 따라 모양 좋은 가슴이 탄력 있게 출렁댔다.

"가져."

당장에라도 그녀를 녹여버릴 것 같은 뜨거운 시선을 한 채 그가 허스키한 음성으로 명령했다.

그녀는 그의 애원을 이해하지 못한 척 혀로 자신의 입술을 쓸며 유혹의 몸짓을 늦추지 않았다. 리드미컬하게 몸을 움직일 때마다 적당한 크기의 가슴은 유혹적으로 흔들리고 그녀의 아래에 깔린 그의 중심은 크기를 가늠할 수 없도록 부풀어 오른 채 꿈틀대며 해방을 갈구하고 있었다. 그녀는 리드미컬하게 움직이고 있던 둔부를 살짝 들어

올려 금방이라도 여성지를 밀고 들어설 기세인 그의 중심부로 손을 가져다 댔다.

"이 밤이 지나려면 아직 시간은 충분할 거야."

그리고는 단단하게 솟아 있는 남성을 손으로 천천히 문지르며 젖은 음성으로 말했다.

"당신이 이런 고통을 즐길 수 있다면 당신을 느끼고 싶어서 고통스럽기는 하지만 나도 이 고문을 즐겨보도록 할게."

"윽."

강욱이 더 이상 참을 수 없다는 듯 훅, 하고 숨을 내뱉으며 한 번의 손짓으로 그의 위에서 관능적인 몸짓을 하고 있는 연수의 엉덩이를 꽉 붙들었다.

"!"

연수는 붙잡힌 엉덩이에 과해진 강욱의 손아귀 힘에 깜짝 놀란 얼굴로 그의 뜨거운 눈을 마주 보았다.

"기대해."

말과 동시에 강욱은 연수가 미처 깨닫기도 전에 그녀의 엉덩이를 끌어다가 자신의 중심을 그녀의 여성지에 힘껏 밀었다.

"하."

동공을 커다랗게 뜬 채 연수가 깊은 호흡을 내뱉었다.

연수의 신음소리에 맞춰 강욱도 잔뜩 쉰 소리로 신음을 뱉어내며 연수의 엉덩이를 붙들고 있던 손을 놓았다. 그리고는 그의 시선 앞에서 출렁이고 있는 연수의 탄력 있는 가슴을 향해 손을 움직였다. 그의 손길에 예민하게 섰던 유두가 더욱 단단해졌다.

"하아하아."

신음소리를 박자처럼 그를 가득 담은 채 연수가 상체를 이리저리 흔들었다. 두 사람의 입술에서 연이어 터져 나오는 열기는 침실을 뜨겁게 달궈갔다.

"하아……!"

"윽……!"

그녀를 머금은 채 미간을 잔뜩 찌푸리고 있는 강욱을 내려다보는 연수의 눈빛은 열기와 희열로 흐릿해져 있었다.

어느새 메말라진 입술을 촉촉하게 젖은 혀로 할짝 핥으며 연수는 강욱의 허리 위에서 쉼 없이 움직였다. 부드럽게 때로는 빠르게 움직이는 리드미컬한 반응에 화답이라도 하듯 그녀의 가슴을 움켜진 강욱의 손아귀에 힘이 실렸다가 부드러워지고는 했다. 강욱의 양손에 붙잡힌 채 하염없이 노략질을 당하고 있는 연수의 가슴은 이제 더 이상 예민해질 수 없도록 빳빳하게 굳었다.

이윽고 더 이상 참기 힘들어진 강욱이 그의 허리 위에서 쉼 없이 아찔한 움직임을 하고 있는 연수의 허리를 양손으로 꽉 붙들었다. 순간 그를 머금고 있던 연수의 여성이 움직임을 멈춘 채 그의 중심을 꽉 조였다.

그리고 모든 피가 한곳으로 몰리며 전율은 한순간에 찾아왔다.

"아아아……."

발끝에서부터 정수리까지. 연수는 도톰하니 모양 좋은 입술을 벌린 채 금방이라도 숨이 끊어질 것 같은 신음을 뱉었다.

"으윽……!"

동시에 강욱의 격한 신음이 뒤를 이었다.

절정은 한순간에 두 사람을 극한의 무아지경으로 이끌었다.

그는 지치지 않는 야생마임에 분명했다.

연수는 저릿하게 감겨드는 감각적인 열기에 달큼한 날숨을 내뱉었다. 잠결에도 불구하고 허벅지를 간질이듯 애무하는 손길이 느껴졌다.

섬세하고 부드럽게, 때로는 강하고 열정적이게.

허벅지 위를 배회하는 손길은 뜨겁고 집요했다. 연수는 아래를 축축하게 적시는 격한 열기에 서서히 잠에서 깨어났다. 신음을 뱉으며 눈을 떴지만 한숨처럼 뱉어지던 신음은 강욱의 입술에 막혀 소리가 나오지 못했다.

그녀의 날숨을 흡입이라도 하듯 강욱이 뜨겁고 강한 입맞춤을 해왔다.

그의 뜨거운 입맞춤에 화상이라도 입은 양 이내 연수의 입술이 화들짝 벌어졌다. 그 순간 한 치의 머뭇거림도 없이 강욱의 혀가 그녀의 입 안을 침입했다. 고른 치아를 핥으며 능숙하게 입 안을 유린하는 강욱의 혀놀림에 연수는 참을 수 없는 감각이 전신을 옭아매는 것을 느꼈다. 매끈하게 뻗은 다리에 저절로 힘이 실리고 이제 잠에서 완전히 깨어난 그녀의 전신은 이미 뜨거운 피로 격렬하게 달궈져 있었다. 이처럼 격렬하고 이처럼 뇌쇄적인 성적 충동은 무수한 사랑을 나누었던 이전, 그 어느 때도 느껴보지 않은 폭발적인 감각이었다.

뜨거운 피가 한곳으로 몰리기라도 하듯 허벅지 위로 전해지는 저릿한 감각은 매끈하게 뻗은 연수의 두 다리를 비비 꼬며 비틀리게 만드는 것으로도 모자라 전신을 부르르, 떨게 만들었다.

그를 잃게 되는 일은 일어나지 않을 거라는 안도감 때문일까, 전신을 달군 뜨거운 피는 숨 막히는 열정과 터질 것 같은 희열을 끌어다가 한없는 관능의 늪으로 이끌었다. 전신이 공기 중에 부양하고 있는 듯한 기이한 감각, 숨이 탁 막히는 극도의 긴장의 순간이 이런 느낌일까, 연수는 미칠 듯한 열정 안에서 딱히 정의할 수 없는 기이한 감각의 순간을 맞았다.

"아……!"

단 한 번의 힘찬 피스톤으로 좁은 여성을 밀고 들어서는 강욱의 남성은 힘 있고 강했다. 연수는 강욱을 가질 때마다 느끼는 풍족함에 실눈을 하고 있던 두 눈을 꼭 감았다.

강욱의 강인함은 사랑을 나눌 때도 머뭇거림이 없었다.

힘차고 강하게, 때로는 부드럽고 집요했다.

연수는 내벽 깊숙이까지 들어찬 강욱의 남성을 부드러운 여성으로 죄며 감았던 눈을 떴다. 사랑을 나눈 지 얼마 지나지 않은 탓인지 부어 있던 자궁의 섬세한 내벽이 또다시 들어선 커다란 남성의 침입에 놀란 모양, 자궁 깊숙한 여린 내벽이 민감하게 반응을 했다.

"윽……!"

아랫배에 묵직한 통증이 느껴지는 수초의 짧은 시간을 동시로 강욱이 잔뜩 긴장한 몸짓을 보이며 훅, 하고 숨을 뱉었다.

"날 죽일 생각이 아니라면……."

자궁 내벽의 예민한 반응에 강욱이 미간에 잔뜩 힘을 실은 얼굴로 느릿느릿 허스키한 음성을 내뱉었다.

"그만 힘을 빼."

마치 그녀를 녹여버리기라도 할 듯 뜨거운 시선으로 쏘아보며 명령하는 강욱의 음성에 연수는 짜릿한 전율로 오소소 소름이 이는 두 다리를 꿈틀거리며 천천히 움직였다.

"윽."

순간 강욱이 또다시 신음을 뱉으며 엉덩이를 튕기듯이 빠르게 피스톤 운동을 했다.

강하고 힘차게, 거칠고 부드럽게.

빠르고 강한 피스톤에 맞춰 연수의 내벽도 빠르게 이완을 하며 자궁 깊숙이까지 들어갔다가 빠르게 빠져나가기를 반복해대는 크고 강한 강욱의 남성을 조였다 놓았다를 반복해댔다.

그의 남성이 마치 자궁의 내벽을 뚫을 것처럼 부딪쳤다 빠져 나가기를 반복하는 내내 연수가 할 수 있는 일이라고는 심장이 터질 것 같은 아찔한 감각에 전신을 부르르 떨며 달큼한 신음을 뱉어내는 것이 전부였다.

"하아……하아……!"

전신을 가로지르는 짜릿한 전율은 정수리에서 발끝까지 이어져 힘이 실린 다섯 발가락은 쉼 없이 오므려졌다, 펴졌다를 무한 반복해댔다.

"아아아……!"

"……!"

이윽고 영원히 끝날 것 같지 않은 통증 같은 쾌감이 해방을 맞으며 두 사람에게 동시에 찾아들었다.

절정의 순간이 지나고 연수는 까무룩 잠이 들면서 처음 강욱과 사랑을 나누었을 때도 이처럼 떨리고 이처럼 폭발적이지는 않았던 것 같다고 얼핏 생각했다.

간밤 더 이상은 몸을 가누지도 못할 정도로 사랑을 나누고 나서야 그에게서 놓여난 연수는 강욱의 침실, 그의 품 안에서 아침을 맞았다.

주중을 시작하는 월요일이라는 점에서 보면 그의 품에서 깨어난 이 아침은 휴일에만 가능했던 예전의 풍경과는 또 다른 느낌의 아침이었다. 그녀는 얼굴에 닿는 그의 맨 살결의 촉감이 단단하고 따뜻해 잠시 다시 눈을 감고 깊이 숨을 들이마셨다. 남자의 냄새가, 그의 냄새가 코를 간질이며 기분 좋게 와 닿는다.

"깼어?"

지난밤의 여운 때문인가, 강욱이 눈을 감은 채 허스키하게 잠긴 음성으로 말을 해왔다.

"월요일이잖아."

"음……."

눈을 감은 채 강욱이 아쉽다는 듯 그녀의 정수리에 입을 맞췄다.

"그렇군, 월욜 아침이지."

그리고는 억지로 눈을 뜨고는 씩 미소 지으며 목이 잠긴 소리로 다시 말했다.

"굿모닝, 허니."

"안녕치 못한 것 같아."

"응?"

"전신은 맞은 것처럼 뻐근한데다 눈꺼풀은 천근만근인 게 아무래도 퉁퉁 부은 거 같아."

"음……."

그녀를 껴안고 있던 팔을 풀어 침대에 팔을 기댄 채 상체를 일으킨 그가 실눈을 한 채 연수의 얼굴을 가만히 내려다보았다.

"그렇군, 왕눈이야, 개구리 왕눈이."

"뭐어?"

당황스런 표정을 감추지 않은 채 눈을 흘기는 연수를 와락 끌어안으며 강욱이 그녀의 콧잔등에 얼굴을 비볐다.

"귀여워. 봐줄 만해."

"퉁퉁 부은 눈에 눈곱 낀 모습이 말이지?"

"눈곱도 꼈나? 몰랐군. 큭, 큭."

당황한 연수의 모습이 재밌다는 듯 킥킥거리며 웃은 강욱이 그녀의 입술에 가벼운 입맞춤을 했다. 그리고는 고개를 들어 가만히 그녀의 시선을 붙잡으며 말했다.

"한 번은."

상체를 버티고 있는 왼팔 대신 자유로운 오른손으로 의아하고 민망한 얼굴로 그의 시선을 마주하고 있는 연수의 볼을 쓸며 그가 다시 말을 이었다.

"귀여워. 왕눈이 얼굴, 한 번은 봐줄 만해."

"……."

"다시는 개구리 왕눈이가 되지는 말라는 뜻."

가만히 그녀의 얼굴을 주시하며 그가 진중한 음성으로 다시 말했다.

"혼자서 결정하고 혼자서 선택하려 들지 마."

연수는 허스키한 음성으로 진중하게 내뱉는 그의 말에 알 수 없는 이유로 목이 잠기고 배꼽 근처가 간질거린다. 그가 다시 말을 이었다.

"다행히도 당신 남자의 어깨는 넓어. 내 여자가 아무리 무거운 짐을 짊어지고 기댄다 해도 얼마든지 버틸 수 있을 만큼. 무한정."

연수는 침을 꿀꺽 삼켰다. 그가 정말 그녀에게 닥친 위기를 단번에 해결해주는 마술사가 되어준다면 얼마나 좋을까.

"무시무시하게 힘든 무게라도?"

"얼마든지."

그가 천천히 고개를 숙여 그녀의 이마에 입맞춤을 했다. 마치 약속의 증표라도 되는 듯.

연수는 그럴 리 없다는 걸 알면서도 진중한 그의 음성에 알 수 없는 이유로 위안이 되고 아주 평온해지는 기분이다. 마치 그의 말 한마디로 호텔이 정말 위기에서 벗어나기라도 한 듯.

문득 그녀는 퍼뜩 떠오른 생각에 조심스럽게 물었다.

"만약에 당신이 자기 회사의 대표라면 말이야."

강욱이 다니는 회사는 외국계 펀드사였다.

"한라호텔의 주식을 담보로 투자를 하려고 들까?"

그는 미간을 슬쩍 찌푸렸다.

"흠……한라호텔의 주식이라."

그리고는 생각에 잠긴 얼굴로 말을 이었다.

"호텔이 당장 원활한 자금 흐름만으로 자생할 수 있는 가능성이 있다면 주식을 담보로 투자를 고려해볼 수도 있겠지. 그런데 지금 한라의 상황은 당장 자금이 문제는 아니지 않나?"

강욱의 말에 연수는 둥근 이마를 찌푸렸다. 그녀는 한라호텔의 재정 상태까지 빤히 알고 있는 듯한 강욱의 발언이 의아했지만 투자사에 근무하고 있으니 정보가 빠른 건 당연한 일이라고 퍼뜩 떠올리며 이내 의문을 지웠다.

"조금 전에 든 생각인데 우선은 자기 회사 실무진들과의 미팅부터 주선해봐야겠어."

"뭐?"

강욱은 하얀 이불보에 머리를 묻은 채 기대에 부푼 얼굴로 자신을 올려다보는 연수를 실눈을 한 채 응시하며 목울대가 꿈틀거리도록 마른침을 삼켰다.

"이것 보라고 아가씨, 난 내 여자와 침대에서 일 이야기는 하고 싶지 않아. 조언이 필요하다면 제대로 갖춰 입고 침실이 아닌 적당한 장소에서 물어보시지."

그는 자신의 지적에도 불구하고 반짝, 눈빛을 빛내고 있는 연수를 향해 고개를 숙였다. 그리고는 그녀의 콧잔등을 이로 슬쩍 깨물었다.

"여긴 우리가 사랑만 나누기에도 바쁜 공간이거든."

"아. 이러지 마. 난 지금 심각하단 말이야."

연수는 콧잔등을 깨물며 이내 야릇한 기운을 만들어내는 강욱을 밀어내며 투덜댔다. 그녀는 어쩌면 호텔이 급한 위기에서 벗어날 수 있는 방법을 찾는 동시에 강욱과 자신에게 미쳤던 불화의 원인도 단박에 없앨 수 있다는 기대감에 마음이 성급해 있었다.

"어쩌면 당장에 급한 위기는 모면할 수도 있을 거란 생각이 들었어. NJ가 한라의 주식이 투자로써 담보의 가치가 미흡하다고 판단한다면 내가 보유한 주식을 매입하는 방법도 있지 않아?"

조급증 때문인지 기대감 때문이지 연수의 음성은 바람에 흔들리는 고무풍선처럼 가볍고 위태로웠다.

"글쎄……."

강욱은 연수가 어떤 기분에 놓여 있는지 생각해내며 마지못해 말을 꺼냈다.

"한라가 처한 재정적 상황으로 봐선 NJ투자사로써는 한라의 주식을 매입하는 쪽으로 무게를 싣겠지……. 전혀 가능성 제로라고는 못하겠군."

"아, 그럴 것 같아. 가능성이 있겠어? 왜 자기가 다니는 투자사를 생각지 못했지? 출근하면 당장에 내가 가진 주식을 매각하는 방법을 알아봐야겠어."

당장에 호텔을 위기에서 구할 수 있는 새로운 방법을 찾아내기라도 하는 양 연수의 목소리는 들뜨고 한결 가벼워져 있다.

"잠깐."

성급한 결론을 내리고는 모든 것이 해결이라도 된 양 들떠 있는 연수를 향해 강욱이 못마땅한 얼굴로 지적했다.

"당신 주식을 팔았을 때 호텔이 우선 필요로 하는 원활한 자금이 되는지부터 잘 파악해보라고. 주식만 잃고 호텔은 살릴 수 없게 되는 최악의 수도 생각해야 하니까."

"아……. 아무래도 당신이 이쪽 분야엔 전문가일 테니까 나중에 당신한테 조언을 구하도록 할게."

연수는 투자회사의 전문가답게 예리하게 지적을 하는 강욱을 올려다보며 새삼 그에 관해 제대로 알고 있는 것이 없다는 생각에 이르렀다. 그녀는 강욱이 외국계 펀드회사에 다닌다는 사실 외에 그가 어느 부서, 어느 위치에 있는지 따위의 소소한 것들을 한 번도 물어보지 않았다. 재회한 순간, 그에 관한 소소한 것들은 그녀에게 아무런 의미가 없었다. 자신의 심장을 울린 현강욱, 그라는 이유만으로 다른 모든 것은 아무런 의미가 없었던 것이다.

"근데, 강욱 씨. 자기는 어느 정도 위치에 있어? 자기 입김이 우리 호텔에 도움이 될 수 있는 위치에 있다면 좋을 텐데 말이야."

연수는 툭, 말을 뱉고는 이내 자신이 실수했음을 깨달았다. 강욱이 능력 있는 연인이 아님을, 혹은 그가 재력가가 아님을 지적한 것이나 다름이 없잖은가. 그녀는 자신이 뱉은 말에 수치스러움으로 볼을 발갛게 물들였다. 자신도 모르는 마음 깊은 곳에 그런 갈망을 지니고 있지는 않았나, 그녀는 부끄럽고 수치스러워 서둘러 침대에서 상체를 일으켰다.

"일어나야겠어."

강욱은 굳이 그녀를 붙잡지 않았다.

그는 샤워를 하고 서둘러 침실을 가로지르는 연수를 향해 각인시키듯 말을 했다.

"최연수, 잊지 마. 내 어깨는 당신이 생각하는 것보다 훨씬 넓고 튼튼하다는 걸."

연수는 그를 돌아보며 미소 지었다. 자신을 위로하려는 듯 거듭 강조하는 그의 말에 그녀는 어젯밤 그를 찾아왔을 때와는 달리 안도와 평안함이 가득한 표정을 한 채 오피스텔을 나섰다.

전날 밤의 열정의 흔적은 비즈니스 차림으로 아주 적합했던 연수의 복장에까지 그 흔적이 미쳐 있었다. 하얀 블라우스와 무릎길이의 치마까지 여기저기 구김이 진 상태라 전날의 옷차림을 하고서 출근하기엔 아무래도 무리였다. 연수는 호텔로 출근하기 전 잠시 자신의 아파트에 들러 출근을 서둘렀다.

그녀는 전신 거울에 비친 자신의 모습에 살짝 고개를 주억댔다. 밍크브라운 투피스를 갖춰 입고 그에 어울리는 숄더백과 시계를 손목에 차고 나자 유능한 여비서 느낌이 물씬 났다. 차분하면서 세련된 색상의 밍크브라운 투피스는 그녀의 다갈색 눈빛을 한층 깊게 만들어 오늘 이 투피스를 선택한 것은 탁월한 결정임에 틀림이 없다고 생각하며 그녀는 내심 만족스런 얼굴로 출근길에 올랐다.

휴대전화 벨소리가 들린 것은 현관에 서서 십 센티미터의 제법 높은 힐을 신고 났을 때였다.

Rrrrr.

휴대전화 벨소리는 자신이 들고 있는 숄더백에서가 아니라 침실 쪽에서였다.

서둘러 옷을 갈아입으면서 휴대전화를 깜빡하고 챙기지 못한 모양이었다.

연수는 얼른 힐을 도로 벗어던지고 침실을 향해 달음질했다.

"여보세……."

–어디니?

그녀의 말이 채 끝나기도 전에 휴대폰 저쪽에서 잇따라 말이 이어졌다.

–왜 전화를 안 받아? 도대체 몇 번이나 전화를 했는지 아니.

엄마 민숙이었다. 평소 냉정하리만치 차분하던 민숙의 음성은 어쩐 일로 초조하고 몹시 다급하게 느껴졌다.

"무슨 일이세요?"

–네 아빠가 쓰러지셨다.

"네?"

–어제 너 돌아가고도 서재에서 나오시질 않더니…….

"위독……하세요?"

–다행히 고비는 넘기신 것 같다만 호텔로 출근 말고.

"알았어요, 바로 병원으로 갈게요. 한국병원이죠?"

연수는 휴대전화를 귀에서 내리며 입술을 꾹 깨물었다.

경호건설의 자금이 아니라도 호텔을 위기에서 구할 수 있는 방법을 찾을 수 있지 않을까, 다시 한 번 잘 찾아보면 분명 다른 방도가 있지 않을까. 출근하면 아버지와 다시 이야기를 나누려 했다. 인생이 뜻한 바, 계획대로만 된다면야 삶은 보다 평탄하고 보다 행복하지 않을까. 서둘러 현관문을 열고 나가는 연수의 얼굴엔 깊게 어둠이 내려앉았다.

한국병원 특실.

연수는 병실 침대에 누워 잠이 든 아버지 최 회장을 내려다보았다. 요 며칠 부쩍 늙어 뵈던 아버지는 밤사이 더욱 핼쑥해져 있었다.

"어떻게 된 거예요?"

엄마의 얼굴도 아버지 못지않게 초췌해 있었다.

"스트레스와 과로로 인한 협심증이시란다. 서재에서 하도 꼼짝을 않으시기에 새벽녘에 들어가 봤더니 파랗게 질린 얼굴로 숨을 제대로 쉬지 못하고 계셨어."

간밤의 생각만으로도 충격이 와 닿는지 말을 하는 민숙의 음성이 설핏 떨렸다.

"다행히 위험한 고비는 넘긴 모양이다 만 스트레스가 심해지면 재발한다는데 걱정이구나."

침대 옆에 앉아 상심 어린 얼굴로 남편을 지켜보고 있던 민숙이 자리에서 일어섰다.

"이제 막 잠드셨는데 깨우실라, 나가서 이야기 좀 하자꾸나."

하룻밤 사이 꽤 핼쑥해진 얼굴에도 불구하고 그녀는 어느새 딱딱하고 차분한 평소의 음성을 되찾고 있었다.

연수는 아무런 말없이 엄마의 뒤를 따랐다. 병실을 나서는 민숙의 뒷모습이 오늘따라 참으로 왜소해보였다.

그녀는 멈칫 걸음을 멈췄다. 엄마가 왜소하고 작아 보인다니 전혀

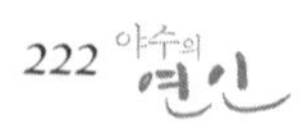

어울리지 않는 표현이지 않나. 이내 고개를 가로저으며 그녀는 다시 걸음을 옮겼다.

병실 밖 대기실엔 보호자용 침대와 원탁으로 된 협탁을 사이에 두고 제법 편안해 보이는 소파가 마주하고 있었다.

민숙이 먼저 소파에 앉아 턱을 치켜들며 연수에게 앉으라는 무언의 눈빛을 보냈다.

"서 있는 게 편안해요."

"올려다보기에 내 목이 아파서 그런다. 앉거라."

연수는 야윈 어깨가 들썩일 정도로 긴 한숨을 뱉는 민숙을 내려다보며 마지못해 소파로 걸음을 옮겼다. 불편한 예감에 할 수만 있다면 민숙과 마주하고 싶지 않았다. 그렇지만 긴 한숨을 뱉으며 종횡무진 얇은 입술을 깨물어대는 그녀를 대하자 더 이상 고집을 부릴 수가 없었다.

"어제 너 집에 들르기 전에 네 아빠와 다퉜다. 은 사장과 단둘이 만나는 자리에 널 내보냈다고 날 나무라시더구나."

"……."

"그래서 내가 그랬다. 은 사장이 호텔에 자금을 대겠다고 나서는 이유가 무엇인지 아는 마당에 시간 끌어 좋을 게 뭐 있느냐고. 은 사장은 너와 다시 시작하고 싶어서 자금을 대겠다고 손을 내민 게 분명하고 결국 네가 어떤 대답을 하느냐에 호텔의 생사가 판가름 나는 마당에 이 사람 저 사람 만나면서 시간이나 끌며 어지럽게 돌아갈 필요가 무어 있나 싶어 내가 나서서 은 사장과 널 단둘이 만나게 했다고 했다."

엄마가 여려 보인다고 잠시 잠깐이나마 착각한 것은 순전히 그녀의 착오였다. 연수는 어느 순간에도 냉정하고 냉철하게 결정을 내리는 강철 같은 엄마 민숙을 바라보며 피식, 조소를 흘렸다.

스스로를 비아냥대는 조소 어린 그녀의 미소를 단칼에 갈무리하며 민숙이 말했다.

"굳이 돌려 말하지 않으마. 은 사장은 너와 다시 시작하고 싶어 해."

"그리고 엄마는 제가 무조건 기준 오빠와 다시 시작하기를 바라고요?"

"그래."

"제가 절대 그럴 생각이 없다고 답하리란 생각은 전혀 하질 않았군요."

"이 판국에 시간을 끌어 무어 좋을 게 있어. 기준인 여전히 널 생각하고 있고, 너와 다시 시작하고 싶어 해. 그리고 너도 기준일 싫어하지는 않잖니."

"싫어하지도 않지만 기준 오빠와 또다시 인연을 엮을 만큼 좋아하지도 않죠."

딱 부러지는 연수의 말이 마뜩잖은지 민숙이 이마에 주름을 만들었다.

"위험한 고비는 넘기셨다지만 호텔을 이대로 뒀다가 네 아빠가 다시 충격을 받고 쓰러지시기라도 하시는 날에는……."

"……제가 호텔을 살릴 수 있는 다른 방법을 꼭 찾아볼게요."

"시간이 촉박하다면서 다른 방법이 뭐 있어? 네가 찾아본들 있을

리 없지. 설마 다른 방법이 있는데 네 아빠가 호텔을 이 지경이 되도록 놔뒀을 것 같으냐?"

연수는 기준이 제안한 조건을 받아들여야만 호텔을 위기에서 구할 수 있노라고 몰아붙이고 있는 민숙을 바라보며 길게 심호흡을 들이마셨다. 물론 그녀도 그 방법만이 전부라고 생각하기도 했었다. 그것이 아버지가 그녀에게 베풀어준 무한한 애정에 감사하는 방법이라 생각했으며 오직 호텔만을 떠올리며 기준의 조건을 받아들이겠다. 아버지에게 호언장담도 하지 않았던가. 짧은 순간 자신이 떠올린 대처 방법이란 것이 기준이 내민 조건을 선뜻 받아들이려 했음이었지만, 그렇다 하더라도 엄마는 어떻게 그녀에게는 한마디 상의나 의사를 들어볼 생각도 없이 기준과 그녀의 미래를 다시 엮는 것으로 단정지어 버릴 수가 있을까, 아무리 기준이 내민 조건이 감복할만한 것이라고 해도 딸의 미래가 걸린 사안인데 말이다.

"너무 갑자기 닥친 위기라 아빠도 경황이 없을 수도 있었을 거에요. 아니면……."

연수는 강욱과 나눴던 대화를 떠올렸다.

"한라가 처한 재정적 상황으로 봐선 NJ투자사로서는 주식을 담보로 하는 대출보다는 한라의 주식을 매입하는 쪽으로 무게를 싣겠지……. 전혀 가능성 제로라고는 못하겠군."

"아빠는 다른 방법을 떠올리시고도 생각을 접었을 수도 있어요."

"그게 무슨 말이냐? 다른 방법이 있는데도 호텔이 이 지경이 될 때까지 그저 지켜보고 있었을 거라니?"

그 무슨 황당무계한 소리냐는 얼굴로 민숙이 얇은 주름을 만들고 있던 이마에 힘을 주며 미간에 깊은 내 천 자를 만들었다.

"호텔 지분요."

"뭐?"

"제가 지닌 주식을 담보로 투자회사에 대출을 받는 방법도 있고, 정 안 되면 제 주식을 매도……."

그녀의 말을 중간에서 딱 자르며 민숙이 목소리 톤을 높였다.

"듣기 싫다."

"엄마."

"은 사장이 돕겠다고 하는데 지분을 손댈 생각을 왜 해? 시간 낭비, 에너지 낭비할게 무어 있어."

"엄마."

"네가 쓸데없는 감정 허비만 하지 않았어도 기준이와 파혼하는 일 없이 결혼했을 거다. 그랬다면 당연히 경호건설에서 네 아빠 호텔이 이 지경이 될 때까지 모른 척하지는 않았겠지."

기준과 파혼을 하고서도 참 오래도록 들었던 말이다. 연수는 새삼 오래전 일을 들먹이는 민숙을 쳐다보며 나직이 한숨을 쉬었다.

기준과의 약혼이 파혼으로 치닫게 된 것이 어째서 그녀 혼자만의 잘못이라고 할 수 있을까.

"언제적 이야기를 또다시 할 생각이세요?"

그녀는 처음으로 자신을 방어하기에 이르렀다.

"이미 지나간 일이잖아요."

예전에는 민숙의 말에 반격을 하는 대신 침묵으로 일관했다. 기준과 그녀의 파혼을 두고두고 곱씹으며 참 오래도록 그녀를 지치게 했었지만 그녀의 잘못이라는 민숙의 비난에도 묵묵히 감내했다. 그렇지만 그녀는 이제 마냥 침묵한 채 감내하고 담담히 받아들일 수만은 없다. 강욱의 연인으로서 그녀는 엄마 민숙의 뼛속까지 뿌리 깊이 박혀 있는 기준을, 경호그룹의 재력을 향한 미련을 떨쳐버리도록 무슨 시도든 해야겠다는 생각을 처음으로 했다.

"당시엔 저도 기준 오빠와 잘되려고 최선을 다했어요. 엄마가 그러기를 바랐고 저도 기준 오빠와 결혼하는 것을 당연시했었어요. 그런데도 파혼으로 이어진 건 인연이 아니었겠지요. 그리고 기준 오빠와 저의 약혼이 파혼에 이른 건 저 혼자만의 잘못은 아니었어요."

민숙이 야윈 턱을 바짝 끌어당기며 입술을 달싹거렸다. 그녀의 자기 방어적 호소가 민숙의 기분을 언짢게 한 것이 분명했다. 그녀는 민숙이 말문을 열기 이전에 얼른 말을 이었다.

"엄마는 파혼의 모든 책임은 저 때문이라고 말씀하셨지만 모든 잘못이 저 때문만은 아니라는 건 엄마도 아셨어요."

차분한 음성으로 사실을 말하는 연수의 지적에 입술을 달싹이고 있던 민숙이 더 이상 참을 수 없다는 듯 날카롭게 쉿소리를 냈다.

"네가……그……딴 놈과 쓸데없는 감정 허비만 않았어도……."

흥분 때문인지 평소의 차분하고 이성적이던 냉정함은 어디로 보내고 민숙은 이제 말까지 더듬거렸다.

"……기준이가 다른 여자를 넘보지는 않았을 거야."

"다른 사람을 가슴에 품었다는 사실에, 그래서 기준 오빠를 힘들게 했었다는 죄책감에 그동안 어떤 비난도 묵묵히 받아들였어요. 얼마나 더 많은 비난을 받아들여야만 하는 거죠?"

"네, 네 싸구려 감정이 이 지경까지 이르게 했다는 걸 왜 몰라?"

창백하게 굳어진 얼굴로 민숙이 목소리 톤을 높였다.

"그따위 아무 도움도 되지 않는 사생아 놈 따위에게 감정 허비를 하느니 그 시간에 기준이와 함께 보냈더라면 왜 기준이가 그런 불미스러운 일을 저질렀겠어?"

"이제 그만하세요, 엄마. 그때도 지금도 그 사람은, 강욱 씨는 엄마에게 그런 식으로 대접 받을 이유가 없는 사람이에요. 단지 가족이 없다는 이유만으로, 혹은 아버지를 모르고 태어났다는 이유만으로 경멸 어린 시선을 받아야 한다면 저는요? 저는 엄마."

훅, 하고 급한 숨을 들이마신 민숙이 야윈 턱을 바짝 끌어당긴 채 경악스러운 표정을 지었다. 사실 그녀가 민숙에게 이처럼 방어적인 태도를 보이기는 무척 드문 경우였다. 그래서인지 그녀의 말에 민숙의 창백한 얼굴이 뻣뻣하게 굳었다.

"너……!"

연수는 뻣뻣하게 굳은 민숙의 얼굴에도 반격을 늦추지 않았다.

"엄마가 그 사람에게 함부로 말씀하시고 함부로 경멸 어린 시선을 준다는 건 어불성설이세요."

그녀는 강욱이, 자신의 연인인 그가 더 이상 엄마에게 무시당하고 경멸스러운 말을 듣는 것을 참을 수가 없다. 사생아란 이유만으로 무시당하고 모멸에 찬 말을 들어야 한다는 건 너무 불공평한 처사이지 않나.

"아빠가 아니셨다면 저도 사생아라는 꼬리표를 달았을 텐데 어떻게 엄마가 그 사람을 그렇게 함부로 무시하고 무턱대고 경멸하실 수 있어요."

"!"

"엄마는 그 사람을 경멸하고 모멸해서 안 되잖아요."

"너!"

민숙은 제 입으로 사생아 운운하는 연수를 바라보며 잠시 말문을 잊었다. 지금껏 단 한 번도 연수는 스스로를 가리켜 사생아라 말하지 않았었다. 되레 그 사실을 빌미로 자신이 연수를 억압하고 자신의 뜻대로 딸의 현재와 미래를 결정지으려 하지 않았던가. 충격으로 잠시 말문을 닫았던 민숙은 이윽고 이성을 붙잡았다.

"집 밖이다. 어디서 함부로 입을 놀려."

딱딱, 끊어질 듯 뱉는 민숙의 쇳소리는 이제 냉정하고 단번에 차가운 가면을 쓰고 있었다.

"저 방에 네 아빠가 계신다. 널 친딸보다 더 아끼고 사랑하셨던 분이야. 사생아 운운하는 네 말을 네 아빠가 들으시면 어떤 심정이겠어? 정신 차리거라."

연수는 아버지를 들먹이며 또다시 그녀의 자아를 마음대로 조정하려는 민숙을 가만히 지켜보며 나직이 한숨을 내뱉었다.

"엄마, 그만해요. 아빠 등 뒤에서 저를 마음대로 하실 수 있을 거란 생각은 이제 그만 버리세요."

그녀는 아버지가 누워있는 특실을 향해 흘깃 시선을 보냈다가 이내 고개를 돌려 민숙을 바라봤다.

"그만 미련을 버려요, 아빠 등 뒤에서 저의 자아를 마음대로 조정하실 수 있었던 건 제가 굳이 엄마의 뜻을 거스르고 싶은 생각이 없어서였을 뿐이지 다른 이유가 있었던 건 아니었어요. 엄마는 툭하면 아빠를 들먹이셨지만 사실 아빠는 단 한 번도 제게 준 사랑을 되돌려 받으려 하신 적 없으셨고 저도 단 한 번도 아빠 사랑을 의심한 적 없었어요. 단지 내가 엄마의 뜻대로 움직인 건 여자로서 엄마가 겪었을 그 심정을 이해하고 제가 엄마 말을 잘 듣는 것으로 엄마의 내면 깊이의 상처를 달래주고자 했음이에요."

민숙은 턱을 치켜세우고 고개를 뻣뻣이 한 채 냉정하게 연수의 말을 잘랐다.

"시끄럽다."

그녀는 연수의 말에 아주 오래전의 수치심이 떠올라 입술을 꾹 앙다물며 감정을 추슬렀다. 그녀를 이해한다는 딸 연수의 말은 수치심과 절망감, 분노를 없애주기엔 너무도 터무니없이 모자란 위로였다. 결혼도 하기 전에 임신한 것으로도 모자라 아이 아버지에게 버림받는 수모를 어찌 타인이 이해할 수 있을까. 아무리 자신이 배 아파 낳은 자식이라고 할지라도 말이다. 내면 깊이 상흔으로 남은 그녀의 상처는 훨씬 깊고 고통스러운 것이었다.

"이러니저러니 떠들 필요 없이 넌 기준이랑 다시 시작하도록 해."

"기준 오빠와 저의 인연은 파혼하던 날 이미 끝난 거였어요."

연수는 여전히 경호건설의 재력과 기준을 향한 미련의 끈을 놓지 못하고 있는 민숙을 향해 일갈했다. 단호한 음성엔 그녀의 강한 의지와 고집이 엿보였다.

"거야 두고 봐야 할 일이다."

"그만요, 엄마."

민숙도 지지 않는 의지와 냉정함을 드러내며 연수의 말에 반박했다.

"설마 스트레스로 쓰러진 네 아빠를 모른 척하지는 않을 테지?"

"저도 아빠의 건강이 염려스러워요. 그래서 여러 방도를 강구하려는 거구요. 꼭 경호건설의 자금이 아니더라도 호텔이 남의 손으로 넘어가는 일은 없을 거예요. 그것을 찾아보겠……."

똑똑똑…….

그녀의 말이 채 끝나기 전에 병실 밖에서 문을 두드리는 소리가 들렸다. 의아한 얼굴로 병실 문을 바라보는 연수를 향해 민숙이 자리에서 일어서며 말을 했다.

"어젯밤 네 아빠 쓰러지신 거 보고 놀라서 내가 은 사장에게 전화를 했었다."

"네에?"

"날 비난할 생각일랑 버리거라. 넌 어젯밤 내내 전화를 받지 않지, 떠올린 사람이 은 사장이었어. 어쩔 수 없었다."

어처구니없는 표정인 연수를 뒤로하고 민숙이 병실 문을 향해 걸음을 옮기며 말을 이었다.

"은 사장이 와서 얼마나 든든한 버팀목이 되어줬는지 모를 게야. 너 오기 전에 출근 준비하고 온다고 갔었는데 다시 온 모양이다."

황당한 얼굴로 멍하니 입술을 벌리고 선 그녀의 시선에 병실 문을 열고 들어서는 기준의 모습이 잡혔다. 짙은 회색의 최고급의 슈트를 입은 채 들어선 기준이 그녀를 발견하고 흠칫 어깨를 굳혔다가 이내 얼굴 가득 환한 미소를 지었다.

"연수도 있었네?"

기준은 다시 병실을 찾으면서 연수를 만날 수 있을 거라 기대를 하고 있기는 했지만 막상 딱 마주하니 사춘기 소년처럼 가슴이 두근댔다. 사춘기 시절 연수와 마주할 때마다 쉼 없이 뛰었던 심장은 삼십대인 지금에도 여전하다. 그는 두근거리는 심장을 애써 다독이며 다시 말을 했다.

"회장님 소식 듣고 많이 놀랐지?"

그는 전날 밤 연수와 전화가 되지 않았던 이유가 궁금하기도 했지만 그녀를 다시 만났다는 이유만으로 그런 사소한 것들은 무시하고 잊어버렸을 만큼 설레었다.

"오빠가 많은 힘이 되어줬다고 엄마가 그러셨어. 고마워, 오빠."

"고맙긴."

기준은 만면에 웃음을 지은 채 기분 좋은 얼굴로 연수의 말에 대답을 하고는 민숙에게 고개를 돌렸다.

"아침 전이시지요? 정 기사 보고 전복죽 좀 사오라고 시켰는데, 죽 좋아하시는지 모르겠습니다."

"아이구, 이런. 내가 은 사장한테 너무 민폐를 끼치네? 그나저나 은 사장도 아침 전인 거 아니야? 가만……."

필요 이상 호의적인 말투로 민숙이 연수에게 시선을 보내며 말을 이었다.

"연수야, 은 사장이랑 어디 좋은데 가서 아침 먹고 넌 호텔로 바로 출근하려무나. 여긴 내가 있을 테니까 걱정 말고. 네 아빠 깨시거든 전화하마."

민숙은 연수의 팔을 붙들고 문 쪽으로 끌어내듯 밀었다. 너무도 황망한 얼굴을 한 채 연수는 억지로 병실을 나섰다. 기분 좋은 얼굴을 한 기준이 그녀의 뒤를 따랐다.

연수가 자주 다녔던 순두부집은 병원에서 두세 정거장 코스의 거리에 있어서 기준의 차로 움직이기로 했다. 그녀를 조수석에 태운 그는 기사에게 회사로 출근하라고 지시하고는 직접 운전을 했다.

"이 집 순두부찌개가 맛이 좋아. 아침으로 먹기엔 부드럽고 얼큰하기도 해서 오빠 입맛에 맞을 거야."

그녀의 말에 아무렴 상관없다는 듯 기준이 고개를 끄떡였다.

"너는 여전히 순두부는 잘 먹는 모양이구나?"

"여전히, 어린 시절에 배인 입맛은 웬만해선 바뀌지 않잖아."

"그렇기는 하지."

바뀌지 않은 연수의 식성이 그녀의 마음도 예전과 크게 달라지지 않았음을 뜻하기라도 한다는 듯 덩달아 기분이 좋아진 기준은 만면에 웃음이 사라지지 않는다.

"요즘도 감기 걸리면 순두부찌개가 당겨?"

그는 연수 어머니의 적극적인 지지와 최 회장님의 입원이 왠지 자신에게 좋은 결과로 다가올 것 같은 예감에 설레던 마음에 한층 들뜨기까지 했다.

"너 예전에 감기 몸살 나서 입맛 없다며 아무것도 안 먹다가도 얼큰한 순두부찌개는 한 그릇 뚝딱 해치우곤 했었지. 입맛 없다던 애가 순두부찌개는 참 맛나게도 먹었지. 그러고 나면 마치 순두부 먹고 싶어서 꾀병 부린 사람처럼 금방 낫곤 했었어."

그는 연수와 함께 시간을 보냈던 기억만으로도 즐겁고 설레는 감정에 이렇게도 연수를 사랑하는데 그동안 그녀를 보지 않고 어떻게 지낼 수 있었나. 명치끝이 묵직해졌다. 그는 이번에야말로 기필코 연수를 내 사람으로 만들고 말리라. 언제까지고 내 눈앞에 두고서 다시는 그리움에 고통스러워하지 않으리라. 다시 한 번 단단히 마음먹었다.

다른 날과 마찬가지로 생즙으로 아침을 때우고도 그는 기분이 좋아서인지 순두부찌개와 밥 한 공기를 후딱 해치웠다. 그와는 달리 연수는 얼큰한 국물만 몇 숟갈 먹는 것으로 아침을 대신했다.

"오빠. 급한 일이 기다리고 있는 것이 아니라면 후식으로 커피 한 잔 마실래?"

그녀는 기준이 자신과 그의 관계를 더 이상 앞서 생각지 못하도록 해야겠다는 생각에 그가 순두부찌개를 먹고 나자 기다렸다는 듯 제안했다.

"좋지."

익살스러운 눈빛을 한 채 기준이 얼른 대답했다.

기준은 자신의 귀를 의심했다.

"뭐……?"

아무 거리감 없이 대하는 연수를 보고 마음을 너무 놓아버린 탓이었나. 그녀의 말이 퍼뜩 이해가 되지 않아 그는 커피를 마시다 말고 빤히 연수를 바라보며 되물었다.

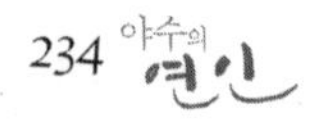

"뭐라고 했어?"

아무래도 잘못 들은 것이 분명했다. 그렇지 않고서야 최 회장이 쓰러진 이 마당에 연수가 이런 대책 없는 말을 할 리가 없었다.

"내 제안을 받아들이지 않겠다고 한 게 맞아?"

재차 되묻는 그의 말에 연수가 고개를 천천히 주억거렸다.

"오빠가 호텔에 자금을 대겠다고 한 제안이 나와 다시 시작하는 것을 조건으로 내세운 것이라면 그 조건을 받아들일 수 없다고 했어."

"뭐……어……."

그녀를 빤히 쳐다보는 기준의 얼굴이 뻣뻣하게 굳어졌다. 언제나 유쾌하고 익살스러운 표정을 지니고 있는 그도 자신의 뜻대로 일이 풀리지 않으면 이처럼 새로운 얼굴을 지을 수 있었다. 오래전에 이미 보았음에도 불구하고 연수는 새삼 낯설다.

"회장님이 쓰러지신 이 마당에 너……."

무얼 믿고 튕기는 거야. 하마터면 뱉을 뻔했다. 기준은 얼른 말을 다르게 했다.

"……어쩌려고?"

자신을 마음으로 받아들이지 않는 연수가 불쾌하고 괘씸하지만 그래도 상관이 없었다. 기준은 그녀를 가질 수 있다면, 그녀가 자신의 여자가 되기만 한다면 그녀의 마음을 가지지 못한들 아무런 문제가 되지 않았다. 모든 것을 이해하고 단지 그녀만을 원한다는데 연수는 그를, 그가 지닌 재력을 마다하겠다고 호언했다.

"너 설마 호텔이 어느 정도 위기에 처해있는지 알고서 내 제안을 거절하겠다는 거야?"

"알아, 자칫 잘못하면 부도가 날 수도 있다는 것까지."

"그런데도?"

"다른 이유였다면 경호건설의 도움을 받기 위해 어떤 협상이라도 시도해보려고 했을 거야."

"그 말은 넌 절대로 나와 다시 인연을 맺지는 않겠다. 그런 뜻이니?"

"우리 인연은 이미 몇 년 전에 끝났어. 빗나간 인연을 다시 이을 수 있을 거라 생각하는 오빠 생각이 잘못된 거야."

"아니, 난 한시도 널 잊은 적 없어. 다른 여자를 품에 안으면서도 네 얼굴을 떠올렸단 말이다. 이런 내가 이혼하기까지 꿈꾸었던 건 너를 내 품에 안는 거였어."

"미안해, 난 오빠와 파혼하고 죄책감은 가졌을지 몰라도 단 한 번도 우리 관계에 미련은 가진 적 없어."

벌겋게 달아오른 얼굴로 기준이 분노어린 음성을 내뱉었다.

"그래, 너는 어디 나를 밀어내봐. 나는 널 되찾을 수만 있다면 끝까지 내 식으로 다가갈 테니까."

"오빠."

연수는 점점 검붉게 변해가는 기준을 보며 크게 한숨을 뱉었다. 그는 이렇게 쉽게 분노하는 사람이 아니었다. 아니, 그를 분노하게 할 일은 세상에 그리 흔치 않았다. 그녀는 낯설지만 새삼스럽기만 한 것은 아닌 기준의 또 다른 모습에 안타까운 눈빛으로 바라보며 말을 이었다.

"나는 오빠와 다시 시작할 수 없는 사람이야."

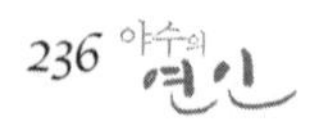

그녀는 기준이 자신을 향한 미련을 댕강 잘라버리기를 바라며 사실을 밝혔다.

"사랑하는 사람이 있어. 아빠의 호텔을 두고 저울질을 할 만큼, 그 사람을 많이 사랑해."

"연……!"

분노로 말문이 닫힌 기준이 벌겋게 충혈된 눈빛으로 연수를 노려보았다. 호텔 커피숍은 아침 시간인데도 불구하고 사람들로 제법 붐볐다.

8 사랑의 두 얼굴

NJ투자회사 대표실.

강욱은 의자에 등을 기댄 채 범수를 쳐다보았다. 묵직한 책상을 사이에 두고 군기가 바짝 든 모습으로 범수가 그의 지시를 기다리고 있었다. 그는 표정이 실리지 않은 얼굴로 물었다.

"어떻게 되고 있어?"

"은기준 사장의 귀국을 전후로 경호건설의 주식이 대폭 상승했다가 하락하는 여러 차례 주식 폭등의 변화가 있었습니다."

"요즘같이 불경기에 특히 건설사가 주춤거리고 있는 때에 경호가 짧은 시간에 한라호텔에 자금을 대겠다고 제안을 했다면 주가 조작일 가능성이 가장 농후하겠지. 시간이 촉박하니까 어서 끝내도록 하라고."

"네. 며칠 내로 대표님이 지시하신 대로 일을 끝마칠 수 있을 겁니다. 그리고 한라호텔 말입니다."

한라호텔이란 말에 강욱의 숱 많은 눈썹이 슬쩍 휘어졌다. 그의 침묵에 범수가 얼른 말을 이었다.

"경영 실적과 자금난을 추적하다가 이상한 점을 찾았습니다."

"이상한 점?"

"네, 한라호텔이 주거래 은행에서 더 이상 대출을 받을 수 없다는 통보를 받았다는 게 이상해서 조금 더 알아보았습니다."

"음……."

"한라호텔의 재정 상태가 어렵기는 했지만 주거래 은행에서 대출 자금을 끊어버릴 만큼 경영 실적이 최악의 상태는 아니었습니다."

범수의 말에 지금껏 여유롭게 보고를 받고 있던 강욱의 얼굴로 묘한 표정이 지나갔다.

"예상대로라는 말이군."

고개를 까딱이며 혼잣말을 한 그가 되물었다.

"그래서?"

"한라호텔이 갑자기 자금 압박에 시달리게 된 것은 누군가에 의해 의도된 계획 같다는 예상이 적중해보입니다. 경호건설의 주가 조작과 잇따른 한라호텔의 자금 악화라는 게 아무래도 냄새가 느껴집니다."

한쪽 눈썹을 활 모양으로 휜 채 범수의 보고를 듣고 있던 강욱이 그의 말에 동의를 한다는 듯 또다시 고개를 주억댔다.

"진돗개보다 더 민감한 코를 가졌으니 김 실장이 냄새를 맡았다면 확실하겠지. 좋아. 빠른 시일 안에 경호의 목줄을 조르라고."

"네. 차질 없이 진행하도록 하겠습니다."

"그리고 말이야, 김 실장."

"네."

"한라호텔의 최 회장 가족이 지닌 지분들이 어떻게 된다고 했지?"

"네?"

의아한 얼굴로 되묻다 말고 범수는 얼른 대답했다.

"이민숙 여사님이 십삼 프로며 따님이신……."

그는 얼마 전에 강욱에게 읊었던 말을 재생하듯 똑같이 전하며 한라호텔 최 회장의 외동딸인 연수를 들먹일 때는 조심스러워 흠, 흠 두어 번 마른 목을 가다듬었다.

"그분이 지닌 지분이 십 프로였습니다. 대주주이신 최 회장님의 지분은……."

"십 프로란 말이지?"

"예? 아, 예."

미간에 옅은 주름을 잡으며 혼잣말처럼 중얼거린 강욱이 지시했다.

"오늘 중으로 한라에서 연락이 올 거야. 김 실장이 적당히 알아서 그 사람이 원하는 방식대로 해."

강욱의 지시가 무슨 뜻인지 단박에 이해를 한 범수는 꾸뻑, 머리를 조아리며 대답했다.

"알겠습니다."

강욱은 대답을 끝내고도 미적거리는 범수가 이상해서 눈을 가늘게 뜨며 그를 쳐다보았다.

"할 말 있나?"

"저, 그게……."

"미적대지 말고 할 말 있음 어서 해봐."

"조금 전에 경호건설의 은기준 사장의 움직임을 보고받은 사진입니다."

강욱은 바짝 긴장한 채 말을 어물거리는 범수를 예리한 눈빛으로 건너다보았다. 범수의 손에는 노란 서류봉투가 잡혀 있었다.

"그런데?"

주춤대며 서류봉투를 내민 범수가 땀이라도 난 양 제 이마를 커다란 손등으로 쓱 훔치며 말을 했다.

"대표님이 보셔야 할 것 같아서 가지고 왔습니다."

강욱은 범수가 내민 노란 서류봉투를 열었다. 봉투에서 나온 것은 몇 장의 사진이었다.

"아침을 함께 했다고?"

그는 턱근육이 단단해지도록 입을 꾹 다물었다가 느릿한 음성으로 물었다. 미간엔 어느새 내 천 자가 새겨져 있었다.

"호텔 로비에서는 후식으로 커피를 마셨군."

범수는 상사의 기분이 아주 빠르게 변화했음을 직감적으로 깨닫고는 식은땀이 난 것도 아닌데 또다시 커다란 손등으로 이마를 쓱 문질렀다. 그가 강욱의 오피스텔에서 보았던 여자는 한라호텔의 외동딸 최연수였다. 그는 여자를 보는 순간 그녀가 누구인지 바로 알아보았다. 맞닥트렸던 순간 어, 하고 입 밖으로 말을 뱉을 만큼 놀라기는 했지만 자신이 모시고 있는 상사에 비할 바는 아니지만 다행히 그도 제법 포크페이스의 소유자라 놀라움을 표면에 드러내지는 않은 채 그 순간을 잘 모면했었다. 그랬기에 그도 사실 강욱이 들여다보고 있는 사진을 전해 받았을 때 몹시 기분이 언짢았었다.

"그리고?"

범수는 날카롭게 되묻는 강욱의 질문에 대답을 하기 전에 흠, 흠 하고 잠긴 목을 가다듬었다. 사진과 함께 보고를 받았을 때 그도 강욱과 똑같은 반응을 했기에 강욱의 반응이 새삼스러울 것은 없었다. 그는 상사의 여자임에 분명한 그녀가 옛 약혼자와 아침부터 만나 식사를 하고 커피를 마시며 시간을 보냈다는 것에 강욱을 대신해 자신이 배반이라도 당한 양 몹시 분개했던 것이다.

"경호건설의 은 사장님이 그분의 옛 약혼자이고 경호가 한라에 자금을 대려는 이유가 그분 때문이라는 소문이 흘러나오는 걸로 볼 때 아무래도 사적인 만남일 가능성이 농후해보였습니다."

사진을 보고 느꼈던 언짢았던 기분이 새삼 다시 전해져와 범수의 목소리엔 연수를 향한 비난이 묻어 있었다.

"아침을 하고 커피를 마셨다. 그리고?"

"네?"

분개한 그와는 달리 너무도 이성적인 강욱을 쳐다보며 범수는 그제야 다시 바짝 군기를 바로잡았다.

"경호건설에서 자금을 대는 조건으로 내민 제안을 그분이 받아들일 것인지 말 것인지, 따위의 대화가 오갔다고 했습니다."

정신을 차리고 강욱에게 제대로 보고를 하자면서도 범수는 은연중에 자신도 모르게 연수를 향한 비난이 설핏 묻어나는 것을 어쩌지 못했다.

"대표님의 그분이시잖습니까……."

대놓고 비난 어린 말투다.

강욱은 들고 있는 사진을 오른손 검지로 툭하고 쳤다. 연수와 은기준이 아침 식사를 하는 모습은 상당히 자연스럽고 꽤 친밀해보였다. 슬쩍 기분이 나빠질 만큼.

"김 실장."

간밤 지치도록 그녀를 취한 사람은 자신이었다. 더 할 수 없는 절정을 느끼고 대단한 만족감으로 헐떡이며 숨을 고르고 보면 또다시 그녀를 가지고 싶은 허기로 전신을 떨었던 사람은 그 누구도 아닌 그녀의 남자, 자신이었다.

"그 사람이 가진 지분 십 프로로 NJ가 한라에 투자금을 댄다. 너무 파격적인 조건이지, 아마?"

그녀가 옛 약혼자 따위와 아침 식사를 하고 커피 한 잔을 마셨다 해서 기분이 언짢아지고 불쾌한 것이 아니다. 분명 그럴 이유가 있었을 테고 자신은 그녀가 어떤 기분으로 옛 약혼자와 아침부터 시간을 함께 보냈는지 얼마든지 이해한다. 아니 이해한다고 가장한다. 그는 침대에서 홍조를 띤 얼굴로 재잘대며 들떴던 그녀를 떠올리며 천천히 명령했다.

"그 사람이 지닌 지분과 이민숙 여사가 지닌 지분까지 매입한다는 조건으로 투자금을 대겠다고 제시해."

단호한 상사의 음성에 괜히 묵은 체증이 내려가는 기분이 된 범수가 얼른 대답했다.

"네. 착오 없이 진행하도록 하겠습니다."

"그리고."

강욱이 돌아서는 범수를 향해 다시 말했다.

"경호건설 측에서 제임스 맥과이어를 뒷조사한다고 했던가?"

"네, 대표님이 제임스 맥과이어란 사실까진 아직 밝혀내지 못한 듯 합니다만."

"……좋아, 빠른 시일 내로 경호건설 은기준 사장과 자리를 만들도록 해."

물끄러미 강욱의 지시를 듣고 있던 범수가 힘차게 고개를 주억거리며 대답했다.

"서두르겠습니다."

정문을 나섰을 때와는 달리 한라호텔로 향하는 연수의 발걸음은 훨씬 가벼웠다.

NJ사와의 미팅 결과는 의외의 성과를 얻었다.

물론 NJ사 측에서 나온 실무자와 만났을 때 그녀는 솔직히 입술을 벌린 채 한동안 멍했을 정도로 놀랐다. 그도 그럴 것이 자신을 NJ사 기획실의 실장이라고 소개한 김범수는 강욱의 오피스텔에서 잠시 마주쳤던 이와 동일인이었다.

멍하니 놀라움을 감추지 못하고 있는 그녀와 마찬가지로 상대도 꽤 곤욕스러워하며 설명을 덧붙였다.

"현강욱 기획본부장님을 보필하고 있습니다."

그제야 그녀는 일이 너무 순조롭게 풀렸던 오전의 일들을 떠올렸다. 마치 그녀의 전화를 기다리고 있었기라도 한 듯 NJ투자사에서는 한라호텔의 실무진과 미팅을 할 의사가 있다고 전언해왔었다. 그리고 그녀는 NJ사의 기획실 김범수 실장의 설명을 듣고야 자신의 연인이 NJ투자사의 기획본부장이란 사실을 처음으로 알게 되었다.

순간 조심스러운 눈길로 자신을 주시하고 있는 범수의 눈길을 피해야만 했을 정도로 무안했다. 한눈에도 깊은 사이임이 분명해보였을 텐데 자기 남자가 어느 부서에서 근무를 하고 있는지도 모른다니, 눈앞의 남자가 자신을 얼마나 어처구니없어하고 형편없어할지, 수치스러움에 눈꺼풀이 저절로 파드득 떨렸다. 그리고 당혹스러움은 이내 여러 상념을 떠올리게 했다.

그럴 리가 없는데도 불구하고 말이다. 자신이 그동안 강욱의 강인함을 무시하고 있었지 않았나, 그의 존재감을 함부로 평가절하하고 있지는 않았나, 의혹에 당혹스러웠다. 그는 처음부터 한순간에 그녀를 꼼짝달싹 못하게 옭아맨 야수와 같은 연인이었다. 범상치 않은 기운으로 처음부터 지금껏 변함이 없이 그녀를 그의 늪에 허우적대게 하고 있다. 그러니 그를 함부로 평가했다는 것은 있을 수 없는 생각이었다. 그가 얼마나 돈을 많이 가졌든, 아니면 얼마나 가난하든, 또는 그녀가 전혀 생각지도 않은 위치에 그가 있다손 하더라도 자신에게 그는 그저 최고의 연인일 뿐이다.

"부끄럽게도 지금까지 강욱 씨가 어느 부서의 어느 위치에 있는지 모르고 있었어요……. 변명 같겠지만 그 사람을 만나는데 그의 위치는 그다지 중요하지 않았거든요."

그녀는 사실 이 미팅에 앞서 NJ투자사의 대표가 어떤 인물인지,

그리고 이 회사가 지향하는 투자스타일은 어떤지 정도는 이미 알아보기는 했다. 짧은 시간에 알아낸 것이라고는 NJ투자사의 대표가 제임스 맥과이어라는 외국인이이고 전혀 얼굴이 알려지지 않은 베일 속 인물이라는 사실 외에 큰 성과는 없었지만 말이다. 어쨌든 NJ사 측의 실무진인 김범수 실장과의 미팅은 순조롭게 지나갔다.

강욱은 힐끗 손목에 찬 시계로 시간을 확인했다.

오전 7시 28분.

시간을 확인한 그는 팔뚝을 드러내고 있던 흰색 와이셔츠의 소매를 바로 하기 위해 두 팔을 움직였다. 그의 움직임에 따라 드러났던 팔뚝의 잔 근육들이 울룩불룩 이완을 하며 혈관을 드러냈다가 이내 와이셔츠에 가려졌다.

강욱은 이미 목에 걸려 있던 넥타이를 다시 한 번 바로 매며 지체 없이 재킷을 껴입었다. 소매를 아무렇게나 거둔 채 단단한 팔뚝을 드러내고 있던 조금 전만 해도 그에게서 뿜어져 나오는 전신의 기운은 황량한 벌판을 달리는 한 마리 수사자를 떠올리게 하는 것이었다. 그러나 팔뚝 위에까지 말려 있던 와이셔츠의 소매를 손목에까지 내려 커프스를 잠그고 어깨에서 딱 떨어지는 깔끔하고 심플한 블랙 재킷만 껴입었을 뿐인데도 그에게서 뿜어져 나오던 야생마적인 흔적은 이미 말끔히 지워지고 없었다. 대신 절대 권력의 힘을 느끼게 하는 무소불위의 강렬한 힘이 그의 전신에서 뿜어져 나왔다.

강욱은 어젯밤 회사에서 꼬박 밤을 새웠다. 그런데도 그의 전신, 그 어디서도 회사에서 밤을 새웠다는 피로의 흔적은 찾아볼 수 없었다.

똑똑똑.

세 번의 노크 소리가 들렸다.

강욱은 손목으로 시선을 보내는 대신 이번에는 사무실 벽에 걸린 시계로 힐끔 시선을 보냈다. 정확히 7시 30분. 약속한 시간이었다. 그는 약속 시간에 정확한 사람을 마음에 들어 한다. 그 상대가 아무리 시답잖은 사람일지라도 약속 시간을 잘 지키는 사람이라면 우선은 예의를 갖춰 상대하려고 노력하는 편이다.

그런 그의 평소의 소신을 잘 알고 있기라도 하는 듯 시간에 딱 맞게 사무실 문이 열렸다.

"어서 오시죠, 은기준 씨."

강욱은 소파에서 몸을 일으키며 이제 막 사무실로 들어서는 기준을 향해 손을 내밀었다.

그의 손을 마주 잡으며 기준이 이죽대듯 말했다.

"새벽같이 만나자는 전화를 하시고, 무슨 급한 일이 있으신가 봅니다?"

강욱은 기준의 이죽거림에도 슬쩍 미소를 보이며 손님을 맞이하는 기본적인 예를 늦추지 않았다.

"우선 앉죠."

그는 먼저 소파에 자리하며 기준에게 앉을 것을 권했다. 그리고는 시선을 들어 기준의 뒤를 따라 들어섰던 범수를 향해 지시했다.

"김 실장. 커피 좀 내오지."

"네, 본부장님."

대답과 동시에 몸을 움직이는 범수를 향해 강욱이 다시 말을 이었다.

"커피 가져오면서 말이야. 서류들도 같이 가지고 오라구."

"네."

강욱과 마찬가지로 범수도 어젯밤을 회사에서 보냈다. 그는 강욱의 지시가 있었던 이틀 전을 시점으로 대단히 분주하게 움직였다. 먼저 NJ대표 제임스 맥과이어이자 기획본부장인 강욱을 대신하여 한라호텔의 지분을 매입하기 위해 한라호텔 측 실무자이자 자신이 모시고 있는 상사 현강욱의 연인인 최연수와 미팅을 했다. 강욱이 그에게 한라호텔의 주식 매입 건을 일임했을 때는 투자사로서 냉정을 잃지 말라는 의지가 반영되었음을 인지했다. NJ투자사가 워낙에 냉정하고 까다로운 투자사로 이미 유명한데다 자신이 강욱을 대신해 일을 하는 게 어디 어제 오늘 일이던가, 그는 칼날처럼 예리하고 날카롭게 일을 끝내는 것이야 이번이라고 다를 것 없다고 생각했다. 그럼에도 불구하고 그는 상사의 연인을 마주한 채 비즈니스를 깔끔하게 처리하기란 생각보다 훨씬 곤욕스러운 일임을 깨달았다. 이미 예견은 하고 있었지만 그가 모시고 있는 상사 현강욱이 제임스 맥과이어와 동일인물임을 최연수는 전혀 모르고 있는 것이 분명했다. 그 사실을 확인하고 나자 비즈니스에 있어 제법 날카롭고 냉정하다고 하는 그도 연수와 마주하고 있는 그 자리가 불편하기만 했다. 어쨌든 미팅은 순조롭게 끝났다. 그리고 그는 미팅이 끝나기 바쁘게 회사로 돌아와 그 길로 경호건설과 은기준에 관련한 모든 관계 서류를 살피기에 돌입하여 강욱과 함께 지난밤을 뜬눈으로 보냈다. 그랬기에 그는 강욱이 말한 서류가 무엇인지 따로 지시를 하지 않아도 무엇인지 단번에 알았다.

강욱의 맞은편 소파에 자리를 하며 기준은 슬쩍 비웃음을 흘렸다. 그는 이른 새벽부터 자신의 잠을 깨운 강욱의 전화에 아주 기분이 상했었다. 어떻게 자신의 휴대전화 번호를 강욱이 알고 있는지도 의문이었던 데다 잠에서 깨는 데로 연수의 아버지 최 회장이 입원하고 계신 병실에 들를 예정이었는데 그 모든 계획들을 뒤로 하고 NJ투자사에 들러야 한다는 사실이 썩 마뜩잖았던 것이다. 그렇지만 돌이켜 생각해보니 강욱이 이처럼 급하게 자신을 만나고 싶어 할 때는 무언가 아주 비밀스러운 제안을 하기 위해서 일지도 모른다는 생각에 이르렀다. 이를테면 경호건설에서 모든 정보를 총동원해서 밝혀내려고 혼신의 힘을 쏟고 있는 기업사냥꾼이 제임스 맥과이어와 동일인물이고 현강욱이 그런 사실을 밝히려드는 그에게 모든 사실들을 은폐해달라고 정중히 제안한다는 가능성 같은 거 말이다.

그런 생각에 이러고 나자 이른 새벽부터 그의 잠을 깨운 강욱을 향한 불쾌감도, 이른 아침부터 NJ투자사의 건물을 밟은 그의 발걸음도 어느새 새처럼 가벼워져 있었다. 이름만으로도 그의 기분을 최저로 다운시키는 현강욱과의 만남을 앞두고 있었는데도 불구하고 말이다.

기준은 생각만으로도 기분이 한층 상승되어 이죽거리며 다시 말을 이었다.

"그나저나 현강욱 씨가 NJ기획실의 본부장이란 사실에 깜짝 놀랐습니다. 잊고 지내던 이름인지라 처음에는 다른 사람인 줄 착각했습니다."

"한국에 와서 자리 잡은 지 얼마 지나지 않았으니 그럴 만했을 겁니다."

"네, 처한 상황으로 보건대 쉽게 앉을 수 있는 자리는 아니었을 텐데 말입니다. 본부장이시라니……. 제가 생각했던 것보다 훨씬 빠르신데요."

"칭찬으로 듣겠습니다."

기준 혼자만의 은근한 기 싸움에 강욱이 슬쩍 맞장구를 쳤다.

"하하, 당연히 칭찬입니다."

입술을 실룩대며 기준이 일부러 큰 소리로 웃었다. 그러는 사이 범수가 두 세트의 커피 잔과 노란 서류봉투가 들린 쟁반을 들고 들어섰다. 받침대를 받치고 있는 커피 잔에서는 갓 뽑은 향과 함께 따뜻한 김이 모락모락 피어오르고 있었다.

"향이 좋은데요, 드시지요."

강욱은 탁자 위에 두 개의 커피 잔을 내리고 있는 범수의 둔탁한 손놀림을 눈으로 좇으며 기준에게 권했다. 그는 속으로 범수의 둔탁한 손놀림에 쯧쯧 혀를 차면서도 그와 같이 밤을 새우고도 여비서가 해야 할 커피와 같이 잔심부름까지 군말 없이 하는 범수의 우직함에 새삼 흐뭇한 기분이 되었다.

"따로 시키실 일은?"

단단하지만 큰 몸집을 지닌 범수가 몸을 바로 하며 강욱에게 물었다. 이 자리에 남아 있어야 하는지, 아니면 사무실 밖에서 대기를 하고 있어야 할지를 묻는 것이었다.

"나가봐."

"네, 그럼."

범수가 나가고 사무실에는 강욱과 기준만이 마주 앉았다.

깎아놓은 듯 날카로운 강욱의 얼굴에선 어떤 것도 감지할 수 없었다. 그러나 기준은 강욱의 표정 없는 얼굴을 지켜보며 여유로움이 묻어나는 흡족한 표정이 되었다. 처음 제임스 맥과이어와 강욱이 동일인문임을 알았을 때 받았던 충격에 비하면 전혀 나타날 수 없는 표정이었다. 그는 연수가 그의 호의를 무시하고, 그가 내민 제안마저 뿌리치고 NJ사에서 투자자금을 지원받기로 했다는 정보를 입수했을 때만 해도, 발끝에서 정수리까지 어디 한 곳 이성이 제대로 남아 있는 곳 없이 분노로 들끓었었다. 연수를 되찾기 위해 움직였던 그의 노력이 한순간에 한낱 물거품이 되어버리는 것을 지켜보며 태웠던 분노의 투지가 지금에야 결과를 맺게 되는 순간이지 싶어 기준의 얼굴엔 야릇한 여유로움과 흡족함이 여과 없이 드러나고 있었다.

'이 시간에 날 만나자고 한 걸 보면, 현강욱. 베일에 가려져 있는 기업사냥꾼이 당신이라는 게 세상에 밝혀지는 것을 원치 않는다는 뜻이겠지. 그런데 이거 어쩌나. 나는 사생아에 어느 것 하나 마음에 들지 않는 당신이 내 세계에서 활개를 치고 있는 꼴을 마냥 지켜볼 수가 없어서 말이야.'

기준은 금한그룹을 공중분해 한 베일의 기업사냥꾼이 제임스 맥과이어이며 동시에 현강욱과 동일인물이라는데 무게를 두고 있었다. 베일에 싸인 기업사냥꾼과 같은 시기에 등장한 제임스 맥과이어라는 베일에 가려진 NJ투자사의 대표. 연이어 NJ사 본부장으로 등장한 사생아 현강욱의 출현. 모든 것이 거의 같은 시기로 딱 들어맞았다. 그들은 한 사람이다. 직감이 왔다. 기준은 물증이 되는 증거를 찾지 못하고 있을 뿐 기업사냥꾼과 강욱이 동일인물임을 확신하고 있었다. 금한그룹의 공중분해에 이어 베일에 가려진 등장인물들의 등장이라, 정말로 절묘한 타이밍이지 않은가. 제임스 맥과이어와 동일인물인 현강욱이 기업사냥꾼임에 틀림이 없는 것이다. 그는 머릿속을 차례로 지나가는 확신에 가까운 생각들에 아주 흡족한 기분이 되었다. 한시바삐 강욱을 코너로 몰고 싶은 생각으로 가득하다.

'네놈만 아니었다면 연수는 지금 내 여자였어. 연수가 네놈에게 한눈파는 일만 일어나지 않았던들 내가 분노로 이성을 잃을 일도 없었을 테고, 분노를 달래기 위해 효경을 품는 머저리 같은 실수를 또다시 되풀이하지도 않았을 테지. 당연히 효경 따위와 결혼하는 일도 일어나지 않았을 거라고. 모든 것은 사생아 주제에 내 여자를 넘본 네놈 때문이었어. 기다리라고, 네놈이 누구인지 세상에 네 정체를 까발려 줄 터이니.'

사실 기준은 이 순간에도 분노하고 싶은 마음이 차고도 넘쳤다. 그렇지만 그는 코너에 몰린 강욱을 지켜보는 즐거움을 위해 마음속에 이는 분노는 잠시 비켜두었다. 궁지에 몰렸을 때의 강욱을 지켜보는 희열이 얼마나 멋진 느낌일지 그는 상상만으로도 저절로 여유로운 마음이 생겨나는 듯하다.

"새벽부터 NJ본부장님이 날 만나자고 한 걸 보면 급히 제안하실 일이라도 있는 듯한데 말입니다."

여유를 부리며 기준이 말을 이었다.

"이제 본론으로 들어가시죠, 현강욱 본부장님?"

강욱은 거드름이 진득한 기준의 말투에 숱 많은 눈썹을 슬쩍 기울이며 범수가 주고 간 노란 서류봉투를 검지로 톡톡 쳤다.

"?"

그의 행동을 눈여겨보며 기준이 무엇이냐는 듯 무언의 턱짓을 해 보였다. 강욱은 느릿느릿 말문을 열었다.

"파헤쳐봐야."

그리고는 한껏 여유로운 표정으로 거드름을 피우고 있는 기준을 주시하며 말을 이었다.

"사생아 출신에다 한국인이라는 사실 외에 나올 것도 없을 텐데 뭐가 궁금합니까?"

"뭐, 뭐라……?"

허를 찔린 공격에 당황한 기준이 말을 더듬었다.

"경호건설 측에서 나, 현강욱을 조사하고 있다는 소문이 들려서 말입니다."

마치 경고라도 하듯 높낮이 없는 음성이다.

"그것도 꽤 은밀히."

"어디서 그런 헛소문을……!"

보는 이의 눈을 즐겁게 해주던 호남형의 얼굴은 온데간데없이 기준의 낯빛은 당혹감과 분노로 일그러졌다. 조금 전의 여유롭고 거드름 가득하던 음성은 어디로 사라지고 그의 목소리는 흥분으로 슬쩍 떨리기까지 했다.

"흥분은 마시고."

톡톡, 그때까지도 서류봉투를 두드리고 있던 강욱이 검지를 들어 흥분으로 일그러진 기준을 제지하는 제스처를 취했다.

"나에 관해 뒷조사를 한다니 잠시 불쾌감이 일기는 했지만, 가만 생각해보니 경호건설뿐만 아니라 경제계라면 다들 아무 연고도 없는 한국인 사생아가 어떻게 전 세계적으로 냉혹한 투자자로 유명한 매튜 맥과이어의 회사에 들어가게 되었는지 궁금했겠다는 생각에 은기준 씨의 호기심을 이해하기로 했습니다만."

"!"

기준은 표정 없는 강욱의 얼굴이 한순간에 여러 색깔로 변화하는 것을 지켜보며 그의 말 속에 담긴 저의가 무엇인지 가늠하기 위해 미간을 구긴 채 눈빛을 번득였다.

제길, 어느새 뒷조사한다는 걸 눈치챈 거야?

무표정한 얼굴일 때나 씩, 입술을 옆으로 끌어올리며 비슥하니 미소를 지을 때나 강욱의 얼굴에서 무언가를 읽기란 여의치 않았다.

"아, 오해는 마십시오. NJ대표 제임스 맥과이어 씨가 워낙에 베일에 가려져 있기에 조금이나마 궁금증을 해소하려다 우연찮게 본부장이 현강욱 씨라는 사실을 알게 되었을 뿐입니다. 현강욱이라, 낯설지 않은 이름이라는 생각에 내가 생각하는 사람과 동일인물이 맞는지 좀 알아보았습니다. 불쾌했다면 사과드리지요."

기준의 해명에 비슥하게 한쪽으로 입술을 끌어올리고 있던 강욱이 까딱하고 짧게 고개를 끄떡였다.

기준은 짧은 강욱의 고갯짓이 거슬려 이 이상 인내할 필요가 없다고 결정했다.

뜻밖의 강욱의 선제공격에 그렇잖아도 기분이 나빠졌던 그는 이제 더 이상 어쩌지 못하도록 상승하는 분노의 게이지를 절감한다.

"그런데 말입니다. 조사를 하다가 아주 흥미로운 것을 발견했습니다."

그는 현강욱에 관한 보고를 받던 중 연수와 눈앞의 이 자식이 연인 사이임을 알게 되었다. 그 순간의 충격과 분노가 얼마나 상당했는지는 그의 사무실에 자리하고 있던 물품과 서류들이 공중으로 부유했다가 사무실 바닥으로 처박히는 것으로 설명이 되었다.

당시의 분노가 그대로 느껴져 기준은 어금니를 꽉 깨물었다. 그는 그럼에도 연수를 가지고 싶었다. 남의 연인이 되어 있음을 알고서도 모른 척 눈 감아 주기까지 했다. 그러한 그의 순정을 연수는 예리하게 잘라내려 했다. 천만에, 최연수, 그 정도로 널 단념할 것 같았다면 애초 시작도 안 했어.

기준은 얼굴을 벌겋게 물들이며 눈앞의 강욱을 노려보았다.

강욱은 얼굴을 벌겋게 물들인 채 흐트러진 이성을 붙잡으려 갖은 애를 쓰고 있는 기준을 꿰뚫으며 말문을 열었다.

"원래 남의 뒷조사라는 것이 흥미를 유발하는 것이기는 하죠. 은기준 씨."

비슥하니 한쪽으로 입꼬리를 올린 채 여유롭게 말을 뱉는 그의 얼굴엔 누구도 함부로 범접할 수 없는 잔인함이 비쳤다.

"이래 봬도 사업에 있어 꽤 투명한 편이라 아무리 파헤쳐도 대내적으로 알려져 있는 사실 외에 별로 나올 것도 없었을 텐데 흥미로운 걸 발견했다니, 이거, 나도 궁금한데요."

"……!"

기준은 마치 무언가 경고라도 하는 듯한 강욱의 살벌한 표정에 그제야 이성을 되찾았다. 아무렇지도 않은 척 척추에 힘을 주며 너른 어깨를 떡 하니 벌렸다. 그리고는 어떻게 하면 가장 절묘하고 적절한 순간에 자신이 베일에 가려진 기업사냥꾼이 누구인지 밝혀냈다는 사실을 알릴지 그 타이밍을 계산했다. 그러나 그의 생각을 이미 훤히 꿰뚫은 사람처럼 또다시 강욱이 먼저 반격을 해왔다.

"은기준 씨. 당신이 무엇에 흥미를 느꼈는지는 모르겠지만 경호건설과 은기준 씨의 미래를 위해 당장에 손을 털라고 조용히 충고하지요."

그리고는 탁자 위에 있는 서류봉투를 기준에게 내밀었다. 기준은 제법 여유로워진 얼굴로 의아하게 되물었다.

"이게 뭡니까?"

강욱은 서류봉투를 턱짓하며 말했다.

"은기준 씨 눈으로 직접 확인을 하는 게 좋을 것 같습니다만."

강욱의 턱짓에 여유로운 척 거드름을 피우고 있던 기준의 얼굴이 다시 불쾌감으로 벌겋게 달아올랐다. 미간을 잔뜩 구긴 얼굴로 기준은 노란 봉투에 든 서류를 꺼내들었다. 서류를 확인하는 그의 얼굴이 당혹감과 충격으로 빠르게 변화해 갔다.

"이……이……!"

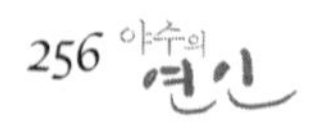

경호건설에서 저지른 여러 불법적인 방법들이 속속들이 드러난 서류를 보며 기준의 양손이 부들부들 떨렸다.

강욱은 소파에서 벌떡 전신을 일으켰다.

"이에는 이, 눈에는 눈. 현강욱 식 사업 스타일입니다."

서 있는 자체만으로도 상대를 주눅 들게 하기에 충분한 장신에 낮은 음성까지 더해지자 그의 몸에서 느껴지는 강인한 존재감은 사람들이 죽어 널브러진 전쟁터를 이제 막 승리로 끝낸 장수의 살벌하고 잔혹한 모습과 겹쳐지게 했다.

"다시는 오지 않을 것이라 생각한 내 나라."

이어지는 강욱의 말에도 기준은 얼굴을 벌겋게 물들이며 가쁜 숨만 들이켰다.

"한국행 비행기에 오르면서 다짐한 것이 있습니다. 다시는 내 여자를 잃는 힘없는 놈은 되지 않겠노라고. 또 한 내 여자를 넘보는 놈은 짓밟아버리겠다고. 은기준 씨. 내 여자에게 겁 없이 너무 들이댔더군요. 한라호텔의 자금까지 막아가면서 말입니다."

기준은 머릿속이 하얗게 변했다. 한라호텔의 자금줄을 막은 사실을 밝혀내다니. 제임스 맥과이어, 아니 현강욱을 너무 쉽게 봤다. 이 와중에도 생각이 빠르게 스쳐지나갔다. 그는 서류와 강욱의 얼굴을 번갈아 보며 말을 더듬거렸다.

"원. 원하는 게 무엇……."

다행히 이중장부와 세금포탈만큼은 밝혀내지 못한 모양이다. 이 와중에도 기준은 스스로를 안심시키기에 여념이 없었다.

"그 서류들을 한라호텔로 보내는 방법도, 언론에 흘리는 방법도 있었지만 연수와 은기준 씨의 한때의 인연을 생각해서 이쯤에서 끝냈습니다."

"……."

"은기준 씨. 다시는 내 여자 주위에서 알짱거리지 말라고 경고하죠."

기준은 강욱의 협박이 담긴 경고에 어떤 반격도 할 수가 없었다. 벌게진 얼굴로 어깨를 들썩이며 거친 숨을 몰아쉬는 게 전부였다.

NJ사의 건물을 들어설 때만 해도 기고만장했던 기준의 얼굴은 분함과 좌절감으로 그 어느 때보다 일그러져 갔다.

9 세상에서 가장 아름다운 프러포즈

서울을 벗어난 지 두어 시간은 지난 것 같다. 연수는 비몽사몽, 실눈을 하고는 물었다.

"여긴 어디야. 강욱 씨, 우리 어디 가는 건데?"

"호텔도 어느 정도 숨을 돌릴 수 있게 되었고 당신 아버님도 퇴원하셨으니 이제 당신 차례잖아?"

"음?"

"주중 내내 정신없이 보냈으니 지금부터 주말까진 푹 쉬자고. 당신은 지금 무엇보다 휴식이 필요해 보여."

아닌 게 아니라 주중 내내 잔뜩 긴장한 채로 지낸 연수는 예민할 대로 예민해진 상태다. 금요일 오후가 된 지금 그녀의 전신은 축 늘어져 강욱이 운전하는 차 조수석에 앉기 바쁘게 반쯤은 졸고 있었다. 그녀는 녹초가 된 전신을 축 늘인 채 비몽사몽간에 다시 웅얼대며 물었다.

"그래서, 우리는 지금 어디로 가는 거야?"

"궁금해할 것 없이 자둬. 도착하면 깨울 테니까."

연수는 억지로 떴던 눈을 다시 감으며 중얼중얼 대꾸했다.

"어디로 가는지는 알고 가야 편안히 자든지 할 거 아니야……."

그리고는 중얼대며 대꾸한 것이 무색하게도 벌써 잠이 들었다.

강욱은 조수석에서 새근거리며 잠이 든 연수를 힐끗 쳐다보고는 만면에 미소를 지었다. 눈가에 자잘하니 주름이 지도록.

해는 어느새 서쪽으로 기울어지고 붉게 타오르는 노을은 서산에 걸려 아름답게 타오르고 있었다. 혼자 보기에 아까운 풍경에 운전을 하는 그의 시선이 또다시 연수에게로 향했다. 연수는 새근새근, 참 깊이도 잠들었다. 강욱은 조수석에 등을 기댄 불편한 자세에도 깊이도 잠이 든 연수를 바라보며 지난 한 주가 그녀에게 얼마나 힘겨웠는지 느낄 수 있었다.

연수가 눈을 떴을 때 사방은 캄캄한 어둠이었다.

차 지붕에서는 우두둑, 빗소리까지 요란하다. 연수는 운전석에 앉아 그녀를 가만히 내려다보고 있는 그와 눈이 마주쳤다.

"비 오는 소리야?"

"음."

"도착지에 다 왔으면 나 좀 깨우지 그랬어."

연수는 어느새 뒤로 젖혀져 있는 조수석 의자를 끌어 올리며 낮게 투덜댔다. 그러자 강욱이 몸을 숙여 그녀가 앉은 의자를 다시 뒤로 밀었다.

"왜……?"

"빗소리를 감상하려면 편안히 누운 자세가 탁월할 거 같지 않아?"

어느새 조수석으로 상체를 수그린 그가 그녀와 얼굴을 가까이하며 은근한 눈빛으로 주시했다. 타다닥, 차체를 두드리는 빗소리 때문일까, 아니면 그녀의 얼굴 가까이에서 유혹이라도 하듯 은근한 눈빛으로 내려다보고 있는 그의 시선 때문일까, 연수는 갑자기 입술이 바짝 타들어가는 기분이다.

"여긴 어딘데?"

그녀는 상체가 들썩일 정도로 가쁘게 숨을 내뱉었다. 그리고는 바싹 타들어가는 마른 입술을 혀로 축였다.

강욱이 기다렸다는 듯 그녀의 혀를 그의 혀로 슬쩍 핥았다.

"모르지."

허스키한 음성으로 낮게 대꾸하며 그가 다시 그녀의 혀를 핥았다.

"아무래도 길을 잃어버린 것 같거든."

"어?"

놀라 동그래진 눈으로 올려다보는 그녀를 향해 그가 뻔뻔하게도 씩, 비슥한 웃음을 지으며 아무렇지도 않은 양 말했다.

"오래전의 기억만으로 찾기엔 밖이 너무 어두운데다가 비까지 내려서 말이야."

"그럼 우리가 비가 억수 같이 내리는 이 밤중에 길을 잃어버린 거란 말이야?"

"아마도."

휘둥그레진 눈을 한 채 달짝지근한 숨을 뱉어내는 그녀의 입술을 혀로 쓸며 그가 순순히 인정했다.

"그럼 어쩌려구?"

하아, 한숨처럼 신음을 내뱉는 그녀의 입술을 슬쩍 깨물었다가 혀로 쓸며 그는 아무 일도 아니라는 듯 대꾸했다.

"어쩌기는, 날이 밝기를 기다려야지."

"어디인지도 모른다면서 무작정 차에서……."

황망한 얼굴로 따지고 드는 그녀의 입술에 키스를 하며 그가 그녀의 말을 중간에서 잘랐다.

"음……."

녹초가 되었던 전신은 차를 타고 오는 동안의 숙면으로 도움이 되었던지 피로로 예민해져 있던 그녀의 감각은 어느새 다른 이유로 예민해져 갔다. 그녀는 입술을 가르고 침입해온 강욱의 뜨거운 혀를 입안 가득 느끼며 두 팔을 들어 올려 손가락으로 그의 머리숱을 헤집었다. 손가락에 닿은 머리카락의 감촉이 기분 좋았다. 그의 모발은 그의 전신과 마찬가지로 힘 있으면서 부드럽고 강했다.

연수는 자신의 혀를 감았다가 놓았다, 가지런한 치아를 쓸기를 반복하며 그녀의 입 안을 점령하고 있는 그를 두 팔로 꼭 끌어당겼다. 예민해진 감각을 달래기라도 하듯 뜨거운 신음이 뱉어졌다.

"하아……."

차창은 성에로 가득하고 차 지붕을 때리는 빗소리는 두 사람의 심호흡과 함께 타다닥, 끊임없이 이어지고 있었다. 그녀가 앉았던 조수석엔 어느새 그가 자리를 하고 태초의 모습처럼 벌거벗은 알몸이 된 그녀는 어느 사이 그의 무릎 위에서 하악하악 고통에 찬 신음을 뱉어내고 있었다.

그녀와 마찬가지로 단단한 상체를 드러낸 강욱은 그를 가지려 엉덩이를 들썩이는 그녀를 뒤로 한 채 핑크빛 유두를 힘차게 빨았다.

"아."

연수는 연신 가쁜 호흡을 뱉으며 커다랗게 부풀어 그 위용을 자랑하고 있는 불쑥 솟은 그의 남성을 가지기 위해 성마르게 엉덩이를 들썩였다. 그렇지만 그를 가지기엔 역부족이었다.

열망의 고통으로 마치 죽음에 이르기라도 하는 것처럼 그를 가지려 발버둥치는 그녀를 그는 적절한 타이밍으로 회피하곤 했다. 한쪽 가슴은 그의 왼손에 다른 쪽 가슴은 그의 입술에 빼앗긴 채 그녀는 고통스런 목소리를 냈다.

"제발, 제발."

지금 이 순간 그를 가지지 않으면 갈망으로 죽을지도 모른다는 생각이 들었다.

연수는 그의 목을 꼭 끌어안은 채 그의 중심을 향해 또다시 엉덩이를 굴렸다. 이번에야말로 열린 꽃잎으로 힘차게 우뚝 솟은 그의 남성이 스르륵 밀고 들어 왔다.

그녀는 드디어 갈망하던 그를 가진다는 안도감에 커다랗게 한숨을 뱉었다.

"하."

만족감에 신음을 뱉은 것도 잠시, 그의 손이 그녀의 잘록한 허리를 붙잡더니 그녀를 위로 들어 올렸다. 이내 내벽 깊숙이까지 들어섰던 그의 중심이 그녀의 질에서 쓱, 빠져나갔다.

커다랗게 부푼 채 불쑥 힘 있는 위용을 자랑하며 그의 남성이 아주 잠깐 그녀의 질 속으로 침범했다가 빠져나가고 나자 그녀는 이제 지금 당장에라도 그를 가지지 않으면 죽을지도 모른다는 갈망에 사로잡혔다.

"아아. 아아."

여전히 그녀의 허리를 붙든 채 자신의 가슴을 빨고 물며 애무해대는 그를 향해 그녀가 애원했다.

"죽을 것 같아. 제발. 제발."

그녀의 가슴을 애무하며 유두를 희롱하듯 빨아대던 그가 이윽고 고개를 들어 갈망으로 촉촉이 젖은 그녀의 눈을 사로잡았다.

"강욱 씨, 제발……."

뇌쇄적인 눈빛으로 그를 갈망하는 그녀의 눈빛을 사로잡은 채 그가 말했다.

"알아? 내가 당신을 얻기 위해 어떻게 했는지?"

그를 가지고 싶은 열망이 너무도 고통스러워서 그녀의 귀에는 허스키한 그의 고백이 제대로 들리지 않았다.

"제발……."

그녀의 허리를 붙들고 있던 손에 힘을 주며 그가 다시 고백했다.

"내 영혼을 팔고 당신을 얻었어."

너무도 진지하게 고백하는 그의 음성에 그제야 정신이 든 그녀는 뜨거운 눈빛으로 자신을 사로잡고 있는 그를 향해 열망을 가득 안은 채 고백했다.

"사랑해, 당신이 날 어떤 식으로 가졌든 상관없어, 상관 안 해. 강욱 씨. 당신을 미치도록 사랑해."

그녀의 고백에 이윽고 그의 남성이 힘차게 그녀의 자궁 속으로 파고들었다.

"하!"

너무도 기다렸던 그인데도 불구하고 그의 중심이 들어서자 그녀는 자신도 모르게 둥근 이마를 찡그렸다. 그의 것은 거대하고 그에 반해 그녀의 입구는 여전히 좁았다. 이제야 그를 온전히 가진 흥분과 거대한 그를 받아들이기에 여전히 좁은 그녀의 내벽이 주는 고통이 적절히 뒤섞여 그녀는 죽음에 이르는 환희와 고통의 절정을 동시에 느꼈다.

그녀가 오르가즘에 이르자 그렇지 않아도 그를 꽉 조르고 있던 그녀의 내벽이 그의 중심을 더욱 꽉 죄며 그를 정점에 이르게 했다.

두 사람은 동시에 하염없는 쾌락의 도가니로 빠져들었다.

햇살이 부셔 눈을 떴다. 그는 이미 일어났는지 보이지 않고 그녀만 조수석에 댕그렇게 혼자 남아 있었다. 잠이 아직 완전히 깨지 않은 그녀는 어리둥절한 얼굴로 눈을 깜빡이며 차창 밖으로 시선을 보냈다. 정원이 있는 아름다운 집이 시야에 들어왔다. 그는 어젯밤 산속에서 길을 잃었다더니 창밖으로 보이는 풍경으로는 길을 잃었던 건 아닌 모양이다. 집 주위로 빙 둘러 숲으로 우거져 있기는 했지만 멀리 떨어진 곳에는 몇 가구의 아담한 주택들도 보인다. 이 장소로 그녀를 초대하다니, 그의 선택은 참으로 적절하지 않은가.

연수는 차 문을 열고 밖으로 나가 뻐근한 어깨를 달래려 쭉, 기지개를 켰다.

간밤에 억수같이 내렸던 비가 거짓말처럼 갠 하늘은 띄엄띄엄 하얀 뭉게구름을 달고서 아, 하고 감탄사를 뱉을 만큼 푸르렀다.

"음……."

그녀는 두 눈을 지그시 감고 하늘을 향해 고개를 치켜들었다. 비온 뒤라 그런지 싱그러운 비 냄새와 나무 냄새가 어우러져 상쾌하게 와 닿았다.

"일어났어?"

등 뒤에서 묵직한 그의 음성이 들렸다. 그녀는 두 눈을 지그시 감은 채 으음. 하고 대꾸했다. 그가 뒤에서 껴안으며 그녀의 목덜미에 슬쩍 입을 맞췄다.

"집으로 안고 가기 전에 아주머니께 침실 정리 좀 해달라고 부탁하러 갔더니 그새 일어나셨군."

그녀는 그의 입술에 목을 맡긴 채 코로 커다랗게 숨을 들이마셨다.

"길을 잃었다더니?"

"그랬나?"

그녀의 목선을 따라 긴 입맞춤을 하며 그가 다시 말을 이었다.

"길을 잘못 들었나 의심했더니 비 갠 새벽에 깨고 보니까 목적지를 조금 지나쳐 갔더라고. 당신 깰까 봐 조심히 운전해서 되돌아온 거지."

목덜미를 지나 귓불을 슬쩍 깨물며 그가 낮은 음성으로 속삭이듯 말했다.

"주말 동안 당신이 편안히 쉴 수 있는 곳으로 가장 먼저 떠오르더군. 뜻밖의 재회 장소가 되었던 이곳이 말이야."

"아……."

짜릿한 전율에 낮은 신음을 흘리며 그녀는 감았던 눈을 뜨고 천천히 주위를 돌아보았다.

띄엄띄엄 몇 가구만 있는 마을은 산으로 둘러싸여 아늑하고 자연과 더불어 있어서인지 싱그럽고 풍요로워 보였다.

연수는 맑고 청아한 숲의 소리에 귀를 기울이며 강욱과 오 년 만에 다시 재회했던 순간을 떠올렸다.

⁂

기준과의 약혼이 파혼으로 끝나고 시간이 지난 어느 날 오후 그녀는 무작정 차를 몰았다. 문득 정신을 차리고 보니 차는 어느새 시내를 벗어나서 고속도로 위를 달리고 있었다.

"마천. 경상도와 전라도의 경계지점에 있다고 할 수 있어. 내가 유년시절을 보낸 곳이기도 하지."

오랜 세월이 지났는데도 불구하고 강욱의 음성은 너무도 선명했다. 그녀는 그제야 자신이 어디를 향해서 차를 몰고 있는지 깨달았다.

시골의 산길은 엇비슷하여 기억을 더듬으며 차를 몰았다가 다시 되돌아 나오는 몇 번의 시행착오 끝에 결국 그녀는 강욱과 함께 마지막을 보낸 장소를 찾았다. 어느 날인가부터 생겨났던 이유를 알 수 없는 갑갑증이 차를 이곳에 정차한 순간 거짓말처럼 사라졌기에 그녀는 기억 속에 자리하고 있는 낯익은 풍경 탓도 있었지만 자신이 어디를 찾고 있었는지 몸의 변화로 확신했다.

그리움. 그녀는 점점 희미하게 지워지는 것이 아니라 하루하루 커지는 그리움으로 생기를 잃고 급기야는 숨이 탁탁 막히는 갑갑증으로 더 이상 버틸 수 없었음을 인지했다. 그래서 달려온 것이다.

그리움을 그리워할 수 있기 위해.

그녀는 이후, 마음속에 그리움이 차서 더 이상 참을 수가 없을 때마다 이곳을 찾았다. 우거진 숲 속에서 들리는 자연의 소리를 접하고 나면 누군가를 향한 몸서리치는 그리움은 다시 추억이 되어 내일을 맞이할 수 있는 활기를 불어주고는 했다.

그날도 그런 날이었다. 그리움을 그리워하며 가슴속에 차곡차곡 쌓다가 더 이상 어찌할 수 없도록 그리움이 심장을 콕콕, 아프게 찔러댔다. 심장을 찌르는 것으로도 모자라 목을 조이며 숨을 가쁘게 했다. 더 이상 버틸 수가 없었다. 그녀는 무작정 호텔을 나와서 차를 몰았다. 그의 유년시절이 있었던 곳으로 힘껏 페달을 밟았다.

그녀는 도착지에서 차를 주차하며 몇 번이고 자신의 눈을 깜빡거렸다.

"강욱 씨……?"

그녀는 멍하니 중얼댔다. 정원이 예쁘게 꾸며진 마당 한가운데에서 뒷모습을 보이고 선 장신의 남자는 그리움으로 그녀를 여기까지 달려오게 한 사람과 흡사했다.

그리움이 너무 버거우면 환영이 보이나?

자칫 눈을 깜빡거리기라도 했다가 보이는 환영이 사라질까 두려워 그녀는 운전석에서 내리는 동안에도 동공을 부릅떴다.

탕, 운전석이 닫히는 소리에 눈앞의 환영이 서서히 몸을 움직였다.

"!"

머릿속이 하얗게 변하고 세상이 정지한 기분이다.

그녀는 돌아선 남자의 시선과 마주한 순간 모든 사고가 일시에 정지한 기분에 사로잡혔다. 멍하니 입술만 벌린 채 그 자리에 못 박혔다.

"최연수……?"

환영이 말했다. 환영이 말을 하나? 환청이야. 눈앞의 모든 것은 환영이고 환청일 뿐이야.

그녀는 믿고 싶은 현실 앞에서 눈앞의 실체를 부정했다. 환영임을 깨닫고 난 그 이후가 너무도 겁이 나서 눈앞의 강욱의 실체에도 함부로 믿을 수가 없었다. 그런데 참 이상하게 가슴이 벅차오르고 자신도 모르게 눈물이 볼을 타고 주르륵 흘러내렸다.

어느새 다가선 그가 그녀의 양쪽 볼을 감싼 채 입술을 삼켰다.

"흡……."

그의 입술을 느끼고 입술을 가르고 들어온 그의 혀를 느끼고, 그리고 가쁘게 들리는 그의 숨결을 느끼고 힘차게 뛰는 그의 심장소리를 느끼고. 비로소 그가 환영이 아님을 받아들였다.

그녀는 그제야 정신없이 그의 키스에 화답했다. 멍청하게 축 늘어트리고 있던 양팔을 들어 그의 목을 끌어안고 다시 생명이라도 얻은 사람처럼 그에게 매달렸다.

누가 먼저랄 것도 없었다. 어느 사이에 집 안으로 들어서서는 대낮이란 것도 잊고 서로를 탐했다. 얼마나 그리웠는지는, 얼마나 필요한

지는 말은 필요치 않았다.

재회했던 날 이후 처음으로 찾아왔는데 여전히 우거진 숲에서 들리는 새소리는 맑고 청아했다.

강욱의 안내로 처음 집 안으로 들어섰을 때도 느꼈지만 집 내부의 공기는 훈훈하다. 그동안 빈집이었다는 것이 믿기지 않게도 거실에서 느껴지는 사람의 훈기에 연수는 의아한 얼굴로 말했다.

"한참 동안 빈집이었을 거잖아? 그런데도 전혀 그런 기운을 느끼지 못했어."

"빈집이 된 건 얼마 되지 않았어. 그동안은 이웃 아주머니와 아저씨가 사셨지."

강욱이 창이 넓은 거실 너머로 손짓을 해보였다.

"저기 아래 새로 지어진 집 보이지?"

그가 가리킨 곳으로 시선을 돌리자 기와지붕을 얹어 제법 고풍스러워 보이는 전통 한옥이 삐죽이 모습을 보이고 있었다.

"저 땅이 원래 할머니 땅이었거든. 계속 이 집을 관리 해주시기로 하고 두 분은 저 집으로 옮기셨어."

"어? 그럼 이 집이랑 저 고풍스런 한옥이 모두 자기 집이란 말이야?"

"그렇지, 아마."

얼굴빛 하나 바꾸지 않은 모습으로 그가 아무렇지도 않게 답했다. 그동안 번 돈으로 그는 시골에 저런 집을 지었나보다. 연수는 자신이 왜 으쓱해지는 기분을 느끼는지 알 수 없는 묘한 기분으로 흐뭇하다.

"내가 어림짐작하는 것보다 당신, 훨씬 부자구나?"

장난스러운 그녀의 물음에 그는 슬쩍 어깨를 으쓱거리며 웃어보였다. 그 모습이 긍정을 의미하는 대답 같아 그녀는 새삼 놀란 얼굴이 되었다.

"어, 정말로 내가 부자 애인을 둔 거야?"

시골 마을에, 그것도 첩첩산중에 두 채의 집을 지녔다고 해서 부자라고 하기에는 적절치 않은 비유이지만 그는 혼자 힘으로 여기까지 달려온 사람이다. 해외파들로 유명한 NJ투자회사에 입사하기까지, 경제적으로도 상당히 어렵고 힘들었을 텐데도 자신이 나고 유년기를 보낸 고향땅을 끝까지 지킨 그가 대견하고 멋져서 연수는 새삼스러운 표정으로 그를 바라보았다.

숱 많은 눈썹과 곧게 뻗은 높은 코, 뚜렷한 인중을 지나 남자답지만 섹시해 보이는 입술, 단연 고집과 결단력이 엿보이는 남자답게 각진 턱선까지, 실수로라도 어느 하나 흠잡을 곳이 없어 보이는 남자가 자신의 연인이라는 것이 자랑스러워 그녀는 새삼 가슴이 뭉클거리고 심장이 두근거린다. 그리고 너무 행복하면 문득 불안감이 일듯 이유 모를 불안감이 슬금슬금 자라났다.

"강욱 씨."

그녀의 부름에 "어?" 하며 대답이라도 하듯 그가 고개를 돌렸다. 마주친 그의 시선이 서울에 있을 때와는 달리 여유롭고 한결 부드러워 보였다. 그녀는 잠시 그런 그를 가만히 마주하며 두근거리는 심장을 달랬다. 까딱없이 솟구치는 불안감도 애써 밀쳤다.

그가 장신의 긴 다리로 성큼성큼 두어 번의 걸음으로 그녀 앞으로 다가섰다. 그리고는 두 손으로 그녀의 얼굴을 감싸며 물었다.

"왜 그래?"

"할머니가 날 예뻐하셨을까?"

그녀는 아침을 먹고 그와 함께 그의 할머니 산소에 다녀왔었다. 산소에서 절을 하는 내내 그는 굳은 표정이었다. 그리고는 그녀를 할머니의 손부라며 인사시켰다.

"그렇다고 하시던데, 못 들었나?"

터무니없는 그녀의 물음에 설핏 염려스런 표정을 비췄던 그가 그제야 익살스러운 표정을 지었다.

"정말로 할머니가 날 당신 여자로 흡족해하셨어?"

사실은 'NJ사의 기획본부장 말고 당신에 관한 새로운 사실로 또다시 내가 놀랄 일이 있어?' 묻고 싶었는지도 모른다.

"당연. 네놈 주제에 어디서 이런 미인을 훔쳐왔냐고 아주 자랑스러워하시던걸?"

"정말로 그러셨어? 그런데 어째서 당신 표정은 내내 어두웠던 거야?"

"내가 그랬나?"

"마치 내가 할머니 손부로 인정받지 못하고 있는 것처럼 불편한 얼굴이었어."

두 손으로 그녀의 얼굴을 감싸고 있던 그가 오른손을 들어 검지로 모양 좋은 그녀의 이마를 톡하고 꿀밤 먹였다.

"아……."

이마를 찌푸리며 작은 항의를 하는 그녀를 시선 안에 가둔 채 그가 농담처럼 말했다.

"어울리지 않게 소심한 질문이나 하다니, 내가 아는 최연수는 어디 가셨나?"

연수는 입꼬리를 추켜올리며 환한 미소를 짓는 그를 올려다보며 더욱 두근대는 심장을 애써 달랬다. 강욱과 함께 그의 할머니의 산소를 다녀오고 그가 유년기를 보냈다는 그의 고향집에서 행복한 시간을 보내고 있는 이 행복한 시간에 까닭 없이 불안감이 감도는 이유가 꽤 거슬린다. 그와 재회한 순간부터 지금껏 그는 늘 멋지고 매력 있는 연인이었다. 새삼스레 감동하고 새삼스레 숨 쉬지 못할 만큼 평정심을 잃을 것도 아니건만 이상하게도 눈물이 날 만큼 심장이 벅차오른다. 아니, 어쩌면 새삼스럽다는 말은 핑계에 지나지 않는다. 사실은 정신없이 일주일을 보내느라 문득 든 의문들을 뒤로 비켜뒀었다. 여유로운 시간을 갖고나니 이제야 그에 관한 의문들이 하나둘 수면을 박차고 떠오른 것이다.

"너무 행복해서 그런가 봐. 새삼 당신이 내 남자라는 게 믿기지가 않아, 너무 벅찬 심정이 불안스러울 지경이야."

그녀의 고백에 그는 한동안 그녀의 시선을 붙잡은 채 움직이지 않았다.

"왜……그래……?"

그의 반응이 의아해 멍하니 되묻는 그녀를 향해 강욱이 대답 대신 천천히 고개를 숙였다.

이내 그의 입술이 그녀의 입술에 닿았다. 천천히 느릿느릿, 위로라도 하듯 한동안 섬세하고 부드러운 키스가 이어졌다.

이윽고 고개를 든 그가 붙들고 있던 그녀의 얼굴을 더욱 꾹, 감싸며 낮은 음성으로 말했다.

"당신을 얼마나 사랑하는지 알아?"

낮은 음성은 허스키하고 전신에 감각이 일 정도로 섹시했다.

"내가 당신을 얼마나 사랑하는지만 기억해."

그녀는 대답 대신 커다란 눈망울만 깜박였다. 그녀의 얼굴을 감싼 그의 양손에 얼마나 힘이 주어져 있는지 고개를 끄떡일 수도 없었다.

"약속해, 어떤 일이 일어나더라도, 그동안 당신이 모르고 있었던 나에 관한 일들이 세상에 알려진다 해도 당신을 사랑하는 내 진심만은 의심하지 않겠다고."

"강욱 씨……?"

"우리가 보낸 시간은 진실한 거야. 어떤 일이 일어나더라도 당신과 내가 보낸 시간들을 의심해서는 안 돼, 한 점 의문도 가지면 안 돼."

그가 어떤 사람이든 지금까지 그래 왔듯이 앞으로도 그녀에겐 아무런 문제가 되지 않을 것이다. 분명한데도 그가 NJ사의 기획본부장이라는 사실을 알았던 그날 이후부터 그녀는 새삼 신경을 곤두세우고 있었다. 그런 그녀를 꿰뚫고 있기라도 한 듯 그가 다그치듯 재촉했다.

"그러겠다고 약속해."

그녀는 섹시하도록 낮고 허스키한 그의 음성이 웬일인지 너무도 절박하게 들려 그의 양손에 감싸인 얼굴을 힘껏 주억거렸다.

그럴게. 약속할게, 강욱 씨.

그녀는 무언의 눈빛으로 약속하며 몇 번이고 고개를 주억댔다.

서쪽으로 해가 기울어지며 새카맣게 타오르는 붉은 노을이 참으로 아름다운 시각이었다.

강욱은 테라스에 앉아 서산으로 기울어지는 붉은 노을에 넋을 잃고 있는 연수의 눈앞으로 와인 잔을 내밀었다.

"어?"

그제야 노을에 빼앗겼던 시선을 거둔 연수는 눈앞의 와인 잔에 놀란 눈으로 강욱을 올려다보았다.

"어디서 났어, 설마 서울에서 준비해온 거라고 말하려는 건 아니지?"

그는 대답 대신 눈가에 자잘한 주름을 잡으며 미소 지었다. 그리고는 고개를 숙여 그를 올려다보고 있는 그녀의 입술에 쪽, 소리가 나도록 입맞춤을 했다.

연수는 둥근 이마를 슬쩍 찌푸렸다. 이벤트와는 전혀 어울리지 않는, 전혀 상관없어 보이는 이 남자가 설마……?

어쩌면 이 남자, 그녀가 생각하는 것보다 훨씬 로맨틱한 연인일 수도 있지 않나. 야수처럼 거침이 없고 강한 연인의 이면에는 달콤한 또 다른 모습이 있을 수도 있지 않나.

그의 다른 면모를 기대해보는 것도 즐겁겠다. 그리고 유년 시절을 지낸 곳이니 그가 다른 모습을 보인대서 의아할 건 없다. 그녀는 그의 양손에 들린 와인 잔 중 하나를 받으며 짓궂게 말했다.

"더 놀라운 이벤트를 기대해도 돼?"

발갛게 타오르는 노을을 등에 진 강욱이 그녀를 꿰뚫을 듯 응시하며 가볍게 대응했다.

"그렇다면 감동 받기는 하나?"

"얼마나 멋진 이벤트인지에 달렸지, 아마?"

장난처럼 가볍게 대응하는 그녀와는 달리 강욱의 표정은 어느새 진지해졌다.

어라, 이 남자. 정말로 진지하잖아. 연수는 붉게 타는 노을보다 더 뜨겁게 이글거리는 강욱의 짙은 눈빛에 무안해져 얼른 말을 덧붙였다.

"그런 눈빛으로 바라보다간 책임져야 할걸? 벌써부터 짜릿하거든."

"얼마든지."

짓궂은 연수의 도발에 강욱이 건배라도 하듯 그녀를 향해 와인잔을 들어 보였다. 그리고는 씩 웃으며 와인을 들이켰다. 제법 많은 양의 와인을 들이켰는지 강욱의 목울대가 커다랗게 꿈틀거렸다. 연수는 커다랗게 목젖을 꿈틀거리며 와인을 들이켜는 강욱을 넋이 나간 사람처럼 올려다보았다. 섹시하다. 그녀는 이처럼 남성적이고 섹시한 남자가 내 남자라는 우쭐함에 새삼 명치끝이 스멀거리며 짜릿한 전율이 인다. 그녀는 멍하니 입술을 벌린 채 혀끝으로 벌어진 입술을 핥았다. 분홍빛 혀로 마른 입술을 적시는 그녀의 얼굴은 노을에 반사되어 발갛게 타오른 채 키스를 기다리는 유혹적인 모습이었다.

강욱은 연수의 유혹에 서슴없이 화답을 했다. 그는 입 안 가득 와인을 머금은 채 살짝 벌어져 있는 연수의 입 안으로 혀를 밀어 넣었다.

연수는 조금은 거칠고 조금은 성마른 강욱의 키스에 한순간의 멈칫거림도 없이 입 안을 침범한 그의 혀를 휘감으며 키스를 되돌렸다.

달큼한 와인 맛이 느껴진다. 생각하는 순간 그녀에게 휘감겨 있던 강욱의 혀가 그녀의 입 안을 핥으며 목 깊숙이까지 밀고 들어왔다. 목 깊숙이까지 들어찬 그의 혀에서 타액과 함께 주르륵, 와인이 흘렀다. 그녀는 텁텁하고 향긋한 와인 특유의 맛이 목젖을 타고 식도로 내려가는 것을 느꼈다. 순간 허벅지 안쪽이 후끈하게 달아오르고 마치 전기에 감전이라도 된 듯 일순간에 허벅지에서 배꼽까지 저릿한 감각이 몰렸다.

"아……."

맞물린 입술 사이로 가쁜 호흡이 뱉어지고 저절로 두 다리에 힘이 들어간다. 연수는 스멀거리며 전신을 짜릿하게 하는 전율 대신 지금 이 순간 한 점 의혹 없이 그를 느끼고 싶다. 크고 힘찬 그의 분신을 여성에 머금고 불꽃처럼 전신을 불태우고 싶다. 그를 가지고 싶다는 후끈한 열기로 발끝에서 정수리까지, 뼈 마디마디가 불에 타듯 뜨겁다.

연수는 움직임을 잊은 채 뜨거워진 육체를 속수무책 그에게 내맡기고 있었다.

이윽고 강욱이 입 안에 머금고 있던 와인을 그녀의 목젖으로 남김없이 완전히 넘기고 나서야 입술을 뗐다.

당장에 그를 머금고 싶은 채워지지 않은 열망에 연수의 입술에서 한숨처럼 깊은 신음이 뱉어졌다.

"하아……."

깊고 은은한 와인 향이 한숨에 뒤섞여 은밀하고 뜨겁다.

강욱은 와인향과 함께 은밀하고 농염한 열기를 뿜어내는 연수를 응시하며 한쪽 다리를 세우며 무릎 꿇었다. 서산에 걸린 노을은 더욱 붉게 타오르고 있었다.

채워지지 않은 열망에 부르르 전율하던 연수는 그제야 무슨 일이 일어나고 있는지 깨달았다. 무릎 꿇은 채 그녀의 약지에 반지를 끼우고 있는 그가 보였다.

"강욱 씨……!"

노을이 최고로 타오르는 하루의 마지막 순간에 그가 마법처럼 말했다.

"사랑해, 최연수."

하아, 하아. 입술을 벌린 채 뜨거운 열망만 뱉고 있는 그녀를 향해 그가 다시 말했다.

"평생을 당신 남자로 살고 싶어."

서산을 붉게 물들이고 있는 노을과 같이 그녀의 얼굴도 가장 발갛고 빛나게 타올랐다.

"우리 결혼하자."

그녀는 발갛게 타오른 얼굴로 넋을 잃은 채 고개를 주억댔다.

"당신 아내가 될게."

그리고는 잔뜩 감동 받은 얼굴로 허스키하게 요구했다.

"지금 날 가져. 당신이 날 채워주기를 바라."

그녀의 요구가 끝나기 바쁘게 그의 입술이 다가왔다. 그녀는 고개를 뒤로 젖히고는 얼른 그의 입술을 피했다.

그녀의 돌발행동에 강욱이 의아한 듯 슬쩍 미간을 찌푸리며 다시 얼굴을 가까이 해왔다.

그녀는 강욱에게 다시 입술을 빼앗기기 이전에 얼른 들고 있던 잔을 입술로 기울였다.

입 안 가득 달큼한 와인이 채워지자 그녀는 기대감에 그 어느 때보다 흥분 상태가 되었다. 강욱이 목 깊숙이까지 흘려주었던 타액에 뒤섞인 와인은 일순간에 그녀의 이성을 흥분이라는 성적 기대감으로 무너지게 했다. 그가 그녀에게 그랬던 것처럼 그녀도 그를 초대해 한 순간에 흥분의 늪으로 빠져들게 하고 싶다.

"흡……!"

마치 그녀의 생각을 읽은 사람처럼 강욱이 키스해왔다. 그는 오랫동안 정사에 굶주린 사람처럼 게걸스럽고 성마르게 그녀의 입술을 삼켰다.

거친 그의 키스에 저절로 입술이 열리고 입 안 가득 머금고 있던 와인이 주저 없이 그의 입 안으로 흘러갔다.

"으음……."

이번에는 강욱의 입술에서 신음이 뱉어졌다. 그의 신음소리에 연수는 화끈, 참을 수 없는 열기가 뼈 마디마디를 불태우는 것을 느꼈다. 그때까지도 들고 있던 와인 잔을 손에 닿는 곳 아무렇게나 내려놓고 그녀는 두 팔로 강욱의 목을 끌어당겼다. 숱이 많은 그의 뒷덜미를 부여잡은 채 그녀는 뒤엉킨 채 서로의 입 안을 점령하고 있는 혀를 힘차게 굴렸다. 스르륵, 두 사람의 입 안에 머물려 있던 와인이 맞물린 입술을 타고 턱에서 목덜미를 타고 끈적이며 흘러내렸다. 목덜미를 타고 흐르는 와인의 끈적임이 참을 수 없는 흥분의 도가니로 빠트렸는지 이성은 이미 성적 흥분 앞에 자취를 감춰버렸다. 미치겠다.

그녀는 그의 뒷덜미를 잡고 있던 양손을 내려 배꼽 근처를 누르고 있는 딱딱한 그의 남성을 향해 손을 뻗었다.

금방이라도 바지를 뚫고 튀어나올 것 같은 크고 딱딱한 남성이 그녀의 손에 잡혔다.

꽉, 그의 남성을 움켜쥐었다가 슬쩍 풀고는 손바닥으로 아래에서 위로 쓸어 올리듯 애무하자 바지 앞섶에서 금방이라도 밖으로 튀어나올 것처럼 딱딱하게 일어선 그의 남성이 꿈틀대며 사납게 움직였다.

"윽……!"

어느새 어두워진 하늘을 노려보듯 고개를 뒤로 젖힌 강욱의 입술에서 거친 호흡이 뱉어졌다. 그는 자신의 남성을 꽉 움켜쥐었다가 풀었다가, 손바닥으로 아래에서 위를 쓸며 남성을 가지고 위험한 장난을 하고 있는 연수의 애무가 미치도록 마음에 든다.

어두운 하늘을 배경으로 당장에 그녀를 가지기 위해 뒤로 젖혔던 고개를 바로 했다.

"윽……."

이성을 잃은 것이 분명하다. 그렇지 않고야 그의 바지 속으로 손을 넣은 연수가 마치 장난감을 가지고 놀 듯 자신의 남성을 가지고 놀고 있는데도 고작 신음만 뱉고 있을 리 없다. 그는 연수의 손아귀에서 이리저리 애무를 받고 있는 자신의 남성에 고통에 찬 신음을 뱉었다.

"으윽……!"

연수는 꿰뚫을 듯 자신을 응시한 채 쾌감에 젖은 호흡을 뱉는 그를 올려다보며 희열에 찼다. 언젠가부터 느껴보고 싶었다. 입술로 직접 그를 느끼고 싶었다. 그 순간이 지금이다. 연수는 자신의 손에 이끌려 이미 바지 밖으로 나와 있는 딱딱하고 힘 있는 그의 남성을 향해 머뭇거림 없이 고개를 숙였다. 하늘을 향해 위세 등등하게 선 그의 남성이 오만하게 꿈틀거리고 있었다. 그와 같이 그의 남성도 강하고 오만하다. 마음에 든다. 미치게, 미치게 마음에 든다. 당장에 그를 맛보아야겠다.

그녀는 먼저 혀로 활짝, 그의 귀두를 핥았다. 꿈틀, 힘 있는 그의 남성이 또다시 위용을 자랑하며 뻣뻣하게 굳었다.

"하아……."

그녀는 참을 수 없는 희열에 신음을 뱉으며 그의 남성을 입 안 가득 머금었다. 단단하고 부드러운 느낌이 놀랍도록 경이롭다.

"으으음……."

그녀의 입 안에서 흐느낌과 같은 기이한 신음이 흘러나왔다. 그를 맛보고 있는 이 순간에도 참을 수 없는 허기와 갈증이 그녀의 전신을 휘저었다. 연수는 입 안에 머금고 있는 단단하고 부드러운 그의 남성을 슬쩍 이로 한 번 깨물었다.

꿈틀거리며 단단한 남성이 더욱 딱딱하게 굳는다. 이 느낌이 좋다. 자신으로 인해 해방을 갈구하며 바짝 긴장하는 그가 꽤 마음에 든다. 아니, 미치도록 마음에 든다. 아주 흡족하다. 그녀는 전신을 비트는 희열감으로 바짝 긴장한 채 그의 남성을 애무하며 고개를 아래

위로 움직였다. 혀로 할딱이듯 애무하며 목 깊숙이에까지 들어섰다가 나가는 남성의 딱딱한 긴장감을 느끼며 그녀는 희열에 찬 신음을 흘렸다.

"하아……."

그녀의 신음소리에 맞춰 둔탁한 음성이 들렸다.

"날 죽일 셈이로군……."

허스키하게 잠긴 음성에 이어 강욱이 어느새 강한 손아귀로 어깨를 부여잡으며 그녀를 돌려세웠다.

"왜……?"

강하고 단단하면서 동시에 부드러운 그의 남성을 빼앗긴 불만에 그녀는 뾰로통한 음성으로 항의를 했지만 그 소리는 이내 잠잠하니 사라졌다. 어느새 입고 있던 그녀의 바지가 발뒤꿈치에 걸려 있었다.

"!"

기대감에 브래지어에 감춰져 있는 유두가 딱딱하게 돌기를 세운 채 통증을 일으켰다. 그렇지만 오래 가지는 않았다. 윗옷 속으로 미끄러지듯 들어선 그의 손이 브래지어를 밀치고 딱딱하게 돌기를 세우고 있는 그녀의 유두를 비틀 듯 움켜쥐었다가 손가락으로 둥글게 천천히 쓸며 애무했다. 아, 하고 안도와 같은 흡족한 한숨이 터지기 바쁘게 이내 힘 있고 강한 남성이 뜨겁게 부푼 그녀의 여성을 가득 채웠다.

"하……!"

충만함에 입 밖으로 커다란 신음이 뱉어졌다. 그렇지만 이내 벌어진 그녀의 입술에서 불만스러운 신음이 이어졌다. 그녀의 여성을 가득 채운 채 그는 움직이지 않았다.

충만하던 여성이 잡히지 않는 쾌감에 고통을 호소했다. 그가 움직일 때까지 기다릴 수 없다. 그녀는 잔뜩 흥분한 채 스스로 상체를 앞뒤로 움직이며 자신의 엉덩이를 들썩였다.

"아아아……."

흡족한 신음이 앞다투듯 입 밖으로 뱉어졌다.

강욱은 엉덩이를 들썩이며 그의 남성을 조이고 있는 연수로 인하여 더 이상은 참을 수 없었다. 연수의 가슴을 희롱하며 애무하고 있던 손을 내려 양손으로 얼른 그녀의 엉덩이를 붙잡았다. 움직이지 못하도록 그녀의 엉덩이를 꽉 붙든 채 그는 빠르고 강하게 피스톤 운동을 했다. 강한 그의 힘에 밀려 연수의 상체가 앞뒤로 쏠리듯 움직였다.

"하아……하아……."

쾌감에 절어 아무렇게나 흔들리는 상체를 한 채 바라본 그녀의 주위는 컴컴하니 이미 어둠이 내려앉아 있었다. 어두운 밤하늘엔 별이 하나둘 나타나고 상의는 입은 채 바지만 엉덩이에 아슬아슬하게 걸친 그와 하의만 탈의한 채 달빛 아래 둥근 엉덩이를 드러내고 있는 그녀의 주위로 달큼하고 강한 열기만이 맴돌고 있었다.

연수는 해가 뜨기도 전인 으스름한 새벽에 강욱에게 이끌려 침실을 나섰다. 전날의 뜨거웠던 정염情炎의 여운이 채 가시지 않은 달콤한 피로감에 그녀의 눈꺼풀은 천근만근, 여전히 잠을 조랑조랑 달고 있는 채다.

비몽사몽간 그녀를 현관에 세운 그가 그녀의 발에 신발을 신겼다.

"……."

그녀는 발에 느껴지는 묵직함에 무거운 눈꺼풀을 젖히고 실눈을 한 채 아래를 내려다보았다.

"등산화 아냐? 등산화까지 준비했어?"

"당신 걸음으로 한 시간만 오르면 정상이야."

"뭐어?"

한 시간이나 산을 오른다는 소리에 놀랐는데 모른 척 그가 대답한다.

"우리 집이 산중턱에 자리하고 있거든."

"컴컴한데 산을 오르겠다고?"

"해돋이를 보려면 어쩔 수 없지."

"못하는 것 중 젤 첫 번째가 등산이야. 컴컴하기까지. 설마 이것도 이벤트에 속하는 건 아니지?"

전혀 뜻밖의 스케줄에 이미 잠은 달아났다. 그녀는 얼른 손사래까지 치며 단호히 말했다.

"아, 그렇더라도 난 사양할래. 캄캄한 시간에 산에서 길을 잃고 싶지도 않거니와 무엇보다도 한 시간씩이나 산을 오를 자신은 없어."

그녀의 사양에도 불구하고 그는 묵묵히 그녀의 이마에 무언가를 끼웠다. 그리고는 아무렇지도 않게 말했다.

"헤드렌턴이 밝게 길을 비춰 줄 거야. 그리고 당신 걸음으로 한 시간이라고 했어, 정 힘들어서 걸을 수 없겠다면 내가 당신을 업고 갈 테니까 걱정 마."

"한 시간이나 날 업고 가겠다고? 그냥 길도 아니고 산을 올라야 해. 그것도 제법 무게가 나가는 날 업고."

"내 여자를 업었다손 하더라도 내 걸음이라면 삼사십 분이면 충분해."

이런, 제길슨……. 어떻게 하든 포기하게 하고 싶어서 한 말은 무색하게도 좌절했다. 그녀는 한 번 세운 계획은 절대 접지 않는 그의 고집을 다시 한 번 엿본다.

"아, 알았어, 어떤 핑계도 먹히지 않는다는 거지?"

"아마도, 알았다면 어서 나서지."

"하, 전날 밤 당신이 날 어떻게 했는지는 벌써 잊었구나? 다리가 휘청거릴 정도로 후유증이 심각해."

"업혀."

당장에 등을 내미는 그를 보며 연수는 황망히 입술만 벌였다.

이마에 매달린 작은 헤드렌턴의 불빛은 캄캄한 어둠을 의외로 밝게 비추었다. 이제 연수의 정신은 맑고 청아해졌다. 다소 써늘하긴 하지만 상쾌하고 맑은 공기가 잠에 취해 몽롱하던 기운을 단번에 날려버린 것이다. 비탈을 오르자 숨이 턱에 닿도록 가빴다. 그러나 그녀는 전신을 휘감는 상쾌한 공기가 폐 깊숙이까지 깨끗하게 정화를 해주는 기운에 이제 강욱이 끝까지 고집을 꺾지 않은 이유를 알 것 같았다.

"하악. 하악……."

"많이 힘들면 말해."

손을 맞잡은 채 앞장서 걷던 그가 그녀의 가쁜 호흡에 뒤돌아보며 말했다.

"아니, 힘은 들지만 기분은 좋아. 폐까지 상쾌해지는 기분이야. 정상까지 걸을래."

"좋아, 그래도 힘들면 말하라고."

"그럴게. 힘들면 자기 등에 기댈게."

그녀의 말이 끝나자마자 앞장서 걷던 강욱이 탁 걸음을 멈췄다. 그리고는 그녀를 향해 돌아섰다.

"왜?"

의아하게 되묻는 그녀를 한동안 응시하던 그가 잠긴 음성으로 말문을 열었다.

"그거 알아? 최연수가 처음으로 내게 기대겠다고 한 거."

"어……?"

놀랍게도 그의 호흡은 전혀 흐트러지지 않았다. 가쁜 호흡으로 인해 말을 할 때마다 음성이 몇 가닥으로 갈라지는 그녀와는 달리 그의 목소리는 평소와 전혀 다를 바 없이 차분하고 힘 있었다.

"나를 믿고 의지하겠다는 말을 내 여자에게서 듣는 기분을 알까, 최연수?"

이글거리는 눈빛을 한 채 꿰뚫을 듯 그녀를 바라보며 그가 다시 말했다.

"어떤 것보다 가치 있는 말이야."

"강욱 씨……."

"고맙다, 최연수."

강욱의 손아귀에 힘이 들어갔는지 맞잡은 그녀의 손등이 꽉 조여졌다.

"해 뜨기 전에 오르자고."

어느새 그가 등을 돌린 채 앞장서 걷는다. 컴컴한 어둠으로 뒤덮인 산속에서 헤드렌터 불빛과 오로지 강욱에게만 의지한 채로 산을 오르며 그녀는 자신의 미래도 이와 같을 것이라고 생각했다. 오로지 내 남자와 그녀의 사랑만 존재하는 미래.

새벽이 밝아오는지 어느새 주위를 감추고 있던 어둠이 서서히 모습을 드러내고 강욱의 손에 이끌려 정상에 올랐을 때는 미명이 밝아오고 있었다. 주위를 한입에 태워버릴 것처럼 벌겋게 입을 벌린 채 천천히 어둠을 뚫고 솟아오르는 태양.

태어나서 처음이었다. 산 정상에서 해 뜨는 모습을 지켜보는 것은.

"아……!"

저절로 감탄의 말이 뱉어졌다. 그러한 그녀를 강욱이 등 뒤에서 껴안으며 나직이 속삭였다.

"아주 어릴 때 말이야. 처음으로 이곳에서 떠오르는 해를 마주했었어."

생모를 떠나보내고 주체할 수 없는 아픔에 잠을 이루지 못하고 불빛도 없는 어두운 산길을 오로지 별빛에 의지한 채 올랐던 어린 시절의 어느 새벽을 그는 지금도 생생히 기억한다.

"그 순간의 경이로움은 어른이 된 지금까지도 생생하게 느껴져."

생부가 누구인지 끝내 알지 못한 채로 생모를 보냈던 분노와 슬픔은 떠오르는 해를 보는 순간 거짓말처럼 사라지고 대신 가슴속엔 경이로움만이 먹먹하도록 들어찼었다. 떠오르는 해를 보는 순간 어린 가슴을 짓누르던 슬픔이 거짓말처럼 씻겨졌다.

"꼭 보여주고 싶었어. 내 여자에게."
"잊지 못할 거야."
어떻게 잊을 수가 있나. 이 순간의 경이로움을.
"강욱 씨. 내게 이처럼 특별한 감동을 선물해줘서 고마워. 평생 잊히지 않을 거야."
등 뒤에서 그녀를 꽉 껴안고 있던 강욱이 그녀를 돌려세우곤 얼굴을 마주했다. 이제 해는 둥근 모양을 완전히 드러낸 채 두 사람의 머리 위를 비추고 있었다.
"최연수. 당신에게 고백할 게 있어."
"?"
"다른 사람을 통해서 알게 하고 싶지는 않아. 나에 관한 어떤 것도."
"무슨……?"
어깨를 붙들고 있는 강욱의 손아귀에 힘이 들어가는 게 느껴진다. 놀랍게도 그는 잔뜩 긴장한 모습이다.
"강욱 씨……?"
"NJ사의 대표이사 제임스 맥과이어에 관해서는 많이 들었을 거야."
"어……? 그 사람이 왜……?"
그녀는 둥근 이마를 찌푸리며 강렬한 강욱의 눈빛을 피하지 않았다. 이 특별하고 경이로운 순간에 전혀 상관이 없는 사람에 관해 들어야 할 이유가 있나. 아무리 NJ사의 대표 제임스 맥과이어가 한라호텔의 지분을 매입한 투자사라고 하더라도 말이다. 마음에 들지 않는다.

"경영인들의 대부분이 제임스 맥과이어가 어떤 인물인지에 관심을 가지고 있는 것으로 알아."

"굳이 지금 우리와는 아무런 상관도 없는 사람에 관한 이야기를 들어야 해?"

이상했다. 이곳에 도착하고 행복감과 공존하는 불안감으로 인해 이유 없이 불편했다. 문득, 문득 필요 이상 신경이 곤두서며 예민한 기분에 휩싸이곤 했다. 그리고 그 기묘하게 신경을 긁던 불편함이 또다시 전신을 휘감았다. 그녀는 불필요한 감정이라고 억지로 밀치며 말했다.

"이 특별한 시간에 굳이 다른 사람에 관한 이야기가 필요하냐고?"

"무엇보다도."

"……!"

너무 행복해서라고 스스로를 다독이면서도 내면에서는 무언가가 기다리고 있음을 인지하고 있었는지도 모르겠다. 그리고 하필이면 그 순간이 이 특별한 시간과 맞닥트려진 모양이다.

"이 특별한 순간을 다른 사람에 관한 이야기로 흘려버리고 싶지는 않아. 제임스 맥과이어가 당신과 동일인물이라는 터무니없는 사실을 밝히려는 게 아니라면……!"

불편한 심기를 숨김없이 드러내다 말고 그녀는 순간 헉? 하는 얼굴로 눈을 동그랗게 떴다.

강욱은 어리둥절한 얼굴로 그를 올려다보고 있는 연수를 꿰뚫을 듯 응시했다.

그는 만에 하나, 계획에 없던 성가신 일이 발생했을 때를 대비해 연수에게 사실을 밝혀야겠다고 생각했었다. 자신이 제임스 맥과이어와 동일인물임을 밝혀 그와 그녀 사이에 오해라는 불편함이 깃드는 사태를 미연에 방지하고 싶었다.

"만약에 앞으로 어떤 일이 일어난다고 하더라도, 최연수."

이미 은기준을 만나 협박이 담긴 경고를 하기는 했지만 그렇다 해도 만약이라는 것이 있었다. 은기준이라면 자신이 의문하고 있는 제임스 맥과이어와 현강욱, 그에 관한 뒷조사를 멈추지 않을지도 몰랐다. 처음부터 모든 것을 다 가졌던 은기준이라면 막다른 골목길에 놓인 고양이 앞에 쥐처럼 그를 물 수 있는 꼬투리를 잡기 위해 혈안이 되어 있을지도 모르는 일이었다.

"충격적인 사실 앞에 놓이게 된다 해도. 나를 믿어."

연수는 싫다. 명령처럼 들리는 그의 강압적인 말투도, 그리고 무엇보다도 어떤 것도 이 순간의 특별함을 방해하게 내버려두고 싶지가 않다. 그가 어떤 말을 하려는지 궁금하기도 하지만 그보다는 이 특별한 순간을 더 느끼고 즐기고 싶을 뿐이다.

"당신 프러포즈를 받고 난 지금, 떠오르는 해를 맞이하며 생전 처음으로 경이로운 순간을 맞이하고 난 이 순간에 꼭 그런 다짐을 받아야 해?"

강욱은 마뜩잖은 얼굴로 불평을 하는 연수를 응시하며 생각을 달리했다. 일어나지도 않은 일로 미리부터 연수를 혼란 속에 내버려둘 필요는 없었다. 사실 만에 하나를 염두에 둔 것이지 은기준이 제임스 맥과이어의 실체를 제대로 밝혀낸다는 보장은 없지 않은가.

"최연수. 무조건 약속해."

"……?"

"어떤 일이 일어난다 하더라도 날 믿겠다고 약속해. 불필요한 감정으로 시간을 허비하지 않겠다고 약속해."

연수는 불편한 심기가 배가 되었음을 깨달았지만 막연히 고개를 주억대며 중얼거렸다.

"……약속해."

어떤 이유에서인지 심장이 불규칙하게 뛰고 있었다.

10 아름답지 못한 뒷모습

강욱과 함께 주말을 보내고 늦은 시간 서울로 돌아온 연수는 월요일 출근 전에 잠시 본가에 들렀다.

"출근하기 바쁜데 뭐하러 와?"

거실 소파에 앉아 신문을 보고 있던 최 회장이 그녀를 맞으며 탁자 위에 신문을 내려놓으며 말했다.

"기분 어떠세요, 아빠?"

"이제 출근해도 되겠는데 네 엄마가 부득불 안 된다고 고집이다."

"엄마 말이 맞아요, 며칠 더 쉬세요. 그동안 회사 일에 너무 건강을 뒷전으로 하셨어요. 아빠 쓰러지시고 엄마랑 저, 얼마나 무서웠게요."

"넌 주말 동안 어떻게 된 거니?"

주방에서 모습을 드러낸 민숙이 남편 앞이라는 점을 감안해서인지 차분한 목소리로 핀잔을 했다.

"어?"

"휴대전화는 왜 꺼두고 있어? 집전화도 없이 휴대전화를 꺼두면 주말에 급한 볼일이 있을 땐 어떻게 연락을 하느냔 말이다. 툭하면 휴대전화를 꺼두면서 왜 집에 전화를 두지 않는 건지 네 속을 알지를 못하겠다."

"참, 사람도. 연수 나이가 몇 살인데 아직도 그러나? 주말만큼은 좀 편하게 지내도록 내버려두라고."

벌써 몇 년째 똑같은 핀잔에 최 회장이 아내를 나무랐다.

"당신은 뭐든지 연수만 옳죠?"

남편의 핀잔에 항의하듯 짧게 대꾸한 민숙이 연수를 향해 다시 말을 했다.

"널 꼭 만나야 한다고 기준이가 몇 번이나 전화 왔더라. 통화했었니?"

"아뇨."

그녀의 대답이 마음에 들지 않는지 민숙의 표정이 금세 차갑게 변했다.

"도대체가 넌!"

"어허, 출근할 애 붙잡고 월요일 아침부터 잔소리를 할 셈이야?"

얼른 민숙의 말을 자르며 최 회장이 연수를 향해 말했다.

"출근 시간 늦겠다. 그만 출근하거라. 호텔은 며칠만 더 네게 맡기마."

"네, 아빠. 걱정 마시고 건강 완전히 회복하시거든 출근하도록 하세요."

"그러마."

연수는 두 손을 가지런히 하고 소파에서 일어섰다. 마뜩잖은 시선으로 그녀를 지켜보고 있던 민숙의 시선이 갑자기 냉랭하게 변했지만 연수는 마음에 두지 않고 거실을 가로질렀다.

"뭐 하러 여기까지 나오세요?"

현관에서 마중하던 이전과는 달리 정원까지 따라나서는 엄마가 이상해 연수는 의아한 얼굴로 민숙을 뒤돌아보았다. 말이 끝나기 무섭게 그녀의 왼팔을 낚아챈 민숙이 낮은 음성으로 물었다.

"이게 뭐니?"

"결혼을 약속한 반지예요. 기준 오빠는 아니니까 오해는 마세요."

"미쳤구나, 너!"

"말씀드렸잖아요, 저 기준 오빠한테 아무런 미련이나 관심 없다고."

그녀의 왼팔을 붙든 민숙의 야윈 손이 부들부들 떨렸다.

"설마 너, 주말 동안 전화를 꺼둔 이유가 이 반지 때문이라고 말할 셈은 아니겠지?"

"맞아요. 그 사람과 함께 있었어요. 지난 주말뿐만 아니라 벌써 꽤 오래되었어요."

"네가 미쳐도 단단히 미쳤구나."

"그 어느 때보다 정직하고 제대로 된 정신이에요."

"어떤 놈이냐?"

의혹에 가득 찬 냉랭한 시선으로 민숙이 다짐이라도 받으려는 듯 말을 이었다.

"기준이를 마다하고 마음대로 이런 결정을 내렸을 때는 그에 맞먹는 집안의 남자겠지?"

"재력을 두고 하는 말씀이라면 엄마 기대에는 못 미쳐."

"뭐?"

"수일 내로 인사드리러 올게요. 지금은 출근해야 하니까 그만 들어가세요."

"너……."

하고 싶은 말을 참느라 야윈 입술을 비틀 듯 앙다물며 민숙이 잡은 연수의 팔을 놓았다.

"아빠 간호 잘 부탁드려요, 그 사람과 오기 전에 다시 들를게요."

정원을 가로질러 대문에 다다른 그녀의 등 뒤로 쇳소리에 가까운 민숙의 음성이 날카롭게 날아들었다.

"예전의 그 사생아 놈은 아니라고 생각하마."

이제야 겨우 여유를 되찾은 연수는 비서실로 들어서는 기준을 보고 놀라 자리에서 일어섰다.

"회사에 출근했어야 할 시간에 여긴 어쩐 일이야?"

기준은 대답 대신 마치 무엇에 쫓기는 사람처럼 회장실로 힐끗 시선을 주며 되물었다.

"회장님은?"

"아직 출근하시기에 무리인 것 같아 며칠만 더 집에서 쉬시기로 했어."

그녀는 성급함이 엿보이는 기준의 말투와 행동에 둥근 미간을 찌푸렸다. 주말 동안 수도 없는 부재중 전화를 남겼던 기준이다.

"무슨, 급한 일이라도 생겼어?"

"단둘이 조용히 이야기 좀 하자."

미간을 찌푸린 채 의아하게 바라보는 그녀를 향해 기준이 긴장을 저하 시키기라도 하려는 듯 주먹 쥔 한 손을 아래위로 힘주어 흔들며 재촉하듯 했다.

연수는 기준의 음성에서 느껴지는 성급함과 초조감에 실눈을 하며 숨을 크게 들이마셨다. 갑자기 주말 동안 일어날 수 있는 모든 나쁜 상황들이 머리를 스쳤다.

"왜 그래? 정말 무슨 큰일이라도 생긴 거야?"

강욱과 보낸 지난 주말 동안 휴대폰을 꺼두고 있었던 것이 이제야 후회가 되었다. 주말 사이 호텔에 무슨 문제라도 생겼으면 어쩌나, 저절로 어깨에 힘이 들어갔다.

"한 비서님은 서류 결재 받을 게 있다고 집으로 바로 출근하시기로 하셨어. 그동안은 사람들 찾아오지 않으실 거야. 회장실로 가."

그녀는 애써 담담한 모습을 유지하며 앞장서 회장실로 걸었다. 뒤따르는 기준의 발걸음이 무척이나 성급하게 느껴졌다. 기준의 성급함이 그대로 전이되어 겉으로 드러난 차분함과는 달리 연수의 마음도 초조함과 염려로 가득 찼다. 연수는 회장실로 들어서기 바쁘게 기다란 소파에 자리를 하며 맞은편에 자리하는 기준을 향해 물었다.

"급한 위기는 면했는데, 주말 동안 호텔에 관한 무슨 안 좋은 소리라도 들은 게 있어?"

"나야말로 묻고 싶어. 도대체 어떻게 된 거야?"

"어?"

"겨우 위기를 모면했다면서 호텔에 무슨 일이라도 일어나면 어쩌려고 휴대전화를 꺼둔 거냐고?"

"아……."

연수는 비난 가득한 기준의 물음에 얼른 대답하지 못하고 뜸을 들였다. 그런 그녀가 불쾌한 듯 기준이 어금니를 비틀며 지그시 노려보았다.

"그동안 너무 정신없이 보낸 거 같아 머리도 식힐 겸 조금 멀리 바람 쐬러 다녀왔어."

기준으로부터 비난에 찬 시선을 받고 있는 것이 불편해 연수는 얼른 말을 이었다.

"그보다는 오빠. 급히 할 말이 있다지 않았어?"

"그렇다고 주말 내내 전화를 꺼두는 사람이 어디 있어?"

그녀의 질문은 무시한 채 기준이 또다시 불쾌감을 드러내며 비난했다.

"전화를 얼마나 했는지 알아?"

"휴대전화를 꺼두었다는 이유로 내가 오빠에게 비난을 받을 이유는 없는 것 같아. 물론 급한 일이 있는데 전화 연결이 되지 않으면 화나고 속상할 수 있어. 그렇다고 내가 오빠에게 무슨 큰 죄라도 지은 사람처럼 추궁 받을 이유는 없지 않아?"

"!"

기준은 그제야 자신이 무척 성급하게 굴고 있음을 깨달았다. 주말 내내 전화 연결이 되지 않는 연수로 인해 신경이 바짝 예민해져 있기는 했다. 머릿속으로 온갖 상상이 이어진 주말이었기에 그에게 주말 이틀은 생지옥과 같은 시간이었다.

"나라면 마땅히 널 추궁할 수 있어."

그리고 지금 이 순간에도 상상은 나래를 펼치며 송곳처럼 뾰족하게 그의 신경을 긁고 있었다. 자연히 다듬어지지 않은 말투는 상당히 거칠고 무례했다.

"너를 원하는 만큼 너의 안위를 걱정하고 있으니까 이 정도의 추궁은 얼마든지 가능하다고 봐. 그 정도의 권리는 있다고 봐."

연수는 훅, 하고 한숨을 커다랗게 내뱉으며 두 손을 공중으로 쫙 펴보였다.

"아, 그만해, 오빠!"

호텔엔 걱정하는 어떤 일도 일어나지 않았다는 믿음이 생겼다. 겉돌고 있는 기준의 말투에서 그렇게 느껴졌다.

"다른 용건이 없다면 그만 일어서기로 해."

상체를 일으키다 말고 연수는 엉거주춤 그 자리에 멈추고 말았다. 벌떡 일어선 기준이 눈 깜짝할 사이 그녀의 손목을 낚아챈 것이다.

"엇?"

"뭐야?"

연수의 왼쪽 손목을 잡아 비틀 듯 낚아채고는 기준이 이 사이로 뱉듯 물었다.

"이게 뭐냐고?"

연수는 그제야 기준이 자신의 약지에 낀 반지를 두고 묻는 질문임을 깨달았다.

"결혼반지. 프러포즈 받았어."

담담하게 대답하는 연수를 노려보며 기준이 그녀의 손목을 더욱 꽉 움켜쥐었다.

"뭐?"

기준은 어금니를 깨물며 치밀어 오르는 분노를 가까스로 잠재웠다. 연수가 이따위로 자신을 배신할 권리는 없었다. 누가 뭐래도 그녀는 그의 여자였다. 처음부터 지금까지, 그리고 미래에도 연수는 그의 여자여야 한다.

"프러포즈?"

효경과 결혼하고도 그에게 여자는 연수였다. 책임감에 마지못해 부부가 되어 본능에 이끌려 효경을 껴안았을 때도 그는 연수를 안는다고 상상했다. 그런 결혼이 오래갈 리 만무, 효경과 사이에서 태어난 아이가 죽었을 때는 당연히 이혼이었다.

"누구 마음대로 결혼을 해?"

"왜 이래. 이 팔 놓아."

기준은 아픔을 호소하며 가쁜 숨을 뱉는 연수를 무시한 채 그녀의 손목을 붙든 손아귀에 더욱 힘을 실었다.

"사고로 내 새끼가 죽었는데도 아프기보다는 홀가분 마음이 더 컸어, 웃기게도 그랬어, 내가. 왠지 알아?"

연수와 함께가 아닌 삶이 얼마나 무의미하고 지루한지 잘 알았다. 그러했기에 다시 인연을 맺을 생각이 없다는 연수의 단언에도 포기하지 않았다.

"너와 다시 시작할 수 있다는 생각 때문이었어."

현강욱이 한국에 귀국해있으며 NJ사의 기획본부장이라는 사실을 확인하고도, 그리고 그로부터 협박 아닌 협박을 받았어도 연수를 향한 욕심을 버릴 마음이 없었다. 전혀.

"그런데 뭐? 다른 놈이랑 결혼? 하, 내가 널 되찾으려고 어떤 짓을 벌였는데?"

자금 압박으로 인해 한라호텔을 위기에 몰리게 하려고 자신이 어떤 짓을 벌였는지 안다면, 단지 그녀를 되찾기 위해 자신이 어떤 모험을 벌였는지 안다면, 감히, 연수는 자신의 마음을 이따위로 아무렇게나 취급할 수는 없는 것이다.

"어떤 놈이야?"

"그런 식으로 감정적으로 말하지 마."

"감정적? 웃기지 말라 그래."

그는 불현듯 떠올린 생각에 고개를 세차게 흔들었다.

"너, 설마……!"

현강욱!

입 밖으로 현강욱이란 이름을 뱉는 순간 듣고 싶지 않은 사실을 확인하게 될 것 같은 불길한 기운에 기준은 더듬거리며 말을 잘랐다. 그렇지만 이내 확인하고야 말겠다는 분노가 이성을 제압했다.

"설마, 너. 현강욱, 그 사생아 자식이랑 만나고 있다고 말할 셈은 아니지?"

"내가 누구를 만나고 있는지를 오빠에게 설명하고 허락받아야 할 이유는 없어. 그러나 어쨌든 대답은 예스야. 강욱 씨와 재회한 지 꽤 되었어.”

“!”

기준은 잠시 모든 움직임을 멈췄다. 현강욱, 처음부터 마음에 들지 않는 자식이었다. 그 자식 때문에 분노로 이성을 잃었고 밀실에서 효경을 안는 실수를 저질렀다. 덕분에 임신이란 전혀 예상치 못한 변수에 발목이 잡혀 연수와 결혼을 눈앞에 두고 파혼에 이르기까지 했다. 모든 것이 꼬이기 시작한 것은 현강욱, 그 사생아 자식이 나타난 이후부터였다. 기준은 강욱을 향한 분노와 그런 놈에게서 받은 반지를 끼고 있는 연수를 향한 울화로 서서히 이성이 마비되어 가는 것을 느끼며 입술을 비틀었다. 겨우 어르고 있던 분노지수가 질주를 하며 빠른 속도로 상승하는 게 느껴진다. 연수에게만은 드러내고 싶지 않은 분노였다. 물론 효경이 외에 누구에게도 보인 적 없기는 했지만, 특히 연수에게는 드러내고 싶지 않은 분노였다.

“그따위 사생아 놈과 정말로 결혼을 하겠다는 건 아니겠지?”

제발, 날 더 이상 자극시키지 마라, 최연수. 기준은 피가 나도록 어금니를 비틀며 빠르게 수직 상승하고 있는 분노게이지를 붙잡으려고 안간힘을 썼다.

“차라리 아직도 내게 화나 있는 상태라고 말해. 결혼을 앞두고 다른 여자를 임신시킨 내게 화가 나서 이런 식으로 내게 화풀이를 하는 거라고 말해.”

얼굴을 시뻘겋게 물들인 채 어금니를 비틀고 있는 기준을 마주하며 연수는 겉으로는 전혀 당황하거나 놀라지 않았다. 언젠가도 이런 모습의 기준을 상대한 적이 있었다.

당시에는 기준의 또 다른 모습에 충격이 상당했었다. 그렇지만 그 모든 것이 자신 때문이란 생각에 그저 죄스럽고 미안해 그녀는 그의 또 다른 모습에도 실망하거나 다시는 보고 싶지 않다는 극단적인 생각에는 이르지 않았었다. 다만 오랜 시간이 지나고 난 이후에야 기준의 또 다른 모습이 상당히 추하고 충격적이었음을 자신이 깨닫고 있었음을 알 수 있었다.

"오빠에게 화난 적 없었어. 지금까지는. 그러나 지금은 화가 나."

"그 자식과 결혼하는 게 아니라고 말해."

"이 손을 놓고 말해."

"그 자식을 만났다고 해도 용서할 수 있어."

기준은 그녀의 요구를 깔끔하게 무시한 채로 연수가 그의 말을 따르기를 강요했다.

"그러니 이따위 반지는 집어치워."

이 사이로 뱉듯이 말을 한 그는 반지를 낀 연수의 약지로 자유로운 자신의 왼손을 가져갔다.

연수는 그녀의 약지에 낀 반지를 빼내려 하는 기준을 보고 놀라고 황당해 얼른 기준의 손아귀에 붙들린 왼팔을 힘껏 뿌리쳤다.

"왜 이래!"

그렇지만 기준의 손에 붙들린 왼팔은 꼼짝도 않았다. 되레 팔목을 붙든 기준의 손아귀에 힘만 주어져 잡힌 그녀의 팔목만 더욱 쓰라리고 고통스러운 지경에 놓였다.

"오빠가 아무리 이래도 달라지지 않아. 우리 인연은 오래전에 끝났어."

"다시 돌아갈 수 있어. 난 아직도 널 원해. 한 번도 널 원하지 않은 적 없어."

기준의 음성은 떼를 쓰는 아이 같았다. 그는 초조와 불안, 성급함으로 자신이 어떤 말을 내뱉고 있는지 알지 못한 채 그녀를 달래고 어르고 있었다.

"네가 그 사생아 놈 따위 마음에 담지만 않았어도 내가 효경일 안는 실수는 저지르지 않았어. 효경일 안은 건 실수였어. 알잖아? 내가 너를 얼마나 아끼고 사랑했는지."

"이러지마, 지나간 일을 왈가왈부해서 어쩌자는 거야? 억지를 부린다고 사람 마음이 달라지지는 건 아니야."

"억지가 아니야, 연수야. 그 자식이 나타나기 전에는 너도 나뿐이었어. 그렇다는 건 효경이도 우리를 아는 모두가 다 인정하는 바라고. 그러니까 다시 그때로 돌아가자."

이제 기준의 얼굴은 거의 울기 직전이다. 연수는 시뻘겋게 변한 얼굴로 눈초리를 내린 채 그녀의 마음을 구걸하고 있는 기준을 향해 분명하게 말했다.

"그 사람을 사랑해."

어린아이처럼 금방이라도 울 것 같았던 기준의 얼굴이 또다시 순식간에 시뻘겋게 분노로 타오르고 호남형의 얼굴은 비틀리는 입술로 이내 야비하게 변화했다.

"사랑? 하, 사랑이라고, 그 사생아 놈을?"

"그런 식으로 말하지 마. 참지 않을 테니까."

"웃기지 마, 그 자식을 사랑한다고 착각하는 널 차마 줄 수가 없으니까."

말을 마치기 바쁘게 우악스러운 힘으로 그녀를 끌어당긴 기준이 입술을 부딪쳐 왔다.

"읍……!"

탁자를 사이에 두고 한 손으로는 그녀의 뒷머리를 움켜잡고 다른 한 손은 여전히 그녀의 팔목을 움켜쥔 채 기준이 거칠게 입술을 부딪쳐 오자 연수는 발악이라도 하듯 전신에 힘을 끌어모아 그를 밀쳤다.

"왜 이래, 오빠! 정신 차려."

차분한 그녀의 말도 이성을 잃은 기준을 저지시키지는 못했다. 오히려 기준이 탁자를 밟는 무례를 저지르며 무법자라도 되는 듯 단번에 건너와 그녀와 마주 섰다. 연수는 왈칵 두려움이 치밀어 오름을 느꼈다. 이성을 잃어버렸을 때의 기준이 어떤 모습인지 이미 오래전에 보았다고 생각했는데 그것은 그저 아주 작은 단면에 지나지 않은 것이었다. 이 순간의 기준은 그녀가 한 번도 보지 못한 모습이었다.

"그 자식이 어떤 놈인지 알기나 해? 그 자식이 누구인지 제대로 알고 있냐고?"

그녀의 얼굴과 거의 맞다 일 정도의 거리에서 기준이 입술을 이죽거리며 내려다보고 있었다. 이런 모습의 기준은 처음이었다. 두려움으로 목이 탁 잠겨 들었지만 연수는 꿀꺽, 마른침을 삼키며 억지로 말문을 열었다.

"무슨 소리를 하는 거야?"

"제임스 맥과이어."

"?"

"그 자식이 제임스 맥과이어라는 사실은 알고 있어? 아니면 사생아 자식에도 불구하고 NJ대표 제임스 맥과이어와 동일인물임을 알아서 사랑이니 뭐니 말하는 건가?"

"함부로 말하지 마."

"함부로 말하지 말라? 하. 그러면 어떻게 할까? 이러기를 바라?"

입술을 비틀며 이죽거리던 기준이 이내 고개를 숙여 거칠게 연수의 입술을 빼앗았다.

"읍……!"

힘껏 고개를 가로저으며 반항했지만 기준의 손에 붙들린 연수의 머리는 끔찍하게도 자유를 찾지 못했다.

이건 폭력이었다. 육체적인 힘이 약하다는 이유로 밀어붙이는 이런 행위는 폭력이었다. 연수는 그녀의 입술을 가르고 무자비하게 침입한 기준의 혀를 힘껏 물었다.

"악……!"

비명과 같은 짧은 단말마에 이어 기준이 그녀를 힘껏 밀쳤다. 그 반동으로 연수는 소파에 꼬꾸라지듯 넘어지고 말았다.

"하아, 하아……."

거칠게 숨을 뱉으며 넘어진 상체를 일으키려는 그녀를 향해 기준이 무서운 얼굴을 한 채 다가왔다. 그 얼굴은 이전에 한 번도 보지 못한 모습이었다. 연수는 두려움과 오싹, 소름이 이는 전신으로 야윈 어깨를 움츠리며 어떻게 하든지 기준이 이성을 되찾을 수 있도록 해야 한다고 스스로에게 주입시켰다. 바짝 긴장한 얼굴로 그녀는 천천히 말을 했다.

"오빠. 곧 한 실장님이 오실 거야."

치밀어 오르는 두려움을 드러내지 않으려 얼마나 신경을 곤두세웠든지 두통이 올 지경이었다.

"여기는 회장실이라고."

그러나 그녀의 노력에도 불구하고 기준의 얼굴엔 여전히 폭력에 희열로 가득 차 있었다.

"오빠. 정신 차려."

무엇도 기준의 폭력성을 저지할 수는 없는 모양인지 소파 위에 아슬아슬하게 앉아 있던 연수는 그의 거친 동작으로 인해 앞으로 넘어졌다. 등을 보인 채 넘어진 그녀를 향해 거친 숨을 뱉으며 기준이 괴물처럼 달려들었다. 다행히 기준이 그녀를 덮기 직전 연수는 가까스로 소파 아래로 몸을 구를 수 있었다. 그 바람에 소파 위에 아무렇게나 뻗은 기준이 전신을 씩씩대며 거칠게 숨을 몰아쉬고 있었다. 소파 위에 장신을 뻗은 채 기준이 거친 숨을 내뱉고 있는 동안 연수는 얼른 바닥에서 몸을 일으켰다.

순식간에 일어난 이 믿을 수 없는 사태에 연수의 얼굴은 충격으로 창백하게 일그러져 있었다. 그녀는 눈으로 보고 있으면서도 기준의 또 다른 면모가 믿기지가 않았다. 분노로 이성을 잃을 수는 있을지라도 기준이 이런 식으로 괴물이 될 수도 있다는 믿기지 않는 사실에 경악으로 숨이 탁 막혔다.

"하아……. 하아……."

억지로 심호흡을 하며 빠르게 회장실을 가로지르는 그녀의 뒤에서 꽉 잠긴 기준의 목소리가 들렸다.

"네게 치부를 보이고 싶지는 않았는데. 연수야……. 네게만은 정말로……."

회장실을 나서는 연수의 다리에 힘이 쫙 빠졌다.

이번에야말로 기준에게 빚을 진 기분을 가져야 할 이유가 없다는 생각과 함께 지끈지끈 두통이 밀려옴을 느꼈다.

⁂

시간이 어떻게 지나갔는지 모르게 하루의 업무가 끝이 났다.

연수는 퇴근 무렵이 되자 또다시 기준이 했던 말을 되새겼다.

'그 자식이 제임스 맥과이어라는 사실은 알고 있어? 아니면 사생아 자식에도 불구하고 NJ대표 제임스 맥과이어와 동일인물임을 알아서 사랑이니 뭐니 말하는 건가?'

그녀는 양손을 들어 중지로 관자놀이를 지그시 눌렀다. 오전의 일로 하루 종일 두통에 시달려야 했다. 그런데다가 기준이 남긴 말은 그녀를 혼란스럽게 하고 있었다. 한 주를 시작하는 월요일, 오늘 하루는 그녀에게 그야말로 길고도 혼란스러운 날이었다.

연수는 벌떡 자리에서 일어섰다. 더 이상 의문을 가진 채로 시간만 보낼 수는 없었다. 강욱에게 직접 사실을 확인하는 것이 옳았다. 아니, 그녀는 이미 기준의 말이 사실임을 받아들이고 있었다. 해돋이를 지켜보고 난 이후 강욱이 무엇인가 말을 하려 했던 것을 이내 떠올릴 수 있었기에 그녀는 이미 강욱과 제임스 맥과이어가 동일인물이라는 기준의 말을 기정사실로 받아들이고 있었다. 다만 강욱을 만나서 어째서 처음부터 사실을 밝히지 않았던 것인지, 어떤 식으로든 직접 해명을 듣고 싶을 뿐이다.

그녀는 호텔에서 나서서 곧장 강욱의 오피스텔로 향했다. 그의 오피스텔로 들어서며 처음으로 의문이 일었다. 제임스 맥과이어와 현강욱. 두 사람이 동일인물이라면서 어째서 그는 이 좁은 오피스텔에서 답답하게 생활하고 있었던 것인지.

의문은 그뿐 아니었다. 아직 퇴근 전인 강욱의 오피스텔을 빙 둘러보며 그녀는 모든 것이 의아해지기 시작했다.

작은 공간에 어울리지 않게도 터무니없이 큰 것이 딱 두 개가 있었는데, 그 하나가 두 사람이 눕고도 많은 공간을 남기는 커다란 더블침대였다. 그리고 작은방의 전부를 차지하고 있다고 해도 과언이 아닌 오크나무의 책상.

그녀는 책상을 손으로 쓸며 마른침을 꿀꺽 삼켰다. 이곳에서 강욱과 나누었던 적나라했던 섹스는 환상적이었다. 서재로 쓰이고 있는 이 작은방의 책상 위에서 정사를 나누었던 이후 그녀는 때때로 이 장소에서 강욱을 가지기를 원했다. 팔을 책상 위에 올리고는 몰입한 채 일하는 그의 모습을 지켜보다 보면 그를 탐하고 싶은 욕구가 어느 때보다 강렬하게 솟구치고는 했다. 그를 가지고 싶은 탐욕으로 참을 수가 없을 때마다 그녀는 일을 하고 있는 그를 유혹하기 위해 무릎걸음으로 책상 아래로 들어가 그의 바지 안으로 불쑥 손을 밀어 넣어 남성을 애무하며 그를 유혹하기도 했다. 책상 위에 엉덩이를 걸치고 상체를 그에게 내맡긴 채 열에 들떠 있는 적나라한 자신의 나신이 떠올라 그녀는 후욱, 하고 긴 심호흡을 내뱉으며 작은방을 나섰다.

안방에는 더블침대가 방의 절반 이상을 차지하고 있었다. 그녀는 안방 문에 어깨를 비스듬히 기대고 선 채 커다란 침대를 지켜보았다. 이 작고 좁은 오피스텔에 전혀 어울리지 않는 고급 가구로 평범한 월급쟁이가 사기에는 필요 이상 비싼 침대였다.

어째서 한 번도 의아해하지 않았는지 이제야 의문이 생긴다.

저 침대 위에서 그에게 사랑을 고백했다. 아주 잠시이기는 하지만 저 침대 위에서 처음으로 그가 재력이 있는 연인이라면 얼마나 좋을까, 터무니없는 욕심을 내기도 했었다.

그리고 호텔의 안위를 걱정하며 그에게 조언을 구한 곳도 저 침대 위에서였다.

"여기서 뭐해?"

현관문이 여닫히는 소리에 이어 잠시 후 등 뒤에서 웃음기가 깃든 강욱의 음성이 들렸다.

안방 문에 비스듬히 어깨를 기울이고 있던 연수는 그제야 생각에서 깨어났다.

"생각."

"엉?"

뒤돌아보지도 않은 채 짧게 단답형으로 대답하는 연수가 의아해 재킷을 벗어 소파 위에 던지던 강욱이 슬쩍 미간을 찌푸리며 말을 이었다.

"무슨 일이라도 생겼어?"

"어쩌면."

여전히 등을 보인 채로 짧은 대답을 하는 연수가 정말로 의아해진 강욱은 터벅터벅 두어 번의 걸음으로 연수의 등 뒤에 섰다.

"이봐, 아가씨."

그리고는 팔을 들어 연수의 어깨를 잡아 자신을 향해 돌려세웠다.

"내게 화났어?"

"그럴 수도."

"음?"

강욱은 차분하고 담담한 연수의 대답에 미간을 더욱 찌푸리며 그녀의 안색을 살폈다. 어젯밤 아파트 주차장에 연수를 내려주었을 때만 해도 그녀의 얼굴은 밝았다. 그러나 밝았던 연수의 얼굴은 하루 사이 꽤 심각해져 있다.

"장난이 아니로군?"

"아마도."

"말을 해."

"……!"

입술을 지그시 깨물며 머뭇거리는 그녀를 지켜보며 강욱이 다시 말했다.

"내가 먼저 묻기로 하지."

그는 약간 경직된 표정이 되어 말을 이었다.

"오늘 아침 일찍 은기준이 당신을 만나러 사무실을 찾아간 걸로 알아."

"그건 어떻게……?"

연수는 불시에 아주 불쾌한 기분에 사로잡혔다. 머릿속을 복잡하게 하고 있는 생각들 때문인지 다른 날과는 달리 그녀의 얼굴엔 불쾌감이 그대로 나타났다.

"설마 날 미행하고 있……."

"은기준의 일거수일투족을 지켜보고 있었어."

그녀의 말을 중간에서 자르며 강욱이 말을 이었다.

"그보다는 내게 확인하고 싶은 것이 있다고 당신 얼굴에 쓰였어."

"맞아."

"물론 날 향한 불신도 함께 말이야."

"변명할 생각 없어."

"그렇군."

까딱까딱, 천천히 고개를 두어 번 주억거린 강욱이 그녀의 어깨를 붙들고 있던 손을 놓고 뚜벅뚜벅 걸었다. 그리고는 재킷에서 휴대전화를 꺼내들고는 어딘가로 전화를 했다.

"나야."

연수는 그 자리에 서서 강욱의 하는 양을 지켜보았다. 강욱의 말처럼 그를 향한 시선에는 약간의 불신도 함께였다.

"터트려."

강욱이 지시하는 통화 내용을 엿들으며 연수는 둥근 이마에 힘을 실었다.

상대방이 무어라고 하는지 휴대전화를 귀에 대고 잠시 말을 끊고 있던 강욱이 딱딱하게 굳은 음성으로 지시했다.

"동시에 터트려. 묻히게 될 거야. 굳이 비밀로 해야 할 이유가 없어졌어. 신경 쓰지 말고 시키는 대로 해."

그리고는 그녀를 향해 다시 말했다.

"이야기가 길어질 것 같으니까, 앉지."

목을 죄고 있는 넥타이를 느슨하게 풀며 강욱은 먼저 소파에 자리했다. 그리고는 둥근 이마를 일그러뜨리며 그의 맞은편에 자리하는 연수를 향해 먼저 말을 꺼냈다.

"날 비난하고 싶은 얼굴이로군. 좋아, 이번에는 당신이 먼저 시작해."

연수는 돌리는 법 없이 단도직입적으로 말을 꺼냈다.

"내가 아는 당신은 현강욱이란 이름을 가졌어."

물론 담담해진 얼굴과는 달리 음성은 비난과 의문으로 가득했다.

"당신의 진짜 이름이 뭐야? 정말로 당신이 NJ대표이사 제임스 맥과이어가 맞아?"

마치 취조라도 하듯 딱딱한 연수의 음성에 강욱은 미간에 주름을 잡으며 그녀의 표정을 살폈다.

"한때 잠시 그 이름으로 불렸어."

"한때?"

연수는 남의 이야기를 하듯 아무렇게나 대답하는 짧은 강욱의 대답이 신경을 몹시 예민하게 건드린다. 지금까지 참아 왔던 두통이 참을 수 없을 정도다.

"제임스 맥과이어와 현강욱, 당신이 동일인물이라는 소릴 듣고 내내 담담해지려고 애를 써야 했어. 종일 당신 의중을 의심하려 드는 내 마음을 무조건적으로 다독이고 이해시켜야 했었다고."

자신도 모르게 목소리에 가시가 돋았다.

"당신에 관한 이야기를 다른 사람에게 듣게 해야 했어? 그토록 엄청나게 놀라운 사실을?"

가시 돋친 음성으로 비난을 하고 나니 새삼 혼란스럽다. 강욱이 누구인가는 중요하지 않았다. 어떤 사람인지는 상관없었다. 사랑은 그저 아무런 통보나 이해를 바라지 않고 불쑥 심장에 와 박혔다.

"현강욱이란 당신 자체를 사랑했으니까, 다른 것은 굳이 알아야 할 이유도, 필요도 느끼지를 않았어. 아무리 그렇다고 해도 당신, 내게 잘못했어."

그와 재회하는 순간은 어떤 것도 이유가 되지 않았다. 오롯이 현강욱, 내 사랑이면 되었다. 그랬다. 그녀의 사랑은.

"왜 말해주지 않았어, 그토록 엄청난 사실을 내게 비밀로 한 이유가 뭐야?"

그런데 이제는 사랑에 무언가를 바란다. 의문이 생긴다. 내 마음이 문제인가. 변함이 없다고 믿고 있는 사랑이 문제인가.

"그런 줄도 모르고 당신 회사에 내 주식을 팔았어. 내 주식은 물론 NJ사 쪽에서 원하는 데로 엄마 주식까지 몽땅 팔았어. 이 사실을 엄마가 알게 되었을 때 어떤 생각을 하게 될지, 나조차도 의심을 하게 되는데……나조차도 당신 심중을 의심하게 되는데."

그녀는 혼란스러운 심중에 공격적이 되고 있는 자신을 깨닫고는 꿀꺽 마른침을 삼켰다.

"당신 마음 이해해. 어떤 심정인지 충분히. 그렇다고 해서 우리 사랑을 의심해도 된다는 말은 아니야. 어떤 일이 일어나더라도, 그 일로 당신 마음을 베이더라도 우리 사랑을 의심하는 일은 말아."

"내가 당신이라면 나도 얼마든지 그렇게 말할 수 있어. 나도 얼마든지 멋진 말로 포장할 수 있다고."

혀로 입술을 적시며 초조한 행동을 보이는 연수를 지켜보며 강욱은 명치끝이 묵직해져 옴을 느꼈다.

"연수야."

그는 크게 숨을 들이켰다. 흔들리는 연수의 눈빛이 "사실일 리 없어, 그렇지" 하고 말하는 것 같아 다른 사람에게 듣게 하기 이전에 해돋이를 보았던 고향의 뒷산에서 그녀에게 모든 사실을 밝히는 것이 차라리 옳았다는 생각이 든다.

삶은 항상 계획과는 무관하게 흐르는 변수가 곳곳에서 발생하기 마련이다. 미리 예상하고 그에 맞서 대응책을 마련한다고 해도 말이다. 결국 설마 은기준이 끝까지 사실을 밝혀낼까, 하는 자만심이 부른 결과라고 할 수 있었다.

강욱은 다가서지 말라는 연수의 손사래에도 불구하고 조심스럽게 그녀를 향해 발을 내딛었다. 한 걸음 내딛는 그의 움직임을 흔들리는 눈빛으로 좇으며 연수가 떨리는 음성으로 말을 이었다.

"당신이 정말로 NJ대표이사인 제임스 맥과이어란 말이지. 내가 이 사실을 몰랐다면 당신은 끝끝내 내게 함구하려고 했었고?"

믿을 수 없다는 듯 떨리는 목소리로 질문을 하는 연수의 눈동자가 심하게 흔들렸다. 흔들리는 연수의 눈동자를 보건대 어쩌면 그를 향한 신뢰도 이미 무참히 깨어지고 있는지도 몰랐다.

"당신은 누구보다 내가 상처 받기를 원치 않는 사람이야. 그런 당신이 실제로 제임스 맥과이어와 동일인물이라면 아빠 호텔 때문에 마음 졸이고 있는 날 그저 지켜보고 있지는 않았어야 옳잖아?"

또다시 사랑에 무언가를 바란다. 그의 마음을 의심한다. 내 마음이 문제인가. 변함이 없다고 믿고 있는 사랑이 문제인가.

"내게 호텔의 안위에 관해 조언을 들려주기까지 한 당신이 어마어마한 자금력을 지닌 NJ투자사의 대표라니 믿기지가 않아."

그에 관해서 전해 들은 사실들에도 불구하고 그녀는 무엇보다 강욱을 믿고 싶었다. 이미 많은 의혹과 사실에 무게를 실은 심증을 가진 와중에도 그녀는 자신이 품은 이 말도 되지 않는 심증과 억측들을 그가 사실이 아니라는 말로 해명해주기를 갈망했다.

강욱은 흔들리는 눈빛을 한 채 그를 빤히 응시하고 있는 그녀를 마주하며 덜컥하고 심장이 발아래로 떨어지는 기분이다.

"……!"

그는 동공을 커다랗게 뜬 채 숨죽이고 있는 연수를 응시하며 훅하고 숨을 들이켰다. 상처 입히고 싶지 않았다. 그녀를, 내 여자 연수만은 무슨 일 앞에서도, 어떤 일이 닥치더라도 상처 입히고 싶지 않았다.

"연수야."

잠긴 목 때문인지 목소리가 제대로 나오지 않았다. 그는 마른침을 삼키며 목을 가다듬은 후 조금 더 큰 목소리로 그녀의 이름을 다시 불렀다.

"연수야."

꽉 잠긴 그의 음성 때문인지 아니면 초조한 빛이 느껴지는 성마른 행동 때문인지 흔들리던 연수의 눈빛에 어둠이 깃들었다. 그 모습에 강욱이 얼른 연수를 향해 걸음을 옮겼다. 그가 한 걸음 움직일 때마다 연수는 소파 깊숙이 몸을 움츠리며 그를 밀쳐냈다. 눈에 보이는 연수의 거부가 그의 심장을 꽉 비틀었다.

"모든 것을 설명할게."

"!"

연수는 소파 깊숙이 파고들던 움직임을 탁, 멈췄다. 그녀는 굳이 대답을 듣지 않아도 알 수 있을 것 같았다. 꽉 잠긴 낮은 그의 음성에서, 잠긴 목을 가다듬기라도 하려는 듯 줄곧 목젖을 꿈틀대며 마른침을 삼키는 초조한 그의 모습에서 그녀는 이미 모든 것을 판단 내렸다.

"사람들이 말하는 피도 눈물도 없는 검은 악마."

그녀의 입에서 자신도 모르게 메마른 음성이 흘러나왔다.

"단숨에 경제계를 떠들썩하게 했던 베일 속에 가려진 대단하신 인물."

한마디 한마디를 뱉을 때마다 그녀는 바늘 끝으로 심장을 쿡쿡, 찌르는 고통을 느꼈다.

"아빠 호텔을 먹어 치우려 했던 적대적 악덕 기업사냥꾼……."

상처가 너무 크면 아픔도 망각하는가.

"설마, 당신이 그 모든 사람과 동일인물이라고는 믿고 싶지 않았어. 기준 오빠에게 들었을 때는 물론, 당신 입으로 직접 전해 듣는 지금도 사실 믿고 싶지 않아."

그녀는 이제 아무런 감각도, 아무런 느낌도 느껴지지 않는다. 그저 기계처럼 입술을 움직였다.

"강욱 씨. 설마 자기가 피도 눈물도 없을 거라는 소문 속의 그 냉정하고 잔인한 기업사냥꾼은 아니지, 그렇지?"

"!"

강욱은 순간 모든 움직임을 멈췄다.

"당신은 내가 아는 어떤 사람보다 민첩하고 빠른 결단력을 지닌 사람이야. 내가 아는 어떤 사람보다 뜨거운 피를 가진 따뜻한 사람이 강욱 씨 당신, 내 남자야. 나처럼 무미건조한 인생을 살던 여자를 한 순간에 말랑말랑한 인생으로 탈바꿈하게 하는 재주를 지닌 감성적인 사람. 그런 자기가 냉혹하고 피도 눈물도 없다는 그 잔인한 기업사냥꾼일 리가 없어. 그래, NJ대표 제임스 맥과이어와 자기가 동일인물일 수는 있다 하더라도 그 잔인무도하기로 소문난 베일 속의 그 기업사냥꾼만은 아닐 거야."

말을 하는 연수의 음성이 너무도 떨려서 듣고 있는 그의 귀가 고통스러울 지경이다. 강욱은 그제야 평정심을 되찾았다. 그는 잠긴 목을 가다듬으며 연수를 향해 마치 명령이라도 하듯 단호한 음성으로 말했다.

"내가 모든 것을 해명할게, 그러니까 최연수. 당신이 지금 머릿속에 떠올린 모든 것들은 지워."

"……."

낮지만 단호한 그의 음성에 연수가 천천히 고개를 주억댔다. 행동과는 달리 초점을 잃은 그녀의 눈빛은 이미 상처로 가득 찼다.

"연수야……."

겨우 평정심을 되찾았던 그도 상처 입은 연수의 눈빛 앞에서는 바람 앞에 등잔불처럼 이내 평정심에 금이 갔다.

"모든 것을 설명할게. 그전에는 어떤 생각도, 어떤 판단도 내리지 마."

단호한 음성에도 불구하고 설핏 그의 음성이 떨려 나왔다.

연수는 그의 명령에 따르는 것만이 심장을 콕콕, 바늘로 찌르는 이 고통에서 벗어날 수 있는 최선책만 같아 대답 대신 멍하니 고개를 주억거렸다.

강욱은 멍하니 고개를 주억거리는 연수를 향해 성큼성큼 빠른 걸음으로 다가섰다. 연수가 아무리 그를 밀치며 뒤로 물러서더라도 무시할 생각이었는데 다행히 그녀는 그 자리에 못 박힌 사람처럼 움직임을 멈추고 있었다. 그는 꽉 연수를 품에 안았다. 깃털처럼 가벼운 몸짓으로 그의 품에 안겨든 연수의 몸은 딱딱하게 굳어 있었다.

"연수야……."

그녀를 껴안은 그의 팔에 저절로 힘이 주어졌다. 다시는 내 여자가 상처 받는 일 없도록 힘 있는 사람이 되고자 했던 것이 되레 내 여자를 아프게 만들었다는 자책감에 그의 심장이 격렬한 고통으로 욱신거렸다.

강욱은 거실 마룻바닥에 양반다리를 하고 앉아 연수를 자신의 무릎 위에 앉혔다. 그리고는 두 팔로 그녀의 등을 쓰다듬었다. 연수는 꽤 오랜 시간 동안 감각을 잃어버린 사람처럼 움직임을 멈추고 있었다. 그저 그가 움직이는 대로 자신을 내맡긴 채 그녀는 혼란과 충격에서 벗어나고자 애를 쓰고 있었다.

"효경 씨를 만났어. 작년 크리스마스이브 날 파티장에서였지."

당시에 그는 기업사냥꾼으로 세계적 명성을 떨치고 있는 칼 아이칸과 같이 적대적 인수합병사로 유명한 몇몇 투자회사에서 공동으로 주체한 파티장에 NJ사의 일원으로 참석 중이었다.

"효경 씨로부터 당신이 파혼했다는 사실을 전해 들었어. 은기준 씨의 아이를 효경 씨가 임신한 것이 이유였다더군. 그 사실을 전해 듣는 순간 아무 생각도 할 수가 없었어."

자신을 옹호하는 변명이던 사실이던 해명이던, 어쨌든 그는 설명을 해야 했다. 창백한 얼굴로 그의 말을 귀담아듣고 있는 그녀에게 어떤 식으로든 자신이 누구인지를 말해야 했다.

"파티가 끝날 무렵이 되어서야 당신을 찾기 위해 귀국하기로 결정을 내렸어."

결정을 내리고 나니 모든 것이 문제가 되었다. 그러나 내 여자에게 가는데 어떤 걸림돌도 방해가 될 수는 없었다.

11 제임스 맥과이어

전년도 뉴욕.

이름만 들먹이면 다 아는 정, 재계의 유명 인사들이 한자리에 모인 파티는 날이 밝을 때까지 이어지는 호화스러움의 극치였다. 그렇지만 파티가 한창이던 무렵 효경을 만났던 강욱은 어서 파티가 끝나기만을 시간을 재며 기다리고 있었다. 드디어 파티가 끝난 크리스마스의 이른 아침. 그는 휴일이라는 것도 무시한 채 기필코 칼 아이칸만큼이나 유명한 매튜 맥과이어의 자택을 방문했다. 세계의 축제의 날인 크리스마스 아침에 매튜가 자택에 있을 거라는 확신은 없었지만 그는 무작정 매튜의 자택을 방문하는 모험을 했다.

"휴일 이른 아침부터 불쑥불쑥 남의 집에 방문하는 버릇은 언제 고칠 셈인가?"

성처럼 너른 집 안의 거실을 지나 손님용 거실에서 그를 맞이한 매튜 맥과이어의 얼굴엔 못마땅함이 그대로 드러나 있었다. 노골적으로 불편함을 드러내는 매튜를 향해 그는 슬쩍 어깨를 들썩이고는 대꾸했다.

"이제 와서 제 행동이 못마땅하다고 역정을 내신들 이미 늦었습니다. 애초 단호하게 약속을 정하고 오도록 버릇을 들였어야지요."

"자네가 이리 버릇없는 놈인 줄 진즉 알았더라면 애초에 그랬을 거야."

입술을 실룩대며 못마땅함을 노골적으로 드러낸 매튜가 심드렁하니 물었다.

"그래, 이번엔 또 뭔가?"

여러 번 겪은 일이라 별로 놀랍지도 않다는 듯 매튜는 마뜩잖지만 이미 그의 행동을 받아들이기로 한 모양, 소파에 앉으며 실눈으로 그를 쳐다보았다. 하기야 그가 이런 특출한 행동을 할 때엔 매튜조차도 무시할 수 없는 상당히 구미가 당기는 큰일을 앞두고 있을 때이기는 했다. 강욱은 자신이 이번에도 매튜가 좋아할 만한 제안을 하리란 확신을 가지고 있었다.

"제 대부가 되고 싶다고 하셨지요."

그는 매튜가 자리에 앉기 바쁘게 맞은편 소파에 자리를 하며 마치 선전포고라도 하듯 단호하게 말을 했다.

"그 제안 받아들이겠습니다."

뜬금없는 소리에 매튜가 실눈을 한 채 그를 주시했다.

"흠……?"

"제 대부가 되고 싶어 안달하고 계셨잖습니까."

"뭐, 안달?"

매튜의 얼굴이 일그러졌다. 조각을 깎은 듯 잘생겼던 매튜의 얼굴은 이제 세월의 무게에 가려 그 빛이 바래져 있었다.

"어른에게 말하는 꼬락서니 하고는. 쯧."

매튜는 미간을 찌푸린 채 하얗게 센 양 눈썹을 추켜세우며 못마땅해했다. 매튜가 못마땅해하거나 말거나 강욱은 목에 잔뜩 힘을 실은 채 자신의 생각을 밝혔다.

"당신이 원하는 것이 무엇이든 그 조건을 수락하겠습니다."

"수락?"

실눈을 뜬 채 양 눈썹을 추켜세우고 있던 매튜가 몸을 바로 하며 날카로운 음성으로 대꾸했다.

"건방진 놈."

세월의 흔적으로 인해 아무리 주름지고 탄력을 잃은 얼굴이라고 해도 조금의 움직임만으로도 매튜는 여전히 누구도 함부로 범접할 수 없는 카리스마를 지니고 있었다.

"제 행동이 영 눈에 거슬리신다면 당신 세계 밖으로 쫓아내버리시든가요."

매튜에게서 뿜어져 나오는 범접하기 힘든 포스에도 강욱은 전혀 놀라거나 당황하는 법 없이 서슴없이 대꾸했다.

"천재적인 두뇌와 네 잘난 몰골에 감사해 하면서 살아. 시건방지게 나불대고도 내 눈앞에서 알짱거리고 있는 놈은 네놈뿐이니까."

"말씀은 그러셔도 저의 이런 모습을 좋아하고 계시다는 걸 압니다. 물론 제 두뇌와 당신의 젊은 시절을 되돌아보게 하는 저의 몰골까지 말입니다."

"건방진 놈."

말은 그렇게 하면서도 매튜는 상체를 앞으로 수그리며 음침한 음성으로 말을 이었다.

"내 제안은 예나 지금이나 여전해."

느린 음성으로 말을 잇는 매튜의 목에서는 여전히 가래 끓는 소리가 그렁거리며 이어졌다.

"내가 자네의 대부가 되고 자네가 내 후계자가 되면 자네는 한국, 자네의 고국으로 가서 금한그룹을 공중분해 해야 해."

"당신이 내놓는 제안이 무엇이든 수락하겠다고 했습니다."

"좋아."

수그렸던 상체를 바로 하며 매튜는 끌끌, 가래 끓는 소리를 내며 큰 소리로 웃었다.

"그전에."

단호한 그의 음성에 큰 소리를 내며 아주 흡족한 웃음소리를 내던 매튜가 거짓말처럼 한순간에 웃음소리를 거두었다. 그리고는 입술을 꾹 다물며 그를 응시했다.

"금한그룹이 아무리 흑자를 내는 튼튼한 기업체라고 한들 매튜, 당신이라면 얼마든지 금한그룹을 공중분해 시킬 수 있었을 텐데 굳이 내 손으로 해치우기를 바라며 지금까지 끌어온 이유가 무엇인지 정도는 들려줘야 하지 않겠습니까?"

"쿡……."

입술을 한쪽으로 비스듬히 끌어올리며 매튜가 음침한 소리를 냈다. 그의 나이에 비해 심하게 탄력을 잃은 입가의 주름이 그가 짓는 미소에 의해 아무렇게나 일그러졌다.

"내 손으로 끝낼 것 같았으면 자네를 찾아내느라 그리 오랜 시간을 허비하지는 않았겠지. 날 보라고, 아직 칠십도 되지 않은 사람이라고 누가 믿겠나."

"확실히 여든은 훨씬 넘은 늙은이로 보입니다."

주저 없는 그의 대꾸에 매튜가 끌끌, 가래 끓는 소리를 내며 또 한 번 웃었다. 그리고는 조금 전처럼 한순간에 뚝 웃음을 그쳤다.

"금한그룹의 양승호 회장."

"!"

"내 손으로 찢어 죽여도 시원찮은 놈이야."

가래 끓는 소리와 함께 뱉어지는 매튜의 음성은 음침하고 메스보다 강렬한 예리함이 느껴졌다.

"내 여자를 강제로 취한 것으로도 모자라 제 놈의 아이를 임신한 그녀를 버린 놈이야."

강욱은 미간에 슬쩍 내 천 자를 만들며 그제야 매튜의 말에 흥미를 보였다.

"그렇다면 더더욱 당신 손으로 끝장을 냈어야지요."

"그랬지. 내 손으로 양승호, 그 인간의 인생을 끝장내려고 했지."

잠시 말을 끊은 매튜는 그렁그렁 가래 끓는 소리를 내며 끌끌, 또 다시 흡족한 웃음소리를 냈다.

"매튜."

그의 부름에 한 손을 들어 올려 그의 입을 닫게 한 매튜가 잠시 후 아무렇게나 허공에 시선을 둔 채 말을 이었다.

"그 찢어 죽여도 시원찮을 양승호 놈, 그 개자식의 아이를 임신한 채 내 여자는 흔적을 감추었지."

"……."

"그때부터였어. 금한그룹을 갈가리 찢어 공중분해 하기로 마음먹은 건. 피도 눈물도 없는 잔인한 냉혈한으로 불리어도 상관없이 잔인한 무적자가 되었지. 나의 잔인무도한 행적들이 세상에 알려질수록 내 다짐에 한 걸음 다가서는 길이었기에 만족했어. 꽤 상당히 말이야."

"그런데 어쩌다가 이런 추한 몰골이 되셨습니까?"

이 상황에서도 지적을 늦추지 않는 그를 향해 매튜가 허공으로 보내고 있던 시선을 돌렸다. 그리고는 고개를 주억거리며 말을 이었다.

"그렇게도 찾아 헤맸던 내 여자의 소식을 몇 년이 흐르고야 겨우 들을 수 있었지."

이를 꽉 맞물리며 매튜가 욕설을 뱉었다.

"제길!"

아주 미흡한 변화일지라도 감정을 내보인 적이 없는 매튜였기에 강욱은 눈살을 찌푸리며 매튜의 다음 말을 기다렸다.

"살아가는 이유 중 하나가 양승호를 향한 복수라면 그 나머지 하나는 희망이었지. 내 여자를 되찾아 내 인생이 다시 해피해지는 거. 빌어먹을!"

또다시 욕설을 내뱉은 매튜가 커다랗게 숨을 들이마시며 감정을 절제했다.

강욱은 매튜가 다시 말을 꺼낼 때까지 묵묵히 기다렸다. 내 여자…….

그는 매튜가 뱉은 그 단어에 집중하며 연수를 떠올렸다. 내 여자, 최연수…….

"빛이 사라졌어. 살아갈 희망을 잃었지."

연수를 떠올리고 있는 그를 향해 매튜가 힘을 잃은 목소리로 말을 잇고 있었다.

"그녀가 없는 세상이라……. 매일이 지옥이었어."

"매튜……."

"술에 의지하며 방탕한 생활을 하는 내내 복수, 그 한 가지 이유로 버텼어. 그리고 꼭 찾아야 했지. 내 여자가 남긴 그녀의 분신을 말이야."

"당신의 그녀가 남긴 분신……?"

되묻는 그를 응시하며 매튜가 크게 고개를 주억거렸다. 그리고는 애틋한 눈매를 한 채 그를 지그시 응시했다.

물론 탄력을 잃은 눈가에 자잘하게 주름을 만들어 가늘게 실눈을 하고 있는 게 애틋한 눈빛이라면 말이다. 매튜는 지금 그 어느 때보다 애틋한 눈빛으로 그를 주시하고 있는 것이었다.

"현주리, 내 여자의 이름이야. 그리고 그녀의 분신이 지금 내 눈앞에서 시건방을 떨고 있는 현강욱이란 놈이지."

"!"

너무도 급작스러운 말에 그는 한순간 자신의 귀를 의심했다.

"매튜, 당신 지금 무슨 소릴……?"

"내 여자의 분신이자 찢어 죽여도 시원찮을 양승호 놈의 아들이야. 현강욱, 자네가."

"!"

"내가 왜 직접 그 개자식의 인생을 부숴버리지 않았는지 이제 납득이 가나?"

"매……."

"자기 자식의 손에 의해 인생이 갈가리 찢어지는 기분은 어떨지, 그것도 제가 버린 핏줄에 의해서 제 인생을 한 방에 날리게 되는 심정이 어떨지는 생각만으로도 통쾌하지 않나. 쿡쿡……."

가래 끓는 소리와 함께 커다랗게 웃음을 뱉은 매튜가 냉혹하고 날카로운 음성으로 되물었다.

"내 이야기를 들은 지금도 여전히 내 제안을 받아들일 수 있겠나, 강욱?"

강욱은 생전 처음으로 자신의 생부에 관한 소식을 들었다. 그리고 들은 지 몇 초도 지나지 않아 제 손으로 생물학적 존재인 아버지란 이름을 기억에서 날려버렸다. 그에게는 처음부터 없던 이름이었다.

"물론."

짧고 간결한 그의 한 마디에 그는 현강욱의 이름 대신 제임스 맥과이어란 이름으로 불리게 되었다.

12 사랑을 위하여

강욱은 빠르게 스쳐가는 지난날의 기억에서 빠져 나왔다. 기억의 터널에서 빠져 나오는 수초의 짧은 시간에도 연수는 딱딱하게 굳은 얼굴로 초조하게 그의 해명을 기다리고 있었다. 그는 의혹과 그에 따르는 불신을 애써 밀쳐 내려 갖은 애를 쓰고 있는 연수를 자신의 품에 안은 채 단단한 턱을 그녀의 정수리 위에 얹었다.

그리고는 커다랗게 한숨을 내뱉었다. 연수 안에 소용돌이치고 있을 그를 향한 의혹과 불신을 한시바삐 말끔하게 해소하는 것이 옳음을 안다.

사랑을 쟁취하기 위해서.

내 여자, 최연수를 온전히 가지기 위해서.

그렇게 변명할 수 있다. 아니 그렇게 해명할 수 있다.

"처음 우리가 만났던 당시 당신 모습이 어땠는지 기억나?"

그는 각진 남자다운 턱으로 연수의 정수리를 지그시 누르며 말을 꺼냈다. 처음 만났던 당시의 연수가 선명하게 보였다. 자신이 만든 단단한 껍질 속에 감정을 꾹 눌러두고 담백하고 무감각한 여자이고자 하던 내 여자 최연수.

그는 연수의 정수리 위에 올렸던 턱을 들어 고개를 수그렸다. 그리고는 연수의 얼굴을 양손으로 감싼 채 그녀의 시선을 붙잡았다.

"당시의 당신은 어떤 감정보다 의무와 신뢰가 우선이라고 전신을 통해 내게 전달하고자 애썼었지. 담담하고 무미건조한 감정을 흩트리지 않으려고 무던히도 애쓰면서 아무렇지도 않은 척 연기를 했었어. 당신 심장은 날 보고 있는 게 분명한데 당신 입술은 한사코 아니라고 부인하며 서툰 연기를 했었지."

그는 한쪽으로 비스듬히 기울어진 미소를 지으며 연수에게 생각나? 하는 무언의 눈빛을 했다.

그의 시선에 사로잡힌 채 연수는 가만히 고개를 주억거리며 말했다.

"내 심장에도 뜨거운 피가 흐르고 있음을 처음으로 깨달았던 혼란과 충격의 날들이었어."

그녀는 너무도 생생히 전해지는 당시의 고통에 설핏 이마를 찌푸렸다.

"나를 온통 뒤흔든 그 감정들이 무엇인지 깨닫는 데는 오래 걸리지 않았어. 내게 일어난 새롭고 낯선 감정을 인정하면서도 당신을 밀어내야만 했던 그 고통의 순간을 어떻게 잊어?"

무채색으로 담백한 삶을 살던 그녀 인생에 불쑥 들이닥쳤던 감정. 한순간에 열정이라는 감정의 소용돌이에 빠져 허우적거렸던 그 혼란과 당혹감의 날들을 어찌 잊을까. 살점을 도려내는 듯 아픔과 고통이 동반되었던 참으로 힘겨운 날들을 말이다.

"영원히 잊힐 것 같지가 않아."

그녀는 말을 끝맺기 바쁘게 불쑥 솟구치는 의문에 고개를 절레절레 흔들었다. 만약에, 정말로 아주 만약에……. 연수는 상상만으로 끔찍한 지옥 불에 놓이는 기분에 사로잡혀 힘껏 고개를 가로저었다. 그녀는 자신 안에 이는 한 점 의혹을 강욱이 한시바삐 말끔히 씻어주길 바랐다.

"아빠 호텔을 위해서는 어쩔 수 없는 선택이라고 생각하며 잠시지만 나는 대단한 모험을 감행하려 했었어. 호텔에 자금을 대주겠다며 내미는 기준 오빠의 손을 잡으려고 했으니까. 그 결정으로 어쩌면 당신을 다시 잃을지도 모르는데 말이야."

잠시 아주 그릇된 생각을 했었노라 고백하는 연수를 응시하며 강욱은 누군가가 자신의 심장을 바윗덩어리로 압박하는 듯한 기분에 놓였다.

"얼마 지나지 않아 내가 했던 결정이 얼마나 어처구니없는 상상인지 깨달았어. 당신을 잃을지도 모른다는 상상만으로도 마치 지옥 불에 빠져 전신이 새카맣게 타들어가는 죽음과도 같은 공포의 시간과 맞닥트렸으니까. 내 안의 모든 기관들이 딱 멈춰버린 기분이었어……그리고 지금 이 순간이 그래."

강욱은 연수의 얼굴을 감싼 손아귀에 지그시 힘을 실었다. 당시 그는 잠시라도 흔들린 연수를 벌하고 싶어 했다. 그를 떠나는 것이 어떤 끔찍한 일을 동반하게 되는 것인지 그녀가 조금만 더 늦게 깨달았어도 그는 사실 연수를 벌했을 것이다. 그녀가 아무리 죽음과도 같은 공포심을 느끼고 있다손 하더라도 말이다. 그랬으면서 그는 또 이기적이게도 연수가 그의 사랑을 의심스러워 하는 이 순간을 받아들일 수가 없다.

"어떤 일 앞에서도 당신이 나를 잃는 일은 일어나지 않을 거라고 언젠가 말했었지. 마찬가지로 내가 지금 하게 될 말로 당신을 상처 입히고 아프게 한다손 하더라도 당신을 사랑하는 내 마음만은 의심하면 안 돼."

"그렇다면 무슨 말이라도 해서 어서 나를 설득시켜봐."

후욱, 긴 한숨을 뱉으며 연수가 말했다.

"최연수. 그 한 가지만은 약속도록 해."

명령에 가까운 그의 강압에 연수가 기계적으로 고개를 주억댔다. 그러는 동안에도 그녀의 눈빛은 여전히 흔들리고 있었다. 강욱은 흔들리는 연수의 눈빛에서 의혹과 불신, 그를 향한 사랑과 믿음이 공존하며 그녀를 혼란에 빠트리고 있음을 그녀의 눈빛에서 쉬이 느낄 수 있었다.

"내가 어떤 말을 하던 우리 사이엔 어떤 변화도 일어나지 않아. 알겠지, 최연수?"

재차 다그친 그는 연수의 대답을 기다리는 대신 낮지만 힘 있는 음성으로 말을 이어 나갔다.

"한눈에 내 여자임을 알아보았는데도 불구하고 당신을 떠나야 했어. 미국행 비행길에 오르면서 다시는 이 나라에 발을 들이밀지 않으리라 다짐했었지. 효경 씨로부터 당신이 은기준과 파혼하고 혼자라는 소식을 전해 듣는 그 순간 그 모든 다짐은 한순간에 물거품이 되었어. 내가 했던 그 모든 다짐들을 뒤로하고 귀국길에 오를 결정을 내렸어."

결정을 내리는 데엔 한순간이었다. 그러나 그는 여전히 대한민국의 로열패밀리. 소위 자신들만의 세계는 따로 있다고 고집하는 아집과 우월감으로 똘똘 뭉친 상류층을 제압할 수 있는 권력이나 부, 그 어느 것도 만족스럽게 지니고 있지 못했다.

파혼은 했지만 그가 되찾으려는 자신의 여자 연수는 여전히 상류층 세계에 속한 사람이었고, 그는 여전히 환영받지 못할 이방인, 연수를 두고 떠나왔을 때와 별반 달라지지 않았다. 변화가 있다면 세계적 기업사냥꾼으로 명성이 자자한 매튜 맥과이어의 투자사에서 천재적인 두뇌로 놀라운 능력을 발휘하며 매튜와 그 외의 합병에 능수능란한 다른 여러 투자사들을 기함하게 만들었다는 정도. 그의 존재는 여전히 대한민국의 상류층 세계에서는 이방인일 수밖에 없는 불청객인 셈이었다.

그의 여자로 연수를 온전히 되찾으려면 누구도 자신을 함부로 정의 내릴 수 없는 무궁무진한 힘을 지녀야 했다. 호화로움의 극치에도 불구하고 끝날 것 같지 않았던 크리스마스이브의 파티가 끝나기 무섭게 매튜를 찾아 담판을 지었던 이유였다.

"상류층이라 불리는 세계의 사람들은 어느 나라를 막론하고 자신들만이 특별한 삶을 사는 대단한 사람들이라고 자부를 하지. 자신들의 뒷모습은 철저히 감춘 채 저보다 못한 사람들을 아주 하찮게 여기는 경우를 종종 봐왔어."

그는 상류층이라 불리는 사람들을 비웃기라도 하듯 피식, 조롱 섞인 웃음을 지었다. 그리고는 연수의 볼을 감싼 양손에 힘을 실어 그녀의 시선을 움직이지 못하도록 했다.

강욱의 시선에 사로잡힌 채 움직임을 멈추고 있던 연수의 눈빛이 또다시 흔들렸다. 바람 앞에 촛불처럼 힘없이 흔들리는 그녀의 눈동자는 앞으로 그가 어떤 말을 할지 알기라도 하는 듯 벌써부터 불안해 보였다.

"누구도 우리를 조롱할 수 없도록 해야 했어. 그러려면 현강욱 대신 제임스 맥과이어가 되어야 했어."

제임스 맥과이어.

강욱의 입에서 듣는 진실은 생각보다 훨씬 커다란 충격으로 와 닿았다. 연수는 믿고 싶지는 않았지만 이미 그가 제임스 맥과이어와 동일인물임에 무게를 두고 있었으면서도 새삼 일시에 탁, 심장이 멈춰버린 기분이다.

"어째서……."

그녀는 바짝 타들어가는 마른 입술을 혀로 적시며 어렵게 말문을 이었다.

"……어째서 내게 사실을 말해주지 않았던 거야? 자금 때문에 동분서주하는 내 모습을 쭉 지켜보고 있었으면서 어째서……?"

더 이상 참을 수가 없어 그녀는 멈추고 있던 숨을 크게 들이마셨다. 그러자 일시에 멈춰버린 것 같던 심장이 부풀어 오르며 팽팽하게 가슴을 조여 왔다.

"왜……?"

앵무새처럼 읊조리는 입술이 차갑게 굳어진다.

강욱은 연수의 변화를 지켜보며 울대가 울리도록 크게 숨을 삼켰다. 상처 입은 연수를 꿰뚫고 있으니 따끔거리며 목이 아파왔다.

"당신이……. 제임스 맥과이어면서……. 베일 속의 그……."

연수가 하고자 하는 질문에 그녀의 볼을 붙잡고 있는 강욱의 양손에 저절로 힘이 들어갔다. 양손에서 전해지는 볼을 감싼 압박감 때문인지 아니면 질문이 너무 버겁기 때문인지 연수는 이마를 찌푸리며 차마 끝까지 말을 잇지 못했다.

강욱은 끝내 다 잇지 못한 연수의 질문에 고개를 끄떡이며 대답을 했다.

"맞아, 바로 내가 제임스 맥과이어인 동시에 언론이고 사람들이 떠들어댔던 피도 눈물도 없는 냉혈한."

연수는 그의 말이 끝나기 무섭게 질끈 두 눈을 감았다. 마치 그렇게라도 하면 진실이 달라지기라도 하는 양. 그리고는 천천히 눈을 뜨며 기계적으로 입술을 움직였다.

"해돋이를 보고 났을 때 당신이 하려는 말을 내가 막지 않았다면, 그랬더라면 이처럼 혼란스럽지 않았을까?"

혼잣말처럼 멍하니 되묻는 연수를 내려다보며 강욱은 또다시 목울대를 꿈틀거렸다. 그는 잠긴 목을 가다듬으며 낮게 가라앉은 음성으로 말했다.

"그랬더라도 당신에겐 충격이었을 거야. 다른 것이 있다면 은기준에게서 듣게 하는 대신 내 입으로 직접 진실을 밝혔다는 정도겠지."

그는 예측하지 못한 상황에 직면하고 나니 스스로에게 화가 났다.

물론 오늘내일 자신에 관한 기사가 터질지도 모른다는 짐작은 하고 있었다.

범수에게서 전해 받은 보고에 의하면 경호건설은 자회사의 주식을 누군가가 무자비로 사들였다는 정보를 입수하고 뒤늦게야 조사에 착수했다고 했다. 주주들인 이사회에서조차 무시할 수 없는 지분을 단기간에 매입한 인물로 인해 경호건설은 곧바로 분주하게 움직이기 시작, 급기야 베일에 가려져 있는 기업사냥꾼을 의심하기에 이르렀고 경호건설 측은 지금까지 누구도 밝혀내지 못한 베일의 기업사냥꾼을 찾아내기에 혈안이 되어 있었다. 그러던 중 NJ투자사의 대표인 제임스 맥과이어와 강욱, 그가 동일인물임이 은기준에게 알려지게 되는 귀찮은 일이 발생한 것이다. 할 수 있는 한 제임스 맥과이어는 조용히 세상에서 사라지도록 할 셈이었는데 은기준이 사실을 밝혀냈으니 어쩔 수 없었다.

"계획대로라면 해돋이를 보고 나서 당신에게 사실을 밝힐 생각이었어."

물론 원래의 계획대로라면 베일에 가려진 냉혈한의 정체는 끝까지 밝히지 않을 셈이었다. 제임스 맥과이어가 되려면 매튜와의 거래는 피할 수 없는 수순이었다. 매튜에게 사실을 전해 듣기 전까지 그는 친부가 누구인지조차 모른 채 살아왔다. 또 한 그 사실을 알았다 해서 새삼스레 관심이나 호기심이 생긴 것이 아니니 분노나 애증 또한 생길 리 만무했다. 따뜻한 성품을 지녔다거나 만만하게 보일 정도로 좋은 인품을 지니지는 않았어도 결코 복수를 위해 수단 방법을 가리지 않을 만큼 피도 눈물도 없는 냉혈한이지도 않았다. 매튜와 한 거래만 아니었던들 당연히 대한민국에서 몇 손가락 안에 드는 금한그룹에 관심을 두지도 않았을 것이고 기업을 공중분해 하는 냉혈한으로 불리지도 않았을 것이다. 당연히 생물학적인 친부 양승호의 얼굴 또한 모른 채 살아갔을 것이다.

"내가 NJ대표이사 제임스 맥과이어란 사람과 동일인물이란 사실을 밝히고 그 사실에 놀라고 어쩌면 한편으로는 내 마음까지 의심할지도 모르는 당신에게 난 해명을 했을 거야."

해명을 한다고 해도 연수를 가지기 위해 매튜와 한 거래까지는 밝히지 않을 작정이었다.

그녀를 가지기 위해 매튜가 제안했던 그의 오랜 염원을 받아들이기는 했지만 말이다.

"고등학교를 졸업하고 미국으로 유학을 갔을 때는 내가 잘나서인 줄 알았어. 시간이 지나서야 나를 후원하는 사람이 있다는 걸 알았지. 그것도 세계적으로 명성이 자자한 투자사 매튜 맥과이어가 내 후원자더군. 그 사실에 놀랐지만 당시에도 난 매튜가 천재적인 내 두뇌를 높이 평가했기 때문이라고 판단하고 아무렇지도 않게 그의 후원을 받아들였어."

매튜는 항상 그를 건방진 놈이라 부르며 명석한 두뇌만 아니라면 자신의 곁에 두지 않았을 거라고 누누이 말했다. 그랬기에 그도 사실 매튜의 제안을 받아들이기 전까지는 그런 줄로만 알았다.

"학교를 졸업하고 매튜의 회사에 입사해서 승승장구 승진했지. 그 덕택에 상류층만 들어갈 수 있는 파티장에 참석할 수 있었고 효경 씨를 만났던 거야. 이미 말했지만 당신 소식을 전해 듣고 귀국을 결정했지. 결정을 내리고 가장 먼저 매튜를 찾아갔어."

매튜와 한 거래까지 연수에게 밝힐 생각은 없다. 그 생각은 여전하다.

"매튜는 오래전부터 나의 대부가 되고 싶어 했었고 귀국을 결심한 순간 난 매튜의 제안을 받아들이기로 결정 내렸어. 당신 남자가 되려면 매튜의 배경이 필요하다고 판단했거든."

매튜의 제안을 받아들이고 제임스 맥과이어로 불리게 된 이유는 단 하나. 순전히 연수가 속한 세계의 그 어느 누구도 그를 초대받지 못한 이방인이라 감히 말하지 못하게 하기 위함이었다. 특히, 사생아로 아무런 연고도 없다는 이유만으로 그를 경멸하고 무시했던 연수의 생모에게 당당히 인정받고 싶었다. 아무런 연고도 없는 사생아 따위에게 딸을 줄 수는 없다고 말했지만 사실 민숙의 말 그 이면에는 그에 상응하는 권력과 부가 없기 때문이란 것을 그는 누구보다 잘 알고 있었다. 당시에도 그리고 내 여자를 되찾으려는 지금에도.

"제임스 맥과이어로 불리게 되자 누구도 내게 의심을 품지 않더군. NJ의 대표가 동양인이니 혼혈아, 혹은 재미교포이지 않을까, 궁금하고 호기심이 생겼을 텐데도 어느 누구도, 언론인조차도 함부로 호기심을 드러내지는 않았어. 알고는 있었지만 매튜 맥과이어의 후계자라는 게 상상보다 훨씬 막강한 배경이더군."

"그런데 어째서……."

그의 해명을 듣기 이전보다는 많이 안정된 듯 보이지만 연수의 눈빛은 풀리지 않는 의혹으로 여전히 빛을 잃고 있었다. 의혹과 불신, 그의 사랑을 믿고 싶은 혼란의 공존으로 눈빛은 여전히 희미하게 흔들리고 있었다.

"당신을 다시 만났을 때는 사랑을 나누기에도 시간이 모자랐어. 나중에는 당신에게 내가 누구인지는 그다지 중요한 문제가 아니라고 생각했지. 그리고 굳이 당신에게 제임스 맥과이어라 불리고 싶지는 않더군."

"자금 때문에 쫓기고 있는 호텔을, 나를 걱정했다면."

"연수야."

그는 불신과 의혹의 눈빛으로 말을 뱉는 연수의 말을 중간에서 탁 가로챘다.

"의심하지 마. 당신을 사랑해."

"어째서……어째서 당신 사랑을 의심하게 만들었어?"

"이미 몇 번이고 당부했고 당신에게 약속을 받아냈어. 우리 사랑을 의심하지 마."

"나도 믿고 싶어. 아니, 내 남자를 의심하고 싶지는 않아."

"그렇다면 날 믿어."

명령에 가까운 그의 다그침에 연수가 입술을 꾹 깨물었다가 떨리는 음성으로 말을 했다.

"……지분을 들고 NJ로 찾아가보면 어떻겠냐고 당신에게 조언했을 때, 당신은 그때도 아무런 말도 해주지 않았어. 당신이 누구인지 얼마든지 말해줄 수 있었을 텐데 말이야."

떨리는 목소리에는 그를 향한 비난이 숨김없이 드러났다.

"당신이 제임스 맥과이어인 줄 모른 채 NJ투자사의 요구대로 엄마와 내 지분까지 몽땅 팔았어. 당신이 NJ대표이사라는 걸 알고 내가 충격 받으리란 걸 모르지는 않았을 거잖아."

강욱은 고개를 끄떡였다.

"한라호텔을 당신 아버지가 아닌 남의 손에 넘어가도록 내버려둘 생각은 없었어. 계속 호텔의 자금 흐름을 지켜보고 있었지. 은기준이 당신에게 접근하기 전까지는 뒤에서 관망만 할 생각이었지 베일에 가려진 채 잊히고자 했던 냉혈한, 제임스 맥과이어를 굳이 세상에 드러낼 생각은 없었어."

냉혈한이라 자신을 칭하는 그의 어투 때문인지 연수가 마른 입술을 혀로 쓸었다. 호텔이 위기에 처하기 그 이전부터 그녀는 베일에 싸인 기업사냥꾼을 냉혈한이라고 비난했었다.

"경호건설이라는 배경으로 내 여자를 가로채고자 당신에게 접근하는 은기준을 보고 생각이 달라졌어. 베일에 가려진 냉혈한이라고 해도 제임스 맥과이어란 존재가 필요한 시점이더군. 잔인하고 냉정한 이면의 내 모습은 끝까지 비밀로 하려고 했어. 당신에게 그런 모습까지 보이고 싶지는 않았거든. 아, 물론 당신에게 NJ대표가 나라는 사실만큼은 밝힐 예정이었어. 당신이 주식을 들고 회사로 찾아오면 그 사실을 밝힐 예정이었지."

"사실을 밝히는 당신 대신 그날 나는 김범수 실장을 만났어."

"그래."

강욱은 지체 없이 인정했다. 당시 그는 연수의 생모 민숙에게 화가 났었고 내 여자를 구석으로 밀어붙이는 은기준을 무참히 짓밟아버리고 싶도록 분노했다.

"김 실장은 당신 지분만으로는 투자금을 될 수 없겠다고 했을 거야. 그리고는 당신 어머니 지분까지 들먹였겠지."

"당신 지시였어? 김 실장이 말한 그 모든 일들이……?"

"맞아, 그 모든 일들은 내가 김 실장에게 지시한 거야."

"왜? 아무리 엄마가 당신을 미워한대도 내 엄마야. 어째서……."

"최연수. 몇 번이고 말하지만, 사랑을 의심하지 마."

"……!"

"만약을 대비해야 했어. 당신이 말하던 그 피도 눈물도 없는 잔인무도한 기업사냥꾼이 나라는 게 밝혀지고 난 이후를 대비해야 했지. 내가 누구이든 내가 얼마나 잔인하고 냉정한 인간이든 당신이 날 거부하지 못하도록 해야 했어. 그리고 당신 어머니가 날 당신 남자로 흡족하게 받아들이도록 할 명확한 것이 있어야 했어."

"강욱 씨……."

그는 멍하니 읊조리는 연수의 얼굴을 양손으로 꽉 말아 쥔 채 한마디 한마디에 힘을 실었다.

"누구도 내 여자를 넘봐서는 안 돼. 누구도 내 여자를 내게서 멀어지게 할 수는 없어. 알아? 그 사람이 당신이라도 안 돼. 최연수는 현강욱의 여자야. 사생아든 제임스 맥과이어든 피도 눈물도 없는 잔혹한 기업사냥꾼이든. 내가 누구이든 최연수는 내 여자야. 기억해."

"……."

"내가 어떤 사람이든 당신은 내 여자야, 최연수. 대답해."

"……어, 어……."

강욱은 눈을 동그랗게 뜬 채 머뭇거리며 대답하는 연수의 입술로 고개를 숙였다. 생물학적으로 맺어진 것에 불과하지만 금한그룹의 회장이었던 양승호는 어쨌든 그의 친부임은 틀림없는 사실이었다.

그런 자신이 금한그룹을 공중분해 했다는 사실을 연수가 알게 된다면 그녀는 그를 어떤 눈빛으로 볼까? 친부의 회사를 휴지조각마냥 갈가리 찢어 공중분해 한 그의 실체가 밝혀지면 어쩌면 사람들은 그를 가리켜 피도 눈물도 모르는 패륜아라고 말할지도 모른다. 남의 일이니 보고 싶은 데로 보고, 믿고 싶은 데로 믿으며 쉽게 말할 것이다. 그들이 무엇을 보고 믿던 어떤 식으로 말을 하던 상관치 않는다. 다만 다른 사람들처럼 연수가 그런 눈빛으로 자신을 본다면. 그는 상상만으로도 심장이 멈추는 기분이다.

금한그룹을 공중분해 한 기업사냥꾼이란 그의 이면은 영원히 베일에 가려진 채 세월과 함께 사람들의 기억에서 서서히 잊히게 하고 싶었다. 예측하지 못한 일이 발생하기 전까지 그는 자신의 뜻대로 될 것이라고 오만하게 생각했었다.

"아무것도 달라지는 건 없어."

약지에 끼워진 반지를 만지작거리고 있는 연수를 향해 강욱이 단호한 음성으로 말했다.

"그 반지를 어찌할 생각은 말라고."

연수는 혼탁한 머릿속을 정리하느라 자신이 왼손 약지에 끼고 있는 반지를 만지작거리고 있는 줄도 사실은 깨닫지 못하고 있었다. 그녀는 퉁명스럽고 단호한 강욱의 말투에 그제야 자신이 아까부터 습관처럼 약지에 끼워져 있는 프러포즈 반지를 끼웠다가 뺐다가를 반복하고 있었음을 깨달았다.

"꿈도 꾸지 마."

"……!"

연수는 멈칫, 반지를 만지작거리고 있던 오른손의 움직임을 멈춘 채 멍하니 강욱을 쳐다보았다. 깊게 내 천 자를 그린 강욱이 그녀를 뚫어지게 응시하고 있었다.

"당신에게 내가 투명하지 못했다는 거 인정해. 그렇다고 하더라도 불필요한 생각으로 감정을 소비하려 들지 마. 그냥 날 믿어."

연수는 마치 명령이라도 하듯 단호하게 요구하는 강욱을 멍하니 바라보며 둥근 이마를 찌푸렸다. 잠시 잊고 있었던 두통이 다시 몰려왔다.

"믿어."

강욱에게 프러포즈를 받았을 때만 해도 주위의 시선이나 엄마의 반대 따위는 문제가 되지 않는다고 자신했다.

"그런데 투명하지 않은 당신을 다른 사람들은 믿지 않아."

그러나 이제는 모든 것이 불투명해졌다.

"특히 엄마는."

사랑이 싸구려 감정놀이쯤으로 치부되는 정략결혼이 판을 치는 엄마의 세계나 관점에서 그는 분명 일등 신랑감이다. 그러나 한편으로 엄마에게 그는 비수를 들고 재등장한 복수의 화신일 수도 있었다.

"엄마는 정체를 감춘 채 한라호텔의 지분을 매입한 당신을 이해하지 못할 거야. 아무리 날 지키기 위해서라고 설득해도 엄마는 당신 말을 곧이곧대로 믿지 않을 거라고."

"날 의심하는군."

숱 많은 눈썹을 일그러트리며 강욱이 잔뜩 쉰 음성으로 핀잔했다.

"세상 사람이니, 당신 어머니 핑계를 대고 있지만 당신은 나를 의심하고 있어."

"아마도."

연수는 두 손으로 관자놀이를 지그시 눌렀다. 혼란스러운 머릿속은 정리가 되지 않고 쿡쿡, 관자놀이를 쑤셔대는 두통은 점점 심해져 왔다. 그래서인지 감정이 점점 예민해지고 있었다.

"투명하지 않았던 당신에게 화가 나. 왜 진즉 사실을 말해주지 않았었는지 안타깝고 화가 나."

"최연수답지 않게 빙빙 말꼬리나 돌리는군."

바지 주머니에 두 손을 넣고 있던 강욱이 한 손을 들어 이마를 살짝 덮고 있는 숱이 많은 앞머리를 아무렇게나 정수리 뒤로 넘겼다. 그리고는 뚜벅뚜벅 창가로 걸어가 딱딱하게 굳은 장신을 창가에 멈춘 채 팔짱을 끼고는 그녀를 향해 돌아섰다. 그녀를 꿰뚫을 듯 응시하는 그의 눈빛은 차갑고 예리하게 빛이 나고 있었다.

"최연수다운 것이 무언데?"

연수는 꿰뚫을 듯 응시하고 있는 강욱의 눈빛을 마주하며 심장이 따끔거리는 것을 느낀다.

"현강욱을 만나기 이전의 최연수는 아무런 감정도 없이 모든 것에 담담할 수 있었어. 자를 잰 듯 모든 사물을 바라보는 생각이 단절되었고 한결같았어. 화가 나거나 행복하거나, 극도로 불안하거나 놀라는 따위 모른 채 지냈어. 그러나 지금의 최연수는, 당신, 현강욱의 여자인 최연수는 아니야. 예쁜 꽃을 보면 예쁘다고 말할 줄 알아. 한 사람을 가슴에 품는데 얼마나 치열한 감정들과 마주쳐야 하는지 알아.

당연히 당혹스러운 사실 앞에서 충격을 받고 비틀거릴 수도 있어. 사실을 말할까? 진실을 말해?"

"말해."

팔짱을 낀 채 강경한 모습을 한 강욱이 낮은 음성으로 명령했다.

이 상황을 만든 사람은 그녀가 아닌데 어째서 그가 강경한 태도를 보이고 있는지. 어째서 그가 굽히지 않는 태도를 보이며 되레 그녀를 다그치고 있는지. 연수는 벌컥 울화가 솟구친다. 어느 상황에서든 오만하고 거침이 없는 이 남자의 당당함을 존경하고 사랑한다. 그러나 모르겠다, 이 순간은.

"모든 것에 투명하고 저돌적인 당신이 상황을 왜 이런 식으로 내몰았는지, 왜. 왜. 자꾸만 물음표가 떠오르고 있는지 나에게 화가 나."

이 상황에서도 한 점의 수그림 없이 거침이 없고 오만하도록 당당한 이 남자의 자존감이 이 순간만은 더 많은 의혹을 불러일으키고 있다. 그를 믿는다. 어느 순간에도 믿어왔다. 그러나 모르겠다. 이 순간만은 정말.

"당신을 믿는데, 무작정 당신을 믿어야 한다는 걸 의심하지 않는데 어째서 내 마음 한구석에선 자꾸만 물음표가 떠오르는지 모르겠어. 이런 내가 화나고 속상해. 그런데 꼭 그런 식으로 다그쳐야겠어? 꼭 그렇게 강경한 태도를 보이며 당신을 무작정 믿지 않는다고 날 비난해야겠느냐고?"

정리가 되지 않은 머릿속은 아까부터 지끈거리며 두통을 호소하고 있었고 그녀를 비난하는 듯한 강욱의 날카로운 시선은 그녀의 이성을 통째로 흔들고 있었다.

"어떻게 하기를 바란 거야, 강욱 씨? 머릿속은 뒤죽박죽이고 무엇 때문인지도 제대로 인지하지 못한 채 심장은 요동을 치고 있는데 자기는 이런 순간에도 내가 어떤 식으로 반응하기를 바랐느냐 말이야."

날카롭게 따지고 드는 그녀의 음성에 팔짱을 낀 채 강경한 태도를 보이고 있던 강욱이 팔을 내리며 길게 한숨을 뱉었다. 그리고는 헝클어진 앞머리를 정수로 뒤로 넘기는 거친 손동작을 보이며 명령하듯 했다.

"어떤 것도 하지 마."

후욱, 다시 한 번 더 크게 한숨을 뱉어내며 말을 이었다.

"날 믿어. 사랑을 믿으라고."

진지하고 단호한 음성은 요구였고 명령이었다. 연수는 말없이 강욱의 눈빛만 마주했다. 허공에서 그의 시선과 엉켜들었다. 터무니없도록 강경하던 그의 음성에도 불구하고 진실함이 전해져온다.

"끝까지 비밀로 해도 되었을 것을 이제 와서 모든 것을 밝히는 이유는 뭐야? 당신 계획에 없었던 일이잖아."

미치겠다. 그를 믿는다고 생각하면서도 억지로 타협점을 찾으려고 애를 쓰고 있는 모나고 못난 또 하나의 내가 엿보여서.

강욱은 차분하고 진지한 연수의 물음에 목젖이 울리도록 마른침을 삼키며 두 손을 말아 쥐었다. 줄곧 당당하고 오만한 태도를 보였던 그도 이 순간만은 절대적으로 딱딱하게 굳어지는 자신을 인지한다.

"잠시 언론이 시끄러워질 거야."

무작정 자신을 믿어라, 연수에게 오만하게 요구하고 있지만 실은 충격으로 혼란스러운 그녀의 반응을 누구보다 이해한다.

"제임스 맥과이어를 더 이상 베일 속에 감추고 있을 수가 없게 되었어."

그는 상황을 여기까지 오도록 한 자신이 참을 수 없도록 화가 난다. 무엇보다 이미 모든 것을 꿰뚫고 있었으면서도 은기준을 막지 않은 허술한 감정 소비가 화가 난다. 남자 대 남자로서 한 여자를 사랑하는 마음을 이해라도 하려 들었든가. 불필요한 감정 소비였으며 하나 지닐 필요 없는 잠시의 치기였다.

"오늘 밤 뉴스에 나오게 될 거야. 얼굴은 노출되지 않도록 지시를 했지만 언론을 완전히 막는다는 보장은 없어."

"!"

"당신 어머니가 뉴스를 보게 된다면 내가 누구인지 아시게 될 거야. 당신이 많이 곤란해질지도 몰라."

"그런 염려, 이미 너무 늦었지 않아?"

"연수야."

"쉬어야겠어. 갈게."

오피스텔을 나서려는 그녀의 어깨를 강욱이 얼른 붙들었다.

"언론에서 퍼트리기 전에 내가 먼저 당신 어머니를 만나도록 하지. 당장에 찾아뵙도록 하자고."

"두통이 너무 심해. 참을 수가 없어. 집에 가서 쉬어야겠어."

"뉴스가 나가고 내가 누구인지 당신 어머니가 아시게 되면 당신이 어떤 상황에 놓이게 될지 알아. 혼자서 맞닥트리도록 내버려둘 수는 없다고."

"어차피 엄마 반응은 마찬가지일 거야. 그리고 지금은 엄마의 히스테리 반응을 내가 참을 수 없을 것 같아. 다음에 가기로 해."

"내 말대로 해, 연수야."

"아니, 누구 말도 들을 수가 없을 것 같아. 지금은. 엄마의 히스테리 반응은 특히."

"최연수, 당신……!"

"당신도 알겠지만 호텔 문제로 그동안 너무 예민한 상태였어. 지금 난 휴식이 필요해. 그 어느 것보다. 나오지 마, 간다."

강욱은 담담하고 차분한 어조로 그의 요구를 단번에 제압해버리는 연수를 지켜보며 더 이상은 고집을 앞세우지 않았다. 마치 지금 일어나고 있는 모든 감정을 단절해버기라도 하겠다는 듯 담백하고 조용한 연수가 그는 두려울 지경이다.

"……!"

그는 등을 보인 채 멀어지는 연수를 지켜보며 이대로 그녀를 보내도 되는 것인지. 이대로 그녀의 의견을 따라주는 것이 맞는 것인지 생전 처음으로 해답을 찾지 못했다. 딱딱하게 굳어지는 그의 얼굴로 회색빛 어둠이 낮게 드리워졌다.

연수는 안방 침대에 누워 링거주사를 팔에 꽂은 채 잠이 든 민숙의 얼굴을 내려다보았다.

평소에도 표정이 없는 야윈 민숙의 얼굴은 더욱더 핏기를 잃어 창백한 것이 마치 밀랍인형 같았다. 연수는 둥근 이마를 찌푸리며 옮게 한숨을 뱉었다.

"호텔 일에 나까지 쓰러졌으니 그동안 네 엄마가 많이 힘들었던 게지."

둥근 이마를 구기며 말없이 민숙을 내려다보고 있는 연수의 등 뒤에서 최 회장이 말해왔다.

"한 원장이 다녀갔다. 이제 많이 진정되었다니까 그렇게 걱정할 필요는 없어."

연수는 입술을 지그시 깨물었다. 강욱의 말 대로 어젯밤 정규뉴스에서는 그동안 베일 속에 감춰져 있던 NJ대표이사 제임스 맥과이어가 어떤 인물인지 드디어 밝혀졌다고 크게 보도했다. 무엇보다도 동양인이면서 어떻게 전 세계적으로 유명한 투자사 매튜 맥과이어의 후계자가 되었는지가 궁금하다며 언론은 제임스 맥과이어에 관련한 뉴스를 집중 보도했었다.

"연락이 안 되더구나."

"전화기를 꺼두고 있었어요."

"안 그래도 네 휴대전화가 계속해서 꺼져 있어서 걱정했었다."

"두통이 있어서 약을 먹고 일찍 잠이 들었어요."

사실 그녀는 어젯밤 일찍 잠이 든 것은 아니다. 진통제를 삼킨 채 잠을 청하기는 했지만 전신이 소금에 절여진 배춧잎처럼 흐느적거리면서도 눈은 감기지 않았다. 두통과 피로로 따끔거리는 눈을 한 채 정규뉴스까지 보고도 잠들 것 같지가 않아 결국 그녀는 휴대전화의 전원을 눌렀다. 잠드는데 방해가 되기 때문이라고 스스로에게 해명을 했지만 그 이면에는 뉴스를 보고 뻔질나게 전화를 해댈 엄마를 피하기 위함이었다. 임시방편이기는 했지만 어쨌든 휴대전화를 꺼 둔 덕분에 어젯밤은 엄마의 히스테릭한 반응을 접하지 않고 보낼 수 있었다.

"걱정 끼쳐서 죄송해요, 아빠."

그렇지만 이렇게 쓰러진 엄마를 대면하게 될 줄은 예상하지 못했다. 아니, 어쩌면 이미 예상하고 있었는지도 모르겠다. 출근길에 굳이 본가에 들른 것을 보면.

"엄마가 쓰러졌을 줄은 생각지도 못했어요."

야윈 몸에 금방이라도 쓰러질 것처럼 히스테리 반응을 보였어도 엄마가 정말로 몸져누운 적은 없었다. 그만큼 정규뉴스에서 실체를 드러낸 강욱의 존재가 엄마를 충격에 빠트린 것이다.

"전화를 켜뒀어야 했어요."

최 회장은 마치 무슨 큰 죄라도 지은 듯 어깨를 움츠리는 연수를 지그시 응시하며 나직한 음성으로 그녀를 불렀다.

"연수야."

"……네, 아빠."

"내가 쓰러지는 바람에 네 엄마와 네가 마음고생이 많았다는 것 안다."

"아니에요, 아빠. 그보다는 지분을 함부로 팔아서 죄송해요. 주식만은 지키고 싶었는데 달리 방법이 없었어요."

"아니다. 호텔을 위기에 처하게 한 이 아빠 잘못이지. 진즉에 주식을 팔았더라면 자금 압박으로 고생하지 않아도 되었을 것을, 욕심을 부리고 있다가 괜히 네 엄마나 너까지 마음고생 시켜서 아빠가 면목이 없구나."

"엄마와 제 지분을 지키려고 끝까지 버티신 거 알아요. 아빠는 호텔보다 엄마와 저를 더 생각하셨어요."

"허허, 녀석도."

뒷짐을 진 최 회장이 계면쩍은 웃음을 지었다. 그리고는 다시 근엄해진 목소리로 말을 이었다.

"네 엄마는 제법 깊이 잠이 든 모양이다. 깨려면 조금 더 있어야 할 모양이야. 서재에 가서 이 애비와 이야기 좀 하련?"

"……."

뒷짐을 진 채 최 회장이 먼저 움직였다. 침실 문을 향해 걸음을 옮기는 최 회장의 뒤를 따라 연수도 말없이 걸음을 옮겼다.

"정규뉴스를 보다가 말고 네 엄마가 갑자기 흥분하더구나."

소파에 마주 앉은 연수를 향해 최 회장이 먼저 말을 꺼냈다.

"흥분한 채로 네게 전화를 했는데 연결이 되지 않으니 화가 많이 났었어."

"엄마가 아빠 앞에서까지 히스테리를 부릴 줄은 몰랐어요."

"허허, 녀석도."

"아직 몸도 편찮으신데 엄마 히스테리까지, 전화를 꺼두는 것이 아니었는데 제가 생각이 모자랐어요."

"자책할 필요는 없다. 네 엄마이기도 하지만 내 마누라이기도 해. 그나저나 네 엄마가 왜 그리 흥분하고 정신을 놓았는지는 은 사장을 통해서 나중에야 전해 들었다."

"기준 오빠요……?"

긴장한 얼굴로 둥근 이마를 찌푸리는 그녀를 최 회장이 지그시 응시했다.

"연수야……."

"네, 아빠."

"……은 사장 말에 의하면 네 엄마가 정규뉴스를 보다 말고 왜 그렇게 히스테리 반응을 보였는지 너는 알고 있을 거라고 하더구나."

"아빠……!"

연수는 꿀꺽, 마른침을 삼켰다. 그리고는 두 손을 꽉 마주 잡으며 말을 이었다.

"제임스 맥과이어가 누군지 알고 있어요."

그녀는 여전히 혼란의 중심에 있다. 강욱의 해명과 함께 내 남자를 믿고 싶다는 갈망에도 불구하고 뒤따르는 물음표는 엉켜진 머릿속을 더욱 복잡하게 만들고 있다.

기준에게 사실들을 듣기 이전에 강욱에게서 먼저 사실을 들었다면 충격과 뒤이어 따른 의혹과 불신이 조금은 덜 했을까.

"그가 제임스 맥과이어가 되기 훨씬 이전부터요."

그녀는 계속 만약이라는 가정을 들추며 강욱을 향한 한 점 의혹도 씻어버리려 애쓰고 있는 중이다. 그리고 이러한 감정의 소용돌이 속에서 강욱과 그녀의 이야기를 아버지에게 속 시원하게 하기란 결코 쉽지가 않다.

"저를 흔들었던 사람이에요. 기준 오빠와 약혼을 예정하고 있던 때부터요."

"은 사장에게서 이미 전해 들었다. 은 사장은 너희들이 파혼에 이르게 된 주된 이유가 그 남자 때문이었다더구나."

"그건……!"

연수는 기준이 아버지에게 강욱을 어떤 사람으로 이야기했을지 염려가 되어 바싹 입술이 타들어 가는 기분이다.

"어떤 말을 들으셨는지는 모르겠지만 기준 오빠와 제가 파혼을 한 건 그 사람, 제임스 맥과이어와는 무관한 일이었어요."

그녀는 세상 누구보다 아버지, 단 한 분만은 강욱과 그녀의 사랑을 어떤 불신이나 오해도 없이 지지해주기를 바란다.

"물론 흔들리는 저를 지켜보는 동안 기준 오빠도 힘들고 상처 받았을 거라는 점 인정해요. 그 점은 변명의 여지가 없어요."

그러하기에 아버지가 기준의 말만으로 강욱을 판단하지 않기를 진심으로 바란다.

"그렇지만 기준 오빠와 저의 파혼은 그 사람과는 무관한 일이었어요."

"굳이 날 이해시키려고 애쓰지 않아도 된다."

"……?"

"모두들, 심지어 네 엄마까지 파혼을 네 탓으로 돌렸지. 많은 사람들의 수군거림과 손가락질에도 너는 어떠한 변명도 하지 않았어. 주위의 따가운 시선을 묵묵히 감수하며 모든 것을 네 탓으로 받아들였어."

"아빠……!"

"너희들이 파혼했던 것은 은 사장이 다른 여자를 임신시켰던 게 가장 주된 이유였어. 이제 와서 너희들의 파혼이 제임스 때문이었다고 책임을 전가하려는 은 사장 말은 남자답지 못한 변명이야. 은 사장의 무책임한 발언은 일말의 가치도 없다고 생각한다. 그러니 내가 제임스 맥과이어를 섣불리 판단하고 있지는 않을까 하는 염려는 말거라."

"아빠……."

"너는 예전에 그 남자에게 마음이 흔들렸어. 그 일로 은 사장은 홧김에 다른 여자를 안았고, 임신시켰지."

"어떻게……?"

"내 딸에게 일어난 일들이야. 나도 그 정도는 알고 있었다."

"……."

"그보다는."

"?"

"은 사장 말로는 NJ대표로 있으면서 자신을 드러내지 않고 있었던 것을 보면 제임스 맥과이어는 다분히 의도적으로 네 엄마 지분과 네 지분을 매입했을 거라더군. 네 생각은 어떠냐?"

"그 사람이 정말로 호텔을 인수하려는 목적이었다면 그렇게 시간을 두고 끌지는 않았을 거예요."

그녀는 무심결에 한 자신의 대답에 스스로 놀라 움찔했다.

"알겠다."

최 회장은 오른손을 들어 연수의 말을 중간에 자름으로써 그녀가 전하고자 하는 진심을 이해하고 있음을 내비쳤다.

"은 사장에게 이야기를 듣기 전에 이미 한 비서를 통해 NJ대표에 관해 알아보라고 했었다. 네 엄마와 네 지분을 매입했다면 NJ투자사가 호텔에 미치는 영향을 무시할 수는 없을 테니까."

"매입한 저희 지분을 가지고 NJ사가 호텔에 영향력을 행사하려 들지는 않을 거예요."

불편한 심기 때문인지 최 회장의 미간이 찌푸려졌다.

"비즈니스 세계에서는 감정에 호소하는 그런 추측성 확신은 금물이다."

그는 아내와 그의 딸 연수에게는 한없이 부드럽고 좋은 사람이었지만 일에 있어서는 꽤 날카롭고 군더더기가 없는 사람이었다.

"한국인 현강욱이 어떻게 제임스 맥과이어가 되었는지는 모르겠지만 그는 적대적 기업사냥꾼으로 전 세계적으로 유명한 매튜 맥과이어의 후계자야. 너도 그 사실을 알고 있느냐?"

"……."

"놀라지 않는 것을 보니 알고 있었다는 말이구나. 그래. 네 말대로 제임스 맥과이어. 그 사람이 우리 호텔과 널 지키기 위해서 호텔 지분을 사들였다면 어째서 네 엄마가 충격으로 쓰러진 것인지 설명해 보거라."

최 회장의 질문에 연수는 문득 강욱의 말을 떠올랐다.

"당신이 말하던 그 피도 눈물도 없는 잔인무도한 기업사냥꾼이 나라는 게 밝혀지고 났을 때를 대비해야 했지. 내가 누구이든 내가 얼마나 잔인하고 냉정한 인간이든 당신이 날 거부하지 못하도록 해야 했어. 그리고 당신 어머니가 날 당신 남자로 흡족하게 받아들이도록 할 명확한 것이 있어야 했어."

그녀는 입술을 깨물며 말없이 고개를 떨어뜨렸다. 사생아인 그녀의 출생을 빌미로 강욱을 협박하고 그녀에게서 떠나라고 했던 지난날의 엄마 행동들을 차마 입 밖으로 뱉을 수가 없었다. 차마 아버지에게 자신이 당신의 친딸이 아님을 알고 있노라 밝힐 수가 없었다.

대답을 못하고 머뭇거리고 있는 그녀를 향해 최 회장이 날카롭던 음성을 한풀 꺾어 아버지의 목소리로 물어 왔다.

"제임스를 사랑하는 거냐?"

"아빠……."

"그도 너를 사랑한다고 믿고 있는 게냐. 이런저런 의혹이 난무하는데도 불구하고."

"그 사람을 믿어요."

"믿고 싶은 것이 아니고?"

연수는 멍한 얼굴로 아버지를 건너다보았다. 그녀는 기준에게 전해 들은 사실에 정신이 혼미할 정도로 크나큰 충격에 사로잡혔었다. 그렇지만 뒤이은 강욱의 해명으로 불신과 의혹을 잠재우려 갖은 애를 쓰고 있다. 다분히 강욱을 믿고 싶어서. 그를 믿기에, 그와 그녀의 사랑을 믿기에. 그럼에도 불구하고 머리가 지끈거릴 정도로 두통이 심하다.

"아빠……!"

그녀의 마음을 꿰뚫고 있기라도 하는 듯 직설적인 질문을 한 아버지의 말에 그녀는 그만 말문이 막힌다.

"네 엄마가 왜 쓰러질 정도로 충격을 받았는지는 분명 이유가 있겠지. 차차 듣기로 하마."

최 회장은 입술을 깨물며 쉬이 말문을 열지 못하고 있는 연수를 향해 의미심장한 말을 하며 자리에서 몸을 일으켰다.

"제임스 맥과이어가 우리 호텔을 눈여겨보고 있었던 이유와 굳이 호텔의 지분을 매입한 이유 또한 차차 알아가도록 하마."

13 진실한 사랑

한국병원의 한 원장은 이른 아침에 다녀갔다. 심신이 피로해 쓰러진 것이니 안정을 취하고 나면 금방 좋아질 것이라는 한 원장의 조언에 연수는 민숙이 깨어날 때까지 출근을 미루기로 했다. 그녀는 아버지 최 회장의 출근을 배웅하고 거실 소파에 앉아 갓 뽑은 커피를 마시고 있었다.

어제 점심 이후 아무것도 먹지 않았는데도 커피 외에 다른 음식의 유혹은 전혀 느껴지지 않았다. 아침도 거르고 벌써 두 잔째 커피를 마시고 있는 그녀를 향해 도우미 양씨가 쯧쯧 혀를 찼다.

까칠하고 예민한 민숙의 비위를 제법 잘 맞추며 벌써 십오 년째 입주 도우미를 하고 있는 양씨는 연수와는 이모와 조카처럼 서로 살갑게 지내고 있었다.

"빈속에 내리 커피만 마시다가는 위에 억수로 큰 빵구 난데이."

양씨는 서울로 온 지 이십여 년이 되었는데도 말투에 아직도 경상도 사투리가 섞여 있었다. 한때 양씨의 억수로라는 단어가 무슨 뜻인지 몰라 한참을 헤맸던 기억이 있는 연수는 설핏 미소를 지으며 대꾸했다.

"내 위장은 아주머니랑 달라서 억수로 튼튼하거든. 그러니까 커피 몇 잔으로 빵구 날 일은 없을 테니까 걱정 마시죠."

사투리를 적절히 섞어 대꾸하는 연수의 장난스런 말투에 양씨가 곱게 눈을 흘겼다. 그리고는 염려스러운 얼굴로 말했다.

"어디 아픈 건 아니제? 쓰러지신 사모님 얼굴보다 핏기라고는 없는 니 얼굴이 더 창백하다."

"아프기는요. 잠을 설쳐서 피곤해서 그런 거예요."

"그렇다쿠모 다행이고."

여전히 염려스러운 얼굴로 연수의 기색을 살피던 양씨가 갑자기 소리를 지르며 주방으로 향했다.

"아이구머니나. 죽 끓인다고 가스불을 켜놓고 깜빡 잊어뿟다."

허겁지겁 주방으로 사라지는 양씨의 뒷모습을 눈으로 좇는 연수의 얼굴엔 어느새 미소가 사라져갔다. 그녀는 충격과 혼란의 여파와 함께 밤을 새우며 민숙을 간호하느라 심적으로 많이 지쳐 있는 상태였다. 양씨 아주머니에게는 아무렇지도 않다고 말했지만 사실 그녀는 계속 두통약을 복용하고 있었다. 새벽에 먹은 두통약은 이제 약효가 떨어지는 모양인지 다시금 양미간이 찌근거리기 시작하고 있었다.

연수는 커피를 마저 마시고 나면 두통약을 한 알 더 복용해야겠다는 생각을 하며 남은 커피를 홀짝였다.

두통약을 복용한 연수는 민숙이 잠들어 있는 안방으로 걸음을 옮겼다. 침실 문을 열고 들어서던 연수는 비어 있는 침대를 보고 깜짝 놀랐다. 당연히 침대에 있을 줄 알았던 민숙이 보이지 않았다.

"엄마……!"

성급히 민숙을 부르자 침실 건너편에 있는 옷방에서 민숙의 음성이 들렸다.

"네 아빠는 출근하신 거냐?"

연수는 얼른 옷방으로 시선을 보냈다. 어느새 홈드레스를 껴입은 민숙이 침실로 다시 들어서고 있었다.

"엄마."

"무얼 그리 놀란 표정이냐."

"괜찮으세요?"

"괜찮지 않다."

연수의 질문이 그녀의 건강을 염려하는 것임을 알면서도 민숙은 다른 의미의 대답을 했다.

민숙은 야윈 턱을 바짝 끌어당기며 침대 옆에 자리한 소파로 다가섰다. 그리고는 염려스러운 얼굴로 그녀를 살피고 있는 연수에게 까칠하게 말했다.

"그런 얼굴로 쳐다볼 것 없다. 설마 충격으로 잠시 정신을 잃었다고 자리보존할까."

민숙은 그녀를 살피고 있는 연수의 시선을 까칠하고 차가운 동작으로 무시한 채 소파에 앉았다. 그런 민숙의 움직임을 염려스러운 눈빛으로 지켜보던 연수가 그제야 생각난 듯 말했다.

"아주머니가 죽 끓이고 계세요. 가져올게요."

"됐다. 호들갑 떨지 말고 와서 앉거라."

"먼저 죽부터 드세요."

민숙은 제법 강경한 연수의 말에도 밀랍인형처럼 창백한 얼굴을 한 채 얇은 입술을 꾹 앙다물며 차갑게 말했다.

"올려다보기 지겹다. 정 내가 염려된다면 두 번, 세 번씩 말하게 하지 말고 앉아."

"엄마."

둥근 이마를 살짝 찌푸리며 염려스러운 표정을 지우지 못하는 연수를 향해 민숙이 이 사이로 뱉듯이 중얼거렸다.

"나쁜 것."

그리고는 피로한지 휴, 하고 크게 심호흡을 뱉었다. 워낙에 기운이 없어서인지 크게 내뱉은 심호흡에도 입 밖으로 뱉어지는 숨소리는 미약하기 그지없었다.

연수는 염려스런 눈빛을 지우지 못한 채 민숙을 살피며 그녀의 맞은편 소파에 자리했다.

"애초 은 사장 말만 들었으면 되었을 것을."

연수가 앉기 바쁘게 민숙이 비난의 말을 뱉었다.

"엄마."

"다시 시작하자는 기준이 말대로 했으면 내 지분을 그놈에게 빼앗기지 않았어도 되었다."

"엄마, 기준 오빠에게서 무슨 소릴 어떻게 들었는지 모르겠지만."

"그 사생아 놈이 NJ의 대표가 아니라고 말할 수 있다면 모를까, 아니라면 내가 하는 말에 딴죽거릴 생각일랑 말아."

연수는 그녀의 말을 중간에서 툭 자르며 양손을 꾹 말아 쥐는 민숙을 바라보며 옅은 한숨을 뱉었다.

"엄마. 그 사람에게도 현강욱이란 이름이 있어요."

에두른 그녀의 반박에 민숙이 한층 발끈했다.

"투자를 빙자해서 네게 접근한 놈, 이름 따위가 무어 대수야. 그래, 어디 설명이나 들어보자. 다시 시작하자는 은 사장 제안까지 뿌리치고 호텔 지분까지 가져다 바친 그 사생아 놈이 NJ대표라는 사실을 넌 언제부터 알았던 거야?"

"……."

"하. 바로 대답하지 못하는 것을 보니 은 사장 말대로 호텔 지분을 몽땅 팔아 치우고야 그놈이 NJ대표라는 걸 알았나보지."

"기준 오빠에게 어떤 말을 들었던 NJ의 투자자금으로 호텔은 위기 순간을 무사히 보냈어요. 확대 해석하지 마세요."

"확대 해석? 너 말 한 번 잘한다. 언제부터야?"

"뭐가요?"

"그 사생아 놈과는 언제 다시 만났느냐 말이다."

"올해 초 그 사람이 한국으로 다시 돌아온 직후예요."

"올해 초? 네 아빠와 내 눈을 속이고 벌써 몇 달씩이나 사생아 놈 따위나 만나 왔다는 말이야?"

"제발요, 엄마. 그 사람을 그런 식으로 부르지 마세요. 제가 사랑하는 사람이에요."

"사라앙?"

황망하다는 얼굴로 민숙이 쇳소리를 냈다. 밀랍인형처럼 창백하던 민숙의 얼굴은 어느새 벌겋게 물들어져 있었다. 벌겋게 변한 얼굴로 민숙이 다시 쇳소리를 냈다.

"사생아 놈 따위를 사생아라 부르는데 뭐가 잘못됐어. 그리고 너 설마, 그놈 때문에 은 사장과 다시 시작할 마음이 없다고 한 거야?"

"아뇨, 그 사람과 다시 만나지 않았더라도 기준 오빠와 다시 시작하지는 않았을 거예요. 오해 마세요."

"네가 뭐 그리 잘나서 기준일 마다해. 기준이가 누구야, 그 사생아 놈과는 차원이 달라 아무런 조건 없이 우리 호텔에 자금을 대겠다고 한 경호그룹의 은 회장 손자다."

민숙은 분함과 괘씸함으로 극도의 흥분상태에 이르렀다. 연수는 흥분으로 양 어깨를 부르르 떨며 격앙된 소리를 내는 민숙을 가만히 주시하며 길게 심호흡을 뱉었다.

"아무런 조건이 없었던 건 아니었어요. 제 미래와 제 인생을 담보로 했었죠."

"미래에? 네 인생엥? 건방진 소리는."

하찮다는 듯 콧방귀를 뀐 민숙이 턱을 빳빳이 치켜들며 말을 이었다.

"미래니 인생이니. 그따위를 누구 앞에서 지껄이는 거야. 한때 멍청하고 어리석은 행동으로 널 가졌지만 지울 수도 있었다. 그런데도 널 낳았어. 미혼모로 손가락질 받을 게 분명한데도 널 낳았고 사생아 소리 듣지 않게 했다."

"그만하세요, 엄마."

연수는 단호한 음성으로 얼른 민숙의 말을 잘랐다. 이미 오래전부터 질리게도 들어왔던 말이었다. 자신이 최 회장의 친딸이 아니며 당신의 희생이 아니었다면 이 세상에 태어나지도 못했을 거라는 민숙의 말은 그녀의 자아를 쇠사슬로 꽁꽁 묶어버리게 하는 커다란 흉기와도 같은 효과를 발휘하게 했다. 사춘기를 지나고 성인이 되는 동안 연수는 내내 커다란 흉기를 가슴에 품은 채 민숙이 원하는 삶을 살아왔다. 그렇지만 그녀는 이제 더 이상 엄마에게 끌려다니지 않을 생각이었다.

"엄마가 무슨 말을 하려는지 알아요. 너무 많이 반복해 들어서 머릿속에서 메아리가 되어 지치지도 않고 울리니까. 그러니까 이제 그만하세요."

"무얼 잘했다고 또박또박 반박이야."

민숙은 차가운 눈초리로 연수를 쏘아보며 얇은 입술을 꾹 앙다물었다. 차분하고 담담한 연수의 음성에서 민숙은 이전과는 다른 기운을 느꼈다. 목소리가 높아졌다거나 딱딱하게 굳은 얼굴로 거세게 반박하려는 모습을 보였다거나 하는 특별한 변화가 엿보이는 것도 아닌데 담담하고 차분한 연수의 모습에서는 함부로 할 수 없는 아주 낯선 기운이 느껴지는 것이었다.

"나쁜 것."

그녀는 연수의 태도가 너무도 분하고 황망하다.

"순전히 나를 위해서, 내 인생을 대신 살라고 네게 알리지 않아도 될 내 치부를 드러냈다고 생각해? 천만에. 아무리 딸이라도 멍청하게 지낸 내 인생을 네가 대신 채워줄 수는 없는 거다."

민숙은 억울함과 괘씸함에 목소리를 더 높이며 말을 이었다.

"밝히지 않아도 될 내 치부를 드러내고 끊임없이 네게 주입시킨 건 나처럼 멍청한 바보가 되지 말라는 의미였어."

민숙은 사라지려는 이성을 양 주먹을 불끈 쥐며 부여잡았다.

굳이 밝히지 않아도 되었을 치부를 딸인 연수에게 드러내기가 그녀라고 어디 쉬웠을까. 영원히 감춰야 할 치부였지만 어린 딸에게 사실을 밝혔을 때는 자신과 같이 멍청한 선택을 하지 말라는 의미에서였다. 물론 아무런 조건 없이 무한한 사랑과 애정을 쏟아주는 남편 앞에서 한없이 초라하고 미안한 그녀를 대신해 연수가 모자란 그녀를 대신해주기를 원하지 않은 것은 아니다. 연수를 가슴으로 받아들이며 진심으로 아끼고 사랑하는 남편 최 회장을 보며 그의 마음을 몰라라 무시했던 바보 같았던 젊은 날의 어리석음을 뼛속 깊이 실감하며 연수만은 그녀와 같은 과오는 없기를 바란 것이다.

"네 아빠의 도움으로 사생아 소리 면하게 했지만 널 낳고 단 한 번도 진심으로 웃을 수 없었다. 네 출생을 가지고 소문이라도 나돌까 봐서 늘 마음 졸였고 네 아빠한테는 죄의식을 지니고 살았어."

연수는 또다시 그녀의 자아를 옴짝달싹 못하게 묶으려 드는 민숙의 감정적 호소에 두 눈을 지그시 감았다.

"그만하세요, 엄마."

"네가 얼마나 멍청한 선택을 하고 있는지 깨달으려면 듣기 싫어도 들어."

민숙이 차갑고 단호하게 말을 이었다.

"호기롭고 어느 것 하나 흠잡을 곳 없는 기준이가 처음부터 널 마음에 들어 하고 너와 결혼하겠다고 했을 때 내가 얼마나 기뻤는지 알기나 해? 난생처음으로 사람들에게, 무엇보다 네 아빠를 떳떳하게 마주 바라볼 수 있었어."

"결국 또 처음으로 돌아가는군요. 매번 똑같이 반복하는 비난, 이제 지겹지도 않으세요?"

"지겨워? 웃기는 소리. 결국 그 사생아 놈 따위 때문에 네 결혼이 풍비박산이 된 것이나 마찬가지였고 내가 그리도 마음 졸이던 일이 현실이 되었는데, 지겹다고? 온 천지가 뒤에서 너와 날 비웃어 댔다."

"억지 부리지 마세요. 엄마."

"뭐, 억지?"

"오빠와 파혼함으로써 소문 안에 놓이기는 했지만 저희의 파혼은 그 사람과는 무관한 일이였어요. 언제까지 제게 일어난 모든 잘못을 그 사람 탓으로 돌릴 셈이세요."

"그놈이 나타나기 전까지는 아무 문제가 없었어. 그건 그때도 지금에도 마찬가지다."

"제발요, 엄마."

"입 다물어. 어디 내가 하는 말을 가로막으려는 거야. 그놈 때문에 기준이와 네가 삐걱거렸고 결국에는 헤어졌어. 그리고 기준이가 너와 새로 시작하려는 이 시점에 또다시 그놈이 네 앞에 나타나서는 너희 두 사람의 인생을 방해하고 있어. 그런데도 무어? 사랑? 어디서 그런 개뼈다귀 같은 하찮은 감정을 들이미는 거야. 그놈이 지금 어떤 자리에 있든 기준이와는 비교도 할 수 없이 사생아에 미천한 출신임에 변함이 없다. NJ대표라고 내가 설마 혹하고 놈을 네 짝으로 받아들일 성싶으냐? 천만에."

한 치의 흔들림이나 양보도 없는 민숙의 단호함에 연수는 또다시 길게 한숨을 뱉었다. 그리고는 지그시 감고 있던 눈을 치뜬 채 차가운 눈초리로 쏘아보고 있는 민숙을 똑바른 시선으로 마주보았다.

"이전에는 기준 오빠에 대한 신의와 엄마의 바람을 무시할 용기가 없어 제 심장을 무시하는 쪽을 택했어요. 심장이 반으로 쪼개지는 고통이 뒤따랐지만 시간이 해결해줄 거라고 믿었죠."

또박또박 자신의 생각을 말하는 그녀의 모습에 민숙이 놀라 딱딱하게 얼굴을 굳혔다.

연수는 경악으로 꾹 다문 입가의 세포마저 미세하게 떨리고 있는 민숙의 분노를 전신으로 감지하면서도 뿌리 깊은 나무처럼 흔들림이 없는 눈빛으로 차분하게 말을 이었다.

"당시에는 무엇보다 누군가의 믿음과 신뢰를 저버리는 것이 가장 큰 배반감이라고 생각했고, 그래서 내게 닥친 감정은 무시하고 기준 오빠와 엄마의 바람대로 순순히 정해진 길로 갔어요. 심장이 터질 것처럼 아픈데도 내게 정해진 그 길로 가는 것이 옳다고 생각했고 그러는 것이 날 낳은 엄마에게 보답하는 길이라고 생각했어요."

차분하지만 단호함이 느껴지는 연수의 음성에 민숙이 콧김을 내뱉으며 얇은 입술을 더욱더 앙다물었다.

"기준 오빠의 바람대로 하는 것이 그의 신뢰를 배반하지 않는 것이라고 생각했고 엄마의 바람 또한 거슬리지 않는 길이라고 생각한 거예요. 파혼을 하고 나서야 제 판단이 순전히 잘못된 결정이었음을 깨달았죠. 그동안 기준 오빠를 기만하고 조롱해왔음을 깨달은 거예요. 늦었지만 그제야 엄마의 말이라면 무조건 따랐던 저의 모습이 얼마나 형편없는 모습인지 의식하게 되었어요."

민숙은 마치 타인의 이야기를 하듯 감정이 실리지 않은 음성으로 조곤조곤 내뱉는 연수를 뜨악한 눈으로 쏘아보며 입술만 달싹거렸다.

"제가 이 집에서 따로 독립해서 나갔을 때 이미 저의 자아는 형성이 되었어요. 모르겠어요, 엄마? 이제는 저를 마음대로 조종할 수 없을 거라는 걸요."

입술만 달싹거리며 한없이 분하고 괘씸하단 눈빛으로 쏘아보고 있던 민숙의 얼굴이 기함한 얼굴로 바뀌었다.

"뭐?"

금방이라도 소파 아래로 무너질 것처럼 전신을 부들부들 떨며 민숙이 쩌렁쩌렁 쇳소리가 울리도록 커다랗게 소리쳤다.

"미친것. 그 사생아 놈 따위 때문에 이제는 내 말을 아예 무시하겠다는 소리야?"

"엄마가 어떤 말로 나를 옭아매려 해도 이번에는 엄마 뜻에 따르지는 않을 거예요. 그러니 너무 힘 빼지 마세요. 기준 오빠와 제가 어떻게 잘되지 않을까, 한 가닥 미련이라도 지니고 있으시다면 그만 잘라버리시라구요."

"네가, 네가 그 사생아 놈 따위에게 영혼을 판 게구나?"

"그만요, 엄마. 현강욱이나 제임스 맥과이어란 이름이 있는데도 불구하고 그 사람이 엄마에게 사생아 놈 따위로 불려야 한다면 나는요?

나는 사생아 년, 그렇게 불리어야 한다는 걸 왜 모르세요?"

"뭐……뭐!"

"흥분하지도 울분으로 또다시 쓰러지실 이유도 없으니까 이성을 잃으실 필요는 없어요."

"네가, 감히 네가."

"네, 엄마. 제가 감히 엄마에게 처음으로 제 고집을 굽히지 않으려고 해요. 아빠 없이 태어났다는 이유만으로 엄마에게 이런 대접을 받는다는 건 불공평하잖아요."

강욱을 향한 무조건적인 엄마의 반대와 불신을 지켜보며 연수는 갑자기 말문이 탁 막히도록 울컥해졌다. 그녀는 한순간이라도 강욱의 진심을 의심했던 자신을 돌이켜 보며 어젯밤 이후 처음으로 후회와 죄책감에 사로잡혔다.

"당신이 말하던 그 피도 눈물도 없는 잔인무도한 기업사냥꾼이 나라는 게 밝혀지고 났을 때를 대비해야 했지. 내가 누구이든 내가 얼마나 잔인하고 냉정한 인간이든 당신이 날 거부하지 못하도록 해야 했어. 그리고 당신 어머니가 날 당신 남자로 흡족하게 받아들이도록 할 명확한 것이 있어야 했어."

강욱이 왜 굳이 한라호텔의 주식을 매입한 것인지, 그리고 왜 그렇게 말했는지 모든 것을 선명하게 이해하게 되었다.

이런 식이니까. 애초 엄마가 이런 식으로 반응할 줄 알았으니까.

당신, 그래서였구나. 나는 그런 당신을 불신하고 의심했구나.

갑작스러운 깨달음에 연수는 의혹에 찬 그녀의 눈빛에 상처받았을 강욱을 떠올리며 간담이 서늘해졌다.

"당신을 얼마나 사랑하는지 알아?"

"내가 당신을 얼마나 사랑하는지만 기억해."

"약속해, 어떤 일이 일어나더라도, 그동안 당신이 모르고 있었던 나에 관한 일들이 세상에 알려진다 해도 당신을 사랑하는 내 진심만은 의심하지 않겠다고."

그녀는 지난날의 강욱의 고백을 떠올리며 마음이 급해졌다. 그렇게 몇 번이고 다짐을 받고도 어떻게 한 순간에 그를 의심하고 불신할 수가 있었나.

"어떤 것도 하지 마."

"날 믿어. 사랑을 믿으라고."

그녀는 더 이상 다른 생각을 할 수 없었다. 어서 강욱을 만나 한 순간이라도 그를 의문하고 불신한 자신의 어리석음을 사죄해야 했다. 그녀는 벌떡 소파에서 몸을 일으켰다. 그리고는 성급한 움직임으로 안방 문을 열었다. 그러나 이내 그 자리에 못 박히듯 서고 말았다.

"아빠!"

철렁 심장이 내려앉았다.

"언제……."

멍하니 중얼거리는 그녀를 향해 딱딱하게 굳은 얼굴로 최 회장이 고개를 주억댔다.

"두고 간 서류가 있어서."

여러 의미가 깃든 듯 느껴지는 짧은 최 회장의 말에 연수는 움찔, 몸을 굳었다.

"사모님 목소리가 들려 죽이라도 가져다 드리려고……."

최 회장의 뒤에서 쟁반을 든 채 어쩔 줄 몰라 하며 양씨 아주머니가 얼른 끼어들었다. 연수는 양씨의 부연 설명에 아버지가 그녀와 엄마 간에 오간 말들을 이미 다 엿들었음을 알 수 있었다.

"아빠……."

"괜찮다."

괜찮지 않음을 안다. 연수는 충격 받은 얼굴에도 불구하고 오히려 그녀의 낯빛을 살피는 아버지를 보며 심장이 뜨거워져 왔다.

"네가 모든 사실을 알고도 날 친부로 인정했는데 뭐가 대수냐. 우리 부녀 사이에 달라진 것은 없다. 넌 처음부터 이 애비 딸이었어. 앞으로도 그 어느 것과도 바꾸지 못할 귀한 내 새끼야."

내 새끼……. 연수는 뭉클하고 눈물이 솟구치려는 것을 애써 참으며 대신 입술을 벌리며 환하게 미소 지었다. 친모인 민숙에게 상처와 함께 타인의 삶을 대신해야 한다는 책임감과 의무를 강요받았다면 최 회장에게선 배려와 아낌없는 사랑을 배웠다. 아버지의 부정이 없었다면 참으로 담백하고 건조하던 그녀의 삶이 얼마나 황폐했을까.

"아빠……."

눈시울을 붉히며 환하게 미소 짓는 연수를 바라보며 최 회장이 끄떡끄떡 또다시 고개를 주억거렸다.

"아무래도 이 아빠가 조만간 제임스 맥과이어를 만나야겠다. 그리고 네 엄마와 이야기를 좀 해야겠구나. 자리를 좀 피해주련?"

연수는 언제나 부녀임을 의심치 않게 해준 최 회장의 배려와 부정에 울컥하고 솟구쳐 오르는 감정덩어리를 꿀꺽꿀꺽 삼키며 흔들리는 감정을 제어했다. 그리고는 고개를 주억대며 대답했다.
"저는 그 사람에게 가려던 참이에요."

최 회장은 연수가 앉았던 소파에 자리를 하고 앉았다. 그의 등장에 맞은편에 앉은 민숙은 창백한 얼굴을 한 채 얇은 입술을 앙다물기에 여념이 없었다. 초조하고 어찌해야 할지 모르는 사태에 이르면 민숙은 늘 이런 모습을 보였다.

임신한 몸으로 상대 남자에게 버림받았던 오래전에도 민숙은 초조한 낯빛으로 입술만 깨물며 스스로를 자해했다. 임신한 채 버림받았다는 수치스러움과 절망감, 주변 사람들의 시선 앞에 무방비로 놓였다는 두려움과 무섬증으로 인해 그녀는 먹은 음식을 그대로 토해내는 것으로 자신에게 일어난 충격적인 일들을 받아들이려 하지 않았다. 몸이 음식을 거부한다며 먹은 음식을 그대로 토해냈지만 그건 누가 보아도 거식증 증상이었다. 그는 그런 그녀를 묵묵히 끌어안고 결혼에 이르렀었다.

"우리 딸에게 왜 그렇게 지독하게 군건가. 이 사람아."

"……!"

최 회장은 안타까운 눈빛으로 민숙을 건너다보았다.

그는 푹 고개를 떨어트리는 민숙을 보며 쏴아 하고 가슴으로 아픔이 스치고 지나가는 것을 느낀다.

눈앞의 여자를 웃게 만들어 주고 싶었다. 열일곱, 사춘기 시절 그녀의 환한 미소에 심장을 빼앗긴 이후 줄곧 눈앞의 이 여자를 행복하게 해주고 싶다는 생각엔 변함이 없었다.

"당신 스스로를 왜 감옥에 가두고 있어."

그는 자신과 결혼한 이후 민숙이 진심으로 행복한 때가 언제적이었던가를 되짚었다. 연수가 세 살이 되었던 무렵 두 사람 사이에 생긴 아이였다고 곧바로 떠올릴 수 있었다. 임신이라는 의사의 말에 두 사람의 결혼 이후 민숙은 처음으로 아무 거짓 없는 웃음을 지었다. 커다란 눈망울에 눈물을 가득 담은 채 그의 얼굴을 똑바로 보며 처음으로 아무 감정도 섞이지 않은 순수한 행복. 그 자체만의 환한 미소를 지었다. 결혼 이후 처음으로 보는 진정한 아내의 미소에 뭉클했던 그 순간의 감흥을 어떻게 잊을까. 그 순간을 그는 지금도 잊지 않고 있다.

최 회장은 야윈 어깨를 움츠린 채 죄인처럼 고개를 떨어뜨리고 있는 민숙을 아픈 시선으로 지켜보며 울대가 울리도록 목젖을 적셨다.

그 아이가 유산되는 아픔만 없었던들 눈앞의 이 여자는 스스로를 감옥에 가두는 고통을 택하지 않았을지도 모른다. 그러한 생각에 더욱더 아내가 안타깝다. 최 회장은 흠, 흠 하고 뜨거워지는 목을 애써 가다듬으며 말했다.

"왜 나를 무능한 아비로 만들어."

어째서 연수에게 모든 사실을 알렸는지를 에두른 그의 질책에 고개를 떨어트리고 있던 민숙이 그제야 천천히 고개를 들었다. 그리고는 입술을 달싹이며 낮은 목소리로 중얼거렸다.

"한 번도 당신을 무능하다고 생각한 적 없었어요."

"진심으로 그렇게 생각한다면 우리 딸 연수에게 그런 식으로 강요하지는 않았겠지."

"그런 식이라니요?"

"정말로 몰라? 정말로 몰라서 되물어?"

"여보."

최 회장은 금붕어처럼 입술만 벙긋거리는 민숙을 안타까운 시선으로 주시하며 휴우, 하고 커다랗게 한숨을 뱉었다. 그리고는 작정한 사람처럼 긴 말을 쏟아냈다.

"잃어버린 당신 미소를 되찾아 주고 싶었지만 결국 실패했어. 당신은 항상 내게 미안해했지. 내가 썩 괜찮은 남편으로 다가설 때마다 그만큼 움츠러드는 당신 어깨를 볼 수 있었어. 그런 당신 반응을 이해하자고 하면서고 한편으론 아팠어. 당당해주기를 바랐건만 끝내 그러지 못하는 당신을 보고 내가 어떤 심정이었는지 알아?"

미간을 슬쩍 찌푸리는 최 회장의 얼굴로 지난 감정들이 스쳐갔다. 민숙을 아내로 맞았을 때는 어떤 것도 걸림돌이 되지 못할 것이라고 자부했다. 그녀를 해바라기 하는 마음이면 충분하다 생각했다. 아낌없이 주는 사랑으로 충분하다 자부했었다.

"평생 흔들림이 없을 것이라고 자신했던 모든 것이 흔들리는 기분이었어. 그런 나를 붙들면서 당신을 편안하게 해줄 수 있는 것이 일이었어."

"!"

민숙의 눈빛이 흔들렸다.

"일에 매달리기는 했어도 연수에게만은 좋은 아빠이고 싶었어. 썩 괜찮은 남편이 되고자 했던 내 바람은 실패를 했지만 좋은 아빠, 멋진 아빠만은 성공하고 싶었지. 다행히 부녀간의 관계만은 나름 성공한 인생이었다고 자부했던 것 같군. 물론 호텔이 자금 사정으로 어려워져서 녀석까지 힘든 시간을 보내게 하긴 했지만."

"……."

"은 사장의 제안을 받아들이겠다고 들먹이며 호텔을 위기에서 구하려고 뛰어드는 녀석을 보며 연수가 내 자식이라는 사실에 얼마나 감사하고 미안하든지 혼자서 먹먹한 심정을 달랬었어. 미안함과 벅찬 마음이 공존했지."

멍하니 그의 말을 듣고 있던 민숙이 야윈 전신을 부들부들 떨었다. 평소의 냉정하고 모질다 싶을 정도로 차갑던 그녀는 어디로 자취를 감추고 한없이 작고 초라한 여자가 대신하고 있었다.

"어디 하나 나무랄 데 없이 잘 자라 주는 연수를 보며 대견하고 기특하면서도 한편으로는 너무 자로 선을 그은 것처럼 테두리 안에서 벗어나지 않는 인생을 걷고 있는 것이 마음에 걸렸어."

약혼과 연이은 파혼으로 사람들의 입에 오르내리던 연수가 독립하겠다고 했을 때 민숙의 반대에도 그러마 하고 적극 지원했던 것도 사실 모든 것을 자신의 탓으로 돌리며 너무도 덤덤한 인생을 걷는 연수가 안타까워서였다.

"이제야 알게 되었어. 녀석이 어째서 그리 딱딱하고 재미없는 인생을 살았던 건지."

"여보……."

"당신은 연수의 희생으로 당신의 심중을 대신하고 싶었던 모양이지만, 틀렸어."

"!"

"당신은 큰 오해를 하고 있었어. 내가 일에 매달릴 수밖에 없었던 이유는 당신이 끝까지 과거를 떨쳐내지 못했기 때문이었어. 내가 바란 건 당신이 진정으로 내게 다가오는 것이었지 내 딸의 미래를 담보로 경제력 좋은 집안과 사돈을 맺어 사업을 넓히겠다거나, 하는 야망이 있었던 건 아니었다고."

"……."

"언제까지 과거의 상처와 부딪칠 생각이었나? 언제까지 연수에게 당신의 생각을 강요할 생각이었어? 내가 알지 못했다면 당신, 우리 딸에게 얼마나 더 큰 상처를 안길 생각이었어?"

민숙은 목구멍을 타고 뜨겁게 밀고 오는 덩어리를 삼키느라 꿀꺽꿀꺽, 마른침을 삼켰다. 남편 최 회장은 한없이 너그럽고 한없이 좋은 사람이었다. 세상에 다시없을 남편이기도 했다. 그리고 누구보다 좋은 아빠였다. 그러했기에 그녀는 더욱 죄책감에 사로잡혔다. 좋은 남편이란 것을 절감할 때마다 그의 마음을 외면한 채 다른 사람에게 마음을 줬던 지난날의 자신의 어리석음이 새록새록 되새김질되었다. 그럴 때마다 그녀는 그를 마주보는 것이 고통이었다.

극구 아니라고 부인해왔지만 사실 그녀는 연수에게 모든 사실을 밝힘으로써 은연중에 자신이 입은 상처를 연수에게 똑같이 느끼게 하고 싶었는지도 모른다.

영원히 잊어버리고 싶은 과거의 흔적이 눈앞에 턱 버티고 있으므로 해서 그녀 안에 똬리를 틀고 있는 죄의식이 점점 자라고, 그런 순간 그녀에게 연수는 내 배 아파 낳은 자식이지만 어리석은 과거의 흔적에 불과한 존재이기도 했다.

"설마 내가 내 자식을 일부러 상처 입히고자 했겠어요?"

꿀 먹은 벙어리처럼 입술만 벙긋거리고 있던 민숙은 문득 수치스러운 자신의 행동을 감싸고 싶어졌다.

"당신이 얼마나 좋은 사람인지, 우리 모녀가 당신에게 어떤 빚을 지고 사는지 일깨워 주고 싶었을 뿐이었어요. 그래서 연수에게 치부와 같은 내 과거를 밝혔던 거예요."

"뭐, 빚……?"

미간을 좁히며 최 회장이 되물었다. 민숙의 말에 그는 자신이 친부가 아님을 연수가 알고 있었다는 사실로 받았던 충격만큼이나 당혹감을 느꼈다.

"내 마음을 그런 식으로 받아들였다니, 당신을 사랑하는 내 방식에 문제가 있었던 거로군."

씁쓸하게 중얼거리는 최 회장의 말에 민숙이 창백한 얼굴로 성급히 대꾸했다.

"당신 사랑이 문제가 아니라 내가 당신을 사랑하고 있다는 걸 너무 늦게 깨달았던 것이 문제였어요. 그러니까 제발 그런 식으로 당신 스스로를 탓하는 말은 하지 말아요."

"……."

"어느새 당신을 사랑하고 있는 내 마음을 깨닫고 나니 과거의 내가 지독하게 싫었어요. 모든 것이 두렵고 내가 저질렀던 어리석은 짓을 연수가 저지를지도 모른다는 중압감까지 겹쳐져 견딜 수가 없었어요. 연수가 나처럼 어리석은 감정을 품기 이전에 뿌리부터 잘라야 한다는 중압감이 날 사로잡았고 그래서 연수가 이성에 눈을 뜨는 사춘기에 접어들기 이전에 모든 사실을 밝혔어요."

마치 쥐어짜듯 말을 마친 민숙이 입술을 부르르 떨며 억척스럽게 말을 이었다.

"너무도 부도덕한 과거를 지녔음에도 어느새 당신을 사랑하고 있는 내가 참 염치가 없는 여자여서."

꾸역꾸역 삼켰던 심한 자기혐오가 가슴 저 깊은 곳에서 비어져 나왔다. 민숙은 입술을 힘껏 깨물며 비어져 나오는 울음 덩어리를 삼켰다. 그녀는 야위어서 금방이라도 쓰러질 것 같은 전신을 독기 하나로 버티며 다시 말을 이었다.

"어떻게 하든 당신에게 무언가 보상을 하고 싶었어요. 한없이 좋은 사람인 당신에게, 세상에 다시없을 당신 사랑에, 그리고 하마터면 사생아로 불릴 뻔한 내 아이에게 너무도 좋은 아빠인 당신에게……. 어떻게라도 보상을 하고 싶었어요."

"이봐."

보상이란다. 보상이라니, 이 여자를 어찌할까. 아집으로 똘똘 뭉친 이 여자를 어찌할까.

최 회장은 벌겋게 달아오르는 눈시울을 껌뻑이며 다시 입을 열었다.

"당신 마음 하나면 되는 놈, 이 나이 먹도록 당신 마음이면 되는 이 사람 마음을 어찌 그리도 왜곡한 건가."

전신을 부르르 떨며 꾸역꾸역 울음을 참아 내던 민숙이 그만 주르륵, 눈물을 쏟아냈다.

14 그대 품 안에 사랑을

강욱은 장장 세 시간의 회의를 마치고 대회의실에서 나와 사무실을 향해 계단을 올랐다. 대회의실은 기획본부장실의 두층 아래인 이십삼 층에 있어 회의를 마치고 나면 강욱은 뭉친 다리의 근육도 풀 겸해서 엘리베이터 대신 늘 계단을 이용하고는 했다. 이십오 층의 마지막 계단을 밟으며 강욱은 뒤따르고 있는 범수를 향해 말했다.

"경호건설 움직임은 더욱 신중을 기해서 지켜보고 있겠지? 굴욕을 받고 조용히 물러설 은기준 씨가 아니니까 반격에 대비해서 긴장을 늦추지 말라고."

빠르게 계단을 밟으면서도 숨소리 하나 흐트러지지 않은 강욱의 목소리에 그의 뒤를 바짝 따르며 범수가 호기롭게 대답했다.

"네, 그렇잖아도 주의해서 지켜보라고 지시를 해두었습니다. 만약의 반격에 대비해 만만의 준비도 해두었습니다."

커다란 덩치로 강욱의 빠른 걸음을 따르느라 제법 거친 숨을 뱉으면서도 대답하는 범수의 음성엔 힘든 기색은 느껴지지 않았다.

"좋아."

고개를 까딱한 강욱이 말을 이었다.

"시킨 일은 어떻게 됐어?"

"여부가 있겠습니까. 지시가 떨어지는 대로 각 언론에 유포할 수 있도록 홍보부에 철저히 대비토록 해두었습니다."

"언론에 터트리기 전까지는 비밀을 유지하는 것도 잊지 말라고."

"에헤, 이것 참 형님."

일에 있어서는 공과 사를 확연히 구분하는 범수지만 자신을 마치 아마추어처럼 대하는 강욱의 연이은 말에는 더 이상 참지 못하고 그는 불끈 O형 특유의 다혈질적인 성격을 드러냈다.

"아마추어도 아니고 날 도대체 뭐로 보시는 겁니까?"

강욱은 불뚝 성질을 자랑해대는 범수를 한쪽 눈썹을 슬쩍 휘며 힐끔 쳐다보았다.

그의 시선에도 주눅 드는 법 없이 범수가 또다시 따지고 들었다.

"어젯밤부터 딱 한마디 하고 싶은 것을 꾹 참았는데 말입니다. 거, 연애하신다고 그리 티를 내시면 곤란하십니다."

"뭐?"

"형님 어젯밤에 저 불렀을 때부터 지금까지 그분과 연관된 일에 있어서 계속 초조해하고 계시는 데 말입니다. 형님이 초조하시다고 저까지 끌어들여서는 재차 확인하시는 거, 그거 기분 더럽게 마음에 안 차거든요. 저 이래 봬도 프로란 말입니다. 형님 결혼에 관련한 일도 제대로 다루지 못할 아마추어 아니라는 겁니다."

범수의 따끔한 지적에 무안해진 강욱은 얼른 시선을 돌렸다. 투박한 중얼거림도 잊지 않고.

"이 자식이……."

"이 자식은. 괜히 무안하면 단골 메뉴로 나오는 단어라는 거는 아시는지 몰라."

큰 덩치에 어울리지 않게 범수가 투덜대며 끝까지 한마디 했다.

강욱은 범수의 끈질긴 지적에 계단의 비상문을 향해 손을 내밀다가 말고 딱 멈췄다. 그만하라는 무언의 압박임을 행동으로 보이는 그의 절제된 움직임에 그제야 범수가 흠, 흠 하며 본연의 자리로 돌아갔음을 알렸다.

오랜 세월의 흔적으로 강욱이 굳이 말을 하지 않아도 치고 빠질 때를 범수는 너무도 잘 알고 있었다. 이내 바짝 긴장한 부하직원의 모습으로 되돌아간 범수가 말했다.

"오후 스케줄은 비었습니다. 달리 지시하실 일은 없습니까?"

강욱은 그의 무언의 경고를 단번에 받아들인 범수의 빠른 판단력에 아주 흡족한 얼굴로 까딱 고개를 끄덕였다. 그리고는 힘 있게 비상문을 열어젖혔다.

이십오 층의 긴 복도 중간 지점에 위치한 기획본부장실로 오는 동안 범수는 이제 완벽하게 강욱의 수족이 되어 있었고 잠깐 흐트러졌었던 강욱도 원래의 모습으로 되돌아가 전신으로 강렬한 힘을 품어내고 있었다.

밀림을 누비는 수사자처럼 야생적인 힘과 거부할 수 없는 매력을 전신으로 품어내며 사무실로 들어서는 강욱을 비서실의 원 대리가 맞았다. 머리를 정수리까지 올려 하나로 묶은 일명 똥머리를 한 원 대리는 습관인 듯 테 없는 안경을 밀어올리며 말했다.

"손님이 기다리고 계십니다."

"손님?"

"회의 중이시라고 말씀드렸는데도 굳이 기다리시겠다고 하셔서. 두 시간쯤 기다리신 것 같습니다."

"사무실에 계시나?"

힐끔 사무실을 곁눈질하는 강욱의 질문에 원 대리가 고개를 가로 내저으며 대답했다.

"약속을 잡고 오신 분도 아니고, 대기실에서 기다리라고 했습니다만."

그리고는 대기실로 시선을 주며 고개를 갸웃거렸다. 조금 전만 해도 대기실 소파에 앉았던 여자가 보이지를 않았다. 원 대리의 시선을 따라 눈길을 보낸 강욱도 텅 비어 있는 대기실에 한쪽 눈썹을 슬쩍 추켜세우고는 이내 시선을 돌렸다.

의아한 얼굴로 대기실을 이리저리 살피는 원 대리를 내버려두고 강욱은 사무실을 향해 걸음을 옮겼다. 한 발짝 걸음을 떼다 말고 강욱은 탁 움직임을 멈췄다. 그리고는 얼른 다시 대기실을 향해 몸을 돌렸다. 대기실 바로 옆에 딸린 화장실에라도 다녀온 모양인지 손목에 찬 시계에 시선을 준 연수가 그들을 향해 걸어오고 있었다.

"!"

강욱은 한쪽 눈썹을 추켜세운 채 연수를 꿰뚫을 듯 주시했다. 그를 향해 걸어오고 있는 여자는 연수가 틀림이 없었다. 그와 헤어질 때

입고 있었던 옷차림은 아니었지만 여자는 틀림이 없는 연수였다.

"최연수……?"

연수임에 틀림이 없는데도 그녀를 부르는 그의 음성엔 확신이 없었다. 그의 목소리에 그제야 연수가 고개를 들었다. 연수, 그의 여자였다. 강욱은 훅하고 크게 숨을 내뱉고는 성큼성큼 두어 걸음 만에 연수의 눈앞에 섰다.

"강욱 씨."

"연락도 없이 어쩐 일이야?"

무턱대고 두 시간이나 기다린 손님이 연수였음에 제 여자를 감히 두 시간씩이나 기다리게 하다니, 갑자기 불쾌하고 괘씸한 기분에 그는 괜히 원 대리를 쫙 노려보았다. 그의 눈초리에 이유도 모른 채 원 대리는 죄라도 지은 사람처럼 고개를 푹 떨어뜨렸다.

그 모습을 뒤에서 지켜보는 범수의 눈은 세모꼴이 되었다. 범수는 또다시 사적인 감정이 불쑥 솟구치며 어쩌다가 우리 형님이 저리되셨나, 강욱의 성급한 모습이 영 마뜩잖다.

그런 마음으로 지켜보는 이가 있거나 말거나 강욱은 마른침을 꿀꺽 삼켰다. 오피스텔로 연수가 다녀가고 난 이후로 그의 마음은 지옥이었다. 불신과 의혹을 애써 꾹꾹 누르며 마음에 이는 의혹을 사라지게 해달라. 완전한 해명을 촉구하던 연수의 상처 입은 눈빛이 내내 그의 심장을 꽉 조였다 놓기를 반복하며 회사에서 밤을 새워 일하는 동안에도 그의 집중력을 훼방 놓고는 했었다.

"어떻게……?"

되묻다가 말고 강욱은 연수를 향한 시선을 거두지 않은 채 말을 했다.

"김 실장, 나가봐. 원 대리도 이른 점심이라도 먹고 오라고."

"뭐, 그러죠. 흠. 흠. 원 대리, 비서실 문은 잠그고 나갑시다."

뒤에서 범수가 조롱과 함께 두 사람을 위해 확실하게 자리를 마련해주겠다는 의미의 대답을 했다.

"그러는 것이 좋겠군."

마치 이 자리에서 연수를 태워버릴 것 같은 눈빛을 한 강욱이 슬쩍 미소 띠며 대답했다.

뒤에서 흥, 하는 콧방귀 소리가 들린 듯했지만 강욱은 신경 쓰지 않았다.

이윽고 두 사람만 남은 비서실에서 강욱은 연수의 왼손을 잡아 프러포즈 반지를 끼고 있는 연수의 약지로 입술을 가져갔다.

어쩌면 피 말리는 시간이 길어질지도 모른다고 생각하고 있었다. 그의 해명에 마지못해 믿는다고 고개를 끄덕이기는 했지만 연수의 눈빛엔 그를 향한 불신과 의혹이 완전히 사라지지 않고 있었다. 굳이 말을 해야만 알 수 있는 것은 아니지 않은가.

그런 상황에까지 오도록 한 자신의 불찰과 어떤 일에 있어서도 이유불문하고 믿어달라, 말한 그의 당부에도 불구하고 의혹의 눈빛을 보내오던 연수로 인해 그의 심장은 재만 남은 채 뜨겁게 타버린 기분이었다. 그런 기분으로 밤을 새우고 장장 세 시간에 이르는 회의를 마친 그는 사실 엉망의 컨디션이었다. 그런 순간에 그의 눈앞에 딱 나타나준 연수는 지친 신경을 회복케 하는 복합 영양제와 같았다. 언제 피로했나 싶게도 연수의 약지에 입술을 가져다 대고 있는 그의 전신으로 새로운 활력소가 퍼져가고 어느새 혈관을 타고 피가 뜨겁게 달궈져갔다.

이 여자를 어찌할까. 강욱은 안도와 함께 연수를 꽉 끌어안았다.

강욱은 연수를 끌어안다시피 한 채 사무실로 들어서기 바쁘게 그녀의 입술을 찾았다.

제 남자가 대부분의 일상을 보내는 사무실에 처음으로 발을 들인 연수는 그 시간, 그 자리에서 그의 여자임을 전신을 통해서 느낄 수 있었다. 단 한 순간이라도 그를 의심했던 그녀의 얕은 사랑을 사죄할 시간이나 여유도 주지 않은 채 강욱은 뜨겁게 그녀를 취했다. 블랙 색상의 크고 넓은 가죽 소파에서, 때로는 그가 종일 앉아 서류와 씨름할 크고 중후한 오크책상 위에서 연수는 그의 여자임을 전신의 세포 하나하나에 낙인을 찍었다. 몇 번이고 까무러칠 것 같은 절정과 환희의 순간을 느끼며, 대낮 NJ의 기획본부장실에서는 오래도록 뜨거운 공기가 맴돌았다.

이윽고 발갛게 달아오른 볼을 한 채 옷매무새를 바로 하며 연수가 말했다.

"아빠가 당신을 만나고 싶어 하셔."

"먼저 당신 남자로 찾아뵙는 게 우선이겠지."

그녀의 머리카락을 손가락으로 빗질해주며 강욱이 허스키한 음성으로 대답했다. 그의 눈빛은 흡족함과 애정으로 용광로처럼 뜨겁게 타오르고 있었다.

"사업적인 일은 그 이후에 뵙기로 하자고."

그리고는 그는 토마토처럼 발갛게 달아오른 연수의 볼에 진한 입맞춤을 했다. 조금 전의 정사의 여운이 깊게 배인 입맞춤이었다.

연수는 강욱의 침대에서 아침을 맞았다. 단단한 그의 팔을 베개 삼아 아침이 될 때까지 한 번도 깨지 않았던 그녀는 감긴 눈을 뜨며 행복한 미소를 지었다. 목덜미로 와 닿는 강욱의 숨결이 더 할 수 없는 평온함을 가져왔다. 동시에 등으로 느껴지는 단단한 그의 가슴이 주는 밀착감에 찌릿찌릿, 척추를 타고 짜릿한 전율이 흘렀다.

연수는 하아, 하고 신음과 같은 숨결을 뱉었다. 어제 오후, 대낮의 격렬한 정사에 이어 강욱의 집에서 두 사람은 연이어 뜨거운 시간을 보냈다. 격렬하고 그 어느 때보다 아찔한 쾌감의 연속이었다. 불신과 의혹이 사라지고, 깊은 신뢰가 밑바탕이 된 사랑의 힘은 대단한 효력을 발산한 것이다. 아찔했던 절정의 고통이 생생히 되살아나자 강욱의 손아귀에 붙들려 있는 연수의 유두가 딱딱하게 굳어졌다.

"잘 잤어?"

어느새 깨어났는지 강욱이 연수의 귓바퀴를 혀로 쓸며 허스키한 음성으로 말했다.

"나 때문에 깬 거야?"

강욱은 단단하게 돌기를 세우고 있는 연수의 가슴을 애무하며 흠칫, 어깨를 굳히는 그녀의 반응에 쿡쿡, 잠긴 웃음을 지었다.

"늘 꿈꾸어 왔던 순간인데 어떻게 계속 자나?"

그리고는 강욱은 뒤에서 등을 끌어안고 있던 연수의 상체를 휘익 돌려 그의 아래에 눕혔다.

"잠에서 깨어난 이른 아침에 당신이 나를 유혹하면 어떤 기분일지 계속 궁금했었지. 이 기분이었군."

그의 아래에 연수를 가둔 강욱이 그녀의 이마를 지그시 눌렀다. 금방이라도 태워버릴 것 같은 뜨거운 눈빛으로 그녀를 응시하며 강욱이 허스키하게 잠긴 음성으로 천천히 말했다.

"세상을 발아래에 가진 기분 말이야."

고백과도 같은 그의 말에 발갛게 볼을 붉히며 연수가 반박했다.

"내가 언제 자기를 유혹했다는 거야? 마음대로 확신은 금물이라고……."

강욱은 뾰족하게 돌기를 세운 채 예민하게 반응을 보이고 있는 가슴을 하고도 짐짓 억지를 부리는 연수를 애틋한 눈빛으로 응시하며 그녀의 유두를 엄지와 검지로 슬쩍슬쩍 꼬집었다 놓기를 반복했다.

"하아……!"

이내 연수의 입술에서 달짝지근한 신음이 흘러나왔다.

연수의 입술에서 흘러나오는 흐트러진 신음소리에 강욱이 씩, 미소를 지으며 하체를 그녀의 배꼽 아래로 밀어붙였다. 이미 딱딱하게 굳은 채 꿈틀거리고 있던 그의 남성이 그녀의 살갗을 찌르며 그 위용을 자랑했다.

"세상을 발아래에 가진 이 기분, 아무래도 영원할 것 같은데."

엉덩이를 들썩이며 애달아 하는 연수의 반응에 몹시 만족한 얼굴이 된 강욱이 선언하듯 말했다. 그의 당당한 선언에도 불구, 이번에야말로 연수는 어떤 반박도 하지 않았다.

그를 갈망하는 전신을 한시바삐 위로해야만 했기에.

미끈하게 뻗은 두 다리로 연수는 탄탄한 그의 하체를 꽉 끌어당겼다. 그리고는 당당한 위용을 자랑하고 있는 그의 남성을 향해 엉덩이를 들어 올렸다.

연수는 토스트와 커피 한 잔으로 아침 식사를 하며 출근 준비로 분주하게 움직이는 강욱을 눈으로 좇았다. 샤워 후 목욕가운만 걸친 그녀와는 달리 커피 한 잔으로 식사를 때운 강욱은 이미 검은색 슈트까지 차려입어 흐트러짐 없었다. 재킷은 각이 잡힌 넓은 그의 어깨에서 딱 맞게 흘러내리며 장신의 그를 더욱 단단하고 강인한 사람으로 보이게 했다.

"자꾸 그런 식으로 흘끔거렸다가는 지각할 텐데?"

어느새 턱하니 팔짱을 낀 강욱이 그녀를 지그시 내려다보며 익살스럽고 엉큼하게 말했다.

"당신 눈빛, 상당히 위험해 보인다는 건 알아?"

연수는 그제야 자신이 빈 포크를 입에 문 채 강욱의 움직임을 눈으로 좇고 있었음을 깨달았다.

"!"

뼈가 녹아드는 듯한 그의 강렬한 눈빛과 흠잡을 곳 없이 남자다운 얼굴, 어디에서도 두드러지는 장신의 자신감 있는 걸음걸이, 그 어느 것 하나 흠잡을 곳이 없는 그를 계속 눈으로 좇고 있었다는 깨달음에 그녀는 화끈, 볼을 붉히며 새침하게 반박을 했다.

"설마, 내가 정말로 당신을 유혹하고 있다고 생각하는 건 아니지?"

"아니라고 부인할 생각은 말라고. 순전히 당신 눈빛 때문에 반응한 녀석이야. 그런데도 날 유혹하지 않았다고?"

강욱이 팔짱을 낀 채 시선을 자신의 바지 앞섶으로 향했다. 그리고는 불룩해진 자신의 앞섶으로 그녀의 시선을 이끌며 말을 이었다.

"확실한 증거가 있는데도 아니라고 발뺌을 하시려고? 이것 보라고, 아가씨. 당신이 날 유혹한 거라고 그만 인정하시지?"

"거만덩어리."

금방이라도 바지를 뚫고 나올 듯이 불룩하게 자신의 존재를 드러내고 있는 강욱의 바지 앞섶으로 시선이 가 닿은 연수가 코에 주름을 잡으며 눈을 흘겼다.

살짝 눈을 흘기는 연수를 향해 강욱이 큰 소리로 웃으며 음흉하게 제안을 했다.

"구겨지는 셔츠야 얼마든지 갈아입을 의향은 있는데 말이야. 호시탐탐 내 여자를 노리는 이 녀석을 달래줄 의향은 없어? 물론 출근시간에 늦지 않도록 최대한 빨리 끝낼 수도 있어."

"변태. 됐거든."

"이런, 그렇게나 단호할 필요까지야. 이 녀석, 상처받았겠는걸."

강욱이 불룩해진 자신의 바지 앞섶을 검지로 가리켰다. 그리고는 성큼 그녀를 향해 다가와 쪽, 소리가 나도록 입맞춤을 했다.

"어서 식사하라고, 아가씨."

장난스럽게 윙크를 한 그는 싱크대 쪽으로 향했다. 연수는 싱크대에 엉덩이를 기댄 채 커피를 마시며 지켜보고 있는 강욱을 불렀다.

"강욱 씨."

진지해진 연수의 음성에 강욱이 의아한 눈빛으로 쳐다보았다. 그리고는 심각해진 그녀의 얼굴을 살피며 이내 고개를 끄떡였다.

"최 회장님은 오늘이라도 찾아뵐 테니까 걱정 마."

"그전에……."

입술을 지그시 깨물며 말을 얼버무리는 그녀를 대신해 강욱이 말했다.

"당신 어머니부터 먼저 뵙기를 바란다면 그러자고."

"엄마는 여전히 당신을 환영하지 않아. 미안해. 어떤 소리를 듣게 될지 준비를 해야 할 거야."

"무슨 소리든, 들을 준비되어 있으니까 걱정 말라고, 그보다는. 은기준 씨가 곧 검찰에 불려가게 될 거야."

"어……?"

"이렇게까지 일을 벌이지는 않을 작정이었는데 나도 유감이야."

"무슨 소린지 못 알아들었어."

의아한 얼굴로 눈살을 찌푸리고 있는 연수를 지그시 바라보며 강욱이 설명을 덧붙였다.

"한라호텔이 자금 압박에 시달리게 된 것과 제임스 맥과이어가 누구인지를 밝히려 뒷조사를 해온 그 모두가 은기준 씨 작품이었어."

"뭐…… 뭐?"

"자세한 것은 언론에서 말해줄 거야."

"……!"

"충격 받은 얼굴 할 것 없어. 은기준 씨 일로 당신이 창백하게 변하는 모습, 그다지 마음에 들지 않으니까."

창백하게 변한 얼굴로 멍하니 입술을 벌리고 있는 연수의 얼굴로 손을 가져간 강욱은 손등으로 연수의 볼을 쓰다듬었다. 그리고는 둥글게 벌리고 있는 연수의 입술을 향해 고개를 숙이며 낮은 음성으로 명령했다.

"다른 놈 생각은 하지마."

에필로그 1

저녁 아홉 시 정규뉴스에는 불법적인 해외 자금 유출과 관련, 검찰의 수사를 받게 된 경호건설의 뉴스를 크게 실었다. 얼마 전 있었던 한국은행 은행장의 자살로 한동안 떠들썩했던 언론은 은행장의 자살을 경호건설과 연루되었다는 보도와 함께 검찰의 수사가 있을 것이라고 대대적으로 떠들어댔다.

"경호건설을 전격 압수수색한 검찰이 이 회사의 은기준 사장이 거액의 재산을 해외로 빼돌린 혐의를 집중 조사하고 있습니다. 이 과정에 주가 조작이 동원된 것으로 보고 압수물 분석에 주력하고 있습니다. 이선홍 기자가 보도합니다."

"경호건설의 대표이사인 은기준 사장의 주된 혐의는 재산 해외 유출과 탈세입니다. 검찰은 은기준 사장이 거액의 재산을 해외로 빼돌리는 과정에 횡령과 탈세가 이뤄졌는지 수사에 들어간 것으로 알려졌습니다.

자금의 불법적인 해외 유출뿐 아니라 증여세 탈루 등의 세금 포탈이 이뤄졌을 가능성과 함께, 특히 한국은행과 어떤 연관이 있는지 집중 수사에 들어간 것으로 알려졌습니다. 앞서 자살이라는 극단적인 방법으로 충격을 줬던 한국은행장의 수사를 의뢰했던 금융당국은 한국은행의 자금 흐름을 수사하던 중 이 과정에서 수상한 자금 흐름을 포착해 검찰에 수사를 의뢰한 것으로 알려져 있습니다. 이에 따라 검찰은 한국은행의 고 김민준 전 은행장의 계좌를 추적하면서 경호건설의 은기준 사장과 관련이 있는 자금 흐름에 주목을 하고 증거를 확보하는데 수사력을 모으고 있습니다. 은기준 사장 등 경영진에 대한 소환 조사는 압수물 분석이 끝나는 대로 이르면 이번 주 안에 이뤄질 것으로 보입니다."

시골로 내려와 자연을 벗 삼아 지낸 지 어느덧 오 개월, 민숙은 한창 진행 중인 아홉 시 뉴스를 끄고 휠체어를 조종해 테라스로 나갔다. 캄캄한 어둠 속, 저 멀리 은하수들이 반짝였다.

민숙은 옅은 한숨을 뱉으며 고개를 들어 별이 반짝이는 하늘로 시선을 향했다. 무수한 은하수 중 별 하나가 길게 꼬리를 그리며 빠르게 사라져 갔다.

별똥별이 사라진 쪽을 멍하니 쳐다보고 있던 민숙은 무릎을 덮고 있던 담요가 한쪽으로 흘러내리는 것에 퍼뜩 정신을 수습하며 흘러내리는 담요를 부여잡아 다시 무릎 위를 덮었다. 민숙은 하체를 덮은 무릎담요를 손으로 쓸며 인생의 덧없음을 다시 한 번 절감한다.

오 개월 전, 은기준의 지난 행각을 들었을 때도 그녀는 강욱과 연수를 비난했을 뿐 사실을 믿지 않았다. 기준의 또 다른 얼굴을 바로 보게 되고 인정하게 되는 순간 지금껏 꿋꿋하게 버텨왔던 그녀의 모든 생각들도 아집이었음을 인정하는 꼴이었기에 기준의 또 다른 모습을 낱낱이 알게 되었어도 인정하려 들지 않았다.

'설마 네가 뱉는 말을 믿을 성싶으냐? 네 말에 기암이라도 하고 얼씨구나, 저 남자를 네 짝으로 받아들일 성싶어? 천만에.'

'만약 네 말이 어느 정도 신빙성이 있다손 하더라도 그거야 널 되찾고 싶은 기준이의 깊은 바람으로 비롯한 어쩔 수 없는 선택이었을 거다. 그러니 기준일 모함하는 그따위 말로 날 어지럽힐 생각일랑 접어. 누가 무어라고 해도 나는 사생아 따위를 내 딸의 남자로 받아들이지 않을 생각이니까.'

연수를 향했던 시선을 돌려 강욱을 향해 턱을 빳빳하게 들어 보이며 얼마나 지독하게 패악을 떨었는지 지금에도 생생하다.

"휴우……."

직접 기준에게 진실을 듣겠다며 차를 몰고 집을 나서지만 않았더라면 사고는 없었을 것이다. 순순히 자신의 아집을 들여다보는 용기와 강욱과 연수의 사랑을 인정하는 용기를 가졌더라면 말이다. 민숙은 무릎담요를 쓸고 있던 손을 들어 관자놀이를 지그시 누르며 두통을 몰고 오는 지난 생각에서 벗어났다.

이제 그녀는 한 사람의 다른 모습을 보게 될 때마다 자신이 얼마나 아집과 자기 연민으로 똘똘 뭉쳐 있었는지 뼈저리게 깨달아 간다. 자신을 향한 측은지심과 연민을 인정하지 못한 채 딸에게 그녀의 인생을 대신 살아라. 강요했던 어리석음을 이제야 후회하며 그녀는 젊은 날의 한때의 치욕을 실수로 받아들여 간다.

무엇을 위해 그토록 악착같이 살았던 것인지, 왜 그토록 뾰족하고 살벌한 인생을 지내온 것인지 모든 것을 놓고 시골로 내려오고서야 자신의 아집으로 인해 얼마나 많은 사람을 불행하게 만들었는지를 깨달아 가고 있는 것이다.

하체를 쓰지 못하는 끔찍한 현실과 부딪치고서야 인생의 참 의미를 깨달았다고 할까, 쉽지 않았던 용기였지만 그녀는 이곳으로 내려오기 전 강욱을 찾아가 진심으로 사죄했다.

물론 그녀의 변화에는 남편 최 회장의 한없는 사랑에 비롯한 것이라고 할 수 있었다.

민숙은 회장직에서 물러나는 대로 시골로 내려오겠다는 최 회장을 기다리며 이제야 진정한 사랑을 배워 가는 중이었다.

에필로그 2

연수는 햇살이 드는 정원 한가운데서 휠체어에 앉아 아들과 두런두런 이야기꽃을 피우고 있는 엄마와 아빠를 보며 만면에 흐뭇한 미소를 지었다. 양손에는 과도와 과일이 각각 들려 있었다. 창밖으로 시선을 두고 있는 연수의 뒤로 어느새 다가온 강욱이 그녀를 백허그를 하며 말해왔다.

"언제 깬 거야?"

"이제 일어났어요?"

"음……."

드러난 연수의 목덜미로 입술을 가져다 대며 강욱이 아직도 잠에 취한 허스키한 음성으로 말을 이었다.

"출장에서 돌아오는 당일은 온전히 내 차지라고. 근데 비겁하게 시골로 도망와 있는 것도 모자라서 이리 일찍 내 침대에서 도망을 가?"

"아빠랑 엄마가 번갈아가며 강휘랑 연희 보고 싶다고 하는 걸 어떻게 해? 당신이 출장에서 돌아오는 날이라서 안 된다고 할 수는 없었어."

"언제쯤이면 순번에서 첫 번째가 되려나?"

혀로 연수의 목덜미를 핥으며 강욱이 쉰 음성으로 투덜거렸다. 칠 년 전 첫째 강휘가 태어나고부터 은근슬쩍 아내를 두고 아들과 경쟁을 해왔던 그는 이제 백일이 지난 딸 연희로 인해 아내를 소유하고 싶은 경쟁심이 더욱더 솟구쳐 있었다. 언제나 야수처럼 번득이는 눈빛으로 상대를 제압하는 카리스마 대왕인 강욱의 입에서 이런 어린아이 같은 투덜거림이 새어나온다는 사실은 연수가 아니고는 아무도 모른다.

"주방에 아주머니 계셔……."

지적과 동시에 하필이면 강욱이 연수의 목덜미 중 가장 예민한 곳을 혀로 쓸며 애무를 했다.

"아……!"

연수의 입술에서 한숨과 같은 짧은 단말마가 뱉어졌다.

"과일은 아주머니에게 맡기고 침실로 가자고. 연희 녀석 깨어나기 전에."

어디를 애무하면 까무러치듯 반응하고 결국엔 그에게 안겨드는지 잘 알고 있는 강욱이 그녀의 예민한 곳만 찾아 혀로 핥으며 무시할 수 없는 제안을 해왔다.

"하아……다들 정원에 계셔."

또다시 깊은 한숨을 뱉으며 연수가 작은 항의의 말을 하자 목덜미를 애무하고 있던 강욱의 입술이 어느새 그녀의 쇄골로 향했다.

가장 민감하고 예민한 그녀의 쇄골에 입술을 가져간 강욱이 혀로 그곳을 느릿느릿 애무해댔다.

"하아……."

뼈가 녹아드는 듯한 강렬한 전율에 연수의 입술에서 숨김없는 한숨이 뱉어졌다.

"이런, 내 제안이 거절당한 건가?"

열망으로 가득 찬 그녀의 신음소리를 듣고도 강욱이 그녀의 가장 예민한 곳을 이로 슬쩍 깨물며 모른 척 대꾸했다.

"거만한 늑대 같으니라고."

"쿡쿡……."

킥킥대며 응큼한 웃음을 흘린 강욱이 잔뜩 쉰 목소리로 말을 이었다.

"그래서 내 제안을 받아들이겠다는 거야, 말겠다는 거야?"

"거만덩어리."

그제야 아주 흡족한 표정이 된 강욱이 연수의 양손에 들려 있는 과도와 과일을 탁자에 내려놓고 얼른 연수를 안아 들었다.

연수가 과일을 가지고 나오기를 기다리며 정원에서 이야기꽃을 피우고 있던 최 회장과 민숙, 그리고 그들의 손자 강휘는 일하는 아주머니가 쟁반을 들고 정원을 가로지르며 다가오는 모습을 지켜보며 마치 그럴 줄 알았어, 하는 표정으로 서로 마주 보며 어깨를 으쓱댔다.

아니나 다를까, 강휘가 입술을 삐딱하니 기울인 채 악동 같은 표정을 지으며 한마디 했다.

"거봐요, 할아버지. 할머니. 제 말이 맞죠? 아빠가 엄마를 다시 채갈 줄 알았다니까요. 연희 핑계를 댔을 게 빤해요. 칫."

호호거리며 웃음소리를 날린 민숙은 뾰로통하니 입술을 내민 손자의 정수리를 쓰다듬었다.

"아빠가 출장 가고 안 계시는 그동안은 강휘가 엄마를 차지했으니까 한 번 봐주지 그러니?"

"나 혼자 엄마를 차지한 거 아니라구요, 아빠가 집에 안 계실 때는 연희가 엄마를 몽땅 차지하려고 들어요. 칫. 할머니, 맨날 난 두 번째라고요."

"이런, 이런. 우리 강휘가 많이 속상하구나?"

"뭐, 나는 연희 오빠니까 하는 수 없죠. 그런데 아빠는 어른이면서 맨날 엄마만 찾아."

민숙의 옆에 앉아 손자와 아내의 이야기를 흐뭇하게 듣고 있던 최회장이 슬쩍 웃으며 말을 했다.

"할아버지가 늘 할머니만 따라다니듯이?"

"음……그런가?"

갸우뚱, 고개를 옆으로 기울이며 제법 고민하는 강휘의 뽀얀 얼굴은 아빠 강욱의 어린 시절 모습이 저러지 않았을까, 싶도록 한눈에 사람의 시선을 사로잡을 마성의 힘이 느껴진다.

참 예쁘게도 생겼다, 고 녀석. 말하는 사람도 있겠지만 말이다.

작가후기

드디어 "야수의 연인"이 세상 밖으로 나오게 되었습니다.

몇 권의 출간 작들 중 가장 오랫동안 품고 있었던 작품이라 감회가 새롭습니다.

제목과 함께 떠올린 남주 강욱를 표현하기에 저의 글재주는 참으로 많이 부족했습니다. 강욱을 머릿속으로 떠올리고 이야기를 써내러 가기 시작했을 때는 마치 처녀작을 쓸 때와 같은 열정과 설렘과 기대감으로 밤을 꼬빡 지새우기도 했었지요.

강욱을 너무 사랑했던 탓일까요. 그를 조금 더 잘 표현하고 싶은 욕심은 그만 글을 쓰는 즐거움마저 빼앗으며 깊은 슬럼프에 접어들게 하였습니다.

사랑한다면

떠나라.

그런 개 같은 말이 어디에 있을까.

그저 생물체에 불과한 여자사람. 강욱에게 여자는 그런 존재에 불과합니다. 연수를 만나기 전까지는.

그런 강욱이 자신의 사랑 연수를 놓고 떠난다?

강욱에게 사랑은 종교와 같아야 합니다.

강욱에게 사랑은 어떤 상황 앞에서도 물러섬이 없어야 합니다.

그런데 떠난다?

일상으로 돌아가 몇 개월을 강욱과 연수를 잊고 지냈습니다.

이유는 간단합니다.

사랑한다면서 연수를 놓는 강욱을 이해하기 싫었던 것이지요.

자존감 강한 강욱은 얼마나 힘들고 아플까.

감싸고 이해하기보다는 저조차도 그런 강욱을 놓았습니다.

아팠을 겁니다.

제 여자를 지키기 위해 동분서주하는 동안 강욱은 참 많이 외로웠을 겁니다.

제목에서 느껴지는 강한 남주를 표현하기에 급급해

아프고 외로웠을 강욱의 또 다른 내면을 다 보여드리지 못한 것이 이제야 보입니다.

제 대신 연수가 강욱을 많이 사랑하고 의지하기를 바랍니다.

무의식중에도 문득 무언가에 쫓기고 있는 저를 보게 됩니다.

출간작이 늘어날 때마다 증상도 덩달아 잦아지고 있다는 것을 깨달았습니다. 그리고 깨닫습니다.

그저 글쓰기가 좋아서 하나의 이야기를 완성했을 때와는 다르게

책이 출간되는 순간 제 글은 저만의 것이 아니게 되는 것을 말입니다. 발전하는 글쟁이가 되도록 끊임없이 고뇌합니다.

꼼꼼한 리뷰글로 더 나은 이야기가 되도록 도움 주신 조은세상 편집팀과 강욱과 연수를 세상 밖으로 나오도록 해주신 조은세상에 감사드립니다.